U0895787

外国文学学术史研究

主编

陈众议

肖洛霍夫研究文集

Критические статьи о творчестве М.А. Шолохова

刘亚丁 编选

译林出版社

图书在版编目(CIP)数据

肖洛霍夫研究文集／刘亚丁编选．—南京：译林出版社，2014.9

（外国文学学术史研究／陈众议主编）

ISBN 978-7-5447-4926-8

Ⅰ.①肖… Ⅱ.①刘… Ⅲ.①肖洛霍夫，M. A.（1905～1984）-人物研究 ②肖洛霍夫，M. A.（1905～1984）-文学研究 Ⅳ.①K835.125.6 ②I512.065

中国版本图书馆CIP数据核字（2014）第186260号

书　　名　肖洛霍夫研究文集
编 选 者　刘亚丁
责任编辑　许　昆
出版发行　凤凰出版传媒股份有限公司
　　　　　　译林出版社
出版社地址　南京市湖南路1号A楼，邮编：210009
电子邮箱　yilin@yilin.com
出版社网址　http://www.yilin.com
经　　销　凤凰出版传媒股份有限公司
印　　刷　江苏凤凰扬州鑫华印刷有限公司
开　　本　718毫米×1000毫米　1/16
印　　张　19.5
插　　页　4
字　　数　282千
版　　次　2014年9月第1版　2014年9月第1次印刷
书　　号　ISBN 978-7-5447-4926-8
定　　价　58.00元

译林版图书若有印装错误可向出版社调换
（联系电话：025-83658316）

总序

在众多现代学科中，有一门过程学。在各种过程研究中，有一种新兴技术叫生物过程技术，它的任务是用自然科学的最新成就，对生物有机体进行不同层次的定向研究，以求人工控制和操作生命过程，兼而塑造新的物种、新的生命。文学研究很大程度上也是一种过程研究，从作家的创作过程到读者的接受过程，而作品则是其最为重要的介质或对象。问题是，生物有机体虽活犹死，盖因细胞的每一次裂变即意味着一次死亡；而文学作品却往往虽死犹活，因为莎士比亚是"说不尽"的，"一百个读者就有一百个哈姆雷特"。

换言之，文学经典的产生往往建立在对以往经典的传承、翻新乃至反动（或几者兼有之）的基础之上。传承和翻新不必说，即使反动，也每每无损以往作品的生命力，反而能使它们获得某种新生。这就使得文学不仅迥异于科学，而且迥异于它的近亲——历史。套用阿瑞提的话说，如果没有哥伦布，迟早会有人发现美洲；如果伽利略没有发现太阳黑子，也总会有人发现。同样，历史可以重写，也不断地在重写，用克罗齐的话说，"一切历史都是当代史"。但是，如果没有莎士比亚，又会有谁来创作《哈姆雷特》呢？有了《哈姆雷特》，又会有谁来重写它呢？即使有人重写，他们缘何不仅无损于莎士比亚的光辉，反而能使他获得新生，甚至更加辉煌灿烂呢？

这自然是由文学的特殊性所决定的，盖因文学是加法，是并存，是无数"这一个"之和。鲁迅谓文学最不势利，马克思关于古希腊神话的"童年说"和"武库说"更是众所周知。同时，文学是各民族的认知、价值、情感、审美和语言等诸多因素的综合体现。因此，文学既是民族文化及民族向心力、认同感的重要基础，也是使之立于世界之林而不轻易被同化的鲜活基因。也就是说，大到世界观，小到生活习俗，文学在各民族文化中起到了染色体的功用。独特的染色体保证了各民族在共通或相似的物质文明进程中保持着不断变化却又不可淹没的个性。惟其如此,世界文学和文化生态才丰富多彩,也才需要东西南北的相互交流和借鉴。同时,古今中外,文学终究是一时一地人心的艺术呈现,建立在无数个人基础之上,并潜移默化、润物无声地表达与传递、塑造与擢升着各民族活的灵魂。这正是文学不可或缺、无可取代的永久价值与恒久魅力之所在。

于是,文学犹如生活本身,是一篇亘古而来、今犹未竟的大文章。

此外,较之于创作,文学研究则更具有意识形态和上层建筑属性,因而更取决于生产力和社会形态、社会发展水平。这也是马克思主义的基本观点之一。如是,我国现代意义上的文学研究起步较晚,外国文学研究更是如此。虽然以鲁迅为旗手的新文学运动十分重视外国文学,但从实际成果看,1949 年前的外国文学研究却基本上属于旁批眉注、前言后记式的简单介绍,既不系统,也不深入。因此,我国的外国文学研究几乎可以说是在新中国成立以后全面展开的,而系统的外国文学学术史研究,这还是第一次。

一

学术史研究也是一种过程学,而且是一种相对纯粹的过程学。不具备一定的学术史视野,哪怕是潜在的学术史视野,任何经典作家作品研究几乎都是不能想象的。

然而,后现代主义解构的结果是绝对的相对性取代了相对的绝对性。于是,许多人不屑于相对客观的学术史研究而热衷于空洞的理论了。在一些人眼里,甚至连相对客观的真理观也消释殆尽了。于是,过去的"一里不同俗,十里言语殊",成了如今的言人人殊。于是,众声喧哗,且言必称狂欢,言必称多元,言必称虚拟和不确定。这对谁最有利呢?也许是跨国资本吧。无论解构主义者初衷如何,解构风潮的实际效果是:不仅相当程度上消解了真善美与假恶丑的界限,甚至对国家意识形态,至少是某些国家的意识形态和民族凝聚力都构成了威胁。然而,所谓的"文明冲突"归根结底是利益冲突,而"人权高于主权"这样的时鲜谬论也只有在跨国公司时代才可能产生。

且说经典在后现代语境中首当其冲,成为解构对象,它们不是被迫

“淡出”，便是横遭肢解。所谓的文学终结论也正是在这样的背景下提出来的。它与其说指向创作实际，毋宁说是指向传统认知、价值和审美取向的全方位的颠覆。因此，经典的重构多少具有拨乱反正的意义。

正是基于上述原由，中国社会科学院外国文学研究所于2004年着手设计“外国文学学术史研究工程”计划，并于翌年将该计划列入中国社会科学院“十一五规划”。这是一项向着重构的整合工程，它的应运而生，标志着外文所在原有的“三套丛书”(即20世纪60至90年代——“文革”时期中断——的“外国文学名著丛书”、“外国古典文艺理论丛书”和“马克思主义文艺理论丛书”）等工作的基础上又迈出了新的一步，也意味着我国的外国文学研究已开始对解构风潮之后的学术相对化、碎片化和虚无化进行较为系统的清算。

于是，关乎经典的一系列问题将在这一系统工程中被重新提出。比如，何为经典？经典是必然的还是偶然的？经典重在表现人类的永恒矛盾（用钱锺书的话说是“两足动物的基本根性”）呢，还是主要指向时代社会的现实矛盾？它们在认知方式、价值判断、审美取向方面有何特征？经典及经典批评与时代社会的生产力和生产关系、经济基础和上层建筑等关系何如？批评及批评家的作用（包括其立场、观点、方法及其与时代社会的一般和特殊关系）又如何？此外，经典作家的遭际与性情、阅历与禀赋，经典的内容与形式、继承与创新，以及文学的一般规律和文学经典的特殊性等诸如此类的问题，都将是本工程需要展示并探讨的。

且说世界文学一路走来，其规律并非羚羊挂角，无迹可寻。童年的神话、少年的史诗、青年的戏剧、中年的小说、老年的传记是一种概括。由高向低、由外而内、由强至弱、由大到小等等，也不失为一种轨辙。如是，文学从摹仿到独白、从反映到窥隐、从典型到畸形、从审美到审丑、从载道到自慰、从崇高到渺小、从庄严到调笑……终于一头扎进了个人主义和主观主义的死胡同。小我取代了大我，观念取代了情节；“阿基琉斯的愤怒”变成了麦田里的脏话；“路漫漫其修远兮，吾将上下而求索”变成了“我做的馅饼是世界上最好吃的”；诸如此类，不一而足。是谓下现实主义。当然，这不能涵盖文学的复杂性和丰富性。事实上，认知与价值、审美与方法等等的背反或迎合、持守或规避所在皆是。况且，无论“六经注我”还是“我注六经”，经典是说不尽的，这也是由时代社会及经典本身的复杂性和丰富性所生发的。

二

众所周知，文学是人类文明的重要组成部分。马克思主义的经典作家向来重视文学，尤其是经典作家在反映和揭示社会本质方面的作用。马克思在分析英国社会时就曾指出，英国现实主义作家“向世界揭示的政治和社会真理，比一切职业政客和道德家加在一起所揭示的还要多”。恩格斯也说，他从巴尔扎克那里学到的东西，要比从“当时所有职业的历史学家、经济学家和统计学家那里学到的全部东西还要多”。列宁则干脆地称托尔斯泰是俄国革命的一面镜子。这并不是说只有文学才能揭示真理，而是说伟大作家所描绘的生活、所表现的情感、所刻画的人物往往不同于一般抽象的概括、数据的统计。文学更加具体、更加逼真，因而也更加感人、更加传神。其潜移默化、润物无声的载道与传道功能更不待言。站在世纪的高度和民族立场上重新审视外国文学，梳理其经典，展开研究之研究，将不仅有助于我们把握世界文明的律动和了解不同民族的个性，而且有利于深化中外文化交流，从而为我们借鉴和吸收优秀文明成果、为中国文学及文化的发展提供有益的“他山之石”。胡锦涛前不久说过，“我们必须准确把握当代世界和中国发展变化的大势，坚持立足国情，同时又吸收世界文化的优秀成果；坚持立足当代，同时又大力弘扬中华民族优秀文化传统”。这和“洋为中用”、“古为今用”思想一脉相承。

“观乎天文以察时变，观乎人文以化成天下”；文学作为人文精神的重要基础和介质，既是人类文明的重要见证，同时也是一时一地人心、民心的最深刻、最具体的体现，而外国文学则是建立在外国各民族无数作家基础上的不同时代、不同民族的认识观、价值观和审美观的形象反映。研究人心自然不能停留在简单抽象的理念上，因此，走进经典永远是了解此时此地、彼时彼地人心、民心的最佳途径。换言之，文学创作及其研究指向各民族变化着的活的灵魂，而其中的经典（包括其经典化或非经典化过程）恰恰是这些变化着的活的灵魂的集中体现。

如是，“外国文学学术史研究”立足国情，立足当代，从我出发，以我为主，瞄准外国文学经典作家作品和思潮流派，进行历时和共时的梳理。其中第一、第二系列由十六部学术史研究专著、十六部配套译著组成：第一系列涉及塞万提斯、歌德、雨果、左拉、庞德、高尔基、肖洛霍夫和海明威;第二系列包括普希金、茨维塔耶娃、康拉德、狄更斯、哈代、菲茨杰拉德、索尔·贝娄和芥川龙之介。

三

格物致知,信而有证;厘清源流,以利甄别。“外国文学学术史研究”中的经典作家作品学术史研究系列,顾名思义都是学术史研究(或谓研究之研究)。学术史研究既是对一般博士论文的基本要求,也是一种行之有效的文学研究方法,更是一种切实可行的文化积累工程,同时还可以杜绝有关领域的低水平重复。每一部学术史研究著作通过尽可能抽丝剥茧式的梳理,即使不能见人所未见、言人所未言,至少也能老老实实地将有关作家作品的研究成果(包括有关研究家的立场、观点和方法)公之于众,以裨来者考。如能温故知新,有所创建,则读者幸甚,学界幸甚。相配套的经典论文翻译,则遴选有关作家作品研究的阶段性和标志性成果,其形式类似于外文所先前出版的“外国文学研究资料丛书”。

此次面世的“外国文学学术史研究”中的每一部学术史研究著作将由三部分组成。第一部分为经典作家(作品)的学术史梳理。这是相对客观的,但其中的艰难也不可小觑。首先,学术史梳理既不像平素泛舟书海,拾贝书海,尽意兴而为之的俯拾由己和随心所欲;其次,牵涉语种繁多,而且经过20世纪的形形色色的方法论和批评思潮的浸染,用汗牛充栋来形容经典作家作品研究成果已不为过。因此,要在浩如烟海的研究史料中攫取最有代表性的观点和方法,实在是件考验耐心和毅力的事情。战战兢兢,生怕挂一漏万,自不待言,且挂一漏万在所难免。因此,我们只能择要概述,甚至把侧重点放在经典作家的代表作上。不然纵使篇幅再大,也难以涵括浩瀚的文献资料。换言之,去芜杂的枝蔓和重复的敷衍,留精粹要义和真知灼见是必然的,但也是不容易做到的。它考验我们涉猎的深度和广度,而且也是检验我们学术水准和价值判断的重要环节。

第二部分研究之研究何啻是一大考验。都说20世纪是批评的世纪,在经历了现代主义的标新立异和后现代主义的解构风潮之后,在各种思潮、各种方法杂然纷呈的情况下,如何言之有物、言之成理、不炒冷饭,殊是不易;如何在前人的基础上有所发现、有所前进,就更是难上加难。反过来看,正因为文化相对主义的盛行和批评的多元,也才有了我们展示立场、发表见解的特殊理由和广阔余地。举个简单的例子，解构主义针对二元论的颠覆虽然是形而上学的，却不可谓不彻底。其结果是相当一部分学者怀疑甚至放弃了二元思维，但事实上，二元思维不仅难以消解，而且在可以想见的未来仍将是人类思维的主要方法。真假、善恶、美丑、你我、男女、东方和西方等等实际存在，并将继续存在。与此同时，作为中国学者，面对西方话语，我们并非无话可说。总之，从文学出发，关心小我与大我、外力与内因、形式与内容、反映与想象、情节与观念，以至于物质与精神、肉体与灵魂、西方与东方等诸如此类的二元问题，以及经典在民族和人类文明进程中的地位和作用，依然可以是我们的着力点。当然，二元论决不是排中律，而是在辩证法的基础上融会二元关系及二元之间所蕴藏的丰富内涵和无限可能性。毋庸讳言，改革开放以来，学术界解放思想，广开言路，但日新月异中不乏矫枉过正、时髦是趋。比如大到存在与意识、物质与精神的辩证关系，小到客观与主观、客体与主体等等，都大有乾坤倒转、黑洞化吸之势。至于意识形态"淡化"之后，跨国资本主义的一元化意识形态更是有增无已；真假不辨、善恶不论、美丑混淆的现象所在皆是；个人主义大行其道，从而使抽象的人性淹没了社会性；普世主义势不可挡，以致文化相对主义甚嚣尘上。文学从大我到小我，从外向到内倾，从摹仿到虚拟，从代言到众声喧哗；真实给虚幻让步，艺术向资本低头；对妖魔鬼怪和封建迷信津津乐道，任帝王将相和无厘头充斥视阈，能不发人深省？然而，经典作家是说不尽的，以上的任何一位作家都是无法穷尽的。用巴尔加斯·略萨的话说，伟大的经典具有"自我翻新"的本领。至于何为经典，虽然也是个说不尽的话题，但用简单的方式综观前人的观点，也许可以用两句话来概括：一是它们必须体现时代社会（及民族）的最高认知和一般价值（包括人类永恒的主题、永恒的矛盾）；二是其方法的魅力及审美的高度不会随着岁月的更迭而褪色或销蚀。当然这是将复杂问题简单化的一种说法。而本课题便是关乎经典其所以成为经典的一种较为复杂的论证方式。需要说明的是，经典不等于市场。用桑塔亚那的话说，经典不在于一时一地喜欢者的多寡，而在于喜欢者的喜欢程度。如果在此基础上再加上一个历史的维度，那么这话也就更加全面了。

学术史研究的最后部分为文献目录。它在尽可能详尽的基础上，还要有所选择。不然，展示一个经典作家的学术史，光文献目录就可以编辑厚厚的几大本。因此，去粗存精，是为重要或主要文献目录。

最后需要说明的是，“外国文学学术史研究”的中长期目标是在作家作品和流派思潮研究的同时，进行更具问题意识的学术史乃至学科史研究，以期点面结合，庶乎“既见树木，又见森林”；若能密切联系实际，促进中华学术的繁荣、发展和创新，则读者幸甚，我等幸甚。无疑，此工程面向全国高校及科研机构，希望有志于外国文学学术史研究的同仁踊跃加盟、不吝赐教。

陈众议

目录

第二辑 其他国家及地区评论

编选者序

同古老的荷马研究相比，肖洛霍夫研究史只算得了千米长跑的头一步，但参赛的人——操持肖洛霍夫批评的研究者，却你争我斗，各擅其长。读者从头两篇文章中嗅到的，恐怕不光是发令枪的硝烟味。1982 年孙美玲先生曾选编了丰厚的《肖洛霍夫研究》，将苏联和国外重要的肖氏研究论著集为一册。现在我们又选编这本肖氏研究论著资料集，诚所谓一时代有一时代之学术。更何况苏联解体、俄罗斯建立，令人对苏联历史、对肖洛霍夫其人其作不免要另眼相看。这些文章撩开了苏俄和国际肖洛霍夫研究史的小小一角，它们或折射文学研究中庸俗社会学的批评风习，或披露肖洛霍夫经典化的曲折内幕，或阐扬《静静的顿河》在世界文学发展中的独特贡献，或辨析《被开垦的处女地》中揭露历史真相的曲笔，或解读《一个人的遭遇》中老吏断狱般的透彻，虽然旨趣各异，但都在肖洛霍夫研究史上刻下了或浅或深的痕迹。我们特地以地区为类、发表的时间为序（除新披露的档案外）编排文章，纵览近八十年发表的有关文章，读者诸君或许可以隐约感受到世界范围内肖洛霍夫研究取向的嬗变。本书可与《肖洛霍夫学术史研究》、孙美玲先生选编的《肖洛霍夫研究》同时阅读，以期获得有关肖洛霍夫研究比较全面的信息。

在选编、翻译的过程中，我们得到不少朋友的支持帮助，在此一并表示谢忱。肖洛霍夫研究尚在进行，本书所选未必皆当，遗珠之憾良堪嗟惜，翻译错讹亦在所难免，所以祈请读者方家不吝赐正。

第一辑

苏联及俄罗斯评论

为什么白卫军喜欢肖洛霍夫?

作者 [苏联] А.П. 多夫任科

译者 刘亚丁

肖洛霍夫的《静静的顿河》刚一出来,一片叫好声。

甚至皮利尼亚克也叫好。皮利尼亚克称赞道:肖洛霍夫在托尔斯泰的影响下写作。这让肖洛霍夫很是高兴。

赞扬得最过分的是绥拉菲莫维奇同志。他写了有关《静静的顿河》的兴奋不已、乱七八糟的文章,在文章中肖洛霍夫成了一只展翅欲飞的黄嘴雏鹰。

文章以这样的句子结束:

“作家既年轻又壮实,无产阶级文学终将有所增益……”

无产阶级文学倒是增益了,可是突然侨民文学也随之受益。

肖洛霍夫的《静静的顿河》得到柏林的白卫军出版社“彼得大都会”的翻印。

彼得大都会正是出版皮利尼亚克的反革命小说《红木》的出版社。

要理解白卫军为什么出皮利尼亚克的东西并不困难。

但是肖洛霍夫呢?为什么无产阶级作家的、被整个无产阶级批评界歌颂的、被宣布为无产阶级文学顶峰的作品,会是对白卫军来说可以接受的东西?

肖洛霍夫不愧为模范学生。

他孜孜不倦地认真学习古典作家。这有助于无产阶级作家解决仅靠准确的观察方法苦干所不能解决的问题。比如这样的任务:一个受伤的人，在他失去知觉的时候感受到了什么呢？作家在这个领域的观察，不但没有，而且是不可能的。鬼才知道他感受到了什么。只有一个方法：向古典作家们学习。一位古典作家（托尔斯泰的《战争与和平》）让我们相信，保尔康斯基在失去知觉（临死）时，内心有下列感受：

"他觉得从羁绊自己的力量中解脱出来了，感到前所未有的轻松。"

肖洛霍夫学了。受伤的哥萨克葛利高里·麦列霍夫——"最后一次睁开眼睛……'完了'，一种轻松的意识像蛇一样溜过。一阵嗡嗡声，还有黑暗的空洞。"

于是被作家的洞察力震惊的读者就会得知，失去知觉的受伤者会感到轻松，于是读者一则以喜，一则以惧。

另一个心理学的任务也有类似的解决办法，它涉及到一个人想杀死另一个人时的感受。

请看在《战争与和平》中：

"过了瞬间，罗斯托夫的马的胸膛撞到了军官的马的屁股，这时几乎撞了个人仰马翻，连他自己也不知道为什么，罗斯托夫举起了马刀……"

而在《静静的顿河》中：

"葛利高里……自己也不知道为什么拨转了马头。眼看着……用马刀……"如此等等。委实非常古典。

遗憾的是，这样的古典性会导致悲惨的后果。

在列举了《静静的顿河》的成就后，绥拉菲莫维奇同志指出，肖洛霍夫在任何地方都没有说"阶级"、"斗争"，但是社会的分化在《静静的顿河》中是能够感觉到的。

但是关于这点，还可以举出别的意见。在自己非常有趣的文章（《文学中的富农和贫农》，《青年近卫军》，1929 年第 15 期）中，托姆同志写道，肖洛霍夫描写了富农和富农哥萨克的经济。

> 两个家庭是带着爱和温情从内部展示的；**就像当年贵族作家展示自己的领地、庄园和家一样**。
>
> 请看看格利沙特加吧，那富农科尔舒诺夫的父亲，多么可爱、有名望的老头呀。正在冷却的血已经不能温暖他的身体了。可怜！可爱！真替他惋惜！娜塔莉亚·科尔舒诺娃嫁给了葛利高里·麦列霍夫。多幸福呀！可有好日子在等着她。

丈夫背叛了她。她痛苦、憔悴，整夜哭泣，她几乎自杀身亡。读者忍耐着，激动着。他被深深地打动，他心痛欲绝，恨不得挺身去拯救她，安慰她。

普罗科菲·麦列霍夫老头操心自己的家，那份殷实的家产。他的担忧是可以理解的，又让人觉得亲近。

这些善良、光荣的人们，让你不由自主地去理解他们，爱他们。对未来日常、稳定、富有的家庭田园生活的满足感使小说的第一部充满情感色彩。

众所周知，没有剥削，富农是不可能存在的。可是肖洛霍夫忘记了展示这一点。肖洛霍夫忘记了阶级斗争，而**只是提供了家庭生活的片段**，讲述富裕的哥萨克生活，就像他自己从头到脚都是个哥萨克一样。

在这段引文中，我提请注意我标为楷体的地方。问题恰恰就在于肖洛霍夫是从内部来表现哥萨克生活的，“就像当年贵族作家展示自己的领地、庄园和家一样”，“肖洛霍夫……只是提供了家庭生活的片段”。

在这样的情况下，肖洛霍夫的做法完全像古典作家一样。地主和贵族文学的几乎每部作品的情节核心都是贵族家庭。这就决定了人物活动的地点、范围和他们的相互关系。作者是从地主家庭的眼光出发观看世界和发生在其中的事件的。

其实，由此就产生了古典小说的全部“爱”的巨大比重。

对于阶级斗争而言，这是不重要的观点。众所周知，在古典作家那里，“阶级”和“阶级斗争”的概念是完全不会被提到的，它们至多只是稍微可以被感觉到而已。

“家庭片段”软化和抹杀了“阶级斗争”。这是因为，一般来说，在家庭中，社会矛盾不是直接呈现的，而是在性别矛盾和婚姻矛盾的掩盖下呈现的。

“家庭片段”和“从内部”展示富农家庭——这是肖洛霍夫全面地、不加批判地从古典作家那里继承来的方法，导致了他对阶级斗争的抹杀。

作品结果充满了性的体验（在小说的第一部中不少于全篇的 60%），但有关阶级斗争的描写却很弱。完全像在古典作家那里一样，只是可以“感觉到”阶级分化。

但是古典作家抹杀阶级斗争,是在完成自己阶级的任务。无产阶级作家肖洛霍夫抹杀阶级斗争,又是在完成哪个阶级的任务呢?

这个问题的答案是既清楚又确定的。尽管有良好的主观意图,但肖洛霍夫客观上完成了富农的任务。

当然,肖洛霍夫不描写富农的罪恶堕落不能完全归咎于他不加批判地学习古典作家,但是不加批判的学习加剧了这罪恶堕落。

结果,肖洛霍夫的作品甚至对白卫军来说,都成了可以接受的东西。

不能只怪罪肖洛霍夫一人。

肖洛霍夫听命于文学领袖。领袖们喊"首先要向古典作家学习",其他人就紧跟而上。

在这个问题上,领袖们援用了列宁的权威。好像向古典作家学习的理论的发明者是列宁。

很多人都是这样想的。其实这种想法完全是错误的。列宁不是说向过去学习,而是说要掌握(也就是研究)文化遗产,还说要克服它。

对于遗产,我们完全不拒绝。我们也不会藐视它。可是我们不想向资产阶级—地主文化缴械投降。

我们不是被战胜者。我们是胜利者。我们的任务不是投降,而是克服。

编后记

本文是《静静的顿河》的早期评论文章之一,发表于《现在时》杂志 1929 年第 1,2 期合刊。

在本论集中,多处《静静的顿河》的引文,没有标明章节、页码。译者在翻译这些语句时,尽量参照金人先生的《静静的顿河》译本(八卷本,人民文学出版社,北京,1988 年),在查找不到的情况下,译者根据外文自行转译。

一部反动的浪漫主义作品

作者 ［苏联］Н.Л. 扬切夫斯基

译者 池济敏

同志们，我从众所周知的东西开始。没有任何一个阶级会不经过斗争，直接退出历史舞台。在我们国家，斗争会采取形形色色的方式：从乡下打击富农的运动到意识形态战线的勾心斗角。这种斗争有时会采取极其微妙的方式。微妙到这种地步，多年之后，我们才发现原来这是个错误。不久前发生在乌克兰历史战线的雅沃尔斯基事件就是如此。雅沃尔斯基院士是个政治冒险家。多年来在自己的著作中公开表述了诸多与马克思主义毫无关系的观点。①

在我们今天正在经历的残酷的阶级斗争时期，残留在苏联国内的走狗们和他们在国外的主子，为了占领哪怕一小块阵地，使出了浑身解数。回望历史，我们就会看见，退出历史舞台的阶级，在行将就木之际，有时会在文学艺术中留下绝唱。例如深受欢迎的法国作家夏多布里昂，就属于法国资产阶级登上历史舞台、贵族地位岌岌可危的历史时期。

我把肖洛霍夫的《静静的顿河》归入反映日薄西山、正在退出历史舞台的阶级的意识形态的那一类作品。初看上去，这个观点显得很怪异。不管怎样，肖洛霍夫几乎被认为是无产阶级作家。肖洛霍夫的小说被归入无产阶级文学之列，曾在党的十六大上宣读。我还得出结论，《静静的顿河》是一部与无产阶级格格不入，甚至敌对的作品。

肖洛霍夫在小说《静静的顿河》中，有意识地鼓吹那些今天已经逃到

---

① Д.И. 雅沃尔斯基（1855—1940）：乌克兰科学院院士，研究查波罗什哥萨克史。——译注

国外的反革命富农和顿河贵族的观点，他们打着这样的旗号在北高加索，具体而言就是在顿河地区兴风作浪。

毫无疑问，肖洛霍夫是个大作家，他具有杰出的艺术才能，就是在细微之处也显露无疑，如在《静静的顿河》中对马粪的描写。你们在读到关于马粪的描写时未必会感到愉悦，但是肖洛霍夫描写的马粪却能让你得到美学享受。这就是天才的功力。但是肖洛霍夫的功力，不仅体现在把马粪描写得让读者感受到美，还在于他在自己的作品中讲述了我们的敌人，却能让我们在某种程度上，在美学上如肖洛霍夫所愿地与敌人产生共鸣。这也是一种天才的功力。这恰恰证明了艺术的巨大意义。一个艺术家，一个大作家能做些什么，肖洛霍夫本人是心知肚明的。

在《静静的顿河》里，大学生博亚雷什金（跟莫霍夫家有瓜葛）对读过的一部作品如是说：

> "虽然我是一个哥萨克农民的儿子，对一切特权阶级怀有非常自然的仇恨，您简直想不到一读他的作品，我竟然非常可怜起这个垂死的阶级来了。我自己几乎要变成贵族和地主了，狂热地研究起他们理想中的妇女，为他们的利益担心。总而言之，鬼知道是怎么一回事。亲爱的，你看，天才具有多么大的威力！它可以改变你的信仰。"

大学生博亚雷什金的这段感言在某种程度上也适用于肖洛霍夫的小说。它以巨大的艺术魅力，将明显的敌对思想隐藏在了作品中。

理解肖洛霍夫作品的难点在于，作品中没有一个作者的代言人来阐述作者的思想。这个工作是通过各个人物来展现的。例如，利斯特尼茨基把布尔什维克分成了不同阶级，而肖洛霍夫就在小说中证明这种做法的正确性；阿塔尔西科夫诗意地抒发了对顿河之爱，肖洛霍夫就证明和展示了这种爱；伊兹瓦林发挥了富农哥萨克的自治理论，肖洛霍夫同样试图在自己的小说中证明这种理论；米什卡把"钩儿"，这个唯一的无产阶级称作黄鼠狼，而肖洛霍夫在自己的小说里也试着证明，"钩儿"的确是只黄鼠狼，又丑又恶，为害一方。

葛利高里·麦列霍夫在小说中被塑造为地球的轴心，地球都围绕他旋转。肖洛霍夫希望用这个杜撰的轴代替真正的生活之轴。让天真的读者去相信这一点吧。对于我而言，葛利高里·麦列霍夫只是一根让《静静的顿河》绕着它转的假想轴。

曲笔手法、忽隐忽现的评论、暗示、双关、隐藏在保护色下面的客观现实——这些都影响了对小说的真正社会本质的理解。无助的读者在浪漫主义的迷雾中失去方向，津津有味地享受着被美化了的生活，迷失在艺术细节中，顺从地跟着指路星葛利高里·麦列霍夫的脚步前行。但是肖洛霍夫的小说已经超出了日常生活小说的范畴，这是一种艺术政治，或者看你们如何理解，也可叫作政治艺术。

按照我的理解，肖洛霍夫的小说是构建在下面一种结构上：无产阶级、资产阶级和哥萨克。他想要证明的是，哥萨克是一个民族，这个民族有着不同于无产阶级的特殊的历史道路。在哥萨克民族中没有阶级斗争的前提条件。偏离了哥萨克道路的哥萨克，如果不重回哥萨克怀抱，注定灭亡。小说《静静的顿河》为以上所有论点提供了论证。

显而易见，按照作者的意图，标题本身就确定了小说的内容。应该说，这个标题几乎与"大顿河军"前阿塔曼克拉斯诺夫[①]给自己小说命的名——《静静顿河的往事画卷》完全一致。"静静的顿河"——这是一种抒情定式。但是就创作方法和作品的内容来看，肖洛霍夫的这部小说是一部反动的浪漫主义作品，和克拉斯诺夫对历史生活的杜撰如出一辙。

肖洛霍夫反动性的实质何在？这部反动的浪漫主义作品是由哪些元素构成的？首先，肖洛霍夫不是以过去为将来的出发点，而是相反，让人重回过去。第二，他夸大了过去，"静静的顿河"的过去。他浓墨重彩地描绘过去那种卑鄙无耻、令人生厌的图景，希望让读者也沉迷于过去的生活。我可以说，他的眼睛长在后脑勺上，并且同时还有色盲症。

以总的论点为例，肖洛霍夫给我们描绘的是农民的顿河，庄稼人的顿河。其实在1884年，一个与我们志趣不同的顿河活动家就描写过顿河的未来：

> 在顿河军队历史的晨曦中，哥萨克军人在和平时期以打猎为生，后来又从事过畜牧业。现在除了为沙皇服役之外，以种地维持生计。未来完全掌握在哥萨克工业者和矿工手中。在将来，其他工业领域都将受制于采矿业。这个时期何时到来，我们很难预测。很有可能

① 阿塔曼指哥萨克的首领。П. Н. 克拉斯诺夫（1869—1947）：俄国将军、"大顿河军"阿塔曼、作家。——译注

还要等上几十年上百年。但是这个时刻一定会到来。对此我们深信不疑。汽锤悦耳动听的敲击声，蒸汽机的哨音与轰鸣，铁具的叮当声，从无数以煤为燃料的工厂的烟囱里冒出的浓烟——这些就是我们能代代相传的希望。（诺米科索夫，1884 年）

这是一个看到了顿河发展之路的顿河资产阶级代表在 1884 年写的。而在革命前，顿河地区就有了一支 10.6 万人的矿工大军。

因此谈到顿河，怎么能像肖洛霍夫这样，除了农民就不谈其他人呢？当时的顿河并不风平浪静。哥萨克群众没能筑起一道抵御资本主义的中国长城。资本让哥萨克们分化了。1878 年，杰杰利亚尼科夫在州土地会议上说到了哥萨克中正在产生的无产者。这样看来，同志们，如果在 1878 年就可以谈到在哥萨克中产生的无产者，那么在 1917 年，我认为同样也能这样做。但是在小说中却几乎找不到一个从哥萨克中走出来的无产者——而只有一些我们后面要谈到的所谓的外来的雇农。

就算肖洛霍夫仍然选取了农民的顿河——维申斯克镇。他又选了哪个阶级作为自己的塑造对象呢？以下是一组能说明维申斯克镇阶级分层情况的数据（我甚至没有以整个顿涅茨克州为例）。

共统计农户 5755 户，没有统计在内的有 435 户。共计 6190 户。只有 5301 户有劳动工具。按照每户所有的牲口数量对农户做了以下划分：

牲口数量	农户数量
0—1	1303
2—3	2082
4—5	1611
6 及以上	791

在肖洛霍夫生活的维申斯克镇，有 2779 户农户租种共 28 028 俄亩土地，有 2331 户农户出租共 16 824 俄亩土地。6190 户中从事种植业的有 5340 户。

这样看来，维申斯克镇绝大多数的哥萨克农户属于贫农和中农。肖洛霍夫在小说中塑造了两个家庭：一个是有两个雇农的富农科尔舒诺夫一家，另一个是生活富足的麦列霍夫一家。在阶级关系上，肖洛霍夫选择的并不是维申斯克镇的典型人物。

土地的出租显示了分化的产生,农村变得混乱了。一头是贫困的加深,另一头却是富农的兴起。而肖洛霍夫关注的核心恰恰是维申斯克镇的富农和富裕阶层。当时的顿涅茨克州存在着贫困。这是一份文件的引文——一个低级文官,军队土地管理员别洛乌索夫写给沙皇的呈文。他写道:"1892 年到 1893 年在顿涅茨克州的一个村子里,一个哥萨克为了给儿子们准备当兵的东西,卖掉了四头公牛,这之后他上吊自杀了。"

这样,当你们读到肖洛霍夫所描绘的哥萨克人服役时那种田园诗般的画面时,你们不能忘记事物的另一面。当肖洛霍夫写到顿河畔贫困的哥萨克,而非富农们的时候,"田园诗"便荡然无存。

反动的浪漫主义作品《静静的顿河》是由哪些元素构成的?首先是对顿河自然环境的美化,对家乡即对顿河之爱的推崇。

我们看看克拉斯诺夫的书《静静顿河的往事画卷》,后来又改名为《大顿河军》。我可以举出其中的一些段落。应当说,对"静静的顿河"的爱,对大自然的爱,对其他所有顿河的附属品的爱,都是沙皇政府蓄意培养的。克拉斯诺夫书中的文字会让人想起肖洛霍夫书中描写的景色。

这种对"静静的顿河"和大自然的美化,已经进入了顿河地区贵族和政府的官方意识形态。

第二是对古董的崇拜。如果您拿起一本教育哥萨克要忠于君主专制的老旧的官方书籍,您也会在其中找到对古董的崇拜。官方意识形态也充满了"祖辈的遗训"。

肖洛霍夫是如何表现对古董的崇拜的?首先,肖洛霍夫的小说中满是古老的歌曲。顿河地区四句头的民谣已经取代了歌曲。歌曲和生活一起腐朽了。古老的歌曲已经消亡,那个时代结束了。

崇拜过去的东西,这不是摈弃过去,而是重回过去。如果你们再拿起克拉斯诺夫的那本曾被当作家庭读物的《静静顿河的往事画卷》,在那里你们也能找到肖洛霍夫笔下的内容。书中随处可见旧时的歌曲,和肖洛霍夫的小说一样。

似乎,歌曲是无罪的。但是在肖洛霍夫的小说中,古老的哥萨克歌曲实质上不仅是通往被我们在十月革命中离弃的彼岸的一座诗意的桥梁,还是把哥萨克团结为一个不受阶级属性制约的整体这一思想体系的重要组成部分。

其次，我们在肖洛霍夫的作品中还常遇见各种形式的陈词滥调，即那些早已过时的表达法的铺陈和卖弄。实际上，语言和词汇已经发生了变迁。夸大方言的作用对于肖洛霍夫而言，是为了从语言学的角度来论证哥萨克的特殊性。

属于对古董的崇拜的还有咒语、古老的仪式、习俗和夸大了的生活特性。这些陈旧过时的东西被列入了官方文学，成为团结哥萨克，并使其对立于其他俄罗斯民族的重要手段。

最后，我在后面会讲到历史因素。这个因素的基本点在于，肖洛霍夫认为，哥萨克是个特殊的民族。在这方面，肖洛霍夫走的比那些小心翼翼谈论此观点并在顿河军区开会的富农们更远。

让我们列举一些同样发生了分化的生活类型。战前最后几年，资本主义迅猛发展。资本分化了村子里的经济和生活。而肖洛霍夫完全忽视了这一点。他粉饰了那些仿佛固有的生活、仪式、民歌等。他不仅没有靠近十月革命，甚至根本没有感觉到战前村子里发生的这些变化。

我们继续在小说中寻找对哥萨克在那块土地上生存权力的历史论证。应该告诉你们的是，肖洛霍夫的小说不仅是艺术作品，也是历史和政治作品：它用这样或那样的方式涉及了一系列国内战争时期和北高加索革命时期最重要的问题。当然，肖洛霍夫并没有用数字说话，并且偷换了概念。但是在许多地方，他还是证明了哥萨克在那块土地上的生存权利。应该说，这是顿河的贵族和富农们的口号。

我们在小说中寻找作者从人类学角度对哥萨克的论证。对于肖洛霍夫而言，哥萨克是一个特殊的人群。在这个意义上，他使用了“典型的哥萨克”这一表达。采用人类学观点是为了论证哥萨克是一个特殊的民族，特殊的人群。

其实，这些就是肖洛霍夫的这部反动的浪漫主义小说的基本论点。肖洛霍夫试图论证，哥萨克是一个特殊的民族。除了直接和间接的作者语言，他还借助在大自然背景下对生活和过去的美化来达到这个目的。顿河上的贵族以及后来的反革命富农最重要的口号之一，就是宣扬哥萨克的特殊性。说哥萨克是个处于历史发展中的公社，或者是一个特殊的民族。这样的论证当然祸害无穷。肖洛霍夫很明确地说过，哥萨克是个民族。这是他的原话：

几百年前，一双勤勉的手在哥萨克的土地上撒下了等级差别的种子，并精心培育，娇养着它们。于是种子发出了茁壮的嫩芽：在斗殴中，主人们洒下了顿河哥萨克浅蓝色的血，外来的俄罗斯人和乌克兰人洒下了鲜红的血。

这段话包含了三方面的意思。第一，哥萨克和非哥萨克之间的差异是民族差异；第二，哥萨克是主人，而其他的人都是外来者；第三，哥萨克人的血是浅蓝色的，而外来人的血是鲜红色的。这意味着，按照肖洛霍夫的观点，哥萨克是一种有着浅蓝色血液的生物。因此，我在前面提到过的那个卖了四头牛后上吊自杀的哥萨克，也是一个有着浅蓝色血液的生物！

这三点是顿河所有反革命纲领中最重要的观点。国内革命时期顿河地区所有的反革命纲领都是建立在这三点的基础之上。伊兹瓦林宣称的哥萨克自治纲领并非对这一原则的大发展。强大的伊兹瓦林不过是在肖洛霍夫的基础之上更上一层楼罢了。

可是肖洛霍夫并不是自己表述了这样的主张。他让笔下所有的人物，包括布尔什维克都持有这样的看法。我认为，我们应当防范这一点。

例如，肖洛霍夫对葛利高里·麦列霍夫的塑造。肖洛霍夫认为，存在着一种加兰扎代表的广泛的、全人类的真理，同时也有哥萨克的、民族的真理。“葛利高里从前线回来时是一个人，再回到前线的时候变成另外一个人了，”他写道，“那种从母亲的乳汁里吸吮的，培育了一生的哥萨克气质战胜了伟大的人类真理。”这里，肖洛霍夫把哥萨克的和民族的放在了平等的位置。

作者甚至间接地让布尔什维克们也形成一种共识，认为哥萨克是一个特殊的民族。“做他（伊万·阿列克谢耶维奇）的工作时，施托克曼·奥西普·达维多维奇想，”肖洛霍夫写道，“这就是糟糕的民族腐化。”这里的事实在于，布尔什维克施托克曼断定，存在“民族”的腐化。就让施托克曼把这叫作民族的腐化吧，但是本质还不在这里，重要的是，施托克曼承认了“民族”的腐化。

用利斯特尼茨基的话说，哥萨克是“一个独特的、人数不多的、具有英勇善战传统的民族，绝非工厂或农村那种乌合之众”。实际上，肖洛霍夫要证明的也是这一点。在他看来，哥萨克是有着浅蓝色血液的生物，而罗斯托夫的红军战士和“钩儿”则是乌合之众。

有哥萨克参加的顿河贵族的冒险之举在肖洛霍夫眼中是历史的进程。用作者的话说，卡列金带着十二个哥萨克军区的历史宣言参加了国务会议。我们读道：“在顿河地区，在库班地区，在捷列克地区，在乌拉尔地区，在乌苏里地区，在所有哥萨克的土地上，从这边到那边，从这个市镇到那个市镇，撒下了一张像黑色的蜘蛛网一样的大阴谋网。”与全俄罗斯贵族勾结起来的顿河贵族代表在全国反革命活动中所起的作用，我们十分清楚。他们的宣言是在哥萨克中寻求支持的贵族的反革命宣言。而在肖洛霍夫眼中，这不是贵族的历史宣言，而是十二支哥萨克军队的。他写道，“在顿河地区，在库班地区……”，重要的是，“在所有哥萨克的土地上”。这种说法意味着不光顿河的哥萨克，全俄罗斯的哥萨克都被拉了进来。

肖洛霍夫关于哥萨克是一个特殊民族的观点挂在所有人嘴上。无论是利斯特尼茨基——贵族的代表，富农的代表，还是普通哥萨克大众的代表，包括作者本人和布尔什维克施托克曼，所有的人都断定，哥萨克是一个特殊的民族。这一点非常重要，因为它是错误的。第二，冒险之举本质上就是反革命事件。这是所有贵族反革命团体和一部分哥萨克富农的一个平台。在搭建这个平台之前，甚至他们之间也不是总能达成一致。

在客观公正的保护色和心理现实主义的保护下，肖洛霍夫铺陈的是官方的意识形态。

现在我们来谈谈肖洛霍夫对自然景色的描写。我们从小说的卷首语开始。《静静的顿河》是用意味深长的诗句开篇的。当然，读者常常对第一章之前的内容并不关注。但是卷首语一可以烘托气氛，二可以引导读者，让他们进入作者的思想领域。肖洛霍夫是用这样一些诗句开始自己的小说的：

我们光荣的土地不是用犁来翻耕……
我们的土地是用马蹄来翻耕，
光荣的土地上种的是哥萨克的头颅，
静静的顿河到处装点着年轻的寡妇，
我们的父亲，静静的顿河上到处是孤儿，
静静的顿河的滚滚波涛是爹娘的眼泪。

正如你们所看到的那样，作者在开篇述说了自己的同情。这是一段不合时宜的卷首语。作者和我们的差异在于，他充满怜惜，而我们是在为我们的胜利欣喜。正如你们看到的，态度大相径庭：从卷首语到整个集体化运动，我们之间存在着巨大的分歧。

大自然元素、"静静的顿河"元素被肖洛霍夫当作抒情性的插笔和发挥的材料。

大自然在顿河以及新切尔卡斯克现身，只是被强加了地方性的理解。例如：

> 淡黄色的、像大肚舢板似的云片，在新切尔卡斯克上空静静地飘移。在淡黄色云片上面的蓝色高空中，正对着闪闪发光的教堂圆顶，一动不动地高悬着一片灰色的、像乱蓬蓬的卷毛羊皮似的乌云。这片乌云的长尾巴像起伏的波浪一样延伸下来，在克里维扬斯克镇上空泛着粉红色的霞光。升起暗淡无光的太阳，照到将军府的窗户上，却闪出刺目的光芒。房舍倾斜的铁皮屋顶也在闪闪发光，一只手伸向北方，擎着西伯利亚王冠的叶尔马克的铜像上，还残留着昨天雨后的潮气。

在这一段当中，大自然呈现出"哥萨克民族"的样式。这里出现了新切尔卡斯克、教堂、一只伸向北方的手、擎着西伯利亚王冠的叶尔马克，这一切都沐浴在自然的光线中，如同展现在聚光灯下。只差被抛下的普拉多夫了。这些道具被肖洛霍夫神不知鬼不觉地插入了小说的每个角落。要读完肖洛霍夫大量的风景描写，需要很多时间。应当说，他的景物描写相当单调：在每一处描写中，首先是顿河——这是必不可少的开场白；然后是顿河岸边、河边沼泽和几乎必不可少的乌云，并且都是从四面八方汇集的——夏、冬、秋，白天、夜里、早上。这一切呈现出单调乏味的体系。

自然风光元素非常紧密地与历史和其他元素交织在一起。这是一种模式化的道具。它与"顿河的宽广"（如星辰般的沼泽）形成对比，而波兰的太阳"仿佛与顿河的不同"。每个句子都被引向了对"静静的顿河"的爱。

让人感兴趣的是作者对过时、陈旧的事物，以及对那种对我们而言让人憎恨的生活方式的描写。例如，被我们称为"宗教鸦片"的东西。他是这样描写这种“鸦片”的：“响亮的诵经声从教堂里穿过敞开的门传到门廊里，又从门廊里传到院子里。窗格子里闪耀着节日欢乐的灯火。”

我不知道，同志们，我们和你们是否说得出教堂的“窗格子里闪耀着节日欢乐的灯火”这样的话。当然，有人会反驳，说他描述的是那个时代，但这也并不是很有说服力。再说了，用得着这样表现吗？

他总是不放过任何机会，让外来人与哥萨克对立。举个例子，当真的涉及到一部分外来人中的资产阶级时，无论对资产阶级还是非资产阶级，肖洛霍夫都持否定态度。

卡列金辞职，继而全体政府成员辞职后，肖洛霍夫写了下面一件事：

> 亚诺夫略显窘态，走过来。
>
> “部分非哥萨克政府成员，要求发给他们一些路费。”
>
> 卡列金皱了皱眉头，严厉地说：
>
> “我没有钱，真烦人。”

作者把唯心主义者卡列金与外来的非哥萨克对立起来。在这个哥萨克的悲剧关头，后者却还在想着钱。这一事件的意义何在？就在于让顿河、哥萨克与外来人对立，摆脱阶级的属性！

对大自然的描写、对“静静的顿河”之爱的崇高化被嵌入小说，从小说一开始，对生活的美化、古老的歌曲、陈旧的词语、那些在战争开始之前就已经过时的陈迹，在肖洛霍夫的小说中复活了，甚至有了更高的地位。不光是老年人，革命哥萨克对过去的回忆也起到了相同的作用。请回忆一下与卡列金谈判的波乔尔科夫军事代表团。当哥萨克跨越顿河时，他们回忆起了从前的风俗：当服役的人们休假回家时，总是会往顿河里扔东西。这样的场景被写入了小说。当你们读到顿河上的战斗时，你们就会看见作者想表现什么：尽管硝烟弥漫，但故乡的一切，顿河的一切，对“静静的顿河”之爱，所有的习俗、旧事、歌曲，所有鲜活、生动、与大自然紧密相关的哥萨克生活才是最为震撼人心的。

照作者的观点，对家乡的爱、对“静静的顿河”之爱、民族关系，可以摆脱阶级属性的制约，把各种哥萨克团体团结在一起。我举一些例子。

葛利高里·麦列霍夫回到了家。“这支哥萨克歌曲的熟悉字句，葛利高里唱过不知多少次，说不出的亲切，温暖的滋味涌上心头。”在葛利高里休假回家的途中，肖洛霍夫用以把阿塔尔希科夫、本丘克、军官和哥萨克维系在一起的那种东西又在他心中苏醒了。“当葛里高利的视线碰到自家的宅院时，热血就涌上头，淹没在回忆中。翘起的井口汲水吊杆，像伸出的灰色柳木手臂，正从院子里召唤他。”

另一个例子是本丘克。众所周知，本丘克是布尔什维克。他回家的路上，“一闻到这座房子特有的那种非常熟悉的气味，他的头有点晕。……本丘克转过身来，扔下手提箱，打量了一下厨房……好像昨天才离开这里似的”。下面是与母亲相聚的描写：“他们走进屋。只是在从激动中平静下来以后，本丘克才重又感到身上那件别人的大衣使他那么不舒服。……他如释重负脱去大衣，坐到桌边。”

本丘克也被这种家乡的、亲切的生活气氛蒙蔽。它战胜了他，以至于他从肩上脱下了别人的大衣——也许，这件大衣象征意味深长？

当哥萨克军官们决定参与到科尔尼洛夫的阴谋中时，他们唱起了古老的民歌。这时“一行闪着冷光的晶莹的泪珠，滚过阿塔尔希科夫下眼皮上那颗棕色的小瘊子，滴了下来”。

阿塔尔希科夫哭了，葛利高里·麦列霍夫也哭了。在我们面前，阿塔尔希科夫上尉说：“我死爱顿河，死爱这几百年形成的、古老的哥萨克生活方式。我热爱哥萨克，热爱哥萨克女人——热爱这一切！一闻到草原上的苦艾气味我就想哭。”作者满心挚爱地勾勒着他的形象，眼皮上的胎记。“阿塔尔希科夫的脖颈在白衬衣领里动人地闪着天真黝黑的青春光泽。”

我们看看最后和志愿军一起离开的利斯特尼茨基。

哥萨克们唱着歌。

> 利斯特尼茨基停下脚步，倾听着，觉得歌曲朴素的忧伤情调有力地感染了他。仿佛在他那跳得越来越快的心上拉起一根绷得紧紧的琴弦，音色深沉的伴唱中音在不停挑动这根琴弦，使它痛苦地颤抖。利斯特尼茨基伫立在离板棚不远的地方，凝视着秋天黄昏的阴云，不禁热泪盈眶，刺得眼皮麻酥酥、甜滋滋的。

在所有这些元素的作用和影响下，肖洛霍夫把本丘克、利斯特尼茨基和葛利高里·麦列霍夫团结在了一起。这就是肖洛霍夫所认为的，能不受阶级属性制约把所有人团结起来的民族因素。对于他来说，哥萨克卡列金和哥萨克阿尔费罗夫是同样的人。他没有在贵族和其他哥萨克之间划任何界限。因此他写道："选举叶兰斯克镇的哥萨克扎哈尔·阿基莫维奇·阿尔费罗夫为军区司令。"

用他的话说，卡列金是第一个哥萨克军事长官。卡列金是个贵族，享有贵族的所有权利。他穿上哥萨克军装只是为了体面和让广大哥萨克跟随自己。他与哥萨克群众之间有不可逾越的鸿沟。

在肖洛霍夫看来，前线战士与顿河老人的不和只不过是家庭纠纷。同时，顿河的前线战士带回来很多新变化。这是同旧的生活方式作斗争的新一辈。肖洛霍夫写道："在农舍里不过是在发生一场隐蔽的、偶尔为外人知的家庭纠纷：老人与前线战士不睦。"这样，这场战争的性质便只是家庭纠纷了。

在哥萨克环境里，老爷和仆人之间、剥削者和被剥削者之间的关系，照肖洛霍夫看来，是受父权关系主导的。我们看看老利斯特尼茨基对嗜酒如命、还冲着他大吼大叫的萨什卡的态度，这让老将军费了心思。再看他对阿克西妮亚的态度。当阿克西妮亚的孩子病了时，老利斯特尼茨基，顺便说一句，这个人物很像《战争与和平》中的包尔康斯基公爵，他留住了医生，让他治好阿克西妮亚孩子的病。你们看不见地主利斯特尼茨基和雇农沙什卡之间的任何斗争。父权制的关系压倒了一切。另一个例子，富农科尔舒诺夫。他有两个长工，一个是外来户，另一个是哥萨克。当科尔舒诺夫打算把娜塔莉亚嫁给麦列霍夫时，长工们很高兴，他们想象着这个盛典。当然，他们有自己的动机，盼着能喝一顿丰盛的喜酒，再歇两天工。但关键并不在此。关键在于，肖洛霍夫描写的是他们参加的家庭盛宴，而不是阶级对立。

在肖洛霍夫看来，哥萨克的贫困不是因村子里产生资本而引起分化导致的。对于贫困，他持一种典型的富农态度：科尔舒诺夫的长工是因为家里遭了火灾所以才去当长工，利斯特尼茨基的长工是因为脑子有问题。贫穷是由于不幸或者身体缺陷导致的。这些细节看似是顺便提起的，其实却很有深意。

这样，肖洛霍夫的小说中没有哥萨克之间的斗争。在他那里，主导一切的就是父权关系。从利斯特尼茨基开始，每个人都在哥萨克的歌曲中悲哭。

在这个背景之下，出现了资产阶级和阶级斗争，最后出现了布尔什维克施托克曼。在肖洛霍夫看来，他们不是诞生于哥萨克的环境中。他们就是外人，是哥萨克、静静的顿河环境中出现的外人，外来户。

莫霍夫是谁？商人莫霍夫和“钩儿”一样，不是哥萨克，而是农民。“从沃罗涅什派来一名皇家坐探和眼线——农民莫霍夫。”作者这样介绍莫霍夫的祖先。下面接着介绍：“他们在哥萨克的土地上牢牢地扎下了根。在镇上撒下了种子，而且繁衍起来，就像野草一样拔也拔不净……”

这里谈的是手中掌控了哥萨克命运的富农莫霍夫。他是农村资本主义兴起之初的代表。实际上是这样的吗？当然不是。资本主义是从村子内部成长起来的。当然，也有外来的富农。他们有时比哥萨克的富农更为强大，但这并不重要。外来的富农和哥萨克富农是一路货色。

布尔什维克施托克曼是个外来人，甚至不是地道的俄罗斯人——他祖父是德国人。施多克曼“没有露过面，就像田鼠一样，总是在洞里生活”。

布尔什维克的鼓动仿佛不仅在于唤起反感和仇恨。这是一方面。还有另一方面，是唤起未来——共产主义。肖洛霍夫是个大艺术家，他用了多好的语言来描述施托克曼的工作啊！

“他（施托克曼）埋下了不满的幼虫。谁曾想到，四年后，从幼虫的躯壳中，强健的新生命腾空而出。”

我想，作者这么说是为了选择最合适的词藻来表达自己对施托克曼所做工作的蔑视。我认为这样的遣词造句对评价施托克曼的工作是非常不适合、非常不公正的。

你们也许还记得在施托克曼那里开的一次小型会议，“钩儿”也参加了。当他描写这次会议的时候，没有去遣词造句。随后就把读者带到了教堂广场。复活节前的广场上人流如织，为了描写这个热闹场面，作者选择了适当的词汇，描写了教堂、所有细节和广场上的宏大场面。他非常善于把施托克曼那里开会的情况与广场上的混乱对立起来。描写教堂活动时，他总是能找到适合的艺术语言。

那些脱离了哥萨克的人又发生了些什么呢？他塑造了一系列平行的形象：本丘克与利斯特尼茨基、卡列金与波乔尔科夫。年轻的利斯特尼茨基和本丘克两人都离开了哥萨克环境。利斯特尼茨基是一个觉悟的君主主义者，走的是白军军官的道路。本丘克是布尔什维克，自觉坚定地跟随布尔什维克。肖洛霍夫认为，他们俩都脱离了哥萨克大众。一个贵族化了，而另一个俄罗斯化了。

本丘克的命运如何？本丘克是来劝说哥萨克不要进攻彼得格勒的。他知道，“必须用另外一种语言跟哥萨克进行谈话，他害怕起来，担心找不到共同语言”，“在这里，跟家乡人谈话，却需要另外一种快忘光了的家乡土话，需要一种随机应变和有很大说服力的语言”……他已经不懂哥萨克们讲的这种语言了。本丘克的想法是：“在栽花种树之前，要先清除垃圾！……要干脏活！”这很像是陀思妥耶夫斯基的观点。可是在罗斯托夫，他却不得不向革命的敌人开枪。他受到内心矛盾的煎熬，在哥萨克和布尔什维克之间彷徨。肖洛霍夫把这一切描绘得很细腻。但是在本丘克心中，哥萨克的出身占了上风。他说：“昨天枪毙的九个人中，有三个哥萨克……都是劳动者……我开始松一个人的绑……‘本丘克的声音越来越低沉、模糊，仿佛他离得越来越远’，我动了一下他的手，手像鞋底一样……硬邦邦的……长满了茧子……黑手掌上裂了许多口子……伤痕斑斑……坑坑洼洼……”他很快换了一份工作。

本丘克脱离了哥萨克说的那种能随机应变和有强大说服力的语言，这是肖洛霍夫的观点。当他参与行刑队工作时，他无法面对被处决的哥萨克，于是很快离开了这项工作。这就是肖洛霍夫让本丘克承受的内心冲突。

利斯特尼茨基是本丘克在另一阵营的对应体。他总是在哥萨克与贵族军官阵营之间徘徊。用利斯特尼茨基本人的话说，他首先是一个忠诚的“君主主义战士”。他感觉到军官群体与哥萨克的脱节，这让他很痛苦，最后随着白军志愿军出征库班。

这就是两个脱离了哥萨克的人物。一个是布尔什维克，另一个是贵族化的加入了志愿军的人物。他们饱受内心矛盾的煎熬，忍受着失败的痛苦：本丘克枪杀哥萨克，而利斯特尼茨基被迫与志愿军一起征战。

我们再看看哥萨克环境中的布尔什维克。任何一位作家都不会无意识地写作。每位作家都很清楚他在写什么。如果他写了某些内容，他一定知道，他为什么要这样写，想达到什么样的目的。肖洛霍夫认为，布尔什维克主义对于哥萨克是个陌生的、外来的现象。在第一部中，肖洛霍夫描写了施托克曼的出场和他的革命工作。人们在争论哥萨克的角色时，只有一个傻里傻气的赫里斯托尼亚承认从书上读到的是对的。

世上没有平白无故的事情。他也不会平白无故为赫里斯托尼亚编这么一个情节。

你们读小说，会读到哥萨克成为布尔什维克，读到战场上的哥萨克布尔什维克。作者通过利斯特尼茨基之口说出了下面一种见解：

“不知道为什么大家心里都形成了这样一个信念：如果现在有了自由——那么战争就要结束了。”下面是：“军官们和哥萨克依旧隔着往日那道高墙，结果哥萨克统统处于布尔什维克影响之下，百分之九十成了布尔什维克。”这些话虽然出自利斯特尼茨基之口，但是肖洛霍夫告诉读者，哥萨克成为布尔什维克是因为军队的领导人脱离了他们。

“精疲力尽，思家心切……而这里有布尔什维克。”这是利斯特尼茨基的话，也是肖洛霍夫想要证明的。正在成为布尔什维克的拉古京说：“是生活本身把这些灌输给我们这些老实巴交的人啊。布尔什维克只不过是点上引信罢啦。”

上尉沙因对波乔尔科夫说：“波乔尔科夫，难道您真以为顿河人会跟着您这样一个半瓶醋，目不识丁的哥萨克走吗？如果有人跟您走的话，那也只是一小伙背井离乡的穷光蛋哥萨克！但是，老兄，就连他们也会觉醒——而且会把你绞死！”在下文中，肖洛霍夫证明了沙因此言的正确性——葛利高里、赫里斯托尼亚都背离了他，米什卡·科舍沃伊也与他断绝了关系。

所有这一切的实质在于，作者确立了自己对劳动的分类，给自己的人物灌输了一定的思想，然后在小说中证明这些立场的正确性。实际上这些观点都是不正确的。我们看见的是顿河发生的最大规模的哥萨克贫农、中农群众参与的运动，而小说展示的却是另一幅画面，还人为地编造了列宁也出身于哥萨克的神话。

赶走了“钩儿”的葛利高里获得了赫里斯托尼亚和伊万·阿列克谢耶维奇的同情。作者绝非偶然地通过“钩儿”之口说：“哥萨克的做派早该扔掉了。”他在哥萨克和无产阶级的“钩儿”之间划了一道界限。这种对立的意义如同把卡列金与外来的政府成员对立起来一样。正如你们所看到的，小说的结构如同几何定理。

施托克曼的这个团体中，只有“钩儿”一个人跟随他到最后。而这个团体的其他成员和布尔什维克哥萨克对自己的评价都是：“无用的布尔什维克”。

在辽阔的顿河背景下，肖洛霍夫把卡列金和波乔尔科夫做了对比。肖洛霍夫认为，这两个人都远离了哥萨克：卡列金是科尔尼洛夫—阿列克谢耶夫手中的玩偶；波乔尔科夫是布尔什维克手中的玩偶。群众支持谁？谁和群众在一起？说到群众，请注意，绝非偶然，每当需要解决无论是白军还是红军的重要问题，例如关于波波夫撤退或者波乔尔科夫考察的问题时，最普通的哥萨克大众的行动与领袖们所做的距离甚远。哥萨克作为一支独立的力量出现在两种情况下：推翻卡列金和布尔什维克时。在其他的情况下，哥萨克群众不过是配角。大众几乎都是不参与的。这是波波夫和科尔尼洛夫开会商讨从顿河跑出来的哥萨克部队何去何从的场景。波波夫来到外面时，哥萨克们在调情，做着最平常的事情。在决定波乔尔科夫之行时，哥萨克们还在说着笑话。作者通过这些想说明什么？我们可不能说这是一部只凭“灵光一现”写成的作品。作者通过这些是想告诉读者，群众在这种情况下是毫无用处的。

肖洛霍夫认为，无论是布尔什维克主义还是科尔尼洛夫思想，对于哥萨克而言都是陌生的、异己的。在进攻彼得格勒时，哥萨克们说：

> “鬼他妈的知道，他们谁是谁非！”
> “他们自相残杀，我们军队遭殃。”
> “当官的都肥得发疯。”
> “个个都想当老大。”
> “老爷们打架，哥萨克遭殃。”

顿河革命委员会队伍里的哥萨克这样说：“不是为我们裁衣，不是给我们缝。没有酒，什么也不懂。”

波乔尔科夫谴责卡列金收留了白军将军，卡列金辩解说：“你们是布尔什维克手中盲目的工具。”

波乔尔科夫说：“其实，我们不过是棋盘上的小卒，而小卒是不可能知道棋手往哪儿摆他们的。”

肖洛霍夫想证明这些观点。

实际上，卡列金也好，波乔尔科夫也好，因为他们都是哥萨克，所以肖洛霍夫认为他们是在朝同一个目标奋斗：让布尔什维克在顿河消失。这是波乔尔科夫的政治纲领（肖洛霍夫的观点）：“应当争取让人民掌握政权。要在哥萨克中间分配土地，没收地主的土地，但是不能分给农民。”

是这样的吗？这不是波乔尔科夫的纲领，而是顿河富农的纲领。在新切尔卡斯克的会上，波乔尔科夫说：“我们要在顿河地区建立哥萨克的自治政权。……人民不信任你们！……你们为什么要在哥萨克的土地上豢养那么多各式各样的亡命的将军呢？为此，布尔什维克才打来的。追到我们静静的顿河来了。……我不相信军政府能够拯救顿河！”这样看来，布尔什维克是在“静静的顿河”打仗的外部力量，而在顿河内部没有布尔什维克。同志们，这是不对的。看这话：“对那些不愿意服从你们的队伍，你们采取的是什么办法呢？”他在责怪卡列金什么？是在责怪卡列金不会调配反布尔什维克的那部分人。

毫无疑问，这是在颠倒黑白。事实很清楚，波乔尔科夫之所以同卡列金作战，正是因为由于卡列金的缘故布尔什维克才会来顿河。提出这个问题是多么荒谬、错误！顿河革命委员会，波乔尔科夫和克里沃什雷科夫实际上接近过布尔什维克，实际上同布尔什维克一起工作过。显然，他们不可能提出这样的问题。而肖洛霍夫的说法是，卡列金是反对布尔什维克的，波乔尔科夫也不希望布尔什维克来顿河。

波乔尔科夫说：“把政权交给革命委员会，布尔什维克就会停止入侵。”而军事政府的纲领是这样说的：

> 军政府声明，建立地方生活秩序，只有当地居民可以参加。因此政府认为，要实现哥萨克军会议的意图，必须采取一切必要措施，阻止企图把自己的政治制度强加于人的布尔什维克武装部队入侵本区。居民的生活应由居民自己去建立——只能由他们自己去建立。
>
> 政府不希望发生内战，军政府愿以各种方式和平解决争端，为此，建议军事委员会派员参加与布尔什维克部队进行谈判的代表团。
>
> 军政府认为，如果外部的军队不侵入本地区，就不会发生内战，因为军政府保卫的只是顿河地区，决不采取任何进攻行动，决不想把自己的意志强加于俄罗斯其他部分，但是也决不希望任何外人把自己的意志强加给顿河地区。

波乔尔科夫的话和肖洛霍夫列出的资料显示，波乔尔科夫和卡列金是朝向同一目标奋斗的。同时，顿涅茨红军完全是一支无关的力量。那么红军中的哥萨克，哥萨克游击队员又在哪里呢？这不是“外部力量”。如果肖洛霍夫要表现这个现象，那么他应该说出真相。但是他写的却与真相大相径庭。看了肖洛霍夫的作品后，人们会认为，布尔什维克是一支外部力量，那顿涅茨的矿工呢？这是什么？这也是顿河。但是肖洛霍夫人为地把顿河分成了两部分：哥萨克的顿河和非哥萨克的顿河。从肖洛霍夫的观点看，当然，顿河的无产阶级都是外来的、非哥萨克的。但这种说法是不对的。(参见马卡利耶夫，《什么是顿涅茨——什么是〈静静的顿河〉?》)我说明一下，1884年诺米科索夫更激进。他说，顿河的未来属于机器。

同时，肖洛霍夫说，波乔尔科夫和卡列金有某种共同之处——波乔尔科夫如铠甲般的坚强，从另一个角度来看，是卡列金的不屈服和不让步。这一点在谈判的过程中和在斗争的最后可以明显感觉到。卡列金的结局如何？他说，“我们的处境是没有希望的”，等等。接下来是人民不支持的卡列金自杀身亡。波乔尔科夫最后被哥萨克处死。他同样也没有得到人民的支持。这样，按照肖洛霍夫的构想，利斯特尼茨基、本丘克、卡列金、波乔尔科夫都死了。其实，利斯特尼茨基还活着，也许某天会突然出现。

肖洛霍夫把对波乔尔科夫的镇压描写得像一场法庭审判。你们还记得吗，葛利高里·麦列霍夫指控波乔尔科夫的最大罪状是后者不经过审讯就杀死了切尔涅佐夫等人。你们对比一下本丘克所说的，他用长满老茧的双手处死哥萨克的场景与他和波乔尔科夫被处决的场面，你们就会得出很不好的结论。

反革命者用酷刑镇压波乔尔科夫等人的场景，肖洛霍夫是用法庭的形式来表现的。不是别的什么法庭，而是人民法庭。法庭庭长波波夫是个善良、知足、对别人也满意的人。据说，农民代表要求对他们处以死刑。小说中，死刑由“尽是老茧的、粗大的黑手指头”执行了。一个人“钢笔直抖，紧张得满头大汗，皱着眉头。又一个人，先就摇晃着钢笔，跑过去签上了名，忙把在写字时伸出来的舌头缩了回去”。按肖洛霍夫的描述，这不是镇压，而是双手长满老茧的人民组成的法庭。这样，人民与那些妄想毁灭哥萨克的家乡的叛徒清了账，报了仇。肖洛霍夫认为，自觉或者不自觉参与了波乔尔科夫死刑的人，不是被白军军官或者富农欺骗的哥萨克，而是被波乔尔科夫欺骗了的波乔尔科夫军中的哥萨克。本丘克用长满老茧的手消灭了哥萨克，而他本人同样被双手长满了老茧的哥萨克置于死地，而不是死在白军军官手中。按肖洛霍夫的逻辑，这样才体现了公平。

肖洛霍夫本人对红军的态度表达得非常明确。“赤卫军……已经从三面……压来。正在哈尔科夫、沃罗涅什集结进攻部队……已经带来最初的几个战役的炮声。”

红军的到来意味着“危险时刻的到来”。这句话在我看来，意思非常明确。

他是这样描写白军末日的临近和红军的胜利的。“最后的希望破灭了。布尔什维克的包围圈扼住了全州的咽喉。”

我们过去相信，现在相信，也在自己的作品中写过这一点：白军占领了红军解放的地方。而肖洛霍夫描写的完全相反。

仿佛肖洛霍夫总是喜欢在字里行间用一些看似无意的话和象征表达那些不便直言的东西。对卡列金之死的描写便是如此。窗外传来“不祥的、急切的寒鸦的悲啼”。乌鸦一直是忧郁的厄运的象征。肖洛霍夫用这个惯用的象征来强调卡列金死后哥萨克注定灭亡的命运。如果认为肖洛霍夫是完全偶然地提起乌鸦，那将十分可笑。因为乌鸦预示着不幸。

肖洛霍夫小说总的思想意义是什么？我们上面谈到了所有要点和《静静的顿河》中的思想。他的历史和政治纲领部分——要知道他触及了政治纲领问题，因为他是把哥萨克当作一个特殊的民族来谈论的——与我们都是敌对的。在斗争激烈的阶段，出现了一面大旗，在这面大旗下，富农企图把大部分哥萨克群众——贫农和中农——团结在自己身后。美化的这些要点包括过去、日常风习、歌曲。这些都是陈旧的包袱，导致死的事物吞噬了活的事物，转化为政治语言就是，富农吞噬了其他哥萨克。从这个观点来看，我认为肖洛霍夫的小说在艺术上是有很高价值的（毋庸怀疑，如果这是一部低劣的作品，那么它不会如此知名，而肖洛霍夫也不会被称为无产阶级作家）。而在思想内容上，它表现的是彻头彻尾的反革命行为。肖洛霍夫的小说不光在哥萨克村子里被阅读，还被译成了多种语言，在国外也很受欢迎。我想，无产阶级作家的责任是揭露作者的政治立场，警告那些可能被肖洛霍夫迷惑并受其影响的读者。我再一次引用大学生博亚雷什金的话：文艺作品的力量有时甚至能改变人的信仰。这正是值得我们警醒的。我还想说，应该让哥萨克明白，这本书会把他们引向何方。应该向全体读者揭示肖洛霍夫的这部《静静的顿河》真正的政治思想、历史观点，以及这部反动的、不切实际的、我们应当摒弃的浪漫主义作品的价值。他把这种价值美化、诗化，并当作某种珍贵的东西加以宣扬。难道我们要把这种糟粕带入社会主义吗？当然不要！这是我们不需要的！

编后记

Н.Л. 扬切夫斯基（1892—1937），历史学家，著有关于苏联内战的著作。本文发表于《高潮》杂志 1930 年第 12 期。后收入《米·肖洛霍夫研究新资料》，莫斯科，俄罗斯科学院高尔基世界文学研究所，2003 年。译文有删节。

1940—1941 年斯大林奖评选委员会文件中有关肖洛霍夫的资料

作者 [苏联] 斯大林奖评选委员会

译者 李志强

1939 年 12 月 20 日克里姆林宫通过了一项决议。决议宣布："为庆祝约瑟夫·维萨里昂诺维奇·斯大林六十诞辰，苏联人民委员会决定：设立 16 项以'斯大林'命名的奖项（单项奖金金额为 10 万卢布），授予每年作出杰出贡献的科学和艺术活动家。"接下来列出了具体的科学和艺术领域，包括：哲学、经济学、历史语文学、法学等人文科学，还有音乐、绘画、雕塑、建筑、戏剧、电影等艺术。文件由苏联人民委员会主席 B. 莫洛托夫和苏联人民委员会办公厅主任 M. 赫洛莫夫签署。

文学艺术和文学批评未列入名单。针对二者颁布了单独的决议。1940 年 12 月 1 日，苏联人民委员会通过了设立斯大林文学奖的决议。

决议中谈道：

设立四项斯大林奖，单项奖金金额为 10 万卢布，授予每年在文学领域创作出优秀作品者，其中包括：

一位诗人，

一位散文家，

一位戏剧家，

一位文学批评家。

苏联人民委员会主席 B. 莫洛托夫

苏联人民委员会办公厅主任 M. 赫洛莫夫

1940年3月23日联共(布)中央政治局批准了苏联人民委员会提交的《关于授予科学、军事、发明、文学及艺术领域优秀作品斯大林奖的评选程序》的决议草案。根据这项决议,斯大林奖应当由苏联人民委员会根据斯大林科学、军事、发明奖委员会与斯大林文学和艺术奖委员会的推荐颁发。

为了预先审查作品,苏联人民委员会下设了两个委员会:斯大林科学、军事、发明奖委员会,以及斯大林文学和艺术奖委员会。1940年下列艺术活动家成为后一个委员会的成员:

委员会主席:苏联人民演员弗拉基米尔·伊万诺维奇·涅米罗维奇—丹钦科。

副主席:Р.М.格里埃尔、М.А.肖洛霍夫、А.П.多夫任科。

委员会成员:Н.Н.阿谢耶夫、Г.Ф.亚历山德罗夫、А.В.亚历山德罗夫、库利亚什·拜谢伊托娃、И.Г.博利沙科夫、В.А.韦斯宁、И.Р.格拉巴里、А.Б.戈利杰魏泽尔、А.М.格拉西莫夫、А.С.古尔维奇、加德日别科夫、А.К.古拉基扬、И.О.杜纳耶夫斯基、扬卡·库帕拉、Е.М.库兹涅佐夫、А.Е.柯涅楚克、И.К.卢波尔、В.И.穆希娜、С.Д.梅尔库罗夫、阿勃迪拉斯·马尔德巴耶夫、А.Г.莫尔德维诺夫、И.М.莫斯科温、С.М.米霍埃尔斯、Н.Я.马雅可夫斯基、哈利玛·纳瑟罗娃、С.А.萨莫苏德、Р.Н.西蒙诺夫、И.Я.苏达科夫、А.Н.托尔斯泰、А.А.法捷耶夫、М.Б.赫拉普钦科、А.А.霍拉瓦、М.Э.恰乌列利、Н.К.切尔卡索夫、Ю.А.沙波林、Ф.М.埃姆勒。

依据苏联人民委员会的决议:推荐参加斯大林奖评选的作品应于10月15日前由斯大林奖评选委员会选出,每年的12月1日之前由斯大林奖评选委员会向苏联人民委员会提交授予奖项的建议。由此可以看出,参选斯大林奖的作品只能是评选当年完成的新作品。应该指出,肖洛霍夫《静静的顿河》的第八卷(最后一卷)于1940年1月付梓,1940年6月30日小说的第四部面世,因此肖洛霍夫的作品刚好符合规定的期限。

斯大林文学和艺术奖委员会主席弗·伊·涅米罗维奇—丹钦科致信

各创作组织，要求为全国性的新奖项推荐候选人。其中一封信写给苏联作协。苏联作协主席团代理法捷耶夫的书记巴甫连科在回函中请求延期推荐候选人，并这样解释道：

我们以为，推荐毕竟是初步的，因为很难在年中决定候选人。可以设想，在以后的几个月中，一些新的高水平的作品可能会带给我们意外的惊喜。拒绝这些作品对斯大林奖评选委员会是无益的。至少，在决定候选人时我们应尽量考虑到即将刊印的作品，当然，这些作品的长处完全值得向以您为首的评选委员会推荐。

1940 年 8 月 26 日召开了苏联作协主席团例会。巴甫连科做了关于斯大林奖的报告。与会者通过决议："考虑到将以斯大林同志之名命名的奖项授予 1940 年的优秀作品具有重大的政治意义，谨向苏联人民委员会下设的斯大林奖评选委员会推荐一位候选人——肖洛霍夫同志及其恰好完成于 1940 年的长篇小说《静静的顿河》。本年度在散文、诗歌、戏剧及评论诸领域具有杰出成就者众多，却仅推一名候选人——苏联作协主席团以此强调了授予作家以斯大林同志之名命名的奖项的意义。"

决议的正文发给了弗·伊·涅米罗维奇—丹钦科。

但是 1940 年 10 月 8 日，苏联作协主席团还召开了一次会议。在这次会议上 A.A. 法捷耶夫做了关于斯大林奖的报告。会议的决议中说：

以下作品入围斯大林奖的评选：《静静的顿河》——肖洛霍夫，《塞瓦斯托波尔激战》——谢尔盖耶夫—倩斯基，《马雅可夫斯基正在开始》——阿谢耶夫，《抒情诗集》——希帕乔夫，《沼泽地上的火焰》——万达·瓦西列夫斯卡娅。

在苏联作家协会的档案里保留了阿·托尔斯泰给肖洛霍夫《静静的顿河》所写评语的复印件。这个评语可能是同对肖洛霍夫、谢尔盖耶夫—倩斯基、阿谢耶夫以及 B. 瓦西列夫斯卡娅的提名一起提交给斯大林文学和艺术奖委员会的。阿·托尔斯泰注意到了年轻作家作品中深刻的人民性，他写道：

肖洛霍夫知道自己在写什么，且善于从各个层面展示所写的事件。对库班（原文如此！）哥萨克方言驾轻就熟，帮助他避免了大部分苏联长篇小说所具有的普遍缺点，这些缺点都是由于不熟悉人民语言的多样性、复杂性以及结构的独特性所致。

他把《静静的顿河》同列夫·托尔斯泰的伟大作品相比较。“肖洛霍夫的小说是局部的《战争与和平》，”阿·托尔斯泰写道，“这样说并不是贬低其意义。顺便说一句，从某些写法可以感觉到直接的继承性。”

按照这位评论者的说法，列夫·托尔斯泰终结了19世纪伟大的俄罗斯作家长廊，而肖洛霍夫“开创了新的人民散文，并将其同旧的壮士歌紧密地结合起来”。

1940年8月13日，苏联科学院主席团通过了一项“对斯大林奖申请的审核程序”的决定，决定向苏联科学院主席团秘书处和苏联科学院各研究所所长介绍了审核斯大林奖候选人资格的规则。按照决定，推荐自己的候选人参评斯大林奖的苏联科学院各研究所，应该通过科学院分院把提名提交给相应的斯大林奖评选委员会，并通知苏联科学院主席团。

1940年9月3日，苏联科学院高尔基世界文学研究所学术委员会举行了会议。参加会议的人有学术委员会成员：M.M. 波克罗夫斯基院士、Л.И. 波诺马廖夫教授、H.K. 古德济教授、Д.Д. 布拉戈伊教授、高级研究员 Б.П. 科兹明、B.B. 莫罗佐夫、C.Л. 西莫夫斯基、M.П. 文格罗夫。被邀请的人还有：苏联科学院通信院士 C.И. 索博列夫斯基、E. 加利佩丽娜教授、З.Г. 格林贝格教授、高级研究员 Б.B. 戈尔农科、Ф.A. 彼得罗夫斯基、H.П. 别尔金、И.M. 叶夫尼娜、研究生希尔季娜。议事日程的第一项就是审议“研究所申请斯大林奖候选人”问题。学术委员会的主席是 Л.И. 波诺马廖夫。他讲道：“研究所的工作人员和所长鲁波尔院士讨论了1940年的研究成果，得出结论：完全有信心推荐 M.M. 波克罗夫斯基院士足以获斯大林奖的著作——教科书《罗马文学史教程》。其次，高尔基文学所应该向酝酿斯大林奖的相关委员会推荐一些最近出版的文学作品，当然，依据院学术委员会委员的意见，这些作品值得推荐。研究所工作人员和所长鲁波尔院士认为：当年完成的最具影响力的文学作品是肖洛霍夫的《静静的顿河》，它的第四部才出版。受研究所管委会的委托，高级研究员泽林斯基拟就了一个专业学科提名。”学术秘书文格罗夫宣读了泽林斯基的提名。在文格罗夫发言后，波克罗夫斯基院士说道："同那么优秀的现实主义者——年轻而又充满活力的肖洛霍夫并列，我深感荣幸，但从某种程度上，这对于我是没有什么好处的。"其后西莫夫斯基发了言。他说："在历史文学领域我们提名科学院院士 M.M. 波克罗夫斯基的作品和肖洛霍夫的《静静的顿河》的第四部参选斯大林奖。我们推选这两部有趣、宏大、的确很重要的作品。我的观点是，这两部作品完全配获斯大林奖，而且我认为，文学和语文学界会非常赞同我们的观点，因为这两部作品的确应当获得斯大林奖。"

关于肖洛霍夫的小说，H.K. 古德济谈道："作为读者，我读了肖洛霍夫的《静静的顿河》。我认为，这是一个意义重大的现象，是一部足以让俄罗斯文学自豪，且完全可以和欧洲优秀文学作品相媲美的作品。从这个意义上讲，叙事文学作品中还没有可以和肖洛霍夫的《静静的顿河》竞争的作品。从这个角度来说，我们选择《静静的顿河》是非常成功的。"

在会议结尾，波诺马廖夫对与会者这样说道：

> 请把以下内容作为决定记录。
>
> 1. 提名科学院院士波克罗夫斯基的著作——教科书《罗马文学史教程》参选斯大林历史语文学奖。
>
> 2. 提名科学院院士肖洛霍夫的作品《静静的顿河》参选斯大林文学奖。

这个提议获得与会者通过。

1940 年 9 月 16 日，苏联科学院高尔基世界文学研究所代所长波诺马廖夫向苏联科学院语言文学分院提交了对肖洛霍夫的提名。这个文件从来都没有公开过。考虑到它具有历史—文学意义，我们将它全文征引：

> 依据 1939 年 12 月 21 日苏联人民委员会通过的为科学技术及文学领域的杰作设立以斯大林同志之名命名的年度奖项的决议，根据研究所学术委员会 1940 年 9 月 3 日的决定，高尔基世界文学研究所提名创作了长篇小说《静静的顿河》的院士——作家肖洛霍夫为斯大林文学奖候选人。
>
> 这部小说的最后一部（第四部）已完成并于今年，1940 年出版。

《静静的顿河》是一部优秀的文学作品。其第四部给米·肖洛霍夫创作《静静的顿河》这部当代伟大史诗的十四年劳动画上了句号。

在作品中,院士——作家米·肖洛霍夫艺术地描绘了帝国主义战争时期以及伟大的社会主义革命初期,哥萨克生活的广阔画面。作为语言艺术大师,他不仅擅于通过个别事例,而且擅于通过具有世界历史意义的事件,艺术地表现那个时代。肖洛霍夫表现了个别哥萨克家庭的生活、哥萨克参与帝国主义战争以及哥萨克群体的阶级分化,表现了同旧制度的维护者、反对革命的哥萨克富农进行殊死搏斗的贫困哥萨克劳动者中革命意识的成长。从这个意义上讲,《静静的顿河》是一部历史著作。在作品中,肖洛霍夫第一次细致地讲述了顿河地区国内战争史、波乔尔科夫革命运动与顿河上游地区暴动史,以及从十月革命开始到白军被击溃并分散成小股匪帮那一时期的其他历史事件。读者看到,肖洛霍夫的史诗展现出参与这些事件的历史人物的宽广的长廊,从波乔尔科夫、克里沃什雷科夫,到在同苏维埃政权的斗争中想方设法利用哥萨克等级传统及先前在俄罗斯拥有特权地位的白卫军的活动家、沙皇的将军和狡猾的政客们。

肖洛霍夫以一个真正的现实主义者卓越的艺术感染力和深度,通过麦列霍夫一家的故事,表现了旧哥萨克阶层的偏见,如何同在列宁—斯大林政党领导下,为了社会主义英勇斗争的全体人民的根本利益相悖。肖洛霍夫表现了旧的偏见和传统如何崩溃,以及米哈伊尔·科舍沃伊这样来自于哥萨克、来自于哥萨克贫农劳动者的布尔什维克新人们如何走到前台。通过小说中心人物葛利高里·麦列霍夫的故事,肖洛霍夫表达了这一观点:即使是人民的一员,即使具有优秀的人类品格,一个人如果,尽管是在偶然的情况下,蜕变为私有制、旧的等级制度的捍卫者,他也会成为被社会抛弃的人。

肖洛霍夫以令人倾倒的艺术技巧在自己的小说中塑造了一批典型的哥萨克男性与哥萨克女性的形象:葛·麦列霍夫、米·科舍沃伊、潘·普罗珂菲耶维奇、伊莉妮奇娜、阿克西妮亚、司捷潘·阿斯塔霍夫、娜塔莉亚、杜尼娅等。史诗中的所有这些形象将永久地留在俄罗斯文学当中。尽管《静静的顿河》的情节本身具有戏剧性,而且有许多悲剧性场景,但作品还是洋溢着伟大的乐观主义精神和对生活的信念。这部小说的字里行间表现出俄罗斯人民的力量、气魄和天才,表现出他们丰富的创造力，他们的歌谣、谚语，他们生活中根深蒂固的陋习。《静静的顿河》是一部杰作，其中满是方言，且把俄语标准语的多姿多彩与意蕴深远呈现无遗。《静静的顿河》卓越地描绘了俄罗斯的自然风貌，顿河的草原、山谷，以及俄罗斯的国土。肖洛霍夫的作品唤醒了人们对故乡的爱，对伟大的俄罗斯人民的爱及信念。就自身的艺术特色而言，《静静的顿河》可以和俄罗斯文学经典作家列夫·托尔斯泰、高尔基的作品相媲美。肖洛霍夫继承了他们的传统。同马雅可夫斯基的诗歌一样，肖洛霍夫的作品是社会主义现实主义文学的辉煌成就，是苏联文学的骄傲。

基于以上考虑，高尔基世界文学研究所提名院士——作家肖洛霍夫为1940年斯大林文学奖（散文）当之无愧的候选人。

研究所代所长：Л.И. 波诺马廖夫教授

1940年10月9日苏联科学院文学与语言学分院把提名肖洛霍夫的推荐信发给了斯大林文学和艺术奖委员会。

附函中说道：

苏联科学院文学和语言学分院特送呈高尔基世界文学研究所关于提名科学院院士——作家肖洛霍夫的小说《静静的顿河》入选斯大林文学奖的决定。

肖洛霍夫的《静静的顿河》前三部几年前出版，第四部部分章节于1939年出版，1940年作品全部出齐。这样一来，整部小说的结尾恰逢今年，正好可以作为1940年完成的作品被推荐评奖。

关于对这部艺术作品的评价，分院认为它是苏联时期最优秀的作品之一，理应获得以约·维·斯大林之名命名的崇高奖项。

苏联科学院文学和语言学分院院士与副书记：П.И. 列别杰夫—波利扬斯基

分院学术秘书：Н.А. 艾格尔

信的复印件寄往苏联科学院主席团。

1940年9月16日举行了斯大林文学和艺术奖委员会第一次会议。会上宣读了苏联作协主席团关于推荐肖洛霍夫的长篇小说《静静的顿河》第四部为散文候选作品的决议。在其后的委员会会议上，肖洛霍夫的候选人资格及长篇小说《静静的顿河》成为非常严肃的讨论对象——斯大林奖可是第一次评奖。

斯大林文学和艺术奖（1940—1941）委员会档案中关于米·肖洛霍夫的材料系根据收藏于俄罗斯国立文学和艺术档案馆，第 2073 号全宗，第 1 号目录，第 1、2、3、5 保管单位整理，为打印稿，此为首次刊载。

斯大林奖文学和艺术奖委员会全体会议一号纪要

1940 年 9 月 16 日

苏联高尔基莫斯科模范艺术剧院

与会者：委员会主席弗拉基米尔·伊万诺维奇·涅米罗维奇—丹钦科、委员会副主席格里埃尔和 24 名委员会成员，均在附页上签字。（14 位缺席的委员中已告知无法与会的有：因病缺席的拜谢伊托娃、格拉西莫夫、多夫任科、梅尔库罗夫、莫斯科温，因事缺席的加德日别科夫、柯涅楚克、霍拉瓦、肖洛霍夫，因不明原因缺席的亚历山德罗夫、扬卡·库帕拉、卢波尔、莫尔德维诺夫、纳瑟罗娃）

会议内容被速记下来。

与会者听取了：1. 委员会主席弗拉基米尔·伊万诺维奇·涅米罗维奇—丹钦科关于对政府首脑莫洛托夫同志给予委员会的信任表示谢意的提议。

决议：通过（第 1 页）〈……〉

与会者听取了：3. 弗拉基米尔·伊万诺维奇·涅米罗维奇—丹钦科关于成立四个组的提议：

（1）文学（散文、诗歌、剧作、文艺批评）

（2）戏剧和电影

（3）音乐

（4）绘画、雕塑、建筑和每个组的委员会成员的分工。

文学小组：Г.Ф. 亚历山德罗夫、阿谢耶夫、古拉基扬、古尔维奇、柯涅楚克、卢波尔、托尔斯泰、法捷耶夫、肖洛霍夫、扬卡·库帕拉等同志。

戏剧和电影小组：Г.Ф. 亚历山德罗夫、拜谢伊托娃、博利沙科夫、格里埃尔、古拉基扬、古尔维奇、多夫任科、库兹涅佐夫、米霍埃尔斯、马尔德巴耶夫、莫斯科温、纳瑟罗娃、萨莫苏德、西蒙诺夫、苏达科夫、霍拉瓦、切尔卡索夫、恰乌列利、埃姆勒等同志。

音乐小组:А.В.亚历山德罗夫、Г.Ф.亚历山德罗夫、拜谢伊托娃、加德日别科夫、格里埃尔、戈利杰魏泽尔、杜纳耶夫斯基、马雅可夫斯基、纳瑟罗娃、萨莫苏德、赫拉普钦科、沙波林。

绘画、雕塑、建筑小组:Г.Φ.亚历山德罗夫、韦斯宁、格拉西莫夫、格拉巴里、梅尔库罗夫、莫尔德维诺夫、穆希娜、赫拉普钦科。

决议:通过。

与会者听取了:4.弗拉基米尔·伊万诺维奇·涅米罗维奇—丹钦科关于把为拟定于10月15日召开的下一次委员会全会所做的准备工作移交给各组的提议。

决议:通过。

与会者听取了:5.弗拉基米尔·伊万诺维奇·涅米罗维奇—丹钦科关于每个小组自行选出负责召集小组会议的组长的提议。各小组秘书的工作委托给委员会的秘书。

决议:通过。

委员会主席:苏联人民艺术家弗·伊·涅米罗维奇—丹钦科

秘书:奥·谢·勃科尚斯卡娅

俄罗斯国立文学和艺术档案馆,第2073号全宗,第1号目录,第1、3号保管单位背面。

斯大林奖文学和艺术奖委员会第一次会议速记

1940年9月16日13:30

苏联高尔基莫斯科模范艺术剧院,下层休息室

维·亚·维连金

分组的建议是根据委员会成员的专业提出的。因此建议某些同志跨几个小组工作。

建议Г.Φ.亚历山德罗夫在所有四个小组当中工作,赫拉普钦科在三个小组:戏剧电影、音乐、建筑和造型艺术组;拜谢伊托娃、纳瑟罗娃、格里埃尔、萨莫苏德在戏剧电影和音乐组;古尔维奇在文学和戏剧电影组。

现在分别谈谈各个小组的情况。文学组包括诗歌、散文、剧作、文艺批评几个部分，有以下成员：Г.Ф.亚历山德罗夫、阿谢耶夫、古拉基扬、古尔维奇、柯涅楚克、卢波尔、托尔斯泰、法捷耶夫、肖洛霍夫、扬卡·库帕拉（第23页）。

维·亚·维连金

按照弗拉基米尔·伊万诺维奇（·涅米罗维奇—丹钦科）交代的任务，宣读苏联作家协会主席团关于推举米·亚·肖洛霍夫的长篇小说《静静的顿河》（第四部）为散文组候选作品的决议文本，宣读国家音乐团体办公室关于沙波林的交响曲《在库利克沃战场上》的候选资格的推荐信，以及宣读全苏无线电广播委员会推举科瓦利的清唱剧目《叶梅利扬·普加乔夫》的候选资格的推荐信（第27页）。

俄罗斯国立文学和艺术档案馆，第2073号全宗，第1号目录，第1号保管单位，第23,27页。

斯大林文学和艺术奖委员会第二次全体会议速记

1940年11月11日

阿·尼·托尔斯泰

小组（文学组）审核的是那些由莫斯科和各加盟共和国的作家协会匿名投票选出的作品。由此得出以下的名单，此名单不包括那些由小组成员提出却被我们否定的作品。

应提及下列作品。

诗歌：列昂尼泽关于斯大林的长诗、阿谢耶夫的长诗《马雅可夫斯基正在开始》、斯捷潘·希帕乔夫的诗集、雷利斯基的《收葡萄》、马雷什科的诗集。

长篇小说：谢尔盖耶夫—倩斯基的《塞瓦斯托波尔激战》、万达·瓦西列夫斯卡娅的《沼泽地上的火焰》、肖洛霍夫的《静静的顿河》第四部、伊万·列的《乌克兰》、米尔·贾拉勒·帕沙耶夫的《一个年轻人的宣言》。

文艺批评：费季索夫的著作《江布尔·贾巴耶夫》。

戏剧：两部话剧，即萨梅德·武尔贡的《汉拉尔》、柯涅楚克的《在乌克兰草原上》。后者小组未提交审核。

审核这份资料和小组成员推荐的资料后，我们推荐以下作品：

列昂尼泽的《领袖的童年》、阿谢耶夫的《马雅可夫斯基正在开始》、希帕乔夫的《诗集》、雷利斯基的《收葡萄》、谢尔盖耶夫—倩斯基的《塞瓦斯托波尔激战》、万达·瓦西列夫斯卡娅的《沼泽地上的火焰》、肖洛霍夫的《静静的顿河》。（第52页）〈……〉

阿·尼·托尔斯泰

《静静的顿河》的评语还没有写好。我们推荐三部长篇小说：谢尔盖耶夫—倩斯基的《塞瓦斯托波尔激战》、肖洛霍夫的《静静的顿河》和万达·瓦西列夫斯卡娅的《沼泽地上的火焰》。我们在小组中可以达成一致，我们倾向谁，也就是说，我们推荐哪部作品。但是我们没有这样做。我们认为，这对委员会来说是不道德的。我们把选择权给你们。如果委员会选择一部长篇小说和诗歌，那么小组该接受。我们的任务是：在国家所提供的作品中给你们推出最好的，并且是名副其实的好作品。（第55页）

俄罗斯国立文学和艺术档案馆，第2073号全宗，第1号目录，第1号保管单位，第52，55页。

斯大林文学奖文学和艺术奖委员会第四次全体会议速记

1940年11月18日

涅米罗维奇—丹钦科

现在我们该看看文学小组的工作了。我们还剩下《静静的顿河》、万达·瓦西列夫斯卡娅，诗歌方面，列昂尼泽的情况没有通报。现在应该就所有候选人发表意见。我们对绘画和雕塑方面的意见已经说过了，不同观点的倾向性我们也已很明确。不过还没有对文学方面发表看法，我们只是听取了小组的建议、报告和评论。即便如此，也还是不全面。（第104页）……

阿·托尔斯泰

我想，是否大部分人读过《静静的顿河》？我现在读一下多多少少经过汇总的感想（读）：

无论艺术作品创作得如何好，我们评价它仍然是根据它在我们内心留下的最终印象，根据它在我们内心继续发挥的影响。

就涵盖了意义重大的社会主题的艺术巨作来说,这种作用在我们内心会持续很长时间,有时甚至是整整一生。艺术作品的影响是衡量其质量的标准。

我们能否用这样的标准衡量我们当代的作家?我们能否不需要很久的时间检验就可以确定它们真正达到的艺术高度?是的,我们可以,也应该能够做到。评价艺术作品如所有的创作活动一样,是一种需要创作勇气的行为。

我们能否把这样的评价标准用于肖洛霍夫的《静静的顿河》?《静静的顿河》这本书引起了读者的欣喜和烦恼。众所周知,许多读者在信中要求肖洛霍夫继续写这部小说。小说第四部结尾(确切地说是小说主人公葛利高里·麦列霍夫这个强大哥萨克的代表,既有能力又有激情,却走向匪帮的整个叙事部分)损害了读者心目中葛利高里·麦列霍夫不安分的形象,以及肖洛霍夫所创造的整个形象世界。那个独特而又真实的世界长久地令人神往,其中(第 105 页)充溢着人们的各种情感。

《静静的顿河》这样的结尾是作者的构思还是一个错误?我认为是个错误。如果《静静的顿河》就以第四部结束的话,那就是错误……但是我们觉得,这个错误将会被那些要求作者继续写葛利高里·麦列霍夫生活的读者的意志纠正过来。

为什么肖洛霍夫就这样结束了第四部?在作者设定的贯穿四部书的框架之内,换一种艺术叙事方式来结束小说有难度,甚至不可能。葛利高里·麦列霍夫或许有另一种出路。但假设肖洛霍夫领着他走向另外一条道路,经过第一骑兵师的历练,走向重生和净化,小说的结构,内部组织就会散架。小说局限在麦列霍夫和阿克西妮亚守旧的哥萨克家庭的世界观,局限在二者情感和感受这个狭小的范围内。肖洛霍夫,作为忠实的艺术家,无法走出这个圈子。他应把自己的主人公引向这个注定消亡的小天地不可避免的毁灭,引向最后一步,引向黑暗的深渊。

葛利高里·麦列霍夫的家庭毁掉了,他赖以生存的一切都永远破灭了。那么读者自然而然就要问:"葛利高里此后的命运如何呢?"

葛利高里不应该作为一个土匪走出文学。这对于人民和革命来说都是不正确的。上千封读者的来信说明了这点。我们所有的人都如此要求（第106页）。但是我重申，只有在《静静的顿河》止于第四部这种情况下，错误才成为错误。整部小说的结构要求进一步揭示葛利高里日后的命运。

长篇大论地谈论小说的艺术质量是多余的。小说的艺术质量已达到一个高度，近二十年来，苏联文学中未必有其他作品能达到这个高度。叙述的话语与对话都鲜活、地道、准确、清新，这些永远来自于敏锐的观察、对事物的了解。肖洛霍夫写的只是他深深感受到的东西。读者用他的眼睛观察，感受他内心的爱。

可以用高度的艺术评价标准来衡量《静静的顿河》吗？是的，可以。肖洛霍夫的小说将生活在我们中间，激起我们深切的感受、广泛的思考，引起对作者观点的异议和争论；我们会生作者的气，也会喜爱他。这就是艺术巨作的生命力。

涅米罗维奇—丹钦科

我建议大家转而交换对万达·瓦西列夫斯卡娅的小说、谢尔盖耶夫—倩斯基的小说和《静静的顿河》的意见。我们（第107页）觉得，把观点说出来是很重要的。随后这几天，我们每个人都琢磨琢磨听到的意见，以便诚实地作出决定，每个人都倾向什么。对这样的方式有反对的意见吗？那么我建议大家畅所欲言。

格拉巴里

上次全体会议上提出一些候选者，但他们当中没有一个被小组确定为最好的，我的理解对吗？

阿·托尔斯泰

我们小组有自己的想法，但是我们不想把它强加给其他人。我们为什么要做宣传鼓动呢？

戈利杰魏泽尔

我觉得把小组所表述的观点看作是宣传鼓动的做法恐怕不正确。为了特定领域的专家能够在每个单独的部分特别深入地分析，我们才成立各个小组。自然，音乐作品首先由音乐家评论，绘画由画家，等等。最有趣的是要听听文学小组的意见，不要害怕他们会给我们造成压力。我们每个人都有自己的观点。他们是专家，能够更深入地分析这些作品（第108页）。

涅米罗维奇—丹钦科

我认为，亚历山大·鲍里索维奇的观点会得到委员会其他成员的支持。至少，您的意见倾向哪一方非常有趣。假如文学小组回避“偏爱谁”这个问题，我是理解的，因为《静静的顿河》的许多巨大的优势是其他作品没有的；但是万达·瓦西列夫斯卡娅也有巨大的优势，那些政治方面的优势；而谢尔盖耶夫—倩斯基创作出一部史诗巨制；因此很难说偏爱谁。但是阿列克谢·尼古拉耶维奇说，文学小组有自己的看法。

梅尔库罗夫

我们是完全成熟和独立的人，不会害怕压力。但我们却很想知道小组的观点。真是奇怪的酒精中毒现象，他们居然回避现实。如果具有公民应有的勇气，就该说：“按照我们的观点，该如此评价。”

阿·托尔斯泰

我表述不准确。在小组里面有不同的品味、不同的观点。也许，小组成员现在的确该发表自己的看法了？（第 109 页）

多夫任科

我们不能要求文学小组有统一的观点，但我们想让小组成员谈谈自己的意见。

法捷耶夫

我可以谈谈个人的想法。文学小组里散文的问题比较尴尬。如果看看三部候选作品，那么《静静的顿河》在创作技巧方面非常突出。这是一部非常好的天才作品，似乎对此并无异议，任何一个人读了都会说：很难找到与它匹敌的作品。但是另一方面，我们所有人都怀着最好的苏维埃感情对作品的结尾感到遗憾。因为这个结局我们等了十四年，而肖洛霍夫却把可爱的主人公引向精神空虚。写了十四年人民互相厮杀，而结果什么都没有得到。人们走向了完全的精神空虚，这是一场没有结果的厮杀。

如果把米什卡·科舍沃伊看作是苏维埃思想的载体，那么他绝对是个卑鄙之徒。我们知道，从客观真理来看，历史是这样的。顿河反革命分子拼命抵抗之后，哥萨克转向了苏维埃政权这边。顿河地区有很多股潜藏的反革命势力，他们当时及后来经常叛乱。但是最好的哥萨克人民的力量转向了苏维埃政权。葛利高里·麦列霍夫这种勇士（第 110 页），走向了苏维埃政权。确实，在第三部中，肖洛霍夫把自己的主人公变成了坏人，一个反革命分子。肖洛霍夫把他引向最后的结局，这个结局对他而言是合理的。但是有时候会有这样的疑问。他选择的是善良普通的麦列霍夫中等家庭。意义就在于此。这个家庭具有典型性。而我们期待葛利高里有另外一种结局。不管他有何过失，我们已经喜欢上他了，同时他象征着哥萨克的道路。

小说中存在着某种艺术上的不真实。为什么我们打败了反革命？因为那些和反革命哥萨克作斗争的人们在思想和道德上要高尚些。而在《静静的顿河》中只有三个布尔什维克人物：施托克曼，但他不是真正的，而是"基督徒似的"布尔什维克；本丘克，这是个用铁和混凝土包裹起来的"呆板的"布尔什维克；科舍沃伊，这是个卑鄙之徒。

艺术家很清楚当时的环境、哥萨克的生活和习俗，展示了哥萨克发展的某个片段，表明反革命事业注定要失败。小说中反革命注定彻底灭亡的命运很明显。但是为了什么，代之而起的又是什么——这些都没有说明。正如任何一个真正的天才的作品那样，肖洛霍夫作品中有很多真实的画面。比如，波乔尔科夫之死。这一幕给人的印象很深。作品中战斗、战役的画面，他们的感觉，激情和冲突中有很多客观真实性。正是因为这点，人民喜欢上了这部作品并把它提到这样的高度上来。但是在最后，小说应该阐明一种思想，而肖洛霍夫却把读者引向死胡同（第 111 页）。这也给我们的评价带来困难。

我个人的意见是，作品没有展示出斯大林事业的胜利，这让我在选择时犹豫不决（第 112 页）。……

涅米罗维奇—丹钦科

我可以提个问题吗？为什么您把米什卡称作卑鄙之徒？因为他太率直了？

法捷耶夫

不是因为他率直，而是因为他内心没有他所捍卫的东西。

涅米罗维奇—丹钦科

我倒是想从麦列霍夫的角度来审视他。假如麦列霍夫留下，他可能被除掉。对麦列霍夫而言，留下意味着被除掉，或者就像维尔塔笔下的斯托罗热夫[①]一样，在森林里流浪。葛利高里的毁灭表现的是

① 维尔塔小说《孤独》（1935 年）中的主人公。——译注

个人主义强者形象的失败,是哥萨克自由散漫性的毁灭。这就是问题所在,这就是失败的症结所在。

还有个问题,就是当《安娜·卡列尼娜》写成的时候,结局也引起了类似的争论。但是如果从这个观点(法捷耶夫的)出发,今天《安娜·卡列尼娜》就通不过。我明白,假如1878年为《安娜·卡列尼娜》评奖,我们不会是评委,他们没有我们这样激烈的意识形态方面的因素。这对于我们的判断而言是很重要的。不管我们怎么高度评价一部艺术作品,我们还是不能脱离其意识形态方面的积极意义。而历史在某种程度上可以说明这点(第113页)。

法捷耶夫

但是关于安娜·卡列尼娜的死,我们可以说:看看把那些人引向这种结局的体制吧!难道后人可以这样说葛利高里·麦列霍夫吗?

涅米罗维奇—丹钦科

我并不是说从这点出发,而是说从争论的结局来看。因为在艺术方面(阿列克谢·尼古拉耶维奇在自己简短的报告中所说的是正确的),作者希望真实地描写,所以他无法给葛利高里设定另一种结局。假如他执意掉头,那么他的形象就不可信,或者需要在他的心理上设置一个不自然的转折,让他突然成为一个布尔什维克。他是个十足的个人主义者,沉湎于自己的情欲。总的来说,这点对于四部的作品来说不重要,这对于四部的作品来说,内容不够丰富。

柯涅楚克

我想先说说还没有提到的伊万·列的《乌克兰》。我们给予它很高的评价,把它看作是第一部展示16世纪乌克兰人民与压迫者,与波兰斗争的长篇历史小说。书中有众多非常有趣的形象。不过,这部小说确实在历史顺序上有偏差。但我不会停留在分析这部作品上,因为,尽管伊万·列有很多优点,但他的小说比肖洛霍夫的《静静的顿河》要逊色一些。我只想(第114页)向大会提一下这部小说。

现在说说《静静的顿河》。对于读者有种不满足感这点,我赞同。我们不想麦列霍夫就这样结束了。但是作者这样做了。

我会给肖洛霍夫的小说投赞成票,因为无论如何,这是俄罗斯文学的一部巨作。我对结局也不赞同。大概,他还要写第五部吧。读者要求他换个结局。但是这部长篇小说对资料,对大自然,对人,都有真实的、深切的认识和了解，这里我们能够深切地感受到多少扣人心弦的情节，从中得到极大的审美享受。这部作品可以拍成歌剧，拍成电影，这里有很多美好的形象。有些篇章让你感到好像是一尊雕像。阿列克谢·马克西莫维奇[①]说，阅读托尔斯泰的作品时，情不自禁地想用手指碰一下人物形象—因为托尔斯泰是以雕像的方式来刻画他们。肖洛霍夫作品中也有这样的地方，借此他和我们苏联散文都获得了整体提升。

当然，评定第一届斯大林奖是很复杂的事情。但是肖洛霍夫是位共产党员作家，他战斗过，痛苦过，成长起来了。而斯大林奖将调整他的心态，开阔他的视野。当然，尽管他有聪明才智，他还需要对人民的深刻认识和深挚的爱，他需要开阔视野，为了使他的天才能够发挥得更加出色。肖洛霍夫会做到这一点的。艺术家做了很多的工作。他将或者继续向前，或者重复自我。肖洛霍夫应该向前走，从思想上认识以前他未曾认识的现实(第115页)。

我想，应该授予这样的作家斯大林奖。我并不是出于获奖会鼓舞作家这样的看法，而是觉得这部作品应该获得斯大林奖。

我认为，推荐的所有散文候选作品都很严肃、很有意义。但是它们当中最好的是肖洛霍夫的作品。

多夫任科

我内心非常不满足地读完了《静静的顿河》。首先，很明显的是，肖洛霍夫具有极高的创作天赋。而这种不满足感是和肖洛霍夫天赋之高成反比的。

我在和各行各业很多的脑力劳动者的交谈中检验了自己的这种印象，从他们那里听到的是与我一致的看法。

各种印象汇总如下：静静的顿河流淌了许多世纪，哥萨克的男男女女在那里生活，骑马、豪饮、高歌……那里的习俗丰富多彩，令人神往，经久不变，人们热情好客。革命爆发后，苏维埃政权和布尔什维克来了：他们打破了顿河的平静，四处驱赶人们；他们唆使弟弟反对哥哥，儿子反对父亲，丈夫反对妻子，他们使国家变穷……他们使人们染上了淋病、梅毒，传播丑恶、肮脏，把强健的、素质好的人赶去当

① 高尔基的本名。——译注

土匪……故事到此为止。

作者在构思上犯了极大的错误。作者应该不仅仅是大师,还是宣传者。我认为,哪怕不是为了共产主义劳动的理想(这是个好听的字眼),不是为了共产主义,仅仅是为了对待自己人民的态度,为了二十多年需要付出大量脑力和体力的艰苦朴素的,甚至有时禁欲的生活,为了在世界范围内确定自己的理想需要付出的代价,为了我们的人民,也应该创作一大批以善而不是以恶为基调的作品。因为善良,而不是邪恶才是生活的度量衡。艺术大师在以十年时间创作的巨作中,有责任给自己的人民描绘出这样的前景。而这一点,我们却无法充分感受到。

小说给人一种印象:共产党员作家许多年都处于某种心理矛盾,起码可以说是某种心理不成熟中。结果如何呢?问题(第117页)并不在于是否把麦列霍夫变为共产党的预备党员,而在于史诗的创造性的正面因素,即斯大林同志提到过的敌人的敌人,在小说中没有表现出来。没有对他们施以应有的笔墨,也没有达到应有的写作质量。

至于米什卡·科舍沃伊,我有这样一种印象,他和作者不是特别近,所以他的整个色调是概念化的。他是残酷的、完全个人的、粗鲁的、有报复心的人。

阿·托尔斯泰

不是一个品格高尚的人。

多夫任科

肖洛霍夫收到的很多信件都说,人民不接受这部巨作,人民要求这位大师把故事讲完。

让我来举个例子。我曾经和来自里加的维尔塔会面。他说,国外有许多关于这本书的评论。这些评论谈道,甚至被人们认为是斯大林私交好友的布尔什维克议员,也写了一本将主人公引向最悲惨结局的书;也就是这个人,把布尔什维克塑造成软弱的、报复心强的、残酷的形象。当然,他们不愿意听到这些(第118页)。

法捷耶夫同志说过,很遗憾,这部作品不是为所有同斯大林同志的名字相连的事业及政策服务的。我觉得,奖项对于像肖洛霍夫这一类既有大的错误,也有大的成就的杰出人物而言,未必是激发创作活动的唯一动力。也许,他会因《静静的顿河》第五部获奖。这也将成为鼓舞作者,使其思考很多问题的重要动力。

还有一种情况让我深思。他的主人公们是具有某种自发冲动特点的人。他们的行为受激情左右。但是不论从举止,还是从言论,都看不到什么正面的意图,看不到什么理想和目的。

我想谈一下写于一百年以前的《塔拉斯·布尔巴》这本书。我发现,从今天的角度看,这本书是借塔拉斯·布尔巴之口肯定对同志情谊、友谊、豪迈,以及俄罗斯土地的热爱,对英勇精神、忠诚,以及所有高尚品质的呼唤,正是这些使这本书流传百年。

肖洛霍夫的书没有揭示这些前景的最后一部(第 119 页)。……

古尔维奇

肖洛霍夫的书出版时引起了很大的争论,由于书本身造成情感矛盾,所以有争论是很自然的事。为了更清晰地了解这部作品,我觉得,所有对这部小说持有不同意见的与会者应该说出自己的看法,以便“拔剑交锋”和投票。

类似于法捷耶夫发言中的观点,出现在一系列文章中,简要概括如下:不能那样结束小说,但换一种方式结束又不可能。不能那样结束小说,因为献给革命的这样一部宏大的史诗不能被肖洛霍夫写成一部毫无希望的悲剧(第 120 页)。

如果不从历史力量的一般变化,而从葛利高里个人命运的角度来看,那么,正如大家所言,为了作品的真实性,艺术家不可能给作品另一种结局。弗拉基米尔·伊万诺维奇说得对,假如小说是另一种结局,葛利高里就应该自觉地走向死亡;但是就葛利高里当时的情况而言,这样处理从心理学角度是不正确的,是虚假的。

也就是说,应该提一个问题:为什么会出现这种情况?一方面,作为偶然事件,作为人的一种遭遇,小说的结局从心理学角度来看是真实的;但另一方面,小说的真实结尾却引出了相互矛盾的观点。

这都是因为在肖洛霍夫的小说中,没有可以被称为革命的东西。肖洛霍夫小说反映的年代是通过哥萨克反动阵营内部描写的——最大的灾难动摇了生活的根本,导致了如多夫仁科所说的人们之间的冲突、众多家庭的毁灭、麦列霍夫全家的毁灭,导致了具有刚强性格、丰富感情的人们的灭亡;而导致最终毁灭的意义在这部小说中没有揭示出来,也就是说,带来许多不幸的巨大灾难降临国家,而所有这些是为了什么，我们在这部小说中感觉不到。究竟哪里有能照亮阴暗天空（第121页），并且在我们看来能补偿这个被毁灭家庭的光和闪电？这引起了不满。因此大家都感到矛盾是很自然的。

可是问题并不是那么简单。葛利高里是一个很复杂的人物形象。葛利高里·麦列霍夫——白军阵营里的“白乌鸦”，他在那里是异类。他同菲茨哈拉乌罗夫将军的会面揭示了他作为人民大众的代表，同白军军官、地主和领导白色运动的资本家是敌对的。

但是在红军中他同样表现得如同一只“白乌鸦”。肖洛霍夫在小说艺术表现力最强的第四部中，在这艺术性完整而鲜明突出的第四部中，作为一个艺术家成长起来了，他甚至并未有意描写葛利高里在红军队伍中的表现。葛利高里生活的这部分都是间接表达出来的。肖洛霍夫作为一位艺术家，没有直接表达这一点。

葛利高里的一生是由追踪其足迹的艺术家展示出来的。可是突然中断了，一段生活场景不见了；仅仅通过他人之口附带牵出。而这一段生活可以看作是转折性的，但是却不被艺术家接受。当您读到葛利高里在红军中的那一段时——您可以看到，这一段描写缺乏艺术性，您就明白了，不会有其他结局，也不可能有其他结局。因为（第122页）对于其他结局而言，葛利高里生活的这段时期应当是小说的中心之一。

但是要知道，葛利高里在匪帮中也是只“白乌鸦”。我不同意说葛利高里当了土匪。他不是去当土匪，而是为了保存性命当了唯一自由的第三方。

小说结束了，而肖洛霍夫用了几十、上百页的篇幅描写葛利高里在匪帮的生活就是为了（我是这样理解的）表现他是这里的“白乌鸦”，在这个环境中他是完全另类的。葛利高里没有当匪徒——他精神空虚了。我们对这部作品极度不满的思想根源即在于葛利高里体验到的这种空虚感。

肖洛霍夫在许多方面受到列夫·托尔斯泰的影响，尽管他的艺术气质和出身同列夫·托尔斯泰相反。概括地讲，他是一位观点鲜明的浪漫主义者，而不是现实主义者。他不像托尔斯泰那样，笔下有很多对人们情感和思想的温和表达，他感兴趣的是一些强烈的情欲和紧张的情节。他让敌对双方坐在一起，以夸张的手法对此进行描写。

不过他还是受到托尔斯泰号召建立爱国主义的完整大家庭的精神，以及对待自然就像对待人世间永恒的虚空思想的观点的影响。当发生让人们受苦受难的大动荡时，托尔斯泰的奥斯特里茨天空也出现在这部小说中。这一点在阿克西妮亚和葛利高里身上都有很多体现（第 123 页）。他们常常同平静、安宁、美好的大自然进行心灵的交流——它吸引着内心怀有各种情感的人们。

这是和解的思想，反战的思想，这种思想，依我看，小说中是通过葛利高里的母亲—伊莉妮奇娜的形象表现出来的。这个形象塑造得非常好。她的愿望是自己所有的子女，科舍沃伊和麦列霍夫和解。伊莉妮奇娜的形象和肖洛霍夫笔下大自然的形象融合在这一思想中。

现在来谈一谈小说的结尾。我不认为可以修改小说的结尾。另换小说的结尾是不可能的。在这里，一个人的命运被书写得很真实且合乎逻辑。但是肖洛霍夫如果以另外的方式结尾，亦即葛利高里投靠了另一方——他还留在这里，把自己出卖给当局——那么，这仍然无法消除不满意的感觉。因为问题不在于葛利高里那样决定了自己的命运，而在于如果人们用八年的时间阅读小说却依然对它爱不释手，那么就不能够说令人满意的结尾能消除在阅读小说过程中所产生的不满意的感觉。这是不正确的。

但是这个不满意度是很高的。之所以不满意是由于书中没有引导革命的积极的人民力量，要知道革命消除它本身带来的所有悲剧性冲突和牺牲（第 124 页）。

肖洛霍夫做得很正确，他没有把哥萨克描写成一群可怜虫，而是把他们描写成来自于人民的坚强之士。那时他们中间的一批优秀分子参加了布琼尼的骑兵部队。尽管他们受到同一块土地的滋养，命运却把一些人推到一边，把另一些人推向另外一边。

这部小说以巨大的震撼力描写了爱情，葛利高里和阿克西妮亚的爱情。这段爱情产生于极端的环境中：人们半年，一年没有见面，后来在某一天相遇，而当时的这段爱情留在了记忆中并铭刻于心。因为它是用特殊的力量描写的。这段爱情的描写在苏联文学中没有可以与之媲美的。要传达出那种情感相当困难。可能这是摆在艺术家面前最困难的任务。因为许多世纪以来，众多天才的艺术家都曾描写爱情。为了像肖洛霍夫那样描写这种情感,要具有非常纯真的心灵。但这里却没有其他胜利的、征服的力量。

我不同意把米哈伊尔·科舍沃伊称为卑鄙的家伙。尽管他不是一个感情丰富、品质高尚的个体,可这并不意味着可以把他称作卑鄙的家伙。许多文章因这个形象对麦列霍夫的态度而批评他。批评意见简而言之,就是科舍沃伊应该像肖洛霍夫那样对待麦列霍夫,也就是说,哥萨克的敌人应像揭示了这个人物内心世界的艺术家—心理学家一样对待他。在那样的条件下,科舍沃伊无法深入葛利高里(第125页)的心理进程,因此无法弱化因把他当做威胁自己事业的直接敌人而采取的行动。

科舍沃伊是一个非常粗俗的形象。这是一个直率的形象。他的行为是正确的。他有点粗鲁,而且粗俗,因此我们不可能喜欢他。如果这个形象是许多内心想消灭反动阵营里的正义力量的人们中的一员,那么就不应该反对他。

涅米罗维奇—丹钦科

正确!

阿谢耶夫

向谁揭示这个道理呢——向麦列霍夫,还是向我们?

涅米罗维奇—丹钦科

我们。

古尔维奇

依我说,假如在读者面前表现革命性,那么科舍沃伊这个人物也能有自己的阵营。科舍沃伊这个形象是一个典型的形象。但是我们还有更典型的。

这样看来,肖洛霍夫的小说也有缺点,尽管它有强大的艺术感染力。此处艺术家的视野有局限性。

罗莎·卢森堡说过:"社会主义是资本主义的孩子,但是孩子的诞生是以母亲的生命为代价的。"如果从这个观点来审视这一现象,那么我们就会发现,在肖洛霍夫的作品中有"母亲的死亡",却没有"孩子的诞生"(第126页)。没有新生的力量来抵补"母亲的死亡"。

对此作出社会性评述和精确的政治分析,我感到十分困难。在某种程度上,原因在于肖洛霍夫描写的哥萨克本身的环境。这是一股反革命力量。肖洛霍夫小说中的唯一凭证，是斯大林同志所说的“在这里指挥军队是不可能的，因为这里的人们敌视我们”。斯大林同志就是这样论证自己的战略计划的。

因此，肖洛霍夫是在当时被认为敌视革命的环境中描写主人公的。如果说哥萨克中有一些摇摆于两个阵营之间的人，为了找到自己的道路经历了许多波折，那么把葛利高里的道路描写成平坦的就是不正确的。

肖洛霍夫的小说有某种不问政治的倾向。这就是作者引导葛利高里走向的精神空虚。葛利高里既是红军中，也是匪徒中的“白乌鸦”。这一点并未被作者从思想上认识到。这种不问政治的倾向使他并没有认识到这个时期人民力量的发展，也没有在自己的小说中注入我们亲近的思想。

同时我们又不得不折服于描写了众多人物和大自然的这部小说的艺术力量。遗憾的是，大部分作家（第 127 页）只把自然作为背景，而肖洛霍夫以巨大的艺术感染力描写的不是背景，而是人们生活的环境。

我认为，这部小说应当成为关注的焦点。

至于其他两位，万达·瓦西里斯卡娅和谢尔盖耶夫—倩斯基，我认为，把他们的优点全加在一起，都没有达到可以获得像斯大林奖那么崇高的奖项的高度（第 128 页）〈……〉

阿谢耶夫

当需要同时运送“狼、山羊和干草”时，我们就会面临艰难的抉择。我觉得，首先我们应该遵循列夫·托尔斯泰为文学杰作完美定义的道德主张。艺术家本人感同身受的东西就会让人铭记于心。

从这一点来看肖洛霍夫的小说——这是一种只有现在才能谈论的现象，这不是溢美之词。问题在于，肖洛霍夫刚刚学会写作，才成为真正的作家。这件事的难处在于，对于肖洛霍夫而言，国家关注起的是负面作用。因为假如他不是受到如此关注，那些讨论当然也就不存在了。小说结尾的政治意义否定了艺术价值。因此，我们就在旁边“跳舞”兜圈子。一方面，我们在讲作品应当引起注意，这是一部优秀的作品；另一方面，我们又在讲究竟该怎么办（第 129 页）？它会给国内外读者带来什么影响？外国的确有可能利用一切机会损毁我们。

小说不仅局限于时间、年代，而且局限于地点。这部小说是“局部性的”，小说表达了肖洛霍夫生活的思想和情感。这是“地域性”的《战争与和平》。如果超出这个范围，就像对《战争与和平》那样对它提出一些世界级要求，它就会不堪重负。在我们苏联文学的成长过程中，它占有重要的位置，是一部文学作品从预热到沸腾，再到现在的热度的见证。

有人说，为什么不把麦列霍夫塑造成另一个形象，既然这个人曾有可能站在共产党一边？问题在于，对于“地域性”小说，即受地域限制的小说，描写的真实和情感的真实不相吻合。假如有很多个科舍沃伊存在，顿河上就不会发生暴动，库班就不会脱离苏维埃俄国了，小说也就没有什么可写的。这种情形在一个封闭的思想利益圈中循环往复，有可能投向另一方的麦列霍夫无法冲出这个圈子。就心理特征而言，他是一个绝对诚实、英勇的人。试想他同阿克西妮亚的丈夫会面的情景——那是多么紧张的时刻。这两个同爱一个女性的人，甚至准备拔刀相向……突然，我们称为本性的东西使得他们采取另一种方式对待彼此。他们喝得酩酊大醉——也许，喝醉不太好，但是用家酿烧酒浇灭情欲的方法却让一切都烟消云散。他们不是酗酒(第 130 页)。此处描写得非常精彩！

我们有一部获得过很高评价的作品：巴格里茨基的《奥帕纳斯之歌》。书中讲：“本应当农民，却去当了土匪。”在那段岁月里，思想信念还比较薄弱。人民的正义感的自发力量发挥着作用。哪里有信念的力量，哪里就会结出果实。但是这还不够。不能说麦列霍夫错了，说他没有受到共产主义思想的熏陶。那时没有足够的“花粉”，人类美好生活的花朵没有绽放，因此也就发生了暴动。

我们把小说结尾有瑕疵归咎于肖洛霍夫。应该设法弄清楚成因，可拨云见日却很难。优秀的文学作品在思想上也可能是有害的。这一点需要注意。我没有解决这个问题，我不认为自己是一个素质很高的读者——我被小说的第四部深深地吸引。前几部还不是很成熟，第四部却吸引了我。我不是像文艺学家那样阅读——而是“全身心”钻进了这部小说。难道只有我是训练有素的读者，其他的读者都是笨蛋吗？他们同样觉得：很可惜，麦列霍夫没有成为“当代英雄”。他并不是精神空虚，他只是不知道怎么办，如何理解。他加入了红军，也许那个时候在红军队伍里鬼知道他是哪边的？肖洛霍夫不想“把人物从卡片上剪下来”，然后贴到小说里，他不清楚那时的情况是如何发生的。当然这可以通过历史文献来了解（第131页）。不过，这一切对肖洛霍夫并不像对列夫·尼古拉耶维奇那样简单。这是可以理解的。托尔斯泰说过：“我喜欢贵族社会，对手艺人感到陌生，不了解……”肖洛霍夫也熟悉自己的圈子。当然，托尔斯泰的写作范围要比肖洛霍夫大两百倍。但是肖洛霍夫站在一条正确的文学道路上，聚光灯的强光从四面八方聚焦于他。他在“我们的文学之路上”还是一个“外省青年”。他还没有走向世界，我们却授予了他世界级的奖项。

读者受到肖洛霍夫艺术技巧的影响，醉心于他的艺术天赋，应该想想再说：难道我因此堕落了吗？我想，无论是我还是读者都没有因此堕落。

我并不认为可以简单地把麦列霍夫描写成一个共产主义者。但是肖洛霍夫接下来的工作，按照发展趋势，依我看，应该是谈对麦列霍夫正常评价的比例。

我将投肖洛霍夫一票，我觉得，这不会是错误的。肖洛霍夫将会有机会证明，他还储备着一个“葛利高里”。不是这个，不是麦列霍夫，而是另外一个。但是现在不应该给他施加压力，让他猛然“榨干”储备（第132页）。〈……〉

莫尔德维诺夫

我想问一下古尔维奇关于“母亲的死亡”和“社会主义孩子的诞生”的问题。肖洛霍夫创作了两部作品：一部是刻画处在一个阶段的哥萨克的《静静的顿河》，一部是刻画处于另一个阶段的哥萨克的《被开垦的处女地》。这两部作品应该合成一体来理解。一部是开端，另一部是延续。我想提一个问题：能否不对《静静的顿河》（第133页）提过高的要求，仅认为它代表着“资本主义的瓦解”，而他笔下的“诞生”则体现在随后的《被开垦的处女地》中？

古尔维奇

当然可以这样来看。可以用同样的方式来分析国内战争时期的一系列作品，诸如马雅可夫斯基、绥拉菲莫维奇、富尔曼诺夫、肖洛霍夫和布尔加科夫的作品。经过一段时间，人们阅读这些作品和那些即将问世的作品时，就会获得关于这个时代的多种印象。但是这并不意味着，可以把每一部涉及一方面的作品说成揭示了所有主题的作品。列宁曾写道，托尔斯泰展示了整个俄罗斯的图景，展示了农民运动固有的真相和缺陷，在这方面托尔斯泰居功至伟。

当一个人阅读《静静的顿河》时，他的情感会受到冲击。

阿·托尔斯泰

我已经读完了自己关于《静静的顿河》的意见。我想补充一下阿谢耶夫的说法。我始终确信这样一种论点，即艺术在不同程度上是由艺术家和观众一起创造的：作家和读者，戏剧家、演员和观众。大量了解艺术的人的参与仿佛给予艺术家激情的回复、补充、修正，感染着他，并引起他的共鸣（第134页）。

因此阿谢耶夫提出《静静的顿河》是否有害这个问题是正确的。我想，关于这一点，我们可以得到这样的答案：我们的读者快速成长起来了，他们参与到了作家的创作中。读者喜爱这部小说，"穿着靴子就钻了进去"[①]，还要发表意见："不能这样就完了！请续写第五部！"读者并不是我们把饭添上，他们就吃的人。不是的，他们会给艺术家增添给养，参与到艺术家的创作中——关于是否有害的问题应该去掉。

多夫任科

这个问题就不提交了。

阿·托尔斯泰

不，这是一部宏伟的艺术巨作。但这部小说的布局、结构从开始就是错误的。不应该把革命简化为一个家庭的命运。肖洛霍夫应该拓宽悲剧的范围。

我想起一件和聚光灯有关的事。我们捧人的方式是错误的。谁写一部作品，这些弧光灯马上对准他。我记得，1934年开集体农庄庄员代表大会。一位妇女走了出来。她是村苏维埃主席，身材高大，漂亮，是一位黑眉毛的色列斯[②]，扎着一束麦穗发髻。和她一起的是一个身材矮小的男人。她说："这是我的丈夫，他比我年轻，但如果他不

① 意为怀着迫不及待的心情阅读作品。——译注

② 古罗马神话中的谷神，即希腊神话中的得墨忒耳。——译注

好好干活，我就把他赶出家门。”聚光灯照向了他。他紧张地晃了几下。肖洛霍夫就处于这种境地。我们的国家总是搞色列斯和聚光灯这一套（第135页）。

弗·伊·涅米罗维奇—丹钦科

肖洛霍夫没有动摇！

阿·托尔斯泰

我给肖洛霍夫投赞成票。

乌·加德日别科夫

我想谈几点我的想法。我不同意一些人关于外国的看法。我们关注这些没有意义。他们故意这样做，是为了给苏维埃国家的活动家们制造嫌疑，予以一定的打击。对我们而言，国外的看法不是借口。我们要以党给我们制定的一些规则为基础，从这个角度来评价任何一部作品。

多夫任科同志尖锐地批评肖洛霍夫。古尔维奇同志称他是不过问政治的人。我不同意这些看法。肖洛霍夫是一位为我们描绘优美画卷的艺术家。读他的短篇小说，你就会了解他所描写的人物和地点。他是一位天才作家。他的作品容易读懂。而万达·瓦西里斯卡娅的作品我读起来就很累，文中的每个用语都要费力斟酌。而肖洛霍夫的作品读起来就比较容易，并且引人入胜。

肖洛霍夫把葛利高里描写成一个勇敢的哥萨克，他刀法精湛，骁勇善战。他同军官格格不入，因为他来自人民。肖洛霍夫想表现军官同普通的哥萨克之间存在着极强的不信任感。军官们把葛利高里看成是一个粗人。而葛利高里则认为那些军官的生活方式是他所不能容忍的。肖洛霍夫并没有让大家尊敬破坏自己和别人家庭的葛利高里（第136页）；他没有给家庭带来幸福。一枚流弹为他们的爱情画上了句号。葛利高里没有任何优点。他就是一个会喝酒并且破坏别人家庭的人。在红军中他表现得很勇敢，但是别人怀疑他。那时党内清洗的问题非常严重。肖洛霍夫没有必要描写葛利高里骁勇善战。不过肖洛霍夫精彩地描写了沦为俘虏后英勇牺牲的红军战士。而白军被俘时，要么逃跑，要么就成了土匪。这说明肖洛霍夫并非一个不过问政治的人，而是一个从党的观点出发看问题的人。

我不理解，为什么说科舍沃伊是个卑鄙的家伙。他对待葛利高里的态度表现出不可调和性，因为对他来说，葛利高里是个动机不纯的人。为什么认为科舍沃伊是卑鄙的人呢？不，他是个行为端正的正面典型。

肖洛霍夫没有让葛利高里入党这点处理得很好。在这种情况下，怀疑肖洛霍夫反对党的方针政策是不可取的。我要为我们的苏联作家辩护。不要想用一勺水淹死人。评价应该从党的观点出发，全面、公正。

戈利杰魏泽尔

我们想用1940年代人们的心理看待1920年代人们的心理，还向他们提出1920年代的人们无法满足的要求，我认为是极其错误的。

我在这部小说中发现了重要的主题思想。像葛利高里一样引起我们好感的鲜明形象都除了死亡别无它途，因为他们不理解也不接受革命。假如肖洛霍夫把葛利高里塑造成一个品德高尚的布尔什维克，他将会犯很大的艺术错误。肖洛霍夫塑造的那个葛利高里应当陷入困境。他陷入了困境。

多夫任科

我认为，评价这部作品时，我的意见丝毫没有超出阿·托尔斯泰评语的范围，也未用1940年代的观点分析小说的人物。我只是简单地分析一下小说的不足之处，并说明小说没有表现出创造性。

我只是没有说会投票给这部小说。正因为没有表态，所以我的言辞就显得“不圆滑”。

弗·伊·涅米罗维奇—丹钦科

在投票之前，请让我们暂停关于长篇小说的讨论，大家就此发表了许多精彩纷呈、立场鲜明、热情洋溢的评定意见。也许在投票之前还会有一些其他说法（第138页）。

俄罗斯国立文学和艺术档案馆，第2073号全宗，第1号目录，第1号保管单位，第104—138页。

1940年斯大林奖文学和艺术类候选作品计票委员会记录

苏联高尔基莫斯科模范艺术剧院

1940年11月25日

出席者：Ю.А. 沙波林、弗·米·涅米罗维奇—丹钦科、Р.М. 格里埃尔、В.И. 穆希娜、Н.Н. 阿谢耶夫、М.Э. 恰乌列利。

第一项，在开箱之前检查两个投票箱封条是否完整。

第二项，开箱查验票数与投票委员数（35 人）是否吻合，有无废票。

第三项，计票结果（第 86 页）〈……〉

文学组：

（1）散文

肖洛霍夫的《静静的顿河》—— 31 票

万达·瓦西列夫斯卡娅的《沼泽地上的火焰》—— 1 票

谢尔盖耶夫—倩斯基的《塞瓦斯托波尔激战》—— 1 票

（2）诗歌

阿谢耶夫的长诗《马雅可夫斯基正在开始》—— 10 票

列昂尼泽的《领袖的童年》—— 8 票

马雷什科的《云雀》—— 2 票

雷利斯基的《收葡萄》—— 1 票

希帕乔夫的《诗集》—— 1 票

第四项，每票盖章，转交评选委员会秘书处保管。

（应由在场的每位计票委员和评选委员会主席签字。）

（打印件）

俄罗斯国立文学和艺术档案馆，第 2073 号全宗，第 1 号目录，第 5 号保管单位，第 86 页。

编后记

本文选译了斯大林奖评选委员会文件中有关肖洛霍夫的部分资料。摘译自《米·肖洛霍夫研究新资料》，莫斯科，俄罗斯科学院高尔基世界文学研究所，2003 年，第 486—523 页。

《静静的顿河》思想艺术构思中的葛利高里·麦列霍夫形象

作者 [苏联] 安·勃里吉科夫

译者 王守仁

一

葛利高里·麦列霍夫的悲剧,是《静静的顿河》思想艺术分析上的一个根本问题。这种观点,在我们批评界和文学研究界,已成为人所共知的真理。但是,这个真理如同其他一些真理一样,常常被人们口头上承认而实际上否认。批评家们倾向于认为葛利高里·麦列霍夫的悲剧是注定的,不可挽回的;这样一种悲剧能否成为充满乐观主义激情的作品的根本问题呢?显然是不能的。结果,出现了一个迥于寻常的矛盾。

《静静的顿河》的研究专著作者列·雅基缅科的论点是正确的。他认为,"正确理解葛利高里·麦列霍夫的悲剧命运……对阐释小说的思想性和艺术性来说,具有关键意义"。与此同时,雅基缅科还强调另一方面:葛利高里·麦列霍夫的悲剧"并不说明整个小说带有悲剧性的、绝望的调子",因为"找到了生活真理并沿着历史发展的康庄大道前进的人民,决定着《静静的顿河》的乐观主义激情"。[1] 这就是说,具有"关键意义"的并不是葛利高里及他的"悲观主义"情绪,而是人民及他们的历史乐观主义。

为什么人们认为葛利高里·麦列霍夫的悲剧是不可挽回的呢?因为

① 列·雅基缅科:《肖洛霍夫的〈静静的顿河〉,论作家的艺术技巧》,苏联作家出版社,莫斯科,1954年,第62,156页。本篇中本书引文均出自这一版本。

在这一悲剧里，“肖洛霍夫概括和典型化了人民之中这样一些人的命运，他们由于自己社会出身的关系，在参加革命的过程中有过无数次怀疑和动摇，没有找到同工人阶级结成联盟的正确道路，同人民发生了决裂，走上了反叛的道路”[①]。因此，之所以说它不可挽回，根源就在于反叛行为，在于同人民断绝了关系这一悲剧。另一位批评家写道：“葛利高里·麦列霍夫这个人物形象的意义，从他作为中层哥萨克群众思想情绪的代表到成为失去立足之地的孤独者，逐渐变小。但与此同时，由于他逐渐超越1921年、顿河、哥萨克群众等这样一些范围和特点，发展为没有在革命年代里找到自己应走道路的人的典型，所以这个人物形象的意义又不断扩大。”[②]在尤·鲁金看来，葛利高里这个形象是一种高度的概括，它象征着那些与人民决裂的人的悲剧。但是这样的悲剧是不会有真正的广度的，因为反叛只是极少数人的行为。

关于葛利高里·麦列霍夫形象的历史内容，不管批评家们有时阐述得多么矛盾，归根结底，他们在这一形象上首先和主要看到的是一个反叛者的典型[③]。因此，他们不把这样一个人看作是描写革命人民的作品《静静的顿河》里的主要人物，是完全合乎逻辑的，“即使葛利高里·麦列霍夫处于小说《静静的顿河》的中心，小说的真正主人公也仍然是在残酷斗争中肯定新的真理、肯定苏维埃现实生活的真理的人民”[④]。但是这样一来，从小说里“抛掷”出去的就不只是葛利高里（作为主要人物）一个人了。肖洛霍夫笔下占主要地位的哥萨克自发群众到哪儿去了呢？为什么批评界让“革命人民”去取代这些人的位置呢？须知“人民”，正如批评家们自己所承认的那样，在小说中只不过构成“背景”而已[⑤]。可见，作品的艺术结构受到了歪曲。它的思想价值也同样被大大降低了，因为那么一来，在苏维埃文学中的这一优秀形象身上，在这个作为小私有者的诚实和勇敢的劳动者身上，所反映出来的就是对苏维埃社会主义道路的否定。人们不是认为葛利高里形象的主要特点及悲剧实质在于他同人民和苏维埃政权的决裂吗？不然就是没把主要特点视为典型的和广泛概括的特点吗？

① 列·雅基缅科：《肖洛霍夫的〈静静的顿河〉，论作家的艺术技巧》，第148页。

② 尤·鲁金：《肖洛霍夫评传》，苏联教育出版社，莫斯科，1952年，第62—63页。本篇中本书引文均出自这一版本。

③ 维·古拉：《肖洛霍夫的生平与创作》，苏联教育出版社，莫斯科，1955，第110页。

④ 列·雅基缅科：《肖洛霍夫的〈静静的顿河〉，论作家的艺术技巧》，第147页。

⑤ 尤·鲁金：《肖洛霍夫评传》，第65—66页。

人们在谈论概括的广度和葛利高里形象的根本意义时，总是以“反叛行为”使前者和后者都化为乌有了。

葛利高里的悲剧是否主要在于同人民的决裂呢？他作为社会—历史的典型之所以具有意义，是否首先在于他同人民断绝了关系呢？难道他的悲剧的最重要的历史内容只是反叛行为吗？要知道，肖洛霍夫强调的可不是这一点。作家不仅使葛利高里受到公开的惩罚，而且似乎主张不停留在这个问题的寓意上：瞧，人一旦脱离人民，就会有怎样的不幸。他驱使读者继续前进，去了解个人与人民发生冲突的一些社会根源和历史环境。这种冲突，葛利高里不仅不希望发生，而且感到极为可怕。

成为反叛者的既有彼得罗·麦列霍夫，又有福明，也有和葛利高里一起暴动的许多朋友。他们的行为动机是形形色色的，而反叛行为本身根本不是评价这些形象的关键。彼得罗·麦列霍夫不知不觉地但又似乎是一下子坚决地转到白匪阵营里去了。他参加暴动，只不过是讨好这个世界的强者这一既定路线的延续。如果说葛利高里始终为追求真理而奔波的话，那么彼得罗则是自觉和坚决地站到了“立宪民主党人”的一边。彼得罗本来是个劳动者，可他成为一个白军，的确是同人民断绝了关系。可是葛利高里呢，他参加暴动的时候，脑子里一刻也没有停止过思考哥萨克劳动人民的真理问题，他仇视贵族门第，他怎么也不能为白军服务，尽管战功给他带来了相当高的地位。

福明的道路是《静静的顿河》中作为蜕化与背叛自己出身阶级的一种反叛行为的鲜明例子。第一次世界大战时他开过小差，后来当过红军军官，又成为叛乱者，再后来成为名副其实的强盗。福明的确完全脱离了人民，而且变得道德堕落。

葛利高里与这样一些人之间有一个重要的区别。他的自相矛盾的生活的全部意义，在于他要跟人们在一起，要跟大伙（这个词恰恰说明他的农民式集体主义）在一起。这个大伙（没有大伙也就不会有葛利高里）的范围在逐渐缩小：起初包括全体劳动人民，后来只是哥萨克人，最终仅仅是自己的家庭。最后一个亲人阿克西妮亚死后，葛利高里便走投无路了：寻找那能够允许他合法存在的共同事业的努力实属徒劳，不论是在大伙之中，还是在个人生活之中，再也不会有那样的目标了。这就是为什么他走出逃兵的窑洞而投降的原因。

福明、米吉卡·科尔舒诺夫、彼得罗以及与他们类似的人，没有回到村子里去。他们像维尔塔的小说《孤独》里的彼得罗·斯托罗热夫那样仇视人们。纵使他们回去了，那也像饥饿的狼被吸引到羊圈一样。走投无路的、野人似的斯特罗热夫，只是为了活命才投降的。为了活命他不放过最后一次冒险的机会。正因为如此他才冒着生命危险越狱逃跑，去继续斗争。安东诺夫部队已被粉碎了。整体事业已不复存在。但是，这样的狼只是为了自己，为了自己能活命和生存下去才拼命挣扎的。

肖洛霍夫在早期的一个短篇小说里描写了一个没有心肝的个人主义者的悲剧。他从红军队伍里开小差，打伤了一个民兵。这时他想回到自己家乡的村子里去，可是又非常害怕。

> 他，瓦西卡，牧人的儿子和穷人政权的亲生儿子，在风雨飘摇的树林里，像一只被追捕、被围猎的狼，像一条疯狗，将会死于自己村里人的一颗子弹。
>
> 当东方升起玫瑰色的朝霞，瓦西卡把枪扔进了深谷，向村子走去，脚步愈来愈快。
>
> "我去自首！……让他们逮捕好了。判刑就判刑吧，不管怎样是跟人在一起……自己人的惩罚我受得了！……"他寻思着，脑海里在激烈翻腾。走到河边，他停下了。河的对岸，围着篱笆的庭院里家家炊烟袅袅。牲口在咕呱地叫。瓦西卡顿时不寒而栗。
>
> "会判我三年左右的徒刑……不，我不去！……"[①]

动摇到此结束。瓦西卡没有去自首，继续过"狐洞里的"生活，继而又犯了一次罪。他的动摇与葛利高里的遭遇表面上有相似的地方，但是两者的心理状态却有很大的区别，正因为如此，主人公的行为才那么截然不同，尽管这个短篇与《静静的顿河》表面上有许多相似的地方。

> "你上哪儿去？"葛利高里问。
>
> 丘马科夫笑着回答：
>
> "去过逍遥自在的生活。也许你要跟我一起儿去吧？"
>
> "不，你一个人去吧。"

① 米·肖洛霍夫：《肖洛霍夫文集》卷1，苏联青年近卫军出版社，莫斯科，1956年，第231—232页。

“是啊，咱们过不到一块儿……麦列霍夫，你的行当是抠勺子抠碗，这不合我的心意，”丘马科夫嘲笑说……

葛利高里在丘马科夫走了以后，在密林里又住了一个星期，也准备动身了。

“回家去吗？”一个逃兵问他。

葛利高里这是自从来到树林子里来以后，头一次露出一丝笑意，说：

“回家去。”

“等到春天再走吧。听说5月1号要大赦啦，那时候咱们再散伙吧。”

“不，我不能等啦，”说完，葛利高里就跟他们告别了。

第二天早上，他来到鞑靼村对面的顿河岸边，久久地看着自己的家园，高兴、激动得脸色变得煞白。……这就是他生活中的一切，这就是暂时还使他和大地，和整个这个在太阳的寒光照耀下，光辉灿烂的大千世界相联系的一切。

葛利高里之脱离人民，既不像彼得罗那样由富农—白党分子的思想情绪所决定，又不像福明那样由富农—无政府主义者与刑事犯罪分子的心理所驱使。他直到最后还是追求模糊不清、充满矛盾，但毕竟属于哥萨克劳动人民的理想。

私有者阶层的偏见使葛利高里模糊了同劳动人民相结合的这种意识，但是恰恰就是这种意识决定了他最终的行为。甚至精神上的反常——愤怒、酗酒、消沉、胆怯——也与对人民悲剧的巨大痛苦感受有关。没有能力了解错综复杂的矛盾和真理，甚至找不到摆脱被虚假的“真理”引导到死胡同的困境的正确道路，这一悲剧就是葛利高里毁灭的根源，是他令人难以置信地迅速衰老的原因。

葛利高里的精神危机是与福明那帮“强盗们”的堕落有根本区别的。虽然葛利高里也堕落了，但他在内心深处并没有丧失劳动者的道德原则。他明白暴动已堕落为反人民的土匪行为这种“讨厌的歌”后，他便向人民负荆请罪。赌博输了，并不是由于赌不下去。还有力量，有武器，有打仗的本领。但是不值得战斗下去了。《静静的顿河》结尾的全部痛苦就在这里：葛利高里直到最后也没有认清他曾经可以为之斗争的真理。

在与同村的福明"部队"一起流窜的过程中，葛利高里得到的一些印象，使得不久前他还感到十分珍贵的"哥萨克真理"这种理想彻底破灭。他看到，已经过去了的土匪"运动"中的这场叛乱和它的余波，竟然严重妨害了人民的日常生活和切身利益。暴乱给哥萨克分队带来的是死亡和破产。

哥萨克对于苏维埃政权宣布的在使用土地上他们同"庄稼人"平等这一点，并不非常满意。过去，代表暴动者思想情绪的葛利高里，曾经"搅扰"莫斯科，"败坏过它的名誉"。现在，哥萨克劳动者感觉到的，不仅是苏维埃俄国强大的军事力量，还有它那比他们自己的、地方上的、阶层的真理要大得多的一种真理。苏维埃政权命令人们缴纳粮食。他们不愿意把粮食拿出来。但是苏维埃政权"结束了"这种破坏，毅然转向了和平生活。哥萨克们对于福明号召发起新的暴动，正如肖洛霍夫指出的那样，谨慎地回答说："没有起义的理由！眼下没有起义的必要。""季节到啦，该去种地了，不是去打仗。"归根结底，普通老百姓考虑的是：应当向人们指出，哪儿有真正的真理。"民意"就这样开始发生转变。

这个转变似乎违背了那些支持过叛乱的哥萨克们的热望。但是人们的情绪告诉葛利高里，过去的叛乱者已改变主意，他们怀疑为一小块土地流血的必要性。叛乱失败后，哥萨克们不清楚自己到底希望建立什么样的政权，但是他们无疑无论如何也不希望建立土匪式或者"立宪民主党人式"政权。在自己的群众当中，他们还不承认布尔什维克苏维埃是自己的亲生政权，但是也不再相信过去的"哥萨克真理"。人民相信什么，对福明、彼得罗·麦列霍夫、斯托罗热夫、米吉卡·科尔舒诺夫来说，是无所谓的。对葛利高里来说，人民的意见是他行动的最根本准则。当他的人民，哥萨克们，不再相信"哥萨克真理"的时候，这个"真理"的理想便在葛利高里的心中开始幻灭了。"没有起义的理由"——这话对他来说是意味深长的。

《静静的顿河》的结尾描写的是这样一个人，他事实上是返回等待对他进行清算的地方去承认自己走过的错误道路。那些把反叛看作是悲剧产生的根本原因的人们，这时该会说：冲突已经解决了。然而，悲剧因素并未消失。它的根源不在于个人与人民对立、而后又回到人民怀抱这样的表面现象，而在于最终发生了他不愿发生的决裂这一事实。这十分重要：悲剧产生的根源在于个人同人民发生冲突的社会—历史环境。决裂与决裂不同，“一般性的反叛”还不能构成悲剧。

应当说，使葛利高里最感痛苦的并不是他自己的反叛行为。这一方面的思想和感受的痛苦由于他意识到自己是同部分人民一起走上了迷途而缓和。但是，参加过暴动的群众被苏维埃政权宽恕了，而他却需要为大家的罪过承担特殊的责任。是的，他的确比其他的人罪更大，但这只是因为，而且仅仅在这种意义上，他为共同的“哥萨克真理”拼杀得更猛烈、更诚实、更积极。这是他的迷误造成的：当斗争的逻辑已经不允许走回头路的时候，他才意识到这个“真理”的虚假。他在迷途上愈积极、愈诚实，他的罪就愈重。葛利高里以整个身心感到自己的个人命运里最为可怕的是：摆脱不了无出路的窘境。正是在这种意义上，他的命运才“走进了死胡同”。正是在这种意义上，悲剧才是“无可挽回的”。

在主人公看来，自己的命运属于悲剧，而从人们的观点来看，则可能不成其为悲剧。因此，当悲剧产生的原因引起社会的“关注”、对社会具有本质意义时，个人的痛苦便会变成人们“共同关心的”（车尔尼雪夫斯基语）悲剧，从而成为艺术的真正主题。葛利高里的痛苦感受恰恰属于这种类型。他备感痛苦、备受折磨并不是由于他意识到自己的处境不妙，而是由于这样一种思想的缠扰，即正是因为对哥萨克们“共同事业”富有自我牺牲精神的服务，他才陷入了这样的绝境。他脱离了人民，并不是由于害怕，而是由于他凭着自己的良心为人民服务……这种矛盾灾难性地发展，使他没有可能从中解脱，因此葛利高里被引导到精神上濒临癫狂的状态。

这就是说，使葛利高里最感痛苦的，亦即使群众痛苦的，是错误地理解了真理，是历史的迷误。一个为大家寻找真理而陷入绝望的人，最终死于为自己寻找立足之地的奔波中，这不是葛利高里的悲剧，而是福明、莫霍夫以及与他们类似的人的悲剧，是野蛮的个人主义者的极其渺小的悲剧。而葛利高里的悲剧——不论是它的悲剧性还是它的社会内容——首先在于，这个同群众一起前进的人远远比群众更误入歧途。

笔者并无新的发现。葛利高里·麦列霍夫的悲剧是历史迷误的悲剧这种见解，早在1940年第11—12期《文学批评》杂志上刊载的勃·叶梅里扬诺夫的文章里就出现过。在1940年到1941年围绕着《静静的顿河》第四部的出版展开的一场激烈争论中，也有一部分人不同程度地表示同意这种见解。但是对人物形象的这种解释，即不仅仅指主人公的个别特点（善良、富有人性等）的典型性，不仅仅指他生平的一些片断的典型性，而且指他所处的那个冲突的典型性，这样一种使人物典型的社会—历史内容明显扩大的解释，在肖洛霍夫研究家们战后时期的著作里并没有得到进一步的发展。不仅如此，“历史迷误的悲剧”这个概念还是被“反叛行为”概念无批判地取代了，尽管后者不仅从根本上改变了人们对《静静的顿河》的主要人物形象的看法，而且改变了人们对整个小说的看法。须知与人民决裂的只是一小撮人，当时相当大的一部分农民经受的是不同程度的历史迷误。

叶梅里扬诺夫文章的不足在于，作者没有考虑到这样一个重要的情况：哥萨克系小资产阶级群众的一支特殊部队，他们属军人编制。叶梅里扬诺夫还没提出顿河上游暴动参加者的悲剧与一般小资产阶级自发骚动的戏剧之间的复杂关系。

哥萨克是一个特殊阶层这一点是否才最终决定了暴动的悲剧性呢？这里“一般小私有者”政治上的不坚定性是否是次要的呢？

至于反革命武装进攻的事实本身，他当然用“穿军装的庄稼汉”的军事组织、他们的反动思想意识、反革命立宪民主党的积极分子在顿河地区很集中等等地方情况去加以解释了。然而，是什么使哥萨克的基本群众——哥萨克中层劳动者——加入叛乱者的行列呢（叛乱者的武装力量达三万多骑兵和步兵）？是哥萨克反动上层的唆使吗？不只是如此。还由地方上苏维埃政权机关和个别工作干部的错误行为所致。让我们回忆一下马尔金政委吧，驭手—旧教徒对施托克曼谈过他的“功勋”。就连一些胡须花白的哥萨克老人，马尔金也找过他们的碴儿，并且枪毙过一个像马屁精尼古拉的大胡子老头。我们再回忆一下另一类性质的错误行为。施托克曼相信了福明，把苏维埃政权的隐蔽敌人彼得罗·麦列霍夫保护了起来，与此同时却没有通盘考虑葛利高里公开说出来的表示动摇和怀疑的话（特别是关于不经审判就枪毙无辜人的话）对于不坚定、但毕竟忠诚的哥萨克们来说是非常典型的。施托克曼宣布他们之中的一个，葛利高里，是苏维埃政权明天的敌人，也许正是这一点把已经有点动摇的葛利高里最后推向了暴动。施托克曼坚决把党的战略方针贯彻到生活中去，但他缺乏灵活的策略，缺乏本丘克所特有的那种对哥萨克心理的深刻了解（这里不妨回忆一下施托克曼企图使哥萨克相信他们与“庄稼佬”是同样的人的失败尝试，本丘克没有犯过这类错误）。

然而，如果把引起暴动的罪因一古脑儿归咎于施托克曼或者科舍沃伊这类人，甚至归咎于马尔金这种人，则是一个严重的错误。党的工作者对哥萨克的正确政策是以自己的实践经验为代价换来的，因而个别的错误，乃至严重错误都是难免的。

不顾"哥萨克特点"而犯的一些错误、反革命分子的破坏活动以及其他许多偶然因素，乃是造成对哥萨克劳动者的不稳定的（尤其是与俄国中央地区的中农相比）政治好感始终产生影响的因素。正是群众本身的这种特殊的动摇性，才造成了他们既对左的错误又对右的欺骗那么敏感。

俄罗斯农民是为十月革命的胜利而斗争的最大革命力量，是革命的积极参加者。但是列宁谈到中农，谈到一般的非无产阶级劳动者阶层，乃至谈到广义上的小资产阶级的时候，不止一次地提醒过，他们在对待从剥削下解放的道路问题上容易犯的思想错误、他们在政治上的空想：动摇和迷误的倾向性，是革命的主要危险。这里不是指为图私利而从一个阵营转到另一个阵营的行为，不是指欺骗行为，而是指诚实人的迷误，这种迷误对所有群众的社会心理都是典型的，因为它客观上源自这些人的经济地位的双重性（一方面是劳动者，另一方面是私有者）。

早在 1917 年列宁就预见顿河地区闹事的可能性，他根据的不是哥萨克阶层的次要特点（例如思想上的），不是顿河地区的军事、政治局势，而是构成哥萨克基本特征的那种传统特点："至于哥萨克，它是俄国一个保留着特别多的中世纪生活、经济和风俗习惯特点的边区富有者、中小土地所有者（中等土地所有者约有土地 50 俄亩）阶层。从这里可以看到俄国的万第[①]的社会经济基础。"[②]

哥萨克的份地比俄罗斯的中等份地高出五倍乃至五倍以上。这种经济上的特权同时是哥萨克与农民的主要区别。哥萨克阶层所特有的经济实质最终决定了这一阶层组织上的、思想上的以及其他方面的一些特点。正如亚·绥拉菲莫维奇所写的那样，哥萨克被土地"吞噬"了。顿河军区的整个军事官僚主义机构建立在顿河地区农民的经济特权的基础上，它易于对哥萨克群众进行反革命欺骗。要煽动俄罗斯中农就困难得多了，

① 万第：法国西部省份，居民多为富农和中等土地所有者。18 世纪末 19 世纪初，万第成为法国资产阶级革命时期的反革命根据地。—— 译注

② 弗·伊·列宁：《俄国革命和国内战争》，《列宁全集》卷 26，人民出版社，北京，1963 年，第 16 页。—— 译注

这首先是因为革命不仅不威胁他们的土地"特权",而且相反,会使他们的份地增加。

防卫心理、对非哥萨克所持的傲慢态度等这一切,无疑都是"从上面"灌入哥萨克头脑里的。但是问题的实质在于哥萨克阶层的反动思想遇到了适宜的土壤,在有经济保障的条件下"从下面"开花兴盛起来了。"正教、专制政体、民族主义"的反动思想同样也在农民当中传播,但是阶级的分化和贫困绝不能使这种反动思想得到巩固。

在《社会民主党在1905年到1907年俄国第一次革命中的土地纲领》这篇文章里,列宁提醒党注意,农民阶级不论是参加革命的可能性,还是发生反革命暴乱的可能性,都有赖于农民群众本身的倾向。孟什维克主张,在推翻沙皇政府后执行的土地地方公有制,必然会挑起反革命暴乱。土地归地方自治机构所有必然导致重新划分土地,因而不可避免地导致资本主义投机倒把在千百万小私有者中间产生。正是从这一点,列宁看到了农民—私有者复辟旧秩序的企图的基本原因——经济基础。地方公有制会使劳动者—私有者变得比这以前更成其为私有者,就是说,在阶级实质基本不变的情况下,他们在政治上会更不坚定。国家要调整地方公有制下农民的土地权利,势必会与这些农民力图保护从地方自治机构那里得到的份地的自私愿望发生冲突。在这种时刻劳动者便会直接投进反革命的怀抱:为了保护"自己切身的"利益,他们会反对革命的共同利益,反对人民,而最终会反对自己的利益(诚然,不是当前利益,而是长远利益,要他们明白这样的利益是十分困难的)。须知剥削制度的复辟意味着新的阶级分化,因而也意味着绝大多数地方公有制农民的贫困化。

列宁的国有化纲领,对大多数俄罗斯农村居民来说,消除了地方公有制可能带来的那种严重而深远的政治上的自我欺骗的危险。但是土地地方公有的形式,正如列宁在上面提及的那篇文章里所指出的,在沙皇制度下的哥萨克地区便存在过。这种形式正是使"一般小私有者"特有的动摇性发展为叛乱的最重要的因素。

有时只是无产阶级影响的减弱便会导致反叛,但这依然是基于"一般小私有者"的双重性。在谈到俄罗斯东部乌拉尔、西伯利亚和乌克兰地区农民的各种类型的反革命活动时,列宁写道:"归根结底,正是小资产阶级劳动群众的主要代表者农民的这些动摇,决定了苏维埃政权和高尔察克—邓尼金政权的命运。”①

在论述顿河叛乱的原因时，伊·列日涅夫仍持自己在评论《静静的顿河》中主要人物的悲剧的历史原因时持有的那种基本观点：“对肖洛霍夫来说，重要的是揭示空想家们道德上的彻底堕落。这就是小说的主题思想，它与肖洛霍夫的整个创作的思想倾向是一致的。”② 在列日涅夫看来，是哥萨克思想意识的反动因素决定了他们的反叛。他认为这个叛乱是对恩格斯关于思想意识（上层建筑）对“生活基础”（基础现象——阶级斗争）发生反作用这个论点的证明。在列日涅夫为了证明自己的看法而援引的恩格斯致布洛赫的信③ 中，恩格斯所谈的上层建筑的影响，并不是指它对社会冲突的内容的影响，而是指它对社会冲突的形式的影响。反叛的原因不仅在于哥萨克阶层思想意识中的反动因素，就是说不仅在于上层建筑，而是更为深刻——在于他们的阶级、经济地位。哥萨克本身的矛盾的社会—经济地位成了反叛的根本原因。顿河上游暴动的根源也在于此。恩格斯致布洛赫的信（如果把它运用到顿河上游的暴动的话）说的是另外一点：思想意识“促使了”迷误的潜在可能性变成现实——影响了社会矛盾的表现形式，但无论如何也没有成为直接原因。后来，伊·列日涅夫在阐述叛乱以及葛利高里·麦列霍夫悲剧的原因时摆脱了唯心主义的观点，然而却没有批判自己的错误。

反叛的确是一个有力的证明，但完全是对马克思主义的另一个论点而言的。它证明了小资产阶级的最广泛阶层倾向于自我欺骗和堕入迷误。

哥萨克的经济特点，似乎表现了隐藏在一般小私有者两重性里的潜力。列·雅基缅科虽然没有依据对这种特点的分析，却得出了在我们看来正确的结论：

> 问题看来不在于哥萨克的特殊地位。这种特殊地位，在确定葛利高里·麦列霍夫的悲剧命运方面，并不是决定性的因素，而是复杂

---

① 弗·伊·列宁：《立宪会议选举和无产阶级专政》，《列宁全集》卷30，人民出版社，北京，1963年，第237页。本篇中本书引文均出自这一版本。——译注

② 伊·列日涅夫：《米·肖洛霍夫》，苏联作家出版社，莫斯科，1948年，第209—210页。本篇中本书引文均出自这一版本。

③ 马克思与恩格斯：《马克思和恩格斯选集》卷4，人民出版社，北京，1972年，第477—479页。——译注

化的因素。主要的问题在于哥萨克中农—小私有者的社会本性，在于他们属于列宁广泛概括的“非无产阶级劳动者群众”的那个阶层。[①]

我们认为，这个观点对理解葛利高里·麦列霍夫悲剧的典型化的广度、对理解顿河上游暴动的悲剧性与参加革命的广大小资产阶级群众的戏剧性命运的相互关系，是极其重要的。列·雅基缅科说出了正确的意见以后，似乎害怕而开始退却了：

> 这个阶层的地位（如同这个阶层的组成部分——哥萨克的地位——安·勃里吉科夫）同样不能被认为是悲剧性的，因为最终在有了“沉痛的教训”之后，他们还是走向了同无产阶级的联盟。但是这些群众中个别人的一生可能是悲剧性的。[②]

这个阶层中个别人的命运可能是悲剧性的。这是什么原因呢？是由于整个阶层的社会结构的特殊性，还是由于这些人生平中个别的和或多或少偶然的情况呢？列·雅基缅科指的是后者。他根据的是反叛行为的悲剧性这一观念。

小资产阶级广大群众没有感受到这样的悲剧。但这难道就排除了动摇本身的戏剧性，甚至悲剧性吗？难道只有当动摇发展到反叛的绝境时才是悲剧吗？

参加1940年到1941年那场辩论的许多人持的就是这样一种对悲剧的狭隘的认识。他们不承认葛利高里·麦列霍夫会有什么悲剧（在他承认自己所走的道路错误以后），或者把悲剧归咎于个人的、主观上的（厌倦、自私自利等）[③]原因而大大淡化它的社会原因，他们的主要根据是，在无产阶级革命条件下，整个中层哥萨克的命运里没有客观上无法解决的矛盾。但是恰恰在历史上最伟大的时刻，当它不再是命运的自发势力（当然指在人们的意识里），而可以“受掌握”的时候，人民的落后部分由于

---

① 列·雅基缅科：《肖洛霍夫的〈静静的顿河〉，论作家的艺术技巧》，第155—156页。

② 同上，第156页。

③ 弗·叶尔米洛夫：《论〈静静的顿河〉与论悲剧》，苏联《文学报》，1940年，第43期，8月11日；弗·哥芬舍费尔：《肖洛霍夫概论》，苏联国家文学出版社，莫斯科，1940年，第99，106页。

社会—经济的客观状况继续摇摆不定，难道这样的事实没有孕育最大的悲剧吗？难道“在群众尚未明白历史的客观进程之前”，悲剧性就不存在吗？——勃·叶梅里扬诺夫理所当然会这样问。诚然，应当明确：小资产阶级广大群众的动摇是戏剧性的，迷误不会很深。但是顿河上游参加暴动的广大群众的迷误难道不是真正意义上的悲剧吗？须知他们，这些自以为是在为劳动者的土地权斗争的劳动群众，起来反对的是人民，并且客观上保护了自己的阶级敌人。这样一种迷误——不管它是否把暴动的个别参加者带向死亡或者痛苦，不管它是否使全体叛乱者遭受个人悲剧（显然，答案是否定的）——是不以此为转移的悲剧，它本身就存在着悲剧性。

暴动是悲剧性的，反叛行为也是如此：难道全体叛乱者不是一度脱离了人民吗？革命前，哥萨克劳动人民所处的地位，众所周知，是悲惨的。要知道，沙皇政府利用经济收买的办法使哥萨克与农民、工人对立起来，使这些阶级兄弟发生冲突，利用哥萨克部队去镇压革命运动，因而把哥萨克劳动群众置于反对自己的历史利益的斗争中。

同工人阶级的联盟、马克思主义政党对革命的领导，成了使小资产阶级群众与苏维埃政权在全俄国范围内的冲突（例如，中农对军事共产主义政策的不满）得以比较轻易地解决的原因。因此，“一般小私有者”的较小的（与哥萨克相比）社会矛盾便成为这一阶层人民革命道路的戏剧性的原因。然而，难道能根据整个小资产阶级的命运里没有悲剧这一点而得出结论说，哥萨克的迷误不表现出它具有代表性的社会—政治特性——动摇性，不表现出它历史道路的具有代表性的特点——曲折性吗？只有这样的人才会如此看待问题——他看不到，生活中一种现象能够反映另一种现象的特点，能够鲜明地表现另一种现象的本质和倾向，他思考现实生活的现象只凭经验主义的并存这种观念，看不到它们的相互渗透，并且，他想象中的艺术反映，只是选择一些有代表性的现象，把它们照样搬进艺术中去，在创作过程中没有对现象进行分析和进一步的思考。

“一般小私有者”的社会本质，在叛乱者的命运里，特别是在葛利高里·麦列霍夫的命运里反映出来，但不是像镜子似的反映。这里，不坚定性似乎被想象到了，与其内在倾向性相适应地被发展了——就像没有受到革命意识的决定性影响那样发展了。我们之所以说“似乎被想象到了”，是因为肖洛霍夫选取的事实，在现实生活中是存在过的，所选取的现象，就整个革命规模来说，是相当小和特殊的，但它暴露了隐藏在小资产阶级广大阶层的动摇性里的消极潜力（下面我们将会看到，葛利高里的命运和其他一些叛乱者的命运所反映出来的，不仅仅是消极潜力）。暴动本身说明，如果没有无产阶级及其政党的革命领导，半无产阶级和非无产阶级劳动群众的不坚定性会带来什么样的后果。随着《顿河故事》发表，批评界不止一次地指出肖洛霍夫的哥萨克题材的特殊性，也是其狭隘性。但正是根据了哥萨克的素材，肖洛霍夫才提高到对整个俄国的概括。在《静静的顿河》里，他选取了一个事变——其中生活本身“典型化了”，最大限度地集中和表现了潜伏在相当大一部分人民群众的双重阶级本性里的危险性。

然而，哥萨克的迷误所暴露的，并不是历史运动和小资产阶级内心发展的最终结局，而只是由小资产阶级的社会本质客观决定的消极倾向。正是在这样一种，而不是在另外一种意义上，顿河叛乱者的悲剧体现着广大群众的动摇性的悲剧。在这个意义上，“俄国的万第”的悲剧有自己独特的内容（哥萨克叛乱的动机、哥萨克与人民的脱离等），是更多形形色色现象的表现形式。须知形式不是信手拈来的对任何内容都适用的外壳，而是内容的一个方面，它由于现象的典型化结果，即由于从不稳定的自发性发展到合乎逻辑的结局，发展到迷误，而被具体体现出来（正如上面指出的，既被作者又被现实本身体现出来）。大艺术家向来是“从现实本身的手里”（歌德语）选取形式的。

如果暴动纯系偶然发生的事情，那么只靠自己劳动为生的人反对同样是劳动者的人的斗争，便不会成为悲剧。但是暴动是历史发展规律的一个方面的表现，正因为如此，就这个词本身的严格的美学含义来说，它也是悲剧。容易迷误是哥萨克客观存在的、合乎规律的一个特点。如果小资产阶级的革命性（不坚定的、被私有者的偏见迷住了心窍的）不转变成无产阶级的自觉意识，那么它就必然会滑到反革命的歧路上去。顿河悲剧的根本原因就在于客观的和合乎规律的因素。列宁对顿河地区可能成为万第的预见并非偶然。在国家的某个地区，尤其在脱离了整个俄国民主、处于中世纪宗法制社会传统和风俗习惯的强烈影响下的地区，小资产阶级群众的自我欺骗的倾向便会促成某种万第式事变。但是这种规律并不是注定的：事变总的进程同样会合乎规律地向叛乱者指出他们“真理”的虚假、叛乱不可避免的失败，并引导他们摆脱迷误。然而悲剧（劳动者在自己阶级利益方面的自我欺骗——对迷误的悲剧性的阶级历史观点）本身的美学实质正在于迷误是客观存在的，是合乎规律的。

古代人十分了解悲剧事物与规律性、客观性范畴的联系。诚然，神话的世界观把客观性与规律性歪曲为宿命的，即歪曲为绝对的、不可避免的。我们之所以说死亡或者痛苦是悲剧，是因为人不总是能够绝对地防止偶然性，防止客观规律的消极一面发生（在自然界和社会生活里）。在可能性与必要性的错综复杂的矛盾里、在客观法则的辩证关系里，我们看到产生悲剧的原因。我们把悲剧理解为客观规律未被认识的结果。我们把悲剧的实质理解为相对的不可避免性。

葛利高里·麦列霍夫命运的悲剧性的美学实质在于，迷误的根本原因（并非个别、偶然的原因——这一点应当加以区别）是不受他的意志左右的。列宁的说法是，那便会产生欺骗行为，便会产生坏主意。否则就不会有迷误了。从社会这个大的方面来说，也就不会有悲剧了。

肖洛霍夫的许多批评家没有把产生悲剧的次要的、偶然的原因与主要原因区别开来，这就必然抹杀悲剧本身的悲剧性。

列·雅基缅科力图证明，葛利高里悲剧里没有任何宿命论的因素，他援引这样的证据：“他的动摇，他在国内战争年代从一方转到另一方，是不可避免的。但是生活不止一次给他提供正确选择的机会。”[①] 一些偶然因素是能够使葛利高里走上正确道路的，但这不能说明，他的命运里没有注定的东西。相反，如果认为悲剧性依赖于“坏的”事情，我们对悲剧的理解恰恰是向宿命论的观点滑去，因为我们把悲剧引到客观规律的范围之外了。之所以说没有宿命论的东西，是因为把人引入歧途的那种客观规律被另一种同样具有客观规律性的东西——经验战胜了，经验给主人公指出了他幻想的虚假。列·雅基缅科迷恋“未被利用的一些机会”的这种思想，进而得出结论：“肖洛霍夫就是这样把读者引向对葛利高里·麦列霍夫悲剧的实质本身(!——安·勃里吉科夫）的理解的。葛利高里生活中的‘讨厌的歌’……是能够完全按照另外一种方式响起来的。”[②] 得出的结论是，悲剧的实质在于未被利用的一些机会，也就是说，在于个人的

① 列·雅基缅科：《肖洛霍夫的〈静静的顿河〉，论作家的艺术技巧》，第 132 页。
② 同上，第 132—133 页。

意志或者偶然性。这样一来，美学上成为悲剧产生原因的迷误，其必然性和客观性也就被机械地抛弃了。

尤·鲁金也同意“未被利用的一些机会”这种看法。这位批评家是想在米哈伊尔·科舍沃伊身上看到一个“更为高大的形象”，因为“谁知道，作者让葛利高里在最后阶段跟具有另一水平、另一经验和另一眼光的布尔什维克活动家相遇，会不会从根本上改变《静静的顿河》的主人公的命运呢？”[1] 对于这样一种愿望，马尔克·谢列勃良斯基精辟地指出：“一句话，在姆·尼库林看来，如果奥赛罗对伊阿古更为警惕的话，那就不会发生什么悲剧了。这样一种天真的‘论点’（奥赛罗‘不想’往坏处想，结果成了居心叵测的伊阿古的牺牲品——安·勃里吉科夫）会使莎士比亚天才的高尚创作变成小市民趣味的低级戏剧。”[2] 对肖洛霍夫来说，让葛利高里多与老练的、富有经验的布尔什维克接触，例如在施托克曼小组这所学校里得到锻炼，是有很大诱惑力的。但是作家只是在哥萨克中农科特里亚罗夫身上才使用了这种可能性。至于葛利高里，他是作为中层当中本质上不同的另一个典型而构思出来的；在他身上应当表现出由于容易迷误而产生的一切可能的不良后果，如果葛利高里的不坚定只是由于没有受到自觉的无产阶级革命者的足够影响，那么悲剧性也就不会这样强烈。假如他较为幸运、“较为聪明”，那么影响也就不会那么广泛，作为一个典型人物，他对社会实质的揭示便不会那么深刻。

这就是说，肖洛霍夫仿佛有意识地从葛利高里身上排除偶然因素，为的是不遮掩决定性因素——极易转变成反革命暴乱的那种自发的革命性，不遮掩对不坚定的自发势力逐渐认识的那种政治经验。一方面，这是对主人公生平的个别处理，使他脱离人民；另一方面，这又使他在个别中表现出广泛典型的东西。须知自发的革命性是不断发生变化的，与其说这是由宣传鼓动直接带给群众的那些意识因素造成的，毋宁说这是群众借以确信宣传鼓动者实际政策的正确性的那种经验的结果。列宁坚决反对那些“童话”，仿佛“无产阶级在资本主义制度下能够‘说服’大多数劳动者”，他写道：“现实证明，只有在长久的残酷的斗争中动摇的小资产阶级的沉痛教训，才能使小资产阶级在把无产阶级专政和资产阶级专政作

① 尤·鲁金：《肖洛霍夫评传》，第 40 页。

② 《文学教学》，苏联，1939 年，第 12 期，第 92 页。

了比较之后，得出结论：前者比后者好。”[①]

如果说列宁把那些认为无产阶级单凭号召、无需考虑群众本身的经验就能把小资产阶级吸引到自己方面来的看法叫做童话，那么，认为经验能使眼睛突然明亮、顿时掌握真理的这种看法，其幼稚程度并非就轻些。意识到“拥护无产阶级专政要比拥护资产阶级专政有利，任何第三种专政都是不可能的”[②]，乃是一个逐渐的、缓慢的过程。它是以对资产阶级专政的失望，对“第三条路”（没有共产党人参加的委员会等）的幻灭开始的。

这个过程，不论就卷入群众的广泛性来说（这也指范围的大小），还是就急剧变化的深度来说，都是一部完整的长篇史诗。这个过程的结果，说得确切些，这个过程的继续——小资产阶级群众走向苏维埃政权的真理、承认它是代表自己切身利益的政权，便处在葛利高里·麦列霍夫的悲剧范围之外了。但是这个悲剧不单单是关于小资产阶级群众向右转的问题，也反映了动摇过程中的积极因素的发端——错误思想的消除。须知葛利高里最终不再相信“第三条路”这种哥萨克自己的方案了，他向人民低头认罪。他有很多事情还不理解，还没有从暴动中得出所有必要的结论。但是他已经明白了，暴动是往谁的磨盘里浇水，当他跟匪帮在一起的时候，他看到了暴动已经堕落到什么程度，他极其敏锐地意识到“哥萨克真理”的虚假。应当说，葛利高里悲剧里的这一值得肯定的因素，一些赞同“反叛观点”[③]的现代批评家们已经指出来了，但是他们并没有赋予它应有的意义，并且把结局归因于反叛的不可挽回的悲剧，“在他的道路接近结束的时候，可以清楚地看到他那已经注定的命运，一个脱离了人民、落后于人民的人注定的命运”[④]。

葛利高里·麦列霍夫的悲剧不可挽回这种意见，在很大程度上是依据一点：葛利高里“辜负了”批评家们对他彻底悔改的期望，他没有脱胎换骨，最终未能成为“正面人物”。批评界严格要求他做的不仅是承认自己的罪行，不仅是意识到幻想的破灭，还有承认真理。但是为了接近真

① 弗·伊·列宁：《立宪会议选举和无产阶级专政》，《列宁全集》卷30，第237页。——译注

② 同上，第238页。——译注

③ 列·雅基缅科：《肖洛霍夫的〈静静的顿河〉，论作家的艺术技巧》，第135页。

④ 尤·鲁金：《肖洛霍夫评传》，第45页。

理，首先应当结束迷误。葛利高里的悲剧表明的正是这一点。它说明，仅仅在对错误的认识这一点上，常常要付出怎样巨大的代价。既然作者已经涉及这一点，那他就不应该减轻葛利高里命运的悲剧性。如果他把葛利高里严重的个人罪行删去的话，便意味着离开历史迷误这个主题。德·伊·彼特罗夫—毕留克在《哥萨克故事》三部曲里就是这样做的。

在顿河的一个乡村里，哥萨克们掀起反对苏维埃政权的暴动。人们说服一个到过前线的士兵当这个队伍的头头。这个人拿不定主意，阴沉着脸，考虑来考虑去。似乎马上就会出现戏剧性的场面了。然而并非如此，这个到过前线的士兵接受建议并且扭转了局势：队伍转到了红军方面。生活中没有那么简单的事情。这件事是由苏维埃政权的这个坚决的拥护者本人发起的，但他未必想到了如此危险的局面：如果"试验"失败，那他的处境会是怎样的呢？向参加暴动的人开展宣传、说服等工作，那会是最合乎情理的做法。他一面调和，一面按照摇摆不定的人的逻辑去做工作，这样也就很容易识别（或者克服）迷误了。一个动摇不定的人是不会那么轻易地选择正确的决定的。可见，冲突的戏剧性原来是表面性的、离奇的，与生活中的这种冲突的复杂性是不符的。原来，政治上的自我欺骗这一最复杂的问题被主人公以起码的军事计谋（及时清除叛乱分子的骨干，其他的人一下子就会明白自己的错误）十分轻易地解决了。这样的事情在生活中自然是有的，但它们并不能从最主要的方面——暴动的社会根源、暴动者的心理状态去说明暴动的特征。

葛利高里的悲剧之所以具有那么巨大的艺术感染力，正是因为群众感受到的那种戏剧冲突就是主人公经受的最沉痛的个人悲剧。列·列昂诺夫在小说《獾》里描写了极其类似的事件，他塑造的主人公的生平令人联想起葛利高里·麦列霍夫的命运。谢苗·拉赫列耶夫像葛利高里一样，由于同样的动机而成为农民反苏维埃运动的头目：他家乡的村庄与苏维埃政权发生了经济上的冲突，于是他"为人民"而斗争。谢苗与葛利高里这两个形象的区别不仅限于表现力方面，在这方面的区别是不大的。列昂诺夫以高度的艺术技巧把一个误入歧途的诚实劳动者的心理变化揭示出来。但是暴动本身并不像顿河上游暴动那样具有鲜明的悲剧形式，正因为如此，谢苗本人没有像葛利高里那么深刻地饱尝绝望的痛苦，在个人的命运里没有像葛利高里那么痛苦地感受到叛乱者的悲剧。因此，就实质来说属于悲剧的这种冲突，在列昂诺夫的小说里看上去便是戏剧性的。

相对来说，谢苗意识到叛乱者“真理”的虚假比较容易，这就赋予了冲突戏剧性的特点。

葛利高里·麦列霍夫的悲剧就更为深刻和复杂。肖洛霍夫对叛乱者在个人命运里，对葛利高里在自己生平中所感受到的冲突没有给予解决，而只是在揭示主人公思想演变（拒绝“哥萨克真理”）的同时，指出解决这种冲突的可能性。假如葛利高里接受了真正的真理，那么从严格的意义上讲也就不会有什么悲剧了，那时美学上富有表现力的这一机会也就丧失了。须知悲剧的结局是由冲突的实质决定的。悲剧是由历史迷误的内在意义导致的，是它美学上的等价物。因此，决不能这样去表现方兴未艾的群众运动中所出现的动摇时刻，当对这些动摇进行逻辑“推理”的时候，葛利高里走得越远，易于动摇的特点就越明显、越清楚，而与此同时，背叛人民的这种悲剧就越加明显地标志着迷误所带来的内心悲剧。当背叛人民已成为事实的时候，葛利高里才确信暴动是错误的。他无意的罪过使他苦恼不已——不让他跟过去一刀两断，把他推上了土匪的道路。这就是走上迷途的逻辑。他继续生活在悲剧的矛盾之中：走过的道路的错误是明显的，但他已经无法改变生活，不可能在这个世界上再去做寻找新的真正真理的尝试，因为世界已不再接纳他了。所以当他回到自己故乡村庄的时候，太阳冷冷地照耀着他。

他确信，死对无意犯下的罪行来说实在是昂贵的代价，而他终究没有根据是否会受到惩罚，没有根据对科舍沃伊、维申斯克镇肃反工作者印象的好坏，来确定是否承认错误。不管自己是否将被枪毙，不管自己是否还能被苏维埃政权接纳，葛利高里都意识到自己曾满腔热情为之奋斗的理想是错误的。

批评界没有考虑到《静静的顿河》主人公的社会悲剧这个结局的典型意义。在把悲剧归咎于反叛行为时，没有看到它的另一个更为重要的原因——迷误，而把主人公个人命运的不可挽回看作是他整个的悲剧。正如我们所见，个人命运的不可挽回并不妨碍葛利高里的社会悲剧的解决。他的形象不仅反映了人民中小资产者阶层社会本质中的消极倾向，还反映了积极倾向。正是在这个积极意义上，他的悲剧象征着广大群众动摇的戏剧性。我们说过，葛利高里·麦列霍夫的悲剧似乎是更广泛而且更富有戏剧性的现象的一种形式。这种性质——可解决性——正是戏剧冲突的典型特征，形式“仿效”内容的特性。

用米·叶·萨尔蒂柯夫—谢德林的说法，在葛利高里这个形象身上，双重性、容易接受错误思想的倾向，导致了它们自身所能产生的一切后果[①]。但是更为内容充实地说明动摇的演变、说明劳动者—私有者的阶级实质的，并不是反叛行为的悲剧寓意，而是另一种寓意、另一种后果：在社会主义革命时期，人民的革命经验必然会引导哪怕是深深陷入迷途却诚实的劳动者去跟有害的幻想决裂。典型化导致的后果决不限于反叛和极端。这只是中间阶层的实质"从自身产生"的那些后果之一，而从概括的广度和肖洛霍夫对人民历史生活的理解的深度来看，这并不是最本质的后果。

每一个时期都赋予人的悲剧和社会对这一悲剧的理解新的内容。具体地说，社会主义革命时期意味着不再存在劳动者阶级的历史悲剧。这里有对通向社会真理的道路的紧张探索，而在这类探索中迷路的那些人的悲剧，同样包含全体人民历史命运所固有的那种乐观主义因素。

肖洛霍夫在《静静的顿河》里的创新，在于他不仅通过一些自觉的革命者的形象，而且还通过悲剧性地误入歧途的劳动者的形象，表达了历史乐观主义因素。悲剧成为表现作者对历史进程所持有的、归根结底属于深远的乐观主义观点的鲜明艺术手法。在艺术手法、形式（悲剧、悲剧性）与内容（乐观主义）之间有着明显的不一致。内容与形式之间的矛盾向来存在，而且不单单存在于艺术领域里。然而，不一致有各种类型。必须看到它的实质。葛利高里的悲剧具有可解决性这一特性，它能够使悲剧性与乐观主义的对立消除，能够使悲剧形象本身具有乐观主义的意义。诚然，葛利高里的命运所揭示的群众运动的乐观主义激情是有限的：主人公意识到迷误，走出迷途，但并没有掌握真理。如果艺术形象的思想价值不只是用注入形象的正确思想的完整性，还用这种思想的艺术体现的力量去衡量的话，那么正是在葛利高里·麦列霍夫的形象里，群众运动的积极热情被以特殊的、艺术上的鲜明性和令人信服的力量揭示了出来。须知长时期深深陷入迷途的主人公最终承认自己幻想的错误，这正是社会主义革命的威力、生命力和获得胜利的最雄辩的证明。

因此，没有任何必要采用这样的诡计："葛利高里·麦列霍夫的悲剧命运并不说明整个小说带有悲剧性的、绝望的调子（把悲剧性与绝望二

① 谢德林：《谢德林全集》卷6，莫斯科，1941年，第386页。

者混为一谈——安·勃里吉科夫)。找到了生活真理的人民……决定着《静静的顿河》的乐观主义激情。"[①] 这样一种观点在论述肖洛霍夫的著作里是根深蒂固的。我们在尤·鲁金的文章里可以读到:"尽管葛利高里与阿克西妮亚的结局都是悲剧性的,但小说《静静的顿河》本身含有深刻的乐观主义内容……葛利高里的悲剧是在哥萨克劳动群众对新的、光明的生活渴望已极的背景中展开的。"[②]

按照批评家们尚未和盘托出的意见,其他主要人物的乐观主义、《静静的顿河》里登场的群众的乐观主义,会"掩盖"葛利高里形象的非乐观主义基调。这可能是正确的,假若葛利高里不是小说的中心人物,假若具有革命乐观主义思想的那些共产党人形象的感染力能够同中心人物形象的巨大感染力相媲美。"乐观主义"与"悲观主义"表现力之不同不知为什么没有引起批评界的重视。我们大胆地认为,如果葛利高里·麦列霍夫的悲剧是"不可挽回的",如果他的悲剧不曾(哪怕是有限地)表现出群众的历史乐观主义,那么那些沿着正确道路前进的主要人物形象也就不可能使《静静的顿河》摆脱"悲观主义"调子。

谈到群众,那么在当前关于《静静的顿河》的评论著作里,小说里登场的人民,不是由革命俄国的战士群众、红色哥萨克以及摇摆不定的哥萨克群众组成,而是漂浮在理想化的"一般人民"这个抽象概念里。然而在《静静的顿河》里,人民基本群众——易变的、动摇的哥萨克群众——所表现的革命中全体人民的前进运动,完全不是理想化的,而是复杂的和矛盾的,在很多地方与葛利高里·麦列霍夫的情况相似。

在另外一些批评家看来,葛利高里那里只有"讨厌的歌",而人民那里只有"康庄大道"。这种得心应手的对比,只要我们从抽象的人民转向具体的人民群众,便会立刻失去意义。

二

列·雅基缅科并非毫无根据地指出,对于参加1940年到1941年那场辩论的某些人来说,葛利高里形象"本身遮掩了小说整体的丰富多彩

① 列·雅基缅科:《肖洛霍夫的〈静静的顿河〉,论作家的艺术技巧》,第156页。

② 尤·鲁金:《肖洛霍夫评传》,第65—66页。

的、极其复杂的内容"。有的人没有看到小说中葛利高里形象背后的人民。无疑，在思考葛利高里·麦列霍夫的命运时，必须把它与人民的命运联系起来，但是按照列·雅基缅科的论断，这便意味着把人民看作是《静静的顿河》的主要人物。"肖洛霍夫是在人民群众的发展和运动居主要地位的宏伟历史背景中处理葛利高里·麦列霍夫的命运的。真正的主人公是在斗争中确信新的社会主义现实的人民。"① 这就是那非同寻常的逻辑：葛利高里的命运是在广阔的历史背景中得到处理的，这个背景中的主要"角色"是人民群众，由此而得出"结论"：这些群众就是《静静的顿河》的真正(?!)主人公。这种逻辑的产生是由于预先有了"乐观主义"公式，简单地说，是由于害怕葛利高里形象过于"悲观主义"。反叛行为这种观点不仅本身是非常片面的，而且正如我们所见，会导致用历史的"主要人物"问题去暗中替换文艺作品的主要人物问题，导致用历史范畴去暗中替换美学范畴。

令人感兴趣的是，这种把人物从一个范畴移到另一个范畴的外科手术式"移植"，差不多已成为我们批评界的研究原则。弗·谢尔宾纳在自己论述阿·托尔斯泰的一本书里也持这种观点，认为《苦难的历程》的主要人物不是与人民接近的那些知识分子，而是人民本身，因为在知识分子形象里"不可能找到革命时代具有鼓舞作用和组织作用的主导因素"。② 只有"共产党员主人公这一形象，才赋予整个《苦难的历程》三部曲以史诗的基调"。③ 批评家们要求，必须以完全正面的人物去体现时代的正面因素。有的研究者根据这本论述阿·托尔斯泰的书的著名作家的这种观点，这样看待托尔斯泰对沿着这条史诗道路前进的正面人物的探索，即《苦难的历程》的主要正面人物罗欣与捷列金的先驱，原来不是阿·托尔斯泰早期创作中的那些浓墨重彩的知识分子，而是早期创作中居次要地位的农民形象④。这样一来，来自最底层的人们，则完全属于阿·托尔斯泰创作中的另一条线了。这条线不是通向捷列金，而是通向伊凡·伊里奇。对文学主人公问题的这种提法，实际上意味着预先宣布，对阿·托尔斯泰

① 列·雅基缅科：《肖洛霍夫的〈静静的顿河〉，论作家的艺术技巧》，第63页。

② 弗·谢尔宾纳：《阿·托尔斯泰评传》，第2版，苏联国家文艺图书出版社，莫斯科，1955年，第118页。

③ 同上，第120页。

④ 例如，见德·车尔尼亚夫斯卡娅：《阿·托尔斯泰〈苦难的历程〉三部曲中的正面人物问题》，语文学博士论文答辩提要，敖德萨，1955年，第4—7页。

通过描写知识分子走向人民的道路来表现人民的革命历程的创作特点的研究，是没有必要的。素材的特殊性、艺术家发挥的个性（在真正的艺术作品中表现主题思想所不可或可缺的一切）也都成为多余的。那些全然不同的作品，它们整个意义重大、丰富多彩、极其复杂的内容都被弄得不可思议地千篇一律。《苦难的历程》的真正主人公是人民，《静静的顿河》和《战争与和平》的真正主人公也是人民。那么阿·托尔斯泰、米·肖洛霍夫、列夫·托尔斯泰对人民在历史中所起的决定作用的表现特点又是什么呢？

"托尔斯泰继续了由普希金开始的那种人物的民主化道路。"列·雅基缅科写道。[①] 作者是如何具体地理解人物的民主化呢？

> 这些新的人物（顺便指出，对托尔斯泰来说，《战争与和平》里的农民、士兵并不是什么新的人物—安·勃里吉科夫），我们最常在人群里、人堆里看见他们。他们就是红脸战士、老战士。每当在书中同他们相遇，我们都会进入一种体现作者对他们的关注和敬重的特殊气氛之中……
>
> 这里有科尔普—参加过暴动的农民们的代表，有普拉东·卡拉达耶夫，也有吉洪，还有许多其他插曲式的，但令人铭记不忘的鲜明形象。[②]

然而，我们感到托尔斯泰对待自己那些来自普通人民的人物的态度的"特点"，与雅基缅科的描绘是有很大区别的。不妨看看他对这些人物的美学评价：红脸战士和吉洪·谢尔巴特的滑稽、玛丽娅小姐的"暴动"、农民的愚笨，等等。例子还可以再举下去。《战争与和平》的作者对待"底层"的态度是矛盾的。谈到《战争与和平》的主人公的社会成分时，托尔斯泰写道："我对官吏、商人、教会学校的学生和农民的生活不感举趣，一知半解，对当时的贵族生活……我是了解的，是有兴趣的，并且感到亲切。"[③]

---

① 列·雅基缅科：《肖洛霍夫的〈静静的顿河〉，论作家的艺术技巧》，第351页。

② 同上，第351页。

③ 列夫·托尔斯泰：《列夫·托尔斯泰全集》卷13，弗·格·切尔特科夫主编，莫斯科与列宁格勒，1931年，第55页。本篇中本书引文均出自这一版本。

正如这位伟大作家在其他许多地方发表的意见一样，这里有夸大，但也有不少真实性。

我们姑且承认，托尔斯泰当真对来自人民的那些人物比对贵族人物给予了更多关注和敬重。那么，人民的性格里表现了什么样的时代特点呢？有多少时代精神的因素（即史诗的东西）体现在这些人物形象身上呢？

贯穿整个史诗的那种思想乃是艺术家托尔斯泰的天才揭示：在临近波罗金诺战役时，"一只具有极大精神力量的敌方巨掌按在了"[①]拿破仑的法国身上。托尔斯泰认为民族精神的高涨是俄国人取得胜利的基本因素。即使在普通战士的形象上，他也展示了人民精神高涨的状态。波罗金诺战役前夕，皮埃尔察看即将展开厮杀的战场时，发现了民兵们脸上不同往常的表情。他们穿上了洁净的白衬衫，准备投入殊死的战斗。正如托尔斯泰所指出的，皮埃尔瞥见了这一切。"瞥见"这个词不仅表达了这位贵族漫不经心的感受，而且也部分地说明了作家本人所要表现的人民精神高涨的特点。用皮埃尔的眼睛"瞥见"战士—农民群众的心理之后，托尔斯泰在贵族人物形象身上以细腻入微、精镂细刻的笔触揭示出俄国人的精神高涨。

在同安德烈·包尔康斯基的谈话中（他令人信服地对皮埃尔说："在一场战斗中，谁抱定决心打胜仗，谁就能取胜。"），"他（皮埃尔）无意中见过的那些脸上的所有意义深远的严肃表情，都被一种新的光明照亮了。他懂得了他见过的所有人身上那种爱国的潜热（如物理学中所说的），明白了为什么他们大家都情愿平静地好像无忧无虑地去死"。

当然，问题不在于我们在吉洪、科尔普、屠申形象里找不到主人公的这种情感的如此形象化的表达，问题不在于话语本身的形象性。问题在于，话语同皮埃尔、安德烈、包尔康斯基、库图佐夫的内心世界千丝万缕地联系起来，在于它从思想上和美学上充溢着这个托尔斯泰向读者深刻揭示的世界。话语，也同皮埃尔当时具体心情的流露一样，来自这个性格的全部"历史"。因此它对人民精神高涨的表达，比缺乏这种深刻心理描写的语汇、行动、内心世界乃至托尔斯泰的农民、战士的全部形象都更为深刻和更为有力。

① 列夫·托尔斯泰：《列夫·托尔斯泰全集》卷 11，第 263 页。

这些批评家在坚持人民是《战争与和平》的主人公这种观点时，在逻辑上不得不使托尔斯泰笔下属于人民的那些人物形象同生活“相一致”，把托尔斯泰所描写和理解的人民加以美化。在列·雅基缅科的著作里，除了有对普拉东·卡拉达耶夫的正确评价（“腼腆与顺从”）外，还有这样一个“甜蜜的”词：“不讨人厌的庄稼汉”。然而，须知卡拉达耶夫精神是一种有害的哲学，正是那种逻辑使列·雅基缅科抹杀了托尔斯泰对历史前进动力的极端矛盾的理解。批评家写道：“托尔斯泰对人民历史的认识是进步的，肯定人民群众在历史进程中的决定作用。”[①] 这样一种坚定的立场，无疑，托尔斯泰是不曾有的。

“对艺术不敏感的人，”托尔斯泰写道，“常常认为艺术作品之所以是一个整体，是因为登场的总是那些人物，因为它总是写一种结局或者总是写一个人的一生。这说得不对。这只是浮光掠影的观察者的感觉而已：把任何一部艺术作品凝聚为一个整体并由此产生反映生活幻想的那种黏合剂的，不是人物及其所处地位的统一，而是作者对描写对象的独特道德态度的统一。”[②] 这里，如果我们认为托尔斯泰否定“人物及其所处地位”的作用，那就是没有理解他的意见的真谛。托尔斯泰只是指出因果关系，他认为不是人物及其所处地位的统一决定作品道德上的（思想上的）统一，而是相反，对生活目的思考产生了作品艺术上的统一。假若托尔斯泰确如我们所理解的那样，认为人民是历史的决定因素，那他就会把《战争与和平》写成另一种样子，我们对战士与农民的形象便会另有美学评价，属于人民的那些人物形象在情节上便会起到更大的作用，会被以更大的心理深度加以揭示。

《战争与和平》是一部人民的、史诗般的作品，这并非由于托尔斯泰选取了底层的个别代表人物，而是由于他的人民战争思想（作者对描写对象的道德态度）给整个作品、给所有形象都打上了烙印。显而易见，首先应当在中心人物形象——贵族身上看到《战争与和平》的史诗思想（考虑到 1812 年俄法战争中俄国人爱国主义的胜利）。如果那里没有这种史诗思想，则不管人民本身在实际事变中起过多大的历史作用，属于人民的一些人物形象也不能赋予小说史诗性质。以历史的“主要人物”去暗中替换作品的主要人物，会迫使批评家从史诗性最少的那些形象身上去

① 列·雅基缅科：《肖洛霍夫的〈静静的顿河〉，论作家的艺术技巧》，第 355 页。
② 列夫·托尔斯泰：《列夫·托尔斯泰全集》卷 30，第 18—19 页。

"延伸"《战争与和平》、《静静的顿河》的史诗性。

托尔斯泰对1812年俄法战争的"道德态度"驱使他把贵族放在首位。具体地说,《战争与和平》中人物及其所处地位的统一正体现在这一点上:若干最能全面体现作品的史诗思想的"贯穿始终的"人物,把故事集中、凝聚为一个艺术整体。能否因此就说,史诗的形象体系只是主观构成的,只是由作者的社会好感决定的呢?

托尔斯泰的历史主义远不是始终如一的。在《战争与和平》里,托尔斯泰关于事变发展规律的不可知性、关于不接受合理领导的乌合之众的自发势力,谈了很多。但是在作家的历史观里也有唯物主义的成分。托尔斯泰接受了社会生活规律的客观性、人民在事变中的巨大作用以及由此而来的道德因素的特殊重要性这些思想。

使托尔斯泰苦恼(这并没有夸张)的一个问题是:他是否正确地反映了历史?中心人物问题是主要问题之一。甚至作品的正文(在一个版本里),也涉及到它。托尔斯泰用各种方式说明他"不懂"底层生活,列举了许多致使他作品里登场的是"清一色的"公爵和伯爵的原因,其中令人颇感兴趣的一个是:"这些人(底层)的生活带有的时代印记较少。"[①]

看来,这个论据比最初的感觉更有真理。这里,我想提请人们注意下述一点。

只有人民革命才是名副其实的"群众本身的运动"。在民族解放斗争中,底层人民表现为历史的创造者,这不同于在社会革命中,因为他们在捍卫民族利益的同时,也保卫了统治者的利益,这一行动并非在自己阶层的先锋队的领导下,而是在先进贵族阶级的领导下进行的。

倾听人民心声、接近人民的先进贵族阶级的历史作用,尤其是在不是阶级矛盾,而是其他因素成为历史运动动力的民族解放战争中,并不比在俄国发动第一次革命时的作用小些(如果不是大些的话)。如果我们在贵族革命者——十二月党人身上看到的是19世纪解放运动最初阶段革命力量的最高表现,那么认为托尔斯泰在贵族阶级的进步阶层里找不到1812年俄法战争时期爱国主义精神高涨的最高表现,便是错误的。

当然,托尔斯泰一定的先入之见影响到普通人物形象的本质,特别影响到这些形象在情节中的作用。农民与士兵在真实发生的事件中比在小

① 列夫·托尔斯泰:《列夫·托尔斯泰全集》卷13,第239页。

说描写的事件中起过更大的作用。他们更全面、更丰富地感受了“1812年的暴风雨”。然而，我们仍然觉得，当作家在那些不属于底层，但同底层人民一起深刻感受事件本质的人们身上，找寻人民生活的史诗特点时，他的这种态度是历史主义的，是客观的。我们之所以认为这种态度是历史主义的，是因为它考虑到了民族战争的性质。在这样一种战争中，所有社会阶级的一切进步势力都为捍卫全民族利益而团结起来，正是由于这种团结，上层的优秀代表得以比直接来自人民的那些人更深刻地表现人民的精神：站在人民立场上的那些上层的进步代表具有更多的长处（更高的文化水平、广阔的视野等等）。

正是出于这一原因，托尔斯泰的这个有利于贵族——以1812年俄法战争为题材的作品中的主要文学主人公——的最后论据，在我们看来不仅比作家不无争论地强调自己的贵族态度或者着重夸大对农民的不理解等等，更为重要，也更为真实。《战争与和平》表明，在带有“时代印记”的人物中间，关于活生生的现实生活中史诗性的东西（在此处论及的情况下，是指为祖国而战的爱国主义热情），贵族人物形象能够提供最深刻的概念和最强烈的美学印象。批评界的任务是揭示史诗性表现的这种特点，指出主要人物形象与作品的其他组成部分（间或出现的人物形象、群众场面、历史—哲理插笔等等）的联系。如果把作品中居次要地位的那些人物当作主要人物的话，这个任务便不可能完成。这就意味着为了玩弄“主要人物”这个术语、为了简单的公式化，自然也是为了双重保险，而把作品的艺术体系加以颠倒。

公式“肯定……社会主义现实生活中的人民，是《静静的顿河》的真正主人公”，实际上指的是，在历史的主要人物与《静静的顿河》的中心人物之间没有任何共同点。但是作为艺术典型的《静静的顿河》的主要人物的特点在于，他们代表着现实生活中的主要人物——人民，别具一格地代表着他们。研究者的任务在于阐明这种独特性。葛利高里的悲剧，正如以上所述，不是镜子似的，也不是从头至尾地反映小资产阶级群众的历史运动及其发展进程，而是反映这个进程的重要时刻。

小资产阶级阶层的思想—心理变化——他们对社会主义是切身事业的认识——构成整个历史时代。在个人性格里强烈而鲜明地表现这一过程的开始——同昔日幻想决裂——意味着艺术上反映历史真实的极其关键的时刻。名副其实的史诗性使得葛利高里·麦列霍夫的悲剧能够得到解决，使它具有广泛的概括意义：这悲剧像人民中的广大群众的动摇一样，是可以解决的。但与此同时，葛利高里的命运又处于《静静的顿河》的情节的中心位置。

因此，出现了论述他的形象，亦即论述表现现实生活中的史诗性事物的主要艺术手法的问题。

假若如此去理解这一问题，即在描写为社会主义而进行的斗争的史诗中至为重要的似乎是小资产阶级在革命中的发展，因而其代表人物应当处于描写这一斗争的作品的中心，将是完全错误的。如果从总体上谈这场斗争，那么起主要作用的是无产阶级。在革命的所有社会力量中，工人阶级是最具史诗性的，因为与其他社会力量相比，工人阶级更全面地反映了革命的实质，并扮演了主要的、“具有划时代意义的”角色。但是既然作家选取了革命的“第三种力量”为主要表现对象，那便产生了这样的主人公问题，即这种主人公须比其他登场人物能更深刻和更鲜明地表现整个史诗性的人民斗争中小资产阶级群众的历史道路和思想意识上的转变。

不把葛利高里看作是《静静的顿河》的主要人物，不仅因为反叛这一观念禁锢着批评界，还因为批评界主要是在事件（指整个革命事件）的广泛范围里看到肖洛霍夫的小说的史诗性。这种观点不符合《静静的顿河》的内容。

《静静的顿河》之所以是一部史诗，首先是因为这部书以农民，主要是中农在革命中历史面貌的变化为例，反映了哥萨克在革命中的命运，反映了这一部分小资产阶级的情况，因而也就反映了革命的整个进程。

马克思就人民生活中的根本变革的特点说道：“历史行动所及范围和深度，随参与历史行动的群众规模的扩大而增加。”①

《静静的顿河》之所以是一部史诗，首先是因为这部书展示了群众卷入最重要的历史行动的深度。其次，作品还反映了历史行动的规模，在这一意义上它也是一部史诗。历史变革的深度永远同事变的规模相联系，但肖洛霍夫并没有力图均衡把握进程的这两个方面。而且，恰恰是在革命范围的广度这一意义上，《静静的顿河》有其最大的“弱点”：被广泛展示的只有一个情节，而且还是反革命叛乱的情节。但是这说明，在阐释小

---

① 弗·伊·列宁：《列宁文集》卷11，莫斯科与列宁格勒，1920年，第10页。

说的史诗性,即它的真正优点时,不能以我们所希望的优点为出发点。

在《静静的顿河》里,革命的历史乐观主义整体来说既反映在共产党人形象上,又反映在葛利高里·麦列霍夫的悲剧里,而革命总进程中的乐观主义精神在葛利高里的悲剧里就表现得较少。但是葛利高里·麦列霍夫的悲剧却为处理小资产阶级的动摇性这个问题提供了尤为深刻的参考。这大概是肖洛霍夫最根本的创新之处:事件的历史乐观主义不仅反映在沿着正确道路前进的群众的概括性—史诗性画面里,不仅反映在自觉的革命者形象上,而且还通过作品中最具艺术个性特点的"反面"人物反映了出来。

看来,由于《静静的顿河》的史诗特点,由于葛利高里形象在情节中所居的地位,由于他的悲剧的内容,可以而且应当把麦列霍夫形象作为作品的主要史诗性人物加以论述。

围绕《静静的顿河》展开的文学—批评斗争,历史表征是显著的。争论的对象过去是、现在仍然是葛利高里·麦列霍夫。如果说1940年批评界有人倾向于把整部《静静的顿河》归结为一个人物形象的话,那么现在便出现了相反的倾向;在小说的所有其他形象背后,看不到能够赋予作为史诗的这一作品基本力量的主人公。

在列·雅基缅科的书里(我们对其中的一些原则性意见不得不进行极为详尽的探讨),有不少实质性的见解,其中包括对于体裁的见解。雅基缅科提出了关于小说史诗基础的个别因素之间的相互联系这种很有影响的观点(诚然,阐述得并不十分清楚,请参阅第五章)。但什么是主要的呢?作家用以再现现实生活的最重要史诗性特点的哪一种方法决定作品的艺术体系呢?不论就内容还是就艺术性来说,事件的概括性—史诗性画面、群众场面,或者相反,个人生活场面与人物形象,能否解决问题呢?这一切都同样有权进入《静静的顿河》的史诗基础,就是说以同等程度的艺术性表现它的基本的史诗思想吗?对于"一般史诗",抽象地谈,这是可能的。对于《静静的顿河》,列·雅基缅科本人不得不强调指出:"肖洛霍夫的史诗区别于,例如列夫·托尔斯泰的《战争与和平》的是,其中有'中心'人物。"[①]"中心"一词加上引号是符合批评家的观点的:列·雅基缅科在"允许"葛利高里成为中心人物的同时,对葛利高里是主要人物及

① 列·雅基缅科:《肖洛霍夫的〈静静的顿河〉,论作家的艺术技巧》,第379页。

他具有小说的史诗思想持怀疑态度。

在以革命为题材的史诗中，这样一种中心人物的出现，正如果戈理在中篇小说《塔拉斯·布尔巴》中对中心人物的选择，是一种创新。如果说，列·雅基缅科之所以正确指出了果戈理的创新正在于对主人公的选择，是因为他理解小说是英雄史诗，那么这位批评家对肖洛霍夫在《静静的顿河》中心人物的选择方面的创新在看法上的矛盾，同样跟他对肖洛霍夫史诗的独特性的理解有关。列·雅基缅科称《塔拉斯·布尔巴》为英雄史诗，与此同时却认为《静静的顿河》是悲剧故事的鲜明典型。

另一位批评家弗·叶尔米洛夫，观点接近于此，认为《静静的顿河》的悲剧性在于参加暴动的哥萨克的历史迷误。我们觉得，他完全正确地阐明了这部史诗的美学独特性，并正确地称它为悲剧史诗。[①] 在把肖洛霍夫的小说同《铁流》相比时，列·雅基缅科未能抓住《静静的顿河》体裁的独特性。他是这样谈肖洛霍夫的创新的："对现实生活现象的深刻而广泛的把握，以及对人的全面的刻画，包含着按照新的方式表现战争与革命时期人民生活的艺术家肖洛霍夫的创新。"[②] 这就意味着关于创新，他几乎未置一词。须知这里指出的仅是史诗体裁的一般特征，而不是《静静的顿河》体裁的特点。列·雅基缅科只不过指出了《静静的顿河》比《铁流》容量更大、艺术性更强而已。

许多批评家之所以"未能见到"《静静的顿河》中最珍贵的东西——这部当代世界文学中的优秀作品的悲剧性，是因为他们以对一般史诗体裁的要求去看待这部具体的史诗。他们想在每一部史诗里看到与历史完全相符的时代的一切重大问题。然而，实践证明，杰出的大师能够画出现象间相互联系的正确图画，并且仅仅选择其中的某几个现象并为它们打上时代的"印记"。在《战争与和平》里，这就是作为战胜拿破仑法国的原因的俄国人爱国主义的高涨。在《铁流》里，是小资产阶级的自发性转化为革命纪律性的过程。在《苦难的历程》里，是俄国知识界的进步分子走向革命人民的道路。在《静静的顿河》里，是小资产阶级劳动者阶层与社会—历史迷误的戏剧性和悲剧性的决裂。一位史诗作家之所以能根据自己的才能、按照自己的方式去理解历史生活而成为大艺术家，是因为他能够从美学上揭示被社会错误理解或理解不够的那些未被见过或者未被注

① 弗·叶尔米洛夫，见上引文。

② 列·雅基缅科：《肖洛霍夫的〈静静的顿河〉，论作家的艺术技巧》，第 376 页。

意过的现象。高尔基号召苏联作家阐明俄国生活中的伟大转折的悲剧一面。《静静的顿河》的作者表明了这种可能性和必要性。

《静静的顿河》的悲剧性（不仅指葛利高里的悲剧，而且指其他许多人物的死亡与悲惨的遭遇）是革命年代的戏剧冲突在苏联文学中的最鲜明的反映。小说的总的悲剧色彩与葛利高里·麦列霍夫的悲剧，是肖洛霍夫对待现实生活的“道德态度”的独创因素之一。

体裁的变化是与作者的美学立场的特性直接联系的，但是大艺术家的立场，不是他自己臆想出来的，而是由现实生活本身的特性导致的。

普通劳动者在革命中的迷误，以及作为对这一问题的艺术处理的自然音调、自然手法的悲剧性，是肖洛霍夫对现实生活的审美态度的两个最突出的特点。这个在肖洛霍夫青年时期的短篇小说中业已显示出来的创作上的思想—艺术特点，是需要仔细加以研究的。有意思的不仅是它的美学、历史—文学本质（悲剧作品在我们关于革命与国内战争的整个文学中是一个突出的现象），还有它的社会本质。

三

主要人物问题，一方面与《静静的顿河》的体裁特点紧密相联，另一方面与结构上的一些问题有密切关系。确切地说，《静静的顿河》中的主要人物问题决定作品的整节结构。葛利高里·麦列霍夫生活中的爱情是史诗故事的思想—情节的主要脉络。对肖洛霍夫史诗结构的分析，不仅揭示出作家在作品结构方面的风格特点，也有助于更深刻地了解作品的悲剧气氛，更深刻地理解悲剧的主题、故事的思想底蕴。

人物形象的安排、情节线索的相互关系，在社会小说中反映了作家对社会现象的评价。但把结构归结为生活中各种阶级力量的对比的翻版，是极端错误的。在评价“俄国的万第”的时候，伊·列日涅夫在自己的评传中写道：

作家把麦列霍夫一家放在自己的艺术画面的中心。这是很自然的。但是致力于描写这些人的作者，几乎把自己的全部注意力都集中在他们身上。布尔什维克们……居次要地位的人物之所以很有意思，与其说是由于他们本身的特点，毋宁说是由于他们在主要情节的展开方面、在主要登场人物的性格展示方面所起的辅助作用。

这是一个严重的错误。这与车尔尼雪夫斯基留给我们的艺术遗训的那种思想方向性与革命倾向性是矛盾的。为什么这仍然发生了呢？我想，毛病很可能出在小说的结构本身上。[①]

"仅有一条情节线索是明显不够的，"列日涅夫展开自己的观点说，"一切都来自又都回到一个村庄，甚至一个家庭。"[②]

伊·列日涅夫认为布尔什维克形象"不足"的原因，以及没有全面描写革命阵营的原因在于，《静静的顿河》中关于红军战士的功勋、关于共产党人的活动被一笔带过："这一切——零散的情节，只不过是些'单人故事'，它们淹没在关于反革命哥萨克的故事的色彩绚丽的洪流中。"[③] 因此，不足之处在于结构上的错误，但是如果注意一下批评家的具体要求，就会明白，不足远远超越了结构的界限。例如，伊·列日涅夫谈到本丘克与安娜·波古德科的爱情"枯燥、乏味，甚至无能"，谈到许多共产党人身上缺乏葛利高里与阿克西妮亚那种诗意的氛围。[④]

这些看法是正确的，但它们与结构没有关系。它们涉及主人公的内心画像，对性格的思想—美学的思考。在校订《静静的顿河》时，做了最大修改的是共产党人形象，其中包括本丘克与波乔尔科夫的形象。几乎所有共产党人形象政治上的特点（例如波乔尔科夫）、道德上（例如本丘克与安娜）与美学上的评价都从根本上被修正或者被深化了。但是作者仍然使小说总的结构保持了原样，并未像批评家所希望的那样把共产党人形象放到首位。这并不是因为"不想"对《静静的顿河》做根本性的改动，而是因为旧的结构符合构思的实质，符合基本思想。伊·列日涅夫从批评共产党人形象过渡到要求"小说采取另一种安排、另一种结构"，自然也就要求采取另一种思想内容了。布尔什维克形象的次要地位只是个借口而已，《静静的顿河》的思想—艺术构思的实质本身不能使这位批评家满意。他看到作品与历史情况的某种不一致，希望"人们与事件都能

① 伊·列日涅夫：《米·肖洛霍夫》，第 223 页。

② 同上。

③ 同上，第 226 页。

④ 同上，第 224 页。

处于较为正确的位置上”。[①]

直截了当地说，他要求对各种阶级力量做另外一种安排：

> 假如肖洛霍夫全面地描写了与哥萨克白军针锋相对的革命阵营的话，他所创作的国内战争的图画就一定会丰富得多……葛利高里·麦列霍夫命运中的悲剧因素便会富有新的含义和新的内容。[②]

伊·列日涅夫在说出乍看理所当然的愿望时，不知不觉把误入歧途的劳动群众也视为哥萨克白党，仿佛他们之间没有原则性区别似的。《静静的顿河》的素材是这样的：曾经与红军为敌的并不是自觉的反革命分子，而是误入歧途的劳动群众。在更为激烈的对立中，葛利高里·麦列霍夫的悲剧似乎有新的丰富内容。这是指什么样的丰富内容呢？作者把葛利高里彻底抛到白军阵营一边——须知他会占据彼得罗·麦列霍夫的位置。那时这个悲剧会有什么概括意义呢？

肖洛霍夫出色地揭露公开的反革命——这是必须做的。但是他的主要任务不是提供两个对立阵营进行斗争的画面，而是向俄罗斯人民解释“为什么哥萨克参加了对革命的镇压”。作者本人曾这样谈自己的任务。[③]如果把布尔什维克与没有觉悟的哥萨克群众作为两种极端的、不可调和的势力加以“对立”的话，他还能否完成这项任务呢？成千上万的人把自己与人民、与自己的切身历史利益“对立起来”而忍受巨大的悲剧，他们的不幸这种史诗图画会成为什么样子呢？

对素材持客观态度的构思，要求把误入歧途的哥萨克推到首位，并把自觉的革命力量同反革命的斗争挪到侧面的情节线索上去。既然小说涉及艺术作品中各种社会力量的生动相互关系的保持，那么它们在小说中的安排会跟介于无产阶级与资产阶级之间的小资产阶级群众的实际地位一致。《静静的顿河》的结构不是与“革命倾向性”相矛盾，而是与文学研究者分析的简单化的社会学公式相矛盾，很遗憾，这种公式目前颇为流行。倾向性不在于这种或者那种艺术技巧，也不在于各种社会力量在作

---

① 伊·列日涅夫：《米·肖洛霍夫》，第227页。

② 同上，第227—228页。

③ 伊·艾克斯列尔：《在肖洛霍夫那儿做客》，《消息报》，苏联，1937年，第305期，12月31日，第3版。本篇中本书引文均出自这一版本。

品篇幅上的分配，而在于对生活冲突的正确处理。《静静的顿河》的主要历史冲突——不是自觉的革命者同反革命的斗争，而是参加叛乱的哥萨克一方面与红军，另一方面与白军的矛盾。

因此倾向性在于对顿河上游暴动的理解，而不在于创作一部直接描写一部分人民走向反革命阵营的作品。假如肖洛霍夫手中的素材被安排为以叛乱者与布尔什维克的对立为情节—题材线索，他就无法实现自己作为作家与共产党人的职责。正是在这种情况下，错误才铸成，而在目前这个版本的《静静的顿河》里，对革命阵营的描写之不足只不过是局部的不足而已。在此情况下，倾向性在于揭示革命阵营内部复杂的辩证关系以说明哥萨克的命运。要知道，就其本质来说，叛乱者是属于革命阵营的，他们暂时脱离了人民，站在革命与反革命之间，按照斗争的逻辑滑向了白匪阵营，而随后又走上了革命的道路。在暴动之前，他们曾经与白匪作殊死的斗争，暴动之后他们充实了红军部队，粉碎了弗兰格尔和芬兰白军，就是说也起到了革命的作用。此外，哥萨克从"第三条道路"这种错误思想里解脱出来是有深刻的革命性的。

他们的心理活动的全部复杂性、事件的主要特点在于，暴动的人们处在两个阵营之间。这是帮助我们理解革命具有极其本质意义的客观事实。肖洛霍夫在描写这个事实、把这个事实作为题材的时候，完全正确地把动摇不定的哥萨克群众放在两个对立阵营的情节线索中间。这表现了他作为历史主义作家的客观态度。史诗的结构是检验历史事实正确与否的试金石。这里检验的是作品与生活素材的比例是否得当。须知，在安排史诗结构、配置生活素材的时候，作家与"未加工的"现实生活的事实、时间上的连贯性、数量上的比例关系等的联系比对任何其他体裁都更为紧密。

但史诗的历史主义只是从结构开始，而最高表现只能在性格和思想性里找到。如果认为倾向性、对结构里的素材的党性评价，只能以"客观主义者"最原始的形式表现出来，只能根据结构（在该种情况下，只能根据主要情节线索的相互关系）去评论，就意味着对艺术的党性原则的真正庸俗化。例如，依据这样的事实——居于作品中心位置的是半无政府主义的人群形象，能够理解《铁流》作者的倾向性吗？而在《静静的顿河》里，须知叛乱人群的演变，尤其是葛利高里·麦列霍夫的演变就更为复杂。

亚·绥拉菲莫维奇所描写的群众，较少受到阶层偏见的束缚。况且他们已经把自己彻底同革命联系起来，就是说他们与肖洛霍夫所描写的哥萨克相比，处于另一个阶段；组成达曼军队的库班农民与哥萨克是在斗争的困难面前，而不是在走什么道路的问题面前产生动摇的。在《静静的顿河》和《铁流》里，群众的动摇在某种程度上是相似的，有同一个根源，都能从一方转到另一方，然而毕竟应当把它们区别开来。

把动摇的、无政府主义的人群转化为服从于统一意志的革命军队——这一点也吸引了作家。他在这里看到了国内战争的史诗部分，正如肖洛霍夫在哥萨克命运里（迷误与错误思想的消除）看到了革命的史诗部分一样。转变的过程成了主题。这个主题要求把因受挫变得消沉的人群（作为一个整体）、他们动摇的和错误的心理活动以及相应的外貌放在中心位置上。因此，人群的综合形象在《铁流》里占据统治地位，尽管随着“转变”推进，个别人物所起的作用愈来愈大。假如作家注意达曼人与红军结合之后的道路，那么他所面临的任务便是把群众的综合形象分解为更多个别的人物性格。不曾理解《铁流》的这一特色的批评家们，要求郭如鹤形象更加突出、政治立场更加明确。但作家的主要目的并不是描写党的领导人的形象（虽然绥拉菲莫维奇赋予郭如鹤革命领导者的某些典型特征），而是人群的综合形象；正是在这一方面，作家取得了真正的成就。

将人群比为活的东西、活的现象的原则（例如，“人群……凝聚了起来，形成源源不断的洪流”。）反映在对个别人物形象，尤其是对那些象征着群众正面革命本质的人物形象的塑造上。郭如鹤坚石般、钢铁般的颚骨，贴切地体现出隐藏在达曼人绝望深处的果断性。须知达曼人看来已经做好消灭任何一个指挥官的准备，他们把他的意志加于己身——这是他们自己的意志，是他们对建立业已萌芽的统一意志的必要性的意识。

应当指出，作家之所以能够创造出艺术上令人信服的群众形象，正是因为他分解了这种乍看起来的“多数”，因为他把对人群的综合描绘同将个别人物从模样一致的集体里“区分出来”结合了起来。“美髯公”、“穿水兵式短上衣的高个子”、郭必诺老太婆、怀抱着将要渴死的婴儿的母亲以及其他一些人，各具特色地表现了群众的组成成分，表现了这个“统一体”里的意见分歧或者在特定时刻的意见一致。

随着故事的发展，“区分出来”变成使人物个性化的原则，最终在我们面前出现的是由典型人物组成的活的集体。由于“转变”，最初那种模糊不清、分不出个人面目的人群活跃起来。这是新发现的一种十分成功的艺术处理方法。

许多选取革命和国内战争作为主题的作家，都感到必须把群众推到前台，把他们作为中心人物。但是把群众推到描写革命与国内战争的史诗的中心的，并不只是那种作为群众最鲜明特点的“一般的自发性”，还有意味着向自觉性迈出一步的那种自发性，就是说自发性应当在克服各种动摇的过程中被揭示出来，因为那才是真正的革命自发性的生动演变。只有当这种演变被揭示出来的时候，自发的人群的主题才能成为真正的史诗主题，才能用以创作描述人民的作品。

既然作家同意揭示这种演变的必要性，那他就不能把群众看作是模样一致的整体。他在他们之中听到各种声音，看到各种派别，个别人物形象也就浮现在他的眼前。在运用一系列个性化原则的情况下，这些人物就不可能只是典型特征或者人群的各个阶层的综合标记。真正的、深刻的历史主义是艺术家学习古典作家们的经验而获得的。绥拉菲莫维奇已感觉到这一点：“假如我创作的是宏伟的画面，描写的是日常生活的特点，从各个方面去揭示人，就会出现一部类似沙俄时代的《战争与和平》的作品。”[①]

如果回避人民中的“个人生活小说”，那就不可能创作出人民史诗。与昔日的古典文学相比，任务已经从本质上改变了。根据高尔基的精辟说法，列夫·托尔斯泰从个人生活小说被吸引到了人民小说。这在结构上表现为，将描写贵族及其转向人民的不彻底性的心理小说，与描绘来自人民的主人公参与其中的多层次社会的画面相结合。摆在肖洛霍夫面前的任务则是，在对这个有如无数沙粒的群众之中一员的生活的叙述里，揭示人民的史诗；作为艺术手法，“多数”的综合形象，由于描写个人的小说应当囊括人民的历史命运的一小部分，确切地说，由于这一小说应当被扩大为人民的史诗，而退居次要的地位。这是由历史主义、心理描写、艺术鲜明性的更为深刻的一些要求决定的，同样还由古典文学的传统决定。

描写国内战争的小说—史诗体裁的优秀作品——《静静的顿河》和《苦难的历程》——正是在这种原则基础上创作出来的。

结构问题随构思的不同而异。不能用贯穿作品的情节线索的数量去衡量它。但是既然把一个情节—主题线索放到了中心位置，那么在这

① 绥拉菲莫维奇：《绥拉菲莫维奇文集》卷 9，苏联国家文学出版社，莫斯科，1948 年，第 177 页。

一线索中，在主要人物的性格里，应当凝聚着关乎人民命运的许许多多的东西。

肖洛霍夫，抽象地说，能够把某种另外的原则作为自己史诗的一般情节结构的基础。那些认为主人公的形象在大型散文作品中起主导、组织作用的人是对的，但只是在最一般的情况下、总的来说，他们才是对的。具体的构思常常会带来从根本上改变总原则的一些修正。

通常，我们所熟悉的一些史诗，不是有一个，而是有几个，甚至许多个中心人物。这有时与作家的造诣高有关，有时从创作使命来看是完全必需的。列夫·托尔斯泰曾经需要（这里指生活的要求）揭示贵族阶级的各进步阶层对俄法国战争的态度。因此，被放在中心位置的不是一个，而是若干个人物。阿·托尔斯泰揭示了进步知识分子中不同派别的人走向人民的道路，因而在《苦难的历程》里出现了四个主要人物。对参加过起义的哥萨克来说，一个严重矛盾，即与苏维埃政权的矛盾，是造成迷误的最重要原因，作家把这一矛盾集中在一个典型人物身上，因而葛利高里·麦列霍夫的情节线索及悲剧主题便成为史诗的结构与题材的枢轴。

但这只是结构的一个方面，它是涉及典型人物的经历的那种情节。生活还提出了另外一些要求。例如，列夫·托尔斯泰需要提供俄国战争事件本身的比较全面与完整的图画，因为它的过程被一些历史学家歪曲了。这样一来，就要求对历史本身的进程给予比较连贯的描写，可以说，这种要求服从于与主要人物的命运相联系的基本情节线索的构想。主要人物形象能否把故事“胶结”成一体，取决于相对独立的“事件情节”——事件的“内在”联系置作者于何种情势。因此，对《战争与和平》的作者来说，结构方面的主要任务在于结合围绕着人物行动的组织原则与符合事件逻辑的叙述的组织原则。

在肖洛霍夫面前，同样摆着这样结合两个原则的任务，但是重心毕竟偏向人物行动的组织。原因不仅在于作家主观上的、创作上的倾向性，而且也有客观上的因素。

“最困难与最不成功的地方，我认为是历史描写，”作家承认道，“我对这个历史—纪事的领域是很陌生的。这里，我的能力受到了限制。不得不驾驭幻想。”[①] 自然，在倾向于艺术虚构的同时，肖洛霍夫力图集中表

① 伊·艾克斯列尔：《在肖洛霍夫那儿做客》。

现的是人们对事件的感受，而不是事件本身。历史事实与历史文献退居次要地位。但作家丝毫也没有忽视事实，德国战争的参与者们对作品如此真实地描写了个别团和军的遭遇感到震惊。但是肖洛霍夫对事件的这一面毕竟兴趣极小。我们在《静静的顿河》里找不到《战争与和平》里的那种历史纪事的展开描写。

作为艺术家的列夫·托尔斯泰喜爱对人民与民族的命运进行哲理思考，这是作家的个人特点，但根源却在于时代特点与素材的特殊性。托尔斯泰需要重新思考自己的同时代人对于俄法战争的推动力量、对于历史发展的最主要因素的意见。在作品结构中起明显作用的是关于战争的插叙。托尔斯泰对整个历史阶段进行概括的广度与复杂性，并不属于传统的艺术形式，他对历史的解释有时含有唯物主义的成分。

《静静的顿河》所描写的那个时代，以及具体的事实材料本身，并没有要求肖洛霍夫从根本上重新思考业已存在的对革命的评价。作家及其未来的读者对往事的总体意义都是清楚的。题材并未要求作者通过对事件的详尽描写和分析去再现历史的逻辑。就纯粹历史任务来说，小说家肖洛霍夫比托尔斯泰的小。他需要阐明的不是整个革命，只是一场顿河上游暴动的客观性质。这里，许多东西无法通过对事件的描写而揭示出来。需要对相当一部分哥萨克的迷误进行心理分析。作家正是把注意力集中在这一点上。

我们看到，即使在关于革命与国内战争的其他一些优秀作品里，对历史进行艺术概括的问题，也没有得到列夫·托尔斯泰那样的处理。《恰巴耶夫》、《铁流》、《毁灭》、《苦难的历程》的作者们，主要任务是在业已获得的对历史的正确理解的基础上，揭示历史在人们之中引起的反应和人们对它的体验。这是符合社会主义革命的基本特点的。不论小说规模如何庞大，不论事件多么有趣，最重要的是社会关系，因而也包括思想上和心理上的激变，重要的是揭示使劳动者成为历史创造者的那些思想意识因素。

看来，优秀的历史作品正是在作者主观上的、艺术家的意图与素材的内在要求相吻合的情况下产生出来的。列夫·托尔斯泰对自己周围人的认识，一方面影响了他在《战争与和平》中更为广泛地表现人民，另一方面有助于作家创作出那些最能全面体现时代精神的主要人物。作为历史题材的作家，肖洛霍夫倾向艺术虚构而不是对事件实际情况的描写，这符合摆在他面前的素材的性质；他搜集素材与其说是为了描绘一幅完整的图画（这种素材在列宁的著作里已被从哲学上进行了概括），毋宁说是为了揭示人物性格的思想—心理变化。在托尔斯泰面前，两个任务都是主要的；在肖洛霍夫面前，主要的任务是后者。但这并不意味着肖洛霍夫的作品就简单些，因为与 1812 年俄法战争相比，十月革命在人民之中所引起的变革要复杂得多。应当说，"仅仅"从人物性格方面对国内战争的一个片断的揭示，就迫使我们的社会学界、历史学家对那个仿佛彻头彻尾反动的哥萨克阶层另眼相看了。

在具体的历史条件下所形成的题材与构思的课题，连同作家自己对世界的独特的艺术观察，确定了《静静的顿河》的结构原则。参加暴动的哥萨克的典型代表的命运成为故事情节的主线。在分析小说的总体结构时，很难把素材的客观"要求"同作家的主观风格区分开来。而这样的区分未必是必要的。重要的是应当看到，由于这两者，葛利高里·麦列霍夫的形象才成为《静静的顿河》的思想—艺术构思的中心。我们不能不一次又一次地重复这个显而易见的真理（就是说，葛利高里的经历是《静静的顿河》的中心线索），因为在论述《静静的顿河》的著作中有那么多明显的谬误和牵强附会的解释。例如，列·雅基缅科说："历史的发展规律这种思想是《静静的顿河》的复杂艺术结构的基础。在小说主人公们的命运里有对历史的沉重脚步的诗意表现，证明革命必然胜利。"[①] 对这位作家来说，"历史的发展规律这种思想"对任何一部大型现实主义作品的艺术结构都会产生影响这一点，似乎是与他不相干的，因为每一位史诗的现实主义作家都在情节线索的相互关系里、在人物形象的安排上反映历史的发展规律，而在某种程度上也反映生活素材的一些真实部分。说"能够给作者揭示的社会发展规律提供可能性的重大历史事件，是作品的情节与结构的焦点。许许多多的典型性格、命运、现象与事件聚集在它周围……"[②]，意味着把具体的结构问题融入笼统的话语里，使它模糊不清因而不可避免地导致这样的坦白："史诗的每一部分都叙述历史发展中的一定阶段。"[③] 指什么样的人民？整个俄罗斯的？须知批评家是把这一点作为结论加以强调的。接着他写道："在艺术家所创造的生活图画里，

① 列·雅基缅科：《肖洛霍夫的〈静静的顿河〉，论作家的艺术技巧》，第 259 页。

② 同上，第 370 页。

③ 同上，第 371 页。

明显地出现了两个敌对的阶级阵营：小说中施托克曼、本丘克、科特里亚罗夫、科舍沃伊所代表的革命人民与利斯特尼茨基（等人）代表的反革命的少数人。"[①] 摇摆不定的哥萨克群众在哪儿呢？在雅基缅科那里，他们从结构里滑落，消匿不见了。

造成这一切混乱认识的原因在于，我们害怕这样一个普通而又明显的事实：《静静的顿河》的总体结构是由葛利高里·麦列霍夫形象发展的情节线索决定着的。正如我们所见，这个真理目前并未过时。

列·雅基缅科指出："《静静的顿河》的每一部分都以历史发展的深刻内在逻辑与其前后部分联系了起来。"[②] 这是对的。但须知这种意见同样适用于每一部历史题材的、现实主义的好作品。重要的是指出作品中"历史发展的逻辑"基于什么样的艺术成分，因为它不是抽象的，不是表现为无形体的思想，而是通过形象化的、十分明确的手法赋予整个作品和它的每一部分逻辑上的严谨性。

许多批评家指出《静静的顿河》的一些个别情节结构"松散"。这并非凭空捏造。第三卷与第五卷的某些部分（国内战争的开始、苏维埃顿河政府同白匪的斗争）以及整个第四卷（帝国主义战争的最后一年、革命的开始：1916 年 10 月到 1917 年秋），与小说的其他部分相比，显露出情节—主题线索在某种程度上不够清晰。

第二部（第四卷与第五卷）的大部分人物、情景、插曲都按肖洛霍夫自己的方式描写得十分扎实。本丘克与军官们在前线窑洞里接触的场面、"逮捕"寄生虫们的场面、许多战争画面、葛利高里搭救司捷潘、资产者涅夫斯基的画像、本丘克进行宣传工作的一些插曲（第四卷的结尾部分）都写得鲜明突出。其中有些情景永远铭刻在读者的记忆里。至于纯粹结构方面的问题，则可举出个别章节与插曲里的情节—主题线索极其具有逻辑性和严整性的不少例子。科尔尼洛夫叛乱前夕上层军官对待哥萨克士兵的态度这个主题的处理就是一个例子。利斯特尼茨基在自己骑兵中队的军官们面前表达这样一种思想，说在这混乱时代应当同哥萨克搞团结。他企图"制服"拉古京。于是他暴露了自己那老爷式的真面目——命令哥萨克殴杀工人。结果他甚至"团结"不了自己周围的人，"团结"不了军官阿塔尔希科夫。最终导致利斯特尼茨基这样的结论性"内心独

① 列·雅基缅科：《肖洛霍夫的〈静静的顿河〉，论作家的艺术技巧》，第 371 页。

② 同上，第 372 页。

白”：“这就算是和哥萨克团结啦……”这一切在逻辑上是紧密相联的，一环扣一环。

因此，这里所说的并不是关于插曲、章节、故事的个别片断本身的内在结构，而是关于它们之间的松散联系。这如何解释呢？

众所周知，第二部收进了《顿河风土》的素材。“我从描写科尔尼洛夫部队开始，”肖洛霍夫对伊·列日涅夫说，“从《静静的顿河》目前的这第二部开始，写了大量的片段。后来我发现，不应当由此开始，于是也就搁笔了。后来就从哥萨克的古老过去重新起笔，写了构成《静静的顿河》第一部的三卷。当写完第一部，应当继续往下写（写彼得格勒、科尔尼洛夫部队）的时候，我找到先前搁置的那些手稿并且将它们运用到第二部里。扔掉已经写成的东西是很可惜的。”[①]

可以认为，作者并没有从根本上改写《顿河风土》的手稿。第二部的撰写进度远比第一部快，从根本上改写的话，必然会占去比这更多的时间。题材（关于彼得格勒、科尔尼洛夫部队的内容）的一致证明最初的手稿绝大部分被收进了小说的第四卷。这一卷的篇幅与《顿河风土》的篇幅同样可以说明这一点：后者有六到十二个印张（根据肖洛霍夫的不同说法），而现有的第四卷不超过九个印张。但即使不考虑这几方面，第二部不能不在自己的结构里反映出“过渡时期”，这点也很清楚。

肖洛霍夫当时所掌握的艺术技巧，是“散文技巧”。“这就是第二部里有那么多‘纪事’和孤立故事的原因。”伊·列日涅夫认为。[②]这么说有一定道理，但仍然不能仅凭《顿河风土》是肖洛霍夫在大型作品方面的初次尝试，就对第二部结构上的缺点进行解释。这种极为普通的解释几乎一点也不能说明艺术技巧问题，而主要的是，这对理解作家构思的演变，即对理解结构的内部动力丝毫也提供不了帮助。把目光仅仅集中在该事物的表面，我们就势必会得出这样的结论：“就结构来说，整个第二部俨如情节连贯的短篇小说集。”[③]列日涅夫指出了结构上的某种特点，但同时又毫无道理地贬低了肖洛霍夫的写作技巧，仿佛他在第二部里怎么也“超出”不了短篇小说体裁似的。“过渡时期”这个问题比起体裁范围内的技巧问题，更为深刻和复杂。

---

① 伊·列日涅夫：《米·肖洛霍夫》，第228页。

② 同上，第229页。

③ 同上。

对于较为“松散”的第四卷，必须从它与《静静的顿河》的其他几卷的思想和主题的联系上去加以考察。

第五卷揭示了哥萨克在白匪与苏维埃政权之间的动摇，展示了他们与苏维埃的脱离，也描写了第一次叛乱的开始。肖洛霍夫用围绕事件产生的一些现象的影响，也用自成一统者伊兹瓦林的影响去解释葛利高里思想情绪上的转变（倒向自治主义分子）。因此，事变在这一转变上起了根本作用。作家所说的事变指的是帝国主义战争时期左右哥萨克思想情绪的那些现象。在第五卷里，这些现象已是不言而喻的了。在第四卷里，哥萨克自治的发端是怎样被表现的呢？这个问题很重要：独立自治这种先入之见在哥萨克的历史命运里起了重要作用。

在前线生活的一些画面里，即在第四卷里，民族自治的主题初次出现在这样的插曲里：利斯特尼茨基边思考军队士气的低落，边谛听令人厌倦的战时歌曲；当大家翩翩起舞的时候，利斯特尼茨基想，在哥萨克军队里也没有什么不好：“不管怎么说，这是个独特的、人数不多的、具有英勇善战传统的部族，绝非工厂或农村的那些乌合之众。”接着在葛利高里·麦列霍夫同“锅圈儿”的争论里，民族自治情绪的这一主题是与土地问题联系在一起的。“‘如果他们把皇帝赶跑，’‘锅圈儿’说，‘就要把咱们的土地分给庄稼佬啦。耳朵是要灵一点。’葛利高里皱了一下眉头：‘你总是只想一面。’”这个争论既不由于人物政治面貌一致，又不以其他形式而与利斯特尼茨基的想法有相近之处。

这一主题继续出现在和平生活的一些场面里。革命的风声传到鞑靼村。广场上，人群里议论纷纷：

> “这么说，哥萨克的末日到啦？”
>
> “既然是平等——那就是说要叫咱们去跟庄稼佬平等……”
>
> “瞧吧，他们大概也会伸手抢土地了吧？……”

可见，这些无名者与插曲式的人物之间的谈话与最初的两个情节（利斯特尼茨基的一些想法和葛利高里与“锅圈儿”的争论）并不因人物政治面貌一致而有联系。

接着，阿塔尔希科夫“抓住”这一主题。他在军官们中间说了几句肺腑话：“我是准备为了科尔尼洛夫将军流尽自己的血和别人的血！”但他同利斯特尼茨基单独在一起的时候便开始怀疑:“我死爱顿河,死爱这几百年来形成的古老的哥萨克生活方式。我热爱哥萨克,热爱哥萨克女人——热爱这一切……现在我却在想:我们是不是在哄骗这些哥萨克呢?咱们是要把他们拉到这条小路上来吗?”利斯特尼茨基明白了,阿塔尔希科夫“在矛盾中痛苦地寻找出路,想使哥萨克的传统和布尔什维克的情绪结合起来”。尽管阿塔尔希科夫和利斯特尼茨基的处境与先前的一些情节在“民族自治的”主题上没有什么联系,但是从具体人物的相互关系与冲突的意义上讲,它似乎是一个真正的开端。不过,利斯特尼茨基与阿塔尔希科夫之间的冲突未展开即告终止——它刚刚开始,紧接着就是结尾,且结尾也未交待清楚。当哥萨克放弃冬宫、转向人民的时候,有个军官立即赶了上去。他的背后响起了枪声。被打死的是阿塔尔希科夫,开枪可能是利斯特尼茨基。

然而,民族自治的主题是按照另外的情节联系——在其他主人公的相互关系里展开的,还是按照事件的发展逻辑展开的?

在第四卷里,描写了科尔尼洛夫与顿河的司令官卡列金的谈话,阐明了哥萨克的民族自治情绪的真相。利斯特尼茨基的形象是内容与此谈话类似的其他插曲的联系环节。除此之外,故事的展开具有事件发展的某种连贯性;利斯特尼茨基于他们谈话前试图摸清哥萨克独立自治的基础是否牢靠这一点(与拉古京和阿塔尔希科夫的争论)是由科尔尼洛夫叛乱的准备引出来的,认为在这次叛乱里哥萨克应当起主要作用。科尔尼洛夫与卡列金的谈话是在叛乱的前夕进行的,是有关叛乱的许多环节中的一环,而且谈话恰恰涉及这方面的问题。在莫斯科,在国务会议期间,顿河的司令官卡列金在走廊里说:“我担心,当哥萨克和外来户在双方利益冲突时,会各走极端……土地问题……双方的思想都在围着这个轴心打转转儿。”

民族自治情绪的主题之所以由利斯特尼茨基形象“转移”到将军们谈话的情节上,只是由于主人公从彼得格勒去了莫斯科。在去莫斯科途中,利斯特尼茨基的脑海里同阿塔尔希科夫和拉古京争论的回声已经消失了。他想的完全是另外的问题:“奇怪的是,我竟不知道他的政治面目——是保皇党吗?君主立宪派……如果我们每一个人都能像他这样,有坚定的信心就好啦。大概也正是这个时候,在莫斯科……”接下去就是描写科尔尼洛夫同卡列金的谈话。利斯特尼茨基关于科尔尼洛夫的一些想法与将军们的谈话内容之间并无心理活动上的联系。主人公带着“特殊任务”（显然是与叛乱有关的秘密任务）去莫斯科，他的出差活动是参加莫斯科资产阶级为科尔尼洛夫举行的欢迎仪式，欢迎仪式完毕，利斯特尼茨基随即又回到彼得格勒。究竟带着什么任务，我们不得而知。在车厢里，利斯特尼茨基仍在“回味着”欢迎仪式（“奇怪的是，我竟不知道……”等等）。因此，从严格意义上说，事件就连逻辑性也没有。

利斯特尼茨基出差的理由不清楚，叙述从他在车厢里关于“伟大人物”的思考转到将军们“私人”之间关于土地和哥萨克的谈话，这令人感到偶然。在欢迎场面里出现并在利斯特尼茨基内心独白里继续的那个新的主题——对“伟大人物”的迷信——说明了主人公的特征，但是这“打断了”将军们的谈话，致使在新的情节安排里（在国务会议走廊里）复又出现“旧的”主题，令人难以理解。新的主题（“个人迷信”）妨碍了旧的主题，而妨碍更甚者是作者以极其鲜明的色彩描绘的利斯特尼茨基在偶像面前兴高采烈的神情（犹如人们所熟悉的《国内战争史》中那张相片上的情景：年轻的军官把将军那装饰华丽的腿举在自己的肩上……）。由于这种原因，将军们的谈话与我们上面谈及的一些情节（葛利高里同“锅圈儿”的争论，利斯特尼茨基同拉古京的争论，等等）的联系也就黯然失色。它们内容相近，但不因人物的行动一致或处境相同的逻辑而有所联系。哥萨克群众的情绪这一主题（民族自治、土地）在这些情节里，严格地说，没有得到展开，只是被变化地重复了而已。

我们决不是说，肖洛霍夫“应当”把这一或者那一主题放进这个或者那个情节里。我们列举的是第四卷里主题线索中的一些环节，并且把注意力集中到这一点，即作家未能成功地把它们连结成一根链条，使它们形成一个完整的发展情节。在利斯特尼茨基带着特殊任务出差途中占很大篇幅的对“伟大人物”的个人迷信这一主题没有被进一步展开，它不论对他的形象或对其他人物的形象都没有什么重大“影响”。显然，这是肖洛霍夫在纪实材料面前感到“束缚”的一个典型例子。科尔尼洛夫叛乱的一些事件——在莫斯科对科尔尼洛夫的欢迎、在国务会议走廊里的谈话，等等——是真实的历史情节。我们在关于德国战争（第三卷与第四卷）、关于波乔尔科夫与克拉斯诺夫的谈判（第五卷）的一些篇章里能看到类似的情况，只是程度轻了一些。在这里，葛利高里的形象以及诸如米吉卡·科尔舒诺夫、波乔尔科夫、本丘克等其他贯穿始终的形象，在把历史纪事列进人物性格发展的同时，仿佛使故事情节得到了调整。当然，问题不在于人物形象本身。他们只是在史诗的这些环节里反映作者思想的严整性、逻辑性而已。

收在第四卷里的《顿河风土》的几章，是肖洛霍夫在他所构思的一部大部头小说的主题初具轮廓的时候写的——肖洛霍夫“受到表现革命中的哥萨克这一任务的吸引”。[①] 然而肖洛霍夫很快就明白了这样一点：读者不清楚，“为什么哥萨克参与镇压革命。哥萨克是些什么样的人呢？顿河军区是什么样的地方呢？它会不会使读者觉得有点儿像‘terra incognita’[②]？因此，肖洛霍夫解释道，我搁置了已经开始的文章。开始构思内容更为丰富的长篇小说”。[③]

为什么发生了暴动呢？哥萨克是些怎样的人呢？这些问题直接使肖洛霍夫构思了未来的《静静的顿河》。而在撰写《顿河风土》的时候，构想才刚刚形成，这个时期作者尚处在拟定“对描写对象道德态度的统一”(列夫·托尔斯泰语)阶段，亦即对素材的思想理解的统一，从而达到人物与环境的统一，保证作品结构完整的阶段。“过渡时期”(从《顿河风土》到《静静的顿河》)是构思的思想转化阶段。囊括《顿河风土》素材的一些《静静的顿河》的新构思环节保存了探索的标记。第四卷的一定程度的“松散”就表现在这里。因此，它有被分解为一些孤立的短篇小说的可能性。其中，人物安排的原则与事件连贯性的原则明显混淆的根本原因，不能抽象地、笼统地拿写作技巧去解释——技巧本身是与对现实的思想认识相联系的。

主要人物形象在其他几卷里之所以能把故事胶结为一体，并不是因为他们在那里占有更多的篇幅(在第四卷里葛利高里几乎没有出现)，而是因为他们身上集中了对“革命中的哥萨克”这个主题更准确、更深刻的理解。主人公作为新构思的艺术中心而被刻画出来。哥萨克为什么参与镇压革命？哥萨克是些什么样的人？顿河军区是怎样的一个地方？葛利高里形象体现了“革命中的哥萨克”这个业已成熟的思想主题。葛利高里及其家庭的情节线索，自然也就成为小说情节的主线。然而，即使葛利高里形象在故事中很长一段时间没有出现，情节也不会中断。

---

① 伊·艾克斯列尔：《在肖洛霍夫那儿做客》。

② 拉丁语，意为“未知的领域”。

③ 伊·艾克斯列尔：《在肖洛霍夫那儿做客》。

在第八卷的前五章里，故事发生在鞑靼村，在麦列霍夫家的茅屋内及周围。葛利高里这时是在军队里，是布琼尼的部下。但是所有的主要事件、主人公们之间的一切本质联系，乃至抒情插笔，都是与他，葛利高里，紧密地联系在一起的（例如，请看第二章对跟随白军撤退、后又返回家乡的哥萨克的那段描写）。对自己儿子与心上人生命的担心，使伊莉妮奇娜与阿克西妮亚接近了；阿克西妮亚与杜尼娅什卡谈论葛利高里，杜尼娅什卡认为她丈夫米哈伊尔·科舍沃伊对她哥哥态度不公正，与丈夫吵了起来。米哈伊尔逮捕逃兵和暗藏的土匪的企图是与他对葛利高里等人的看法及他和杜尼娅什卡间的争论紧密地联系在一起的。作者有时远远偏离主要人物的命运（我们还可以提到波乔尔科夫出征、同哥萨克反动政府谈判的章节）。但是所有这些情节上的偏离与“延伸”都是为了更全面地表现与葛利高里形象相关的一致思想。这个形象赋予故事完整的发展，把所有的偏离都联结成一体。

关于谢尔多勃斯克团的几章（第六卷第四十七、四十八、四十九、五十二章）是《静静的顿河》在历史背景方面的这样一种“延伸”。在这几章里，肖洛霍夫发挥迷误这一主题的同时，仿佛把顿河的万第同俄国农村中的类似倾向联系了起来。这里，施托克曼、米哈伊尔·科舍沃伊、伊万·阿列克谢耶维奇·科特里亚罗夫——哥萨克暴动起源的见证人——在由清一色农民组成的“自己的”兵团里的经历也是如此。兵团被派去镇压暴动，却倒向了暴动者一方。这并没有明显地影响到暴动的命运。但是一个情节并非无缘无故地占了四章的篇幅，他把哥萨克暴动列入整个俄罗斯的广泛现象里。这些事件与安东诺夫事件根源相同，即富裕农民与军事共产主义政策之间矛盾的加剧。“糟糕的是连队里有很多不识字的人和来自各村的一些富农出身的家伙。”“人民一律平等，互相友爱！这就是骗子手共产党员们说的话……但是实际又是怎么样呢？……在大天白日里就进行抢劫！把我爸爸的粮食抢走啦，磨坊也没收啦，命令上是说要这样对付劳动农民吗？”

谢尔多勃斯克分子的叛变并不是作为指挥员的阴谋偶然得逞的结果而被表现的，但是阴谋本身却来自连队的不满情绪。连队的一个叛变军官，从前的上尉沃罗诺夫斯基，那么坚决地要求自己的团“在任何情况下都不许把武器交给哥萨克”，要保存自己的“战斗核心”，这并非偶然！他深信，保存这个核心并不是由于恐惧，而是为了从自己身上洗刷掉“参加过红军的耻辱”。

对描写哥萨克暴动和葛利高里·麦列霍夫的个人命运来说，关于谢尔多勃斯克分子叛变的几章看不出有什么绝对的必要性。表面上，它们似乎偶然挤进了情节（“插入的故事”）。这几章也不能被列为小说的最优秀的篇章。但是应当说，谢尔多勃斯克团叛变的情节使人觉得它并非必不可缺少的，这是仅就批评界对《静静的顿河》思想艺术构思进行的评价而言。实际上，它对全面地、史诗式地刻画哥萨克痛苦命运来说是必需的，因为它引出顿河以外地区的历史迷误这个主题，揭示出全俄国范围内的类似趋势。在故事里它有内在的必要性，因此被作为合乎规律的一环而展开了。

很难说，谁在这里居主要的地位——迷误的群众还是说服群众回心转意的共产党员们。

叛变的红军士兵们的言行简直与暴动的哥萨克们的所作所为一模一样。施托克曼对基于中农和富裕农民同苏维埃政权的矛盾的叛乱过程的广度和深度的认识不足，充分暴露在对谢尔多勃斯克分子叛乱的评价上。施托克曼企图向红军战士们解释，他们走的是错误的和可耻的一步。但是他失去了时机。人群在他的那番话里只听到关于事情的一半真理：“你们的叛徒首长们已经把你们出卖给哥萨克将军啦！他们都是旧军官，骗取了苏维埃政权的信任，他们利用你们的糊涂思想，阴谋把你们这个团出卖给哥萨克。”富农儿子抱怨了些什么，这里对这一点没有作出回答。这里，施托克曼缺乏本丘克那种对农民内心的深刻了解，这种深刻了解使本丘克得以说服哥萨克不去追随科尔尼洛夫攻打革命的彼得格勒。

施托克曼以大无畏的精神去迎接显然的死亡，但他没有看到导致叛变的最重要的根本原因，不懂得自发势力怎样被不满情绪激发出来。这给他的牺牲带来特殊的悲剧性。施托克曼的过错部分是由于对事变的认识不足，恰是悲剧性的：他，党的一个普通战士（他在生命攸关的时刻这样称呼自己并非偶然），对于农民和哥萨克闹事、暴动的整个场面以及对这些闹事和暴动的历史评价，“从下面”无法看清楚。肖洛霍夫正是在这一情节里、以这样的潜台词悲剧式地结束了施托克曼的一生，他遵循了严格的历史真实与形象的内心真实。具体地说，当时施托克曼由于未能理解葛利高里·麦列霍夫动摇的典型意义，而付出了自己的生命。

谢尔多勃斯克团的故事，是以哥萨克暴动前夕施托克曼、科特里亚罗夫、科舍沃伊同葛利高里的关系开始的，以葛利高里对科舍沃伊和科特里亚罗夫的态度结束（葛利高里得知他俩被俘以后，立即去营救，但是为时已迟，参加暴动给他带来新的不幸——他感到自己是使亲近的人们死亡的间接罪人，给他的家投下了阴影——达丽亚残忍地弄死了科特里亚罗夫）。但是这几章描写关于哥萨克暴动的故事，与其说是由于人物之间的共性（从这个意义上讲，联系是很少的——施托克曼、科特里亚罗夫、葛利高里在叛乱事件里起着次要的作用），毋宁说是由于思想—主题的一致。在谢尔多勃斯克分子叛变的插曲里，葛利高里与鞑靼村共产党员情节线索的交叉，恰恰表现了这种一致性。

以上列举的例子没有完全概括对作品的结构分析。而笔者也没有这种企图，正如本文并不试图对《静静的顿河》进行全面分析一样。笔者只是想提出并纠正在探讨这部作品的思想艺术构思中根深蒂固的错误。笔者在阐述葛利高里·麦列霍夫悲剧的社会—历史根源和艺术特点，及他在《静静的顿河》思想内容里的地位和艺术结构中主要人物形象的作用时，明确表达了自己的观点。自然、史诗中的主要人物问题、《静静的顿河》的体裁特点、作家对现实生活的审美态度等一系列其他问题则仅仅被触及而已。笔者有意识地不从历史的和历史—文学的观点对《静静的顿河》进行研究、详细地分析原文，首先，因为本文是涉及面较宽、已部分完成的一部著作的片断，其次，因为只有突出要点才能明确地提出问题，而这一点，在我们看来，恰恰是现阶段研究《静静的顿河》所迫切需要注意的。

许多批评家在分析《静静的顿河》时，也许并没有觉察到，他们自己首先关心的是把读者的全部注意力集中到葛利高里·麦列霍夫同人民脱离这一事实上。他们强调葛利高里动摇的反革命特点的双重性。但即使不那样做，这点也是足够明显的事实了。然而葛利高里悲剧的另外一些远远超越个人命运范畴的方面，却很少被研究。

他们没有考虑到这样的一个事实，即葛利高里·麦列霍夫尽管在人民面前犯下了似乎可以把他同反叛者归为一类的那种极为严重的罪行，但他最终毕竟承认了在社会主义革命中哥萨克方案、第三条道路是错误的。一个反叛者是不容易做到这一点的。对广大小私有者阶层的人民转向苏维埃政权起决定作用的实践经验，把葛利高里引向了这种结局。葛利高里与其他许多哥萨克共同经受历史迷误的悲剧这种局面，使他的形象比产生自反叛者的悲剧概念的形象富有更广泛的概括意义。这种观点能够使我们看到小说《静静的顿河》的悲剧性与我们的革命乐观主义的真正（而不是被某些批评家臆造出来的）联系。

批评家们把葛利高里·麦列霍夫的悲剧仅仅作为反叛者的悲剧加以解释，继而回避这样一种情况：葛利高里迷误的根源在于劳动者—小私有者的双重性（由于哥萨克的特殊性而复杂化了），尽管从双重性方面来说，恰恰应当首先把这些迷误揭示出来。

我们不想断言，所有的批评家都毫无例外地遵循对肖洛霍夫这一作品的流行解释。在最近十年的著作里，可以举出特·赫梅里尼茨卡娅和伊·叶尔马科夫等人的文章。[①] 它们因对葛利高里·麦列霍夫的悲剧持有更为广泛的独立见解而引人注目。但是它们自然不可能去探讨后来出现的那些论著，那些论著帮助彻底形成了对《静静的顿河》思想艺术构思的空洞议论。我们撰写本文的目的，在于指出认真修正许多著作里业已确立的关于《静静的顿河》中心人物的悲剧实质的认识，以及关于肖洛霍夫小说的历史内容的一般看法的必要性。

编后记

安·勃里吉科夫，苏联著名肖洛霍夫著作研究者，著有《米·肖洛霍夫的技巧》(1964)等专著。本文译自《文学史论文集》，苏联科学院出版社，1957年，第149—202页。

---

① 特·赫梅里尼茨卡娅：《肖洛霍夫的现实主义》，《星》，1948年，第12期，第171—174页；伊·叶尔马科夫：《肖洛霍夫的〈静静的顿河〉体裁中的史诗因素与悲剧因素》，《高尔基师范学院学报》，《语文系论文集》卷14，1950年，第3—16页。

以人民生活为重——论肖洛霍夫的创作个性

作者 [苏联] 亚·赫瓦托夫
译者 荣洁 曹海燕

肖洛霍夫关于创作的观点的一个引人注目的特点是：在论述文学问题时，他从不拘泥于对作家创作个性的探讨上，他似乎并不关心作家创作的自我定位、个人风格的形成这样的问题。研读阿·托尔斯泰、法捷耶夫、列昂诺夫、费定等作家的回忆录、书信、演讲稿时，我们会发现，这些作家经常思考该如何完善自己的创作这一问题，在探寻正确道路时，他们不停地“求助于”不同的文学传统，这一点在他们的早期创作阶段体现得尤为突出。例如，法捷耶夫如是说：他曾有意识、有目的地研究列夫·托尔斯泰的创作特点，以期掌握最为复杂的情感分析和再现人的内心世界的技巧。而列昂诺夫，尽管他有广泛的文学追求，并与高尔基友情甚笃，但在创作个性的形成过程中，他深受陀思妥耶夫斯基的影响。列昂诺夫善于揭示革命摧毁旧世界的根基和传统时人的心理变化，关注那些在新生活中没能获得坚实基础，或是自身与新生活格格不入的人的命运和情绪。

而肖洛霍夫，即便在早期创作中，也没有表现出对某一种文学传统的特别倾向。作家在成长的道路上，没有刻意去继承某一伟大前辈作家的传统。他善于汲取文化遗产中的各种精华，并创造性地运用到自己的创作中。这一点成了苏联文学形成的一个关键因素。我们没有能证明年轻的肖洛霍夫曾醉心果戈理、屠格涅夫、陀斯妥耶夫斯基、契诃夫、托尔斯泰、乌斯宾斯基的作品的文献，但却有不少材料表明，创作伊始，作家就是一个俄罗斯经典文学的孜孜不倦的读者和热心的宣传者。

在创作《顿河故事》时，肖洛霍夫如醉如痴地阅读托尔斯泰、果戈理、契诃夫、高尔基的作品，渴望通过他们的创作探究创作技巧之“秘密”。

对传统的秉承、生活的阅历、具有特殊思想和美学诉求的时代感赋予“羽翼尚未丰满”的肖洛霍夫以罕见的才能，他能够漠视当时流行的文学风气，主要是美学—形式主义流派。这些风气使年轻的苏联文学的发展复杂化。在肖洛霍夫早期创作的短篇小说中，原发的、青涩的文学创作痕迹俯拾即是，只有个别地方留有“装饰主义”或者是“粗犷小说”的影响的印记。

《顿河故事》吸引读者的不仅是其独特的内容、鲜明的生活素材，更主要的是，它呈现出的作家的创作个性特征。这种个性体现在其直接又纯洁的世界观中。他善于描写大自然的迷人景色，展现阶级斗争中发生的悲剧事件，书写充满磨难与痛苦、短暂的快乐和希望的生活诗篇。在描写现实生活时，他敢于使用民间语言这种准确的、取之不尽的形象的源泉。正因为如此，他的小说才馥郁芬芳。这部小说是作家确立其创作个性的第一步。

绥拉菲莫维奇尤其关注《顿河故事》中有机的人民性、形象而生动的语言——年轻作家赋予人物的个性化语言：

> 肖洛霍夫同志的短篇小说像草原上的花朵一样鲜活。它简洁、清晰。你能感受到作家所描写的一切，它仿佛就在你的眼前。形象的语言，哥萨克讲的那种本色语言。简洁，这简洁中蕴含着生活、紧张和真实。[①]

经验丰富的作家准确无误地指出了肖洛霍夫早期作品的基调，这基调贯穿作家的整个创作，并在《静静的顿河》的第一部中得以全面展现。不过，早期作品只给了人一种希望，而《静静的顿河》的第一部则收获了真正的创作果实。在为小说写的书评中，绥拉菲莫维奇写道，他惊叹于肖洛霍夫创作中发生的显著变化——《静静的顿河》的第一部已然是一部完全成熟的作品，这种成熟既体现在思想哲学方面，也体现在美学方面。

> 他的人物不是描画出来的，也不是抄写来的，他们不是纸上的人物，而是一群活生生的、出色的人物。他们每个人都有自己的鼻子、

---

① 米·肖洛霍夫：《顿河故事》（序言），莫斯科，1926年。

> 自己的皱纹、自己的眼睛和眼角的鱼尾纹，都有自己的腔调。每个人走路和回眸的姿态都不尽相同。每个人都有自己的笑声，有自己的仇恨方式。每个人的爱情闪烁着不同的光芒，不幸的爱情也各不相同。[①]

作家才能形成过程的本质和强化性令人吃惊，别人需用十年时间走完的路，他只用一两年就走完了。无怪乎无名的哥萨克的命运几乎成了传说，看他的履历和早期短篇小说，很难想到他能写就《静静的顿河》。作家的迅速成长既与时代有关，也与作家的才能有关。作家的世界观和道德观是在革命事件和国内战争的直接影响下逐渐成熟起来的。通过革命改变生活的人民历史经验是作家公民履历的一项内容，是作家世界观形成的一个因素和创作基础。肖洛霍夫创作个性的发展逻辑体现出整个时代文学发展的规律。只需回顾一下盖达尔或者法捷耶夫的创作道路，便可确信这一点。两者的创作成熟之路也具有强化特征。

盖达尔在自传中如是写道："当被人问及，我年纪轻轻就当上了指挥官，我是怎么做到这一点的。我回答说，这不是因为我的经历非同寻常，而是因为这是一个非凡的年代。这只是非凡岁月中一段寻常的经历而已。"[②]

法捷耶夫也认为，这是同时代人历史命运的重要特征，他写道："内战结束的时候，我们这些党内的，还有更多党外的年轻人，从广袤无垠的祖国的各个角落汇集在一起。我们惊奇地发现，虽然每个人的命运各不相同，但是我们的生活经历却是那么相似。《恰巴耶夫》的作者富尔曼诺夫的人生道路即是如此。后来根据此书拍摄的同名电影比小说更受欢迎。我们当中更年轻、更有才气的米·肖洛霍夫的创作道路亦如此。"[③]

在肖洛霍夫的传记中，甚至在传记开始的时候，都不曾有探索创作道路、自我定位这样的危机和幻想。他的才能的发展并没引发思想—美学的实质性的重新定位，也没有消除影响作家探索的错误观点。对生活认识的加深、对现实复杂问题理解能力的加强决定了作家才能形成的进程。肖洛霍夫的《顿河故事》显现出作家的一个才能，即他善于捕捉并在作品

---

① 亚·绥拉菲莫维奇：《静静的顿河》，《真理报》，1928 年 9 月 19 日。

② 《苏联作家自传》卷 2，高尔基文学研究所，莫斯科，1959 年，第 273 页。

③ 同上，第 545 页。

中再现带有典型历史特征和独特性的人民生活。这些特征既表现出日常生活根深蒂固的特点，也展视出现实的变化，以及自身感受到时代影响的人们的情感和情绪的变化。1920 年代出现了不少作品，在这些作品中，农村、俄国外省是一片废墟景象。革命浪潮没有席卷到此，古老的习俗坚不可摧，受千百年的思想偏见控制的人们根本就不接受新生事物。即使革命的滚滚雷声打破了村庄的宁静，新思想触动了庄稼汉的意识，但是它们并不会留下深刻的痕迹。在这些作品中，习以为常的、祖先留下的东西照旧占上风，而新生事物，即便闯入了他们的生活，表现形式也是荒唐的、丑陋的。短篇小说集《山隘》就是一个明证。[①] 这部小说集的作者们对 1920 年代的农村题材表现出了浓厚的兴趣。

《顿河故事》的作者能够听到人民的呼声，能够在新事物刚刚出现时就捕捉到生活变化的重要趋势。评论界公正地指出，肖洛霍夫几乎直白地描写了顿河地区尖锐的阶级斗争、生活变革中出现的悲剧事件："整个村庄好像被翻过的垄沟一样，人们被划分成两个敌对的阵营。"[②] 的确如此，他的短篇小说在表现具有时代特征的绝对对立的社会阶级力量时，具有鲜明的对比性。但是他的小说尚未涵盖农村发生的变化，未能呈现变化进程的复杂性、矛盾性和多面性。对情节略显生硬的概括是年轻作家技艺尚未成熟的一个标志。在《顿河故事》中，道德美学的评判与社会阶级的评价紧密相连，而且前者一定受后者的制约。

在作家的调色板中，黑色和白色占绝对优势，在突出反差时，艺术家几乎没有勾勒细微差别和中间色调。支持革命还是反对革命，支持苏维埃政权还是反对苏维埃政权，这个问题是划分人物的一条硬线，是人民要面对、解决的问题。它决定着每个村子、每个家庭的力量划分。然而，在肖洛霍夫早期的创作中，作家已经真实、生动地描写了农村的日常生活，他很好地展现了发生在哥萨克村镇生活中的重大变化，并热切地展现了暗藏在人民生活深处、普通人内心世界里的善和人道因素。

高尚、舍己为人、善待需要保护和帮助的人——与背信弃义和冷酷无情者势不两立——这一切在人民的眼中都会使人变得道德高尚。所有这些特征在肖洛霍夫的作品中都有表现，例如，在严厉的粮食委员身上

① 《山隘》，1927 年，第 22，29，80，113 页。

② 肖洛霍夫：《肖洛霍夫文集》卷 1，国家文学出版社，莫斯科，1950—1960 年，第 21 页。在本篇论文中，引用此书时，随文标注卷册、页码。

(《粮食委员》),在朴实忠厚的希巴洛克身上(《希巴洛克的种》),在勇敢的特罗菲姆身上(《小马》),在加夫里拉老大爷身上(《人家的骨肉》,他能够战胜敌意,把开枪打死自己儿子的受伤政委安置在自己家里,并关心他)。作家的人道主义思想在《顿河故事》中已经有所表现。但是,这些短篇小说只是敲开了通向那个世界的大门,对那个世界的认识需要付出巨大的努力,并将决定作家今后的全部道路。

肖洛霍夫认为,作家的创作目的就在于:讲述革命的真理,反映体现英雄主义和悲剧因素的事件的基调。在《静静的顿河》的第一部中,反映转折时期人民命运的故事的构思,表现了作家的一个重要创作个性特征:他善于捕捉生活的变化、人民心中的世界状态。

革命史诗的框架确定下来后,肖洛霍夫最终选择哥萨克村镇维申斯克为自己的居住地:“住在这里就不用去出差采风了!你若住在‘素材’附近,与主人公比邻而居,经常见到他们,不停地观察他们,你的活儿就好干!”[①]

作为作家,肖洛霍夫在创作中关照了国家在准备和实施农村社会主义改造时发生的种种事件;作为公民和共产党员,肖洛霍夫同样关心这些事件,他始终把自己看作是伟大革命人民的一分子。恰是这种与人民血肉相连的关系使年轻的作家没有倒在有毒的箭雨之下,可以说,自从《静静的顿河》头几部问世后,武断、教条的评论界就把毒箭不停地射向作家。一些评论文章指责说,作家在意识形态上持有敌对态度,这种指责最后发展为对作家的诋毁,他们企图诬陷《静静的顿河》的作者是富农思想家,甚至是社会主义的敌人。[②]面对这种情况,肖洛霍夫果断声明:他支持党在农村的政策,并准备为变革生活的伟大事业贡献自己的全部聪明才智。

1930年,索伦托发来邀请。肖洛霍夫欣然前往。他从与高尔基的会面中受益良多:体验与伟大作家交往的喜悦,交换对文学创作诸问题的看法,聆听高尔基对当下世界的真知灼见。与肖洛霍夫同去的有他的老朋友瓦西里·库达舍夫和著名作家阿尔乔姆·维肖雷。但是在赴索伦托的

① 《消息报》,1935年3月10日。

② H. 普拉科菲耶夫:《纯洁文学的创作者》,《布尔什维克接班人》,1929年9月8日。

旅途中出现了麻烦：墨索里尼的法西斯政府滞发签证。而当时恰值顿河地区以及国内其他地区集体化进程迅猛发展之际，所以肖洛霍夫不得不打消见高尔基的强烈愿望，打道回府。

回忆这段历史时，肖洛霍夫如是说："当时我们这儿正实施农村集体化，所以在柏林待不住了。当时就想看看家乡、顿河河畔都在做什么。"①

在卷入时代激流和由于集体化进程变得尖锐的悲剧矛盾中时，作家获取了知识，汲取了道德养分，得以描写在这一历史时刻，人民生活独一无二的特征。在这部真实描写革命的著作的作者起来坚决反对集体化时期顿河人民的违法行为时，公民的勇敢精神和作家的大胆创新有机地结合在了一起。

积极投身火热的人民事业，探究历史渊源，同时又不轻视对现实世界的关注，与千百万民众同呼吸共命运，倾听生活中的不同声音，这成为肖洛霍夫道德面貌的一个引人注目的特征，也是作家创作中的一个因素。他放下了修改手稿的艰苦工作，走进了田间、村镇，和党员积极分子一道，热情地宣传集体农庄，用诚挚的话语号召人们投身劳动，建功立业。

昔日的维申斯克镇党委工作人员回忆道："我们那儿没有一个集体农庄是米哈伊尔·亚历山大罗维奇没去过的。而那时的维申斯克镇有现在的维申斯克、巴兹科夫斯基和巴科夫斯基三个区那么大。肖洛霍夫还去看收割、缴公粮。他喜欢这种生活，喜欢热火朝天地工作和与困难作斗争。"②

1934年，在开展文学语言大讨论之际，肖洛霍夫发出了号召：反对愚昧无知和不负责任，因为它们损害了苏联文学在读者中的威信。他发表在《文学报》上的文章《作诚实的作家和评论家》成为文学评论中直言和率真的典范。他曾因绥拉菲莫维奇轻率地袒护潘菲洛夫而与之展开辩论。潘菲洛夫的长篇小说中，语言的自然主义倾向非常明显。在文章中，肖洛霍夫运用了各种写作手法，有批评论述、辛辣的讽刺，还有对作品语言的具体分析。他把那些低水平作品的出现归咎于评论界，因为他们对文学作品的语言持有犯罪般的冷漠态度。

作家要求评论界不要再"像对待小孩子那样去姑息、纵容、庇护作家

---

① И. 列日涅夫：《论〈被开垦的处女地〉的人物原型》，《涅瓦》，1955年，第2期，第158页。

② И. 列日涅夫：《肖洛霍夫的道路》，苏联作家出版社，莫斯科，1958年，第249页。

(即使很年轻、没有经验)”。

肖洛霍夫写道:“是时候了,该用真正、勇敢的语言来谈文学了,该用专有名词来称呼事物了。我们需要革命产生的新词,需要文学形式的创新,我们同样需要描写人类历史上伟大时代的作品。”(《肖洛霍夫文集》,卷8,第102页)

肖洛霍夫出国并不是为了满足一个旅游者的好奇心,而是想深入了解当代世界的状况,因为腐朽的资本主义社会能给祖国人民在建功立业时提供一些经验教训,而欧洲国家文明生活的成就会给自我批评者的情感一个触动,这种情感恰是一个真正的共产党员和爱国者必须具备的。谈及在斯堪的纳维亚半岛的旅行时,肖洛霍夫说道:“出国前,我就非常了解资本主义国家的危机、农业衰退,了解其法西斯化进程和严酷的失业问题。我关心的是另外的问题,那就是多年生农作物、土地耕作的方法,以及畜牧业。”[①]

1936年2月5日,维申斯克镇党委全体会议召开。会上共产党员肖洛霍夫作了报告,报告中他细致分析了斯堪的纳维亚的农业生产情况,并就如何使用顿河土地提出了自己的具体建议。这可不是一个门外汉的讲话,因为作家早就关注农业生产方面的问题了。

肖洛霍夫的文学创作和社会活动密不可分。广泛、全面地参与生活,与各种命运、职业、地位的人积极交往,处理能够让人直接接触现实生活的日常事务(这种接触并没有因作家的特别意愿而变得复杂),这一切对作家肖洛霍夫具有重大的意义。肖洛霍夫在日常生活中从来不使用记事本,这并非偶然。作家认为,与人交谈时,记事本会影响谈话的轻松和开诚布公气氛,而这恰恰是作家探究人的内心世界时不可或缺的条件。在与人交往、参与历史事件和日常生活时,肖洛霍夫尽量不带有事务性特征或是特有的职业特征。

爱国者的良知、唤起千百万人英雄主义激情的对祖国的使命感让作家奔赴卫国战争的前线。那些曾与他一起在前沿阵地作战的同时代人回忆说,作为《真理报》记者,肖洛霍夫与战士们一起面对前沿阵地的危险,担当重任,专注、稳重的他总是精神饱满并让别人也精神振奋。在部队的编辑部里、在行军途中的篝火旁,他遇到过各种各样的人。作家有超强的

① B. 科特林斯卡娅:《维申斯克镇的会谈》,《共青团真理报》,1935年2月26日。

记忆力，他能记下听到的一切，例如，敌占区苏联人民的悲惨遭遇、法西斯兽行、那些在最困苦的时刻也没有丧失顽强精神和斗志的苏联士兵，以及他们的战功和勇敢行动。这就是幽默、笑话成为前线战士的伙伴的原因。肖洛霍夫没有改变自己的习惯，即使在前线也没有使用大家都用的记事本，痛苦的感受在作家的心中留下了难以磨灭的印记。

作家叶甫盖尼·彼德罗夫在谈及那一时期的肖洛霍夫时，感慨道："这是一位罕见的作家！他能发现其他人发现不了的细节，你只消说出一个词，他就能勾勒出整个画面。"

战后，肖洛霍夫和全国人民一样，又投身到国家建设中。他渴望了解生活的方方面面，观察各种生活现象，他对那种只偶尔接触一下现实生活的实践活动嗤之以鼻，这种实践与真正的现实主义的实质和目的是不能并存的。

伟大的批评家、民主主义者杜勃罗留波夫曾辛辣地嘲讽过同时代作家，这些人炫耀民俗学，说他们爱人民；其实，他们对人民生活中存在的根本问题所知甚少。

肖洛霍夫创作个性的形成与他对人民生活广泛而深入的了解有着直接的关系。在他的创作中，历史是通过繁多的人物性格呈现出来的，这些性格带有时代和社会环境特征、个人独具特色的特征，以及离开历史形象就失真的那种"怪癖"。

在历史转折时期，人民生活的节奏日趋加快，潜在的规律暴露出来。价值形成的过程得到空前的强化。这些价值成为社会生存的某种方式，成为一种民族性格类型。当一切都完全暴露，"一切都翻了个，并开始重建"时，可以看到深层的生活，了解人民精神生活的方方面面，掌握人民精神生活中内在的东西。在平静的生活中，这些东西被约定俗成的规矩和传统约束着，即便具有敏锐目光、缜密思维、艺术直觉的人也很难捕捉到它们。这就是作家、艺术家、作曲家和社会学家在构思关于民族历史、人民命运等重大问题的作品时，经常以转折时期为背景的原因。正是在为祖国的自由和独立而战时，在为崇高的社会目标和历史使命而进行的创造性工作中，人民的力量得到了极大的展现。关注民族历史的重要阶段已成为俄罗斯文学的一个传统特征。与俄罗斯人民和国家相关的所有重大事件都成为俄罗斯文学关注的目标。普希金、莱蒙托夫、涅克拉索夫、列夫·托尔斯泰、高尔基、阿·托尔斯泰在自己的作品中都鲜明、有力地再现了国家和社会生活的全景图。波尔塔瓦战役、彼得大帝的改革、普加乔夫起义、1812 年战争、十二月党人起义、1860 年代进步社会活动家的革命运动、1905 年的街垒战、十月革命，这一切都是俄罗斯文学经典作品的现实、历史基础。阿·托尔斯泰曾写道："要想参透俄罗斯人民的秘密，参透俄罗斯人民的伟大之处，就必须很好地、深刻地了解俄罗斯的过去：我们的历史及其根本问题，体现俄罗斯民族性格的悲剧和创造性的时代。"①

肖洛霍夫作为一位作家，同样情系历史转折时期的人民的命运。1859 年 4 月，在与法国作家举行的一次座谈会上，肖洛霍夫讲道："这些被卷入社会和国家急剧转变激流中的人，是我关注的对象。我以为，正是在这种时刻，他们的性格得以形成。"②

肖洛霍夫的《静静的顿河》是一部丰碑性的作品。它描写一个伟大的时代，这个时代划分了世界历史阶段，改变了人民的命运。作家努力全面描绘"世界的状态"。战争的先兆、1905 年革命风暴在人民中引起的反响经常出现在作品中。帝国主义战争的血腥和残酷、战壕中的忧郁、数百万民众的觉醒，这一切在作品中都得到了广泛而详尽的描写。士兵的战壕、最高统帅的大本营、军官的地窖、开往前线的列车——没有什么不在作家的视野中。事件不断增加，事件发展的速度不断加快，所描绘的历史生活的范围越来越大。君主专制的衰亡、科尔尼洛夫叛乱、彼得格勒 7 月 3 日枪杀工人事件、各地民众建立苏维埃政权、顿河上游的反革命暴乱、粉碎白卫军和武装干涉者的斗争，这些重大事件构成了小说的情节，设置了作品的时间背景。革命影响下的世界之中发生的诸多问题则间接地通过人物对话和思考，或是作者的抒情插笔表现出来。对短暂人生、不断更新的大自然的深刻思考，关于祖国母亲的激动人心的词语，对大自然的美景、人性的魅力、人的残酷、在为真理而战斗时获得的充满磨难的幸福、迷失的悲剧的体悟——这一切使得该作品成为一部精神丰富、情感饱满的史诗性作品。作家刻画出了一个完整的时代形象，这个形象有其残酷性，又给人以希望，有欢乐，也有痛苦，既因循守旧，又富有革命的浪漫主义。这是一个伟大社会变革时代的形象，是一个焕然一新时代的形象。

① 列夫·托尔斯泰：《列夫·托尔斯泰文集》（十五卷本）卷 1，国家文学出版社，莫斯科，1946—1951 年，第 88 页。

②《法语书信》，1959 年 3 月 29 日，第 7 页。

作品中的人物形象不同于托马斯·曼或是罗曼·罗兰笔下的形象，他们不属于知识分子阶层，他们过的生活与千百万耕地的人、站在机床旁的人一样。这些人有时被称作普通的人，但列夫·托尔斯泰称他们是艺术家眼中最可爱的人。

他们是什么人呢？是哥萨克、劳动者、农民和军人。他们住在顿河岸边的鞑靼村。这个村子离最近的城市还有相当远的距离呢。关于城里沸腾生活的消息不能很快传到这里。但是这个村子拥有自己的生活方式、传统、道德和习俗，这些习俗中包含着几个世纪的经验和偏见。葛利高里那颗不安分的心和纯朴的智慧、阿克西妮亚火热的心、米什卡·科舍沃伊的急脾气和有点粗鲁的性格、哥萨克赫里斯托尼亚善良的心，上述种种性格成了作家的一面镜子，这面镜子映照出重大历史事件，反映出世纪浩劫和由历史事件引发的日常生活、人的意识和心理上的细微变化。

《静静的顿河》的人物有着不同的社会命运、政治主张和道德准则。小说聚焦这个村子和哥萨克劳动者的命运。小说的高潮部分是顿河上游反革命暴乱这个事件。

肖洛霍夫探索出来的将历史和社会心理结合在一起的原则，成了批评他的一个借口，批评者指责他创作观念狭隘，评论界至今还有一种狭隘地方主义的声音，说《静静的顿河》是描写革命中的顿河哥萨克命运的作品。这种观点既不尊重事物的逻辑，也不尊重小说的现实内容。比方说，不能像杜勃罗留波夫评论科里佐夫那样谈论肖洛霍夫："他的诗歌反映出来的观点缺少全面性，在他的笔下，普通百姓远离共同的利益，只考虑自己的个人利益。"[①]

《静静的顿河》中的"普通百姓"与时代的重大事件有着密切的关系，他们是革命的主力军。他们的道路、矛盾和迷失反映了俄国社会主义革命的现实道路、矛盾和困难。

作品中，革命人民的命运的主题是逐渐展开的。肖洛霍夫并不想让故事情节的发展进程超越历史的发展进程。史诗中人物的命运是在广阔的社会—日常生活和历史背景下展开的。繁忙的日常生活和历史事件成为《静静的顿河》的主人公们生活的具体环境。此时，肖洛霍夫已然是一个风俗派作家和社会学家，否则对生活方式的描写会流于自然主义形式，

① H.A. 杜勃罗留波夫：《杜勃罗留波夫文集》（三卷本）卷 1，国家文学出版社，莫斯科，1950—1952 年，第 317 页。

而表现时代重要规律的总结则会被简单化、概念化。《静静的顿河》的作者详尽地描写了哥萨克的日常生活、人民的生活方式，对哥萨克劳动者和平时期的和士兵战时的生活给予了极大的关注。在肖洛霍夫眼里，风俗派作家这个被评论界“败坏”的概念，是招人喜欢的，他非常关心人民的生活，关注人民生活的各种表现形式，例如，重大历史事件中的人民生活，以及平淡无奇的日常生活中的人民生活。

鞑靼村的生活之流缓慢地流淌着。作家不紧不慢地描述着潘苕莱·普罗珂菲耶维奇的家务事、他们家平凡的日常生活，仔细地描写了农家的后院，以及后院中的下屋和屋顶上的铁皮公鸡。铁皮公鸡是富足安乐的象征。小说中的人物一个接一个出场。葛利高里·麦列霍夫，未服兵役的年轻哥萨克，他和他的同龄人米吉卡·科尔舒诺夫无忧无虑地生活着。跳舞、剽悍的赛马、挥汗如雨的劳作、钓鱼——这就是他们每天过的生活。青春年少、勇猛剽悍让这些年轻人充满魅力，在对米吉卡的肖像描写上，作家赋予他有别于同龄人的细节特征：“两只圆滚滚的、土黄色的眼睛，在细窄的眼缝里闪着黄澄澄的油亮的光泽。两个瞳人像猫眼似的朝上翻着，因此米吉卡的目光就显得变幻莫测，难以捉摸。”

在描写哥萨克古老的民间习俗时，肖洛霍夫可谓不惜笔墨。艺术家留神的眼睛没有漏过任何东西：我们可以看到哥萨克男女平日和节日里的着装、去服兵役的哥萨克带的家什。肖洛霍夫细心地描写了经过劳动和艰难困苦的军旅生活后形成的习俗和规矩。哥萨克对自己的马匹的眷恋、对打仗用的兵器的保养、对所有传统生活行为准则的尊重——这一切在作家笔下都得到诗意的描写。哥萨克从小就培养勇敢、剽悍、大无畏精神，所以没有什么比怯懦和胆小更可耻。这就是人们精心保护军人的荣誉、哥萨克的军人名单——评价军人功绩和尊严的特殊文件的原因。老人是传统的守护者。小说如是写格里沙卡爷爷：

> 由于在普列夫那和罗希奇的两次战役中立过功，得两枚乔治十字勋章和一个乔治奖章……现在儿子家颐养天年。由于他到晚年头脑还很清楚，还由于他一贯正直不阿，并且慷慨好客，所以在村子里受到普遍的尊敬，他把自己的风烛残年都消磨在对往事的回忆中。（《肖洛霍夫文集》，卷2，第18页）

肖洛霍夫看重哥萨克日常生活的鲜明特征、健康的生活方式。他描写了婚礼,描写了飞跑的、喊着叫的、打着口哨的送亲队伍;嘲讽地描写了有点醉意的格里沙卡爷爷和巴克拉诺夫斯基团的老兵含混不清的对话,两个老人沉湎于对逝去岁月的回忆中;描写了割草的场景。到处都可以感受到作者对这片土地的儿子般的热爱。他善于发现和传递人民日常生活中诗情画意的地方,善于展现劳动者和军人开创的那些传统的迷人之处。下面一段话是对村里人割草的场景的描述:

> 从三一节那天起,就开始割草了。一大清早,妇女过节穿的裙子、鲜艳的绣花围裙、五颜六色的花头巾,像鲜花一样撒遍了草场。全村的人都出来割草了。割草的男人和耙草的女人都打扮得像过节一样。这是自古以来的风俗。从顿河边直到远方的赤杨林,被蹂躏的草地在镰刀下波动、呻吟。(《肖洛霍夫文集》,卷 2,第 48 页)

这个场景像一幅画一样散发着诗意,呈现出热爱劳动的人在阳光下割草的画面。所有人都情绪饱满、眼睛熠熠生辉,脸上露着微笑。这种快乐的情绪体现在为周围精致和诗意的美景折服的杜尼娅什卡·麦列霍娃的自我感受中。

> 杜尼娅什卡坐在车辕横木上,身子不停地颤动着,用幸福的目光打量着草地和路上遇见的人。她那欢快的、太阳晒黑的、鼻梁两边长满雀斑的脸上,好像是在说:“因为今天的天气这么好,万里无云的蓝天也显得这么欢快、舒畅,所以我也很欢快、欢畅;而且我的心里也同样是一片蓝色的安逸和纯真,我很快活,此外我什么都不需要啦。”(《肖洛霍夫文集》,卷 2,第 49 页)

肖洛霍夫没有回避百姓生活习俗中存在的粗俗的,甚至损人尊严的陋习。在婚礼的宴席上,葛利高里四下望去,看到“一张张的红脸。醉意朦胧、放荡的目光和笑容。油晃晃的嘴嚼着,往绣花桌布上流着酒肉、唾液的大嘴。总之,人们在吃喜酒”。(《肖洛霍夫文集》,卷 2,第 117 页)

作家描写婚宴场面时使用了浓重的色彩,旨在展现生活方式中固守陋习的势力。婚宴是透过葛利高里的视角呈现出来的,在他的视域中,婚宴的色调是昏暗的，因为这场婚礼拆散了他和阿克西妮亚。

作家用另一种色调描写了迎亲时“飙车”的场面。哥萨克男女老少兴高采烈，喊着叫着、打着口哨飞奔的队伍喜气洋洋。这里肖洛霍夫无须考虑审美的崇高与低俗。作家不无目的地描写了这样一个迎亲场景：“葛利高里看到了杜尼娅什卡幸福的、两颊在微微颤动的、黝黑的脸。”（《肖洛霍夫文集》，卷 2，第 100 页）

因循守旧的生活陋习没能遮蔽人民生活中蕴藏着的真正美好的东西。人的灵魂寄居在诗意的歌曲中，它有欢乐，也有痛苦，它会激情燃烧，也会战战兢兢。人民的智慧、敏锐的观察力和审美文化在歌曲、俗语中呈现出来。“演绎歌曲”的能力、对歌曲反应的深度或是犀利的言辞，这是重要的道德美学准则。民间诗歌创作的强烈情感涌入小说中，并充满整部作品。人民的智慧和诗意化的理想，以及劳动者的才能和心灵之美在歌曲、俗语、寓言故事和历史传说中彰显，并得到了生动的表现。歌曲中人的形象发生了改变。刚刚出发去训练营的哥萨克开着粗俗的玩笑，惦记着到酒馆去喝点酒。他们唱起了“军歌”：

> 司捷潘把脑袋往后一仰，咳嗽了一声，用低沉、洪亮的声音唱起来：
>
> 哎，你呀，美丽的早霞，
> 你升起得真早呀……

每个人都尽情地唱着歌。这时候，那些粗俗、残酷的东西都远离了这些人。赫里斯托尼亚“用洪钟似的声调把人们的声音都压了下去”，而司捷潘“闭上眼睛——汗污的脸躲在阴影里——柔情地唱着，声调忽而低得像耳语，忽而高亢，像是钢铁的响声”。（《肖洛霍夫文集》，卷 2，第 36，37 页）

在《静静的顿河》和《被开垦的处女地》中，肖洛霍夫已然是一位充满灵感的劳动诗人。他对劳动的态度与人民的观点完全一致，这种态度成为评价一个人的最重要的标准。人们称葛利高里是劳动的小伙子；能干的娜塔莉亚的一双大手和结实的后背没有影响到她的女人魅力；阿克西妮亚不知疲倦地操持着家务和草原上的活计，没有一样活计可以逃出她的巧手。

在作家的眼中，哥萨克女人特有的美丽和落落大方的优雅充满真正的魅力。“女主人走下台阶，她身材高大，非常漂亮，就像个贵妇。掖到裙子里的粉红色衬衫的衣袖卷了起来，露出黝黑、纤细的手臂。她拎着木桶，迈着哥萨克女人特有的雄赳赳的步伐，大步流星地走向牛圈。”（《肖洛霍夫文集》，卷 3，第 322 页）

肖洛霍夫所描写的哥萨克女人是置身于日常劳动中，而非风花雪月中。她们的形象里镌刻着劳动人民心中对美的理解的本质特征。

一个人若不劳动，他的人生就会空虚。一个懒惰和无所事事的人，人生会暗淡无光，毫无生机。肖洛霍夫把地主利斯特尼茨基的庄园亚戈德诺耶与麦列霍夫一家的辛苦劳作进行对比。在那里，“生活在昏睡中发霉、腐烂”，里面的住户渐渐地没了人样：老地主变成了酒鬼，马夫萨什卡酗酒无度，懒惰的仆人韦尼阿明整日醉醺醺的，就连暂住在地主家的葛利高里也“变懒了，发胖了，看上去比本来的年龄大了一些”。

肖洛霍夫视劳动为道德健全、美和精神魅力的源泉。在这一点上，他是俄罗斯经典文学忠实的继承者。劳动是人民生活的主要内容，作家持有这样的美学观和创作观并非偶然。对劳动的态度成为肖洛霍夫精神经验的一个要素，他就是带着这种经验步入文学殿堂的。从这个意义上来看，《静静的顿河》的作者与高尔基有着直接的联系，尽管这种联系不能涵盖所有能体现劳动诗人肖洛霍夫特征的东西。

高尔基写道：“对我来说，劳动是没有止境的领域。我相信，我们生活的所有秘密和悲剧只有通过劳动才能解决，也只有它实现了人人平等、公平生活的诱人的梦想。”[①]

作家描写了资本家企业里被强迫的、苦役般的劳动重负，也描写了卸载货物时劳动者的激情。高尔基讴歌劳动，视劳动为最崇高的道德价值，他刻画了能工巧匠的形象，他认为，劳动是再教育、把人从小市民的道德观中解放出来的一种力量。伟大的无产阶级作家完全有理由说，“劳动者，也就是被劳动过程组织起来的人”是文学创作和评论中的主要人物。

高尔基的艺术再现劳动的观点成为确定社会主义现实主义文学发展方向的一个纲领。然而，跟随高尔基，并不等于重复他所说的话。肖洛霍夫对劳动主题的阐释是独特的。独特之处既体现在生活素材方面，也体

---

① 阿·马·高尔基：《高尔基文集》（三十卷本）卷 15，国家文学出版社，莫斯科，1949—1955 年，第 227—228 页。

现在创作个性特征方面。高尔基的劳动主题经常具有社会哲学纲领的特点，并被突出表现。与劳动热情相关的情节经常成为故事的高潮部分，并确定叙事的基调。在叙事中，作者的观点得到非常清晰和鲜明的表达。

> 我们，工人们，是用劳动创造一切的人，从大型机器到儿童玩具……巴维尔·弗拉索夫在法庭上如是说。……我们是革命者，只要存在一些人指挥，而另一些干活的现象，我们就要革命下去……我们工人一定会胜利！[①]

在描写劳动主题时，肖洛霍夫结合了民间诗歌的传统。在他的笔下，劳动的社会改造力量表现得并非锋芒毕露。肖洛霍夫的主人公是哥萨克，在将农民的劳动诗意化的同时，作家肯定了农民生活中的劳动因素和劳动者的心理道德规范。所以，无论在《静静的顿河》中，还是在《被开垦的处女地》中，作者都没有将劳动浪漫理想化，劳动也不是进行社会、哲学或是道德—美学评判的对象。对于肖洛霍夫的主人公来说，劳动就是生活的自然因素，是生活的基础。

在思考社会主义革命的规律性时，肖洛霍夫首先考虑到人民生活、劳动者意识和心理的变化。人民的幸福是历史事业的最崇高的目标，它成为作家创作的最重要原则。建立公平和合理的生活制度，为人民的福祉和人类的幸福进行的深刻思考，奠定了《被开垦的处女地》的基调。作家没有隐瞒农村实行社会主义改革时出现的重重困难，也没有回避使人民和党的建设复杂化的尖锐矛盾。然而，严酷的现实斗争没有掩盖鲜活的人性——历史创造的最高目标和标准。因此，在《被开垦的处女地》史诗般的现实画面中出现以下片段并非偶然，例如，焦姆卡·乌沙科夫的妻子的故事：在分富农财产的时候，“她在看到打开的木箱子后，呆住了，人们强把她推到一旁”。这个女人“在其凄苦的一生中从没吃过一点好吃的，没穿过一件新衣服”。再如，对谢苗·达维多夫快乐、辛劳的一天的描写，他的辛劳与劳动者容易满足的幸福不无关系，在这个劳动者身上，人道主义作家看到了主人公共产党员达维多夫、纳古尔诺夫、涅斯捷连科和拉兹苗特诺夫活动的意义。值得关注的是，恰恰是人道主义，这种对人的信

① 阿·马·高尔基：《高尔基文集》（三十卷本）卷7，国家文学出版社，莫斯科，1949—1955年，第486页。

念和对人的热爱，成为这部小说的一个主旋律，在这个主旋律中，作者对1930年代初的时代感受和历史知识有机地结合在了一起，这些历史知识源自《被开垦的处女地》的第一部和第二部的创作时间差。区委书记涅斯捷连科对达维多夫的评价尽显肖洛霍夫对人这个最复杂的、最需精心呵护的“精密仪器”的思考：

> 在我看来，在我们党的日常生活中，出现了一些不明智的言行，例如，剋人、训斥、斥责等。好像说的不是人，而是一块锈铁似的……人可是一件需要认真对待的东西！（《肖洛霍夫文集》，卷7，第103页）

这种观点在很大程度上决定了《被开垦的处女地》中描写历史现象和组织生活素材的原则，确定了性格的描写方法。小说中作者的个性成为表现人民的历史经验、科学认知社会发展规律的一种形式。

作家具有敏锐的洞察力，他能够在集体化初期的一些现象中发现那种忽视集体农庄社员诉求的倾向，而这种倾向恰恰是后来农村陷入严重困境的一个原因。在描写集体化运动时，肖洛霍夫主要关注了决定时代激情的要素，关注了实现列宁的农村合作化思想的历史、社会、人道主义的必然性和合理性。他就像展现革命的伟大胜利、社会主义人道主义思想的胜利一样，展现了人们精神上的觉醒、道德上的提高、摆脱桎梏偏见的过程。

在他的眼里，梅谭尼可夫、乌斯金·雷卡林和奥斯特洛诺夫老头首先是劳动者。集体农庄的事情越来越引起他们的不安。肖洛霍夫认为，财产权是暂时的，劳动才是农民生活和心理的实质，只有相信农民的创造力、依靠农民长久以来积累的经验和农民对土地的热爱，才能在农村实现社会主义的理想和目标。

《被开垦的处女地》是一部生动描写人们的斗争、生活、欢乐与痛苦、哭与笑、劳动和幻想的作品，作品中的人物性格迥异，有复杂的，有简单的，有严厉的，有温柔的。在第一部中，达维多夫和纳古尔诺夫、拉兹苗特诺夫和梅谭尼可夫的性格似乎就完全定型了，狗鱼老大爷甚至成了特定形象。可是在第二部中，作者又赋予了他们新的特征，他们的性格更具多面性，同时又不失整体性和完整性。

肖洛霍夫小说中的共产党员，在战斗中勇敢无畏，对自己人无私、慷慨大方，对爱情矜持、高尚，对友人严肃、温柔，对卑鄙和残酷的行为决不妥协。他们活泼地回应着笑语，懂得欣赏草原的美景。他们是大写的人。例如，二十五岁的布尔什维克达维多夫对瓦丽娅说的一段温柔的话："以后我的眼睛可要盯住你不放了，我的快脚小花鹿！"再如下面这段对纳古尔诺夫和卢什卡最后一次会面场景的描写：严肃的、桀骜不驯的、极端节制的纳古尔诺夫"笨拙地忙活起来，在兜里翻腾着什么东西。然后把一块儿褶皱的、好久没有洗过的、脏兮兮的、发黑的绣花手绢递到她的手上。'这是你的，你离开我的时候，把它落在我这儿了……你拿走吧，我现在不再需要它了。'……"（《肖洛霍夫文集》，卷7，第160页）又如对拉兹苗特诺夫在妻子坟前一段场景的描写：善良、爱开玩笑的拉兹苗特诺夫"弯下腰去，捡起一块土疙瘩，在手掌里把它碾碎了，用低沉的声音说：'要知道我到现在都爱着你呀，我这辈子唯一都忘不了的人啊……'"（《肖洛霍夫文集》，卷7，第408页）

在这些外表看上去有些粗鲁的人们的行为、思想、情感中蕴藏着多么高尚的道德和多么美的心灵呀。肖洛霍夫展现了劳动人民的高尚和睿智。铁匠伊波利特·西多洛维奇·沙洛伊这个形象身上，有着一种阅历丰富的人所拥有的力量和宁静。乌斯金好斗、冷酷，但就是他也被集体农庄的共同事业吸引，为了这个事业不吝惜自己的力量。

在《被开垦的处女地》的第二部中，肖洛霍夫没有去描绘那些田园诗般的完美幸福生活，也没有描绘集体化运动的波澜壮阔。他笔下的生活严峻、充满艰难困苦。在斗争、磨难、克服困难的过程中，诞生了新世界、造就了新人。

小说的结局是悲壮的："就这样顿河边上的夜莺为我心爱的达维多夫和纳古尔诺夫唱了安魂曲，成熟的小麦不再对他们飒飒微语，隆隆地从河谷上游流来的无名的小河，也不再发出淙淙的响声……就是这样！"（《肖洛霍夫文集》，卷3，第388页）

但是转折时期人民的力量、党的战无不胜和伟大思想得到了全面和鲜明的表现。小说中充满乐观情绪。这是《被开垦的处女地》第二部的主要特征之一。生动的画面，深刻的性格描写，优美的语言，对生活中复杂辩证法的真实无比的分析，对人民的历史命运、人、真正的美和虚假的美以及影响人民幸福的问题的深入哲学思考，都深深地打动了读者。

肖洛霍夫从未把历史的必然看成是与人对立的教条主义准则。因此，肖洛霍夫的人道主义是博大深邃、绝不妥协的。作家在谴责那场给人们带来巨大灾难的战争，在探寻人民之子葛利高里·麦列霍夫的迷茫之源，在描述痛恨敌人的格拉西莫夫中尉的高大形象，在思考安德烈·索科洛夫的悲剧人生——他的命运提醒人们思考当代世界的现状，帮助读者看清真正的美和人性的源泉就在俄国人，那些为了人类幸福、为了祖国自由而战的斗士和劳动者身上。

讲述安德烈·索科洛夫的故事升华为对于俄国人民及其历史道路、人的命运的思考。交谈者讲述的人生遭遇、无法弥补的损失，使作家深受感动，他开始对人的力量和潜在的能力、人的责任和权利进行深刻的思考。

作家对主人公的同情并没有带给小说伤感的色彩，因为主人公的遭遇不仅引起人们的怜悯心，而且激起了俄国人的自豪感，让人们赞美俄国人的力量、心灵之美。安德烈·索科洛夫就是这样的一个人，作者让他拥有自己的爱情，勇敢、骄傲、受人尊敬。作者在主人公的功勋中看到了严酷的历史教训，在他的灵魂本质中看到了世界的希望。历史的光辉照亮了主人公的命运。

然而历史使命和党的责任并没有泯灭人对幸福、对光明和美好生活的向往。

《一个人的遭遇》中的爱国主义思想是通过名言警句表现出来的，例如，“人能经受一切，克服自己路上的一切障碍，如果祖国号召他这样做的话”。这种思想没有影响肖洛霍夫反映人道主义思想。离开它，爱国主义就会失去自己的生动内涵，就会变成一种死的学说。他主张的是关于人、人的幸福，关于祖国能够慷慨和温柔地对待为其忠诚服务的儿女的思想。肖洛霍夫提出了全社会对那些忠诚履行自己对祖国和人类的义务，并在需要的时候仍尽职尽责地履行自己义务的公民的责任这一问题。作家认为，人道主义是社会生活和人与人之间相互关系的最高原则。出于深刻的仁爱动机，作者没有让孩子看到他听完安德烈·索科洛夫的故事后流出的泪水，因为他不想使孩子的童年充满忧伤，不想让他那“像天空一样明亮的”眼睛暗淡无光。

我希望：这个俄罗斯人，这个具有不屈不挠意志的人，能经受一切；而那个孩子，将在父亲的身边成长，等他长大了，也能经受一切，并且克服自己路上的一切障碍，如果祖国号召他这样做的话。

……不，在战争几年中白了头发、上了年纪的男人，不仅仅在梦中流泪；他们在清醒的时候也会流泪。这时重要的是能及时转过脸去。这时最重要的是不要伤害孩子的心，不要让他看到在你的脸颊上怎样滚动着吝啬而伤心的男人的眼泪……（《肖洛霍夫文集》，卷7，第67页）

作者通过这些思考旨在表现一个主题，即人道主义就是对祖国的忠诚，人道主义就是对人负责。这一主题是通过最高的艺术综合形式表现出来的。

正是由于这一点，短篇小说《一个人的遭遇》才具有了对当代精神生活根本问题进行哲学思考的特征。

肖洛霍夫天生就懂得欣赏人，善于从构成一个人的性格的最复杂的矛盾品质中发现使人变得美好的东西。作家所展现的大无畏精神、善良和力量、温柔和谦虚、自我牺牲精神和同情心各种各样、丰富多彩、无与伦比。这一切构成了人民、苏联人、那些在艰难困苦时为祖国而战的人的精神实质。

长篇小说《他们为祖国而战》中的主人公是苏维埃俄国人，他们勇敢、善良。他们没有因为战争而丧失自己的灵魂，也没有失去自己的个性特征。当祖国面临危机时，他们为了阻止敌人、击退敌人，不惜一切，甚至生命。很难说，他们中谁最勇敢：是洛巴兴，还是兹维亚金采夫，是波尔泽赫，还是卡贝托夫斯基。他没有用浅显的对比手法来表现一个人的勇敢和另一个人的怯懦。作为一个艺术家，他希望展现出对敌人充满仇恨、有着无限道德力量的人民的内心世界。小说中的每一个主人公都是睿智、勇敢、温柔和不妥协的人民精神的一部分。对他们来说，祖国的利益高于一切，祖国的命运令洛巴兴、兹维亚金采夫、斯特列里佐夫和戈洛谢柯夫中尉魂牵梦绕。

谈及《他们为祖国而战》的作者的文学继承性问题，应该指出，列夫·托尔斯泰对其创作产生了一定的影响。

在《塞瓦斯托波尔故事》中，托尔斯泰简洁地讲述了俄国士兵的勇敢无畏，让读者为这些士兵建立的看似平常、微不足道的功勋自豪、感慨。

您在保卫战发生的地点看到了塞瓦斯托波尔的保卫者，您向被毁的剧院走去，不在乎那些一路上呼啸着的炮弹和子弹，您走着，带着淡定的情绪、升华的精神走着。您带回了主要的、让人欣慰的信念：没人能攻克塞瓦斯托波尔，不仅无人能攻克塞瓦斯托波尔，而且无人能撼动俄罗斯人民的力量……[①]

两个作家的共同之处在于：他们都在创作的道路上进行孜孜不倦的探索，他们都坚信人民的力量，相信普通俄罗斯人的高尚和勇敢，这些俄罗斯人热爱自己的土地、天空，为了祖国的自由，他们义无反顾地建立功勋。

肖洛霍夫长篇小说中的主人公是生活在苏联时期的俄罗斯人，俄罗斯人世代形成的性格在这些苏维埃俄国人身上有了另一种内涵，另一种体现。他们是土地的主人，他们关心祖国——这是自由人的事业和情感，他们有广阔的思维，视祖国的利益为自己的利益。

俄罗斯民族性格通过个性迥异的人物表现出来。需要人们高度紧张、付出全力的前线提供了能够彻底揭示人的本质的平台。作家塑造的形象生动、多样、清晰，他塑造形象的手法令人惊叹。

“好嘲笑人，言语尖刻，好色，喜欢找乐子”，这就是人们印象中的彼得·洛巴兴。肖洛霍夫挖苦了他好对自己喜爱的事情夸夸其谈、过于自信的毛病。但就是这个爱说俏皮话、看似从不犯愁的好逗乐的人，在战斗中勇敢无畏，无微不至地关心同志。他有一颗温柔的心，但是却自持，甚至羞于表露自己的情感。例如，洛巴兴把最后一小撮马合烟分给了行军中睡着了的兹维亚金采夫；对于爱嘲笑人的洛巴兴来说，对斯特列里佐夫说那些温柔的话是多么不同寻常；在谈到壮烈牺牲的科契泰戈夫时，他的话语中充满痛苦和强烈的感情：

我……我，当眼看着这些十八九岁的孩子被打死的时候，我，兄弟，我想哭……我想哭，并想毫不留情地杀死这些德国混蛋们！不，兄弟，对我来说，死亡完全是另一回事，我这条老狗，尝遍了人生百味，而当像科契泰戈夫这样的人死去的时候，我的心受不了，你明白

---

① 列夫·托尔斯泰：《列夫·托尔斯泰文集》（十四卷本）卷 2，苏联国家文学出版社，莫斯科，1951—1953 年，第 123 页。

吗？德国人用什么还这笔债？用什么！[①]

洛巴兴这个形象的主要个性特征是幽默、睿智，擅长说挖苦人的话和伤人的双关语。幽默是那些刚毅、慷慨和精神上富有的人的特性。幽默的基础是乐观主义，是对生活中善必然战胜恶的信念。肖洛霍夫认为，《他们为祖国而战》是自己对全体人民抗击敌人这一事业的贡献，他不止一次讲过，他想"淡化"战壕生活的艰苦，用欢快的笔调写一部书。

彼得·洛巴兴成了完成这一任务的特别角色，虽然幽默并非他的专利。炊事员李西钦科和萨什卡·卡贝托夫斯基也不乏幽默感，两人斗嘴时，都伶牙俐齿。关于这一点，只需看一下洛巴兴和李西钦科友善的斗嘴便可。

在《他们为祖国而战》中，作者的思想经常通过作者喜爱的人物的思考表现出来。肖洛霍夫把他们视为自己的志同道合者，让他们发表对现实中最重要、最复杂的问题的看法，如对战争与和平、爱情和仇恨、朋友和敌人、人生的意义和人的责任、大自然的美丽雄伟和残酷、丑陋的毁坏力的看法。甚至彼得·洛巴兴的视角也间接反映出只有作家才能驾驭的对所塑造人物性格的思考。连长戈洛谢柯夫中尉知道了洛巴兴打下敌机的事迹后，邀请他来做客：

> 中尉的战壕里不仅散发着湿土和苦蒿的气味，以及一股军需品的皮革味，还稍有一点花露水味、男人的汗臭味和烟草味。洛巴兴思量着，人能这么快就适应战壕的生活，并让临时居所有了不同的、只属于自己的气息。(《他们为祖国而战》，第 29 页)

在这个普通士兵的短暂观察中蕴藏着现实主义美学的重要原则，即性格个性化的原则，这个原则是肖洛霍夫创作中的纲领性原则。肖洛霍夫非常好地掌握了个性化这门艺术，他善于让笔下的每一个人物都有自己的精神特征、气质和独特的语言。

艺术反映人周围的世界，也反映人对这个世界的认识。战争是可怕的、残酷的、毁灭性的。肖洛霍夫真实地描写了无情的动乱岁月，描绘了

① 米·肖洛霍夫：《他们为祖国而战》，《小说报》，1959 年，第 1 期，第 38 页。后文引用此书时，随文标注页码。

大地历经磨难的忧郁画面，展现了战争的痛苦、流血和不祥的场面。即便作家探索出一种写实的创作方法，他也不会找到通往真理的道路，无法描绘小说中那不可征服的人性。洛巴兴、兹维亚金采夫、斯特列里佐夫和波普利欣柯经常进行一些深刻的、有时略带忧伤的哲学思考。他们思考着快乐和永恒的生命的问题，思考着在大地上生活和劳动的幸福，祖国的大自然之美更让他们心动不已。这种思考触及他们的灵魂。战场上的隆隆炮声和战壕中一朵幸存下来的、无助的小花的美丽形成了对照。

> 兹维亚金采夫本来一直目不转睛地注视着地面，这时突然抬起头，向空中看了一眼。在最近半小时里，天空没有任何变化：天空跟以前一样，蔚蓝而宁静，呈现出一种庄严的淡漠，稀薄的、仿佛被太阳烧得周边都冒烟的云朵还是那么从容不迫地在无垠的蓝天中飘浮，习习的微风把这些云朵送往东方……兹维亚金采夫甚至看到了阳光灿烂的蓝天的边际，可是他在这极其贪婪的一瞥中观察到的一切，就像女人生离死别时含泪的笑容，使他感到钻心的痛苦……
>
> 在兹维亚金采夫的脸颊旁边，在他微微眯起的眼睛近旁，一株被尘土压弯的野菊花，正在慢慢地摆动着，艾蒿瓦灰色的细茎也在那里摇曳不停，妨碍着他的视线。再往远一点，在奇妙交织在一起的野草丛的后面，弯着腰的敌人的身影清晰而刺眼地显露出来。身影每分钟都在扩大，越来越近……（《他们为祖国而战》，第37页）

只有天才的艺术家和亲身体验过战斗开始前那一瞬间的人，在思想高度紧张、情感极其强烈时，才能描绘出这样的画面。在这幅画面中，诗歌和思想、艺术和哲学很好地结合在一起。

在描写前线残酷的事实时，在讲述战壕中的生活、士兵的忧虑和少有的快乐时，肖洛霍夫没有拘泥于对外在细节的描写，没有把崇高的艺术真实等同于战壕真实。崇高和卑劣、激情和幽默、英雄精神和日常生活，如同生活中的一切，交织在一起，相互联系。

真正的艺术需要描写的统一与和谐。作家对现实的看法和道德美学观决定了这一点。他的长篇小说表现了坚定的战胜敌人的思想，并在这种思想指导下，展现出苏联人和为祖国而战的人的力量和勇敢、高尚和美丽，这是艺术探索的主要方向。

探究人的内心世界时，肖洛霍夫不仅要表现具体环境中表露出来的人物内心活动，还要挖掘没有表露出的、可能出现的东西。对他而言，人的性格是一种范畴，在此范畴中，各种倾向错综复杂，矛盾地相互作用着、斗争着，人民的历史经验、阶级的社会命运通过人的个性形式集中体现出来。艺术家想做的，就是揭示那些根据事实的表面特征并非总能参透的隐秘本质。这也是显露肖洛霍夫天才的一个根本特征：他能够在坚实的基础上创造出新的艺术手法。

肖洛霍夫创作中的生活画面非常饱满，仿佛周围世界尽收其中，没有遗漏这个世界中的任何色彩和声音。艺术家肖洛霍夫掌握了所有有助于化生动、丰富多彩的现实生活为真实的艺术画面和形象的方法。崇高的悲剧和鲜明生动的幽默，史诗的庄严和满腔热情的抒情，广泛的总结和真实可信、无可争辩的纪事，细致的心理分析和景色描写的技巧——这些丰富多彩的、千锤百炼的艺术认知方法都收纳进了这位杰出的社会主义现实主义大师的创作宝库。

对现实生活的了解是肖洛霍夫创作的基础，是对投身新生活建设的千百万人的精神总结。忠于真理、廉洁正直、对公正感受深刻、毫不妥协地谴责和否定劳动人民敌视的所有东西，这些人民的历史世界观融入作家的艺术创作中并非偶然。

在党的活动中得到体现的人民群众的具有历史意义的智慧，用自己的劳动改变世界的苏联人的丰富经验，成为大艺术的世界观的基础，这种艺术的目的是：向人民传递真理，帮助人民为实现共产主义理想而奋斗。

劳动人民的道德美学理想、世界进步艺术的丰富经验、俄罗斯文学的创作成就培育了肖洛霍夫的党性。正因为如此，他的创作才排斥哗众取宠的倾向、单调无聊的醒世性。威利·布莱德尔说过："肖洛霍夫就像生活本身那样，没有片面性。"[①]

资产阶级评论家通常认为，像《静静的顿河》和《一个人的遭遇》的作者这样的史诗作家似乎根本不受党性左右。如果认为他们那样看待问题的话，那将是幼稚的误解，是对事实的有意歪曲。

苏联艺术的真正使命是为党和人民的伟大事业服务，米·肖洛霍夫明确地认识到这一使命，他开诚布公、直截了当地宣布了自己的创作

---

① 《米·肖洛霍夫的创作》，论文集，教育出版社，莫斯科，1964年，第288页。

倾向：

国外恶毒的敌人说，我们这些苏联作家是按党的指示写作的。而事实是这样的：我们每个人都听从自己的心声写作，而我们的心属于党和祖国人民，我们用自己的艺术为祖国和人民服务。

编后记

亚·赫瓦托夫，苏联著名的肖洛霍夫研究专家，本文译自《作家的党性和个性》，列宁格勒，文学艺术出版社列宁格勒分社，1965年，第64—94页。

《静静的顿河》的风景描写与其作者和主人公

作者 [苏联] 维克多·古拉

译者 刘亚丁

“静静的顿河”的形象在小说最初的部分就出现了，“微风吹皱的青光粼粼的顿河急流”，在它的旁边，有丛生的白艾簇拥的黑特曼大道，岔道口上是小教堂，在这里，在光荣的顿河土地上，有冷风吹拂的沉寂百年的鞑靼村的山岗。从这里开始，“静静的顿河父亲”，“光荣的土地”——具有古老历史的顿河原野，不仅成了情节展开的地域，而且成了人民小说的思想观念体系中内涵丰富的艺术形象，它还是家乡的象征，对家乡的爱和痛从来没有告别过小说的主人公们和作者。

在小说的第三部里，平静的“肃穆，两岸绿树成荫，倒映在河水里的顿河”，只是作为童年的遥远回忆出现。现在顿河是激荡的、沸腾的，从浅到深都浑浊一片。

> 从顿河的静静的深渊里溢出许多支浅流，浅流中，水波盘旋、激荡……但是在河床狭窄、洪流不能自由奔腾的地方，顿河就在河底冲出深峡，咆哮着，犹如万马奔腾，翻着白浪，滚滚流去。在突崖岬角处，水流在峡谷中形成漩涡。那里水流疯狂地旋转、翻腾，令人流连忘返。

狂躁的、深深的漩涡的飞沫与裂岸狂涛的怒号相交织的顿河的形象，与生活的暴烈属性几乎达到了字面意义上的平行：“而生活却从平静的浅滩进入惊涛拍岸的峡谷。顿河上游掀起了巨浪。两股洪水冲突争流。哥萨克们分道扬镳，冲起漩涡，盘旋不已。”

与顿河的形象密不可分的是第三部中充分展开的顿河草原的形象。那在太阳的照耀下、在冬雪的掩埋下弥漫着坚韧的艾蒿的苦味，遍布羽茅草和各种蓝色小花的草原，一年四季、白天黑夜几乎都得到了描绘。在夜间草原的上空，照耀着“月亮——哥萨克的小太阳”，“没有人迹的星群铺成的道路”；白天，一片暑热，气闷，白雾弥漫。褪色的蓝天、酷热的太阳……一望无际的耀眼的羽茅草，热气腾腾的。驼毛色的杂草晒得冒着白烟……草原上，热气腾腾，但是却死一样地静穆，四周的一切都是透明的，纹丝不动。就连古堡也在目所能及的天边神话般地、若隐若现地闪着蓝光，就像在梦中一样”。当作者开始打量“亲爱的草原”的时候，古堡出现了。这些沿顿河分布的古堡，同草原一样古老，一直延伸到蔚蓝的大海。“古时候波洛韦茨人的侦察兵和勇敢的罗得尼基人在这些古堡上监视来犯的敌人。”

正是这古老的、灰白的羽茅草大草原在作者激动的目光前展开了，它激起了作者高涨的情绪、不同寻常的激越感情。到这里，作家的嗓音甚至变得颤抖起来。在长篇小说中，他还从来没有以如此的力量，如此酣畅淋漓的抒情述说过：

亲爱的草原！带苦味的风把马群的骒马和种马的鬃毛吹倒。干燥的马脸被风一吹，散发出咸味，于是马就呼吸着这又苦又咸的气味，用缎子一样光滑的嘴唇嚼着，嘶叫着，感到嘴上既有风又有太阳的滋味。上面是低垂的顿河天空，下面是亲爱的草原！到处蜿蜒着漫长的浅谷、干涸的溪涧和荒芜的红土深沟、残留着已被杂草遮没的一窠窠马蹄痕迹的广袤的羽茅草大草原，珍藏着哥萨克的光荣的古堡在神秘地沉默着……哥萨克永不褪色的鲜血灌溉的顿河草原啊，我要像儿子一样，恭恭敬敬地向你弯腰致敬，我要亲吻你那淡而无味的土地。

我们还应该指出，作者对叙事的这一积极干预发生在顿河哥萨克的悲剧性迷误、事件的史诗性—戏剧性转变的前夕。

从这个时候开始，只要作家一描写草原，尽管他的声音具有丰富的音色，但语调总是很紧张。春天复苏的草原，甚至同已然铺开的事件之间有那么点象征性关系："开始返青的草原上洋溢着解冻的黑土地的古老的气息和总是那么清新的嫩草的芳香。"[1] 新与旧的冲突，生命的稚嫩强劲生长，生命的不可戕伐与旺盛——肖洛霍夫心爱的思想像一条红线贯穿于这些描写之中，虽然在这些描写中作家不可避免地运用了多种多样的手法：平行、比喻、对比和象征，等等。

> 春天带来的丰富多彩、朝气勃勃、眼睛看不见的生机洋溢在草原上：春草繁茂，新婚的禽鸟和大小走兽情侣们，避开人类贪婪的眼睛，隐藏在草原秘密庇护处幽会；田地里萌发出一片片尖尖的禾苗嫩芽……只有已经结束了生命的去年的衰草——风滚草，在草原各处留有古代堡垒的山坡上耷拉着，紧贴着地面，在寻求庇护，但生机勃勃的、清新的春风，毫不留情地吹断它的枯根，吹着它在阳光普照、恢复了生机的草原上到处翻滚。

还有一处对白雪覆盖的草原的描写，就语调而言，就词汇、诗意和韵律而言，就整个情绪铺陈而言，与作者情感最为激荡的抒情插笔是相互呼应的：

> 东风像哥萨克在自己家乡的草原上一样奔驰。大雪填平了峡谷。凹地和深沟都齐平了。看不见大路，也看不见小径。周围是一片被风舔得光溜的、空旷的雪原。草原仿佛已经死去。偶尔有一只老鸦从高空飞过，它像这片草原，像那座耸立在夏天凉棚后面、戴着一顶苦艾镶边的豪华水獭雪帽的瞭望台一样古老……但是大雪覆盖着的草原还活着。在像冻结的波涛、银光闪闪的雪海下，在秋天翻耕过的、像一片僵死的水波似的田地里，被严霜打倒的冬小麦，把富有生命力的根须贪婪地扎进了土壤里。缎子似光滑的、绿油油的冬小麦，披着眼泪般的露珠，不胜其寒地紧紧偎依在松酥的黑土地上，吮吸着它那营养丰富的黑色的血液，等待着春天和阳光，以便冲破融化的、像蜘蛛网似的晶莹薄冰，直起身来，在五月长得碧绿一片。时间一到，冬小麦就会挺起身来！鹌鹑将在麦丛中嬉斗，四月的云雀将在麦地上

① 注意，在《静静的顿河》中，肖洛霍夫还写这样的文字："暴动像吞没一切的草原野火一样蔓延开来。"——译注

的晴空飞鸣。太阳仍将那样照耀它，风也仍将那样吹拂它，直到成熟饱满、被暴雨和狂风蹂躏的麦穗还没有垂下长着细芒的脑袋，还没有倒在主人的镰刀底下，还没有驯顺地撒下一串串肥硕沉重的麦粒为止。

对草原的这一番描写，无论就情感的饱满而言，还是就思想的充实而言，都堪称丰厚。作家又一次带着喜悦的自信肯定了生机的不可戕伐，生命的旺盛。与此同时，掩藏在时序中的大自然与顿河沿岸村镇潜藏的焦虑的等待者的生活世界之间的对比，包含着对这个萧条、焦虑的时代的评判：

顿河沿岸全都过着一种隐秘、压抑的生活。阴暗的日子来到了。山雨欲来，不祥的消息，从顿河上游，沿奇尔河、楚茨坎河、霍皮奥尔河、叶兰卡河，顺着布满哥萨克村庄的大大小小的河流传播开来……人们对这些谣言将信将疑。在这以前，各村什么样的谣言没有啊。谣言把那些胆小的人吓跑了。但是等到战线移过以后，也确有不少的人夜不成眠，只觉得枕头烫脑袋，褥子硬邦邦，连娇妻也变得可憎了。另一些人则后悔没有逃到顿涅茨河对岸去，但是木已成舟，悔之晚矣，落在地上的眼泪是收不起来的……

在小说的最初部分中出现的灰色的黑特曼大道贯穿了整个叙述，时而人迹罕见，通向诱人的远方，时而人声鼎沸，仓皇溃退者的辎重塞路断道。“黑特曼大道上车声辚辚。从山上一直到河畔的草地是一片马嘶、牛叫和人语声。”

道路的形象出现在第一部的结尾，这是未知的生活的道路，充满坎坷和十字路口的道路：

蜿蜒起伏的群山遮断了通向四方的大道——它在枉费心机地招引人往那里去，往那朦胧如梦的、碧绿的地平线的神秘的广原中去——而人们却被关在日常生活的牢笼里，被家务、收割的繁重劳动折磨得痛苦、疲惫不堪；而这条旷无人迹的大道——一线引人愁思的踪迹，却穿过地平线，伸向看不见的远方。西风在大道上卷起滚滚烟尘。

这被遮断的、伸向未知的远方的道路，就像那被抛出了常轨、被分成了无数支流的生活："简直难以预料，它那叛逆和狡猾的洪峰将泻向哪条支流。"

在这里，紧张地思考自己主人公们命运的作者的声音又一次出现了。他同他们休戚与共，他想看看，未来是什么在等待着这些在最焦虑的日子里告别了自己家乡、用斗争搅浑了顿河的人们："第二天一早又奔上大道，从山岗上最后一次看看白莽莽、肃穆广漠的顿河，看看可能从此永别的故乡。"在这里，作者又一次让自己的声音与人民的声音相叠合，和自己的主人公们一起思考他们选择道路的理由：

> 谁愿意早早地去送死，谁能预卜人世沧桑？……战马对故土都依依难离。哥萨克就更难从忧心如焚的心上割舍下对亲人的牵挂。多少人的思想，此时此刻都又顺着这条风雪弥漫的大道返回家园。有多少痛苦的思想斗争是在这条大道上进行的……也许带着血一样咸味的眼泪，正是在这里顺着鞍翅，落到冰冷的马镫上，洒在铁蹄踏烂的大道上。从此，这地方，就是春暖花开的季节，也不再会开出黄色的、天蓝色的送别亲人的花朵！

葛利高里·麦列霍夫也很难找到正确的生活道路。他厌倦了战争。"他真想避开这个沸腾着仇恨的、敌对的和难以理解的世界"，"渴求静谧的世界"，"让心灵得到温暖"。"就到草原上去，用渴望劳动的双手去扶着犁柄，跟在犁后走着，感觉到犁的迅速抖动和跳跃；他想象自己将呼吸到嫩草的芳香和犁铧翻起的、还带着融雪的潮湿气息的黑土的香味。"葛利高里常常回忆起"已经有些忘却的过去的生活"，那和平的、劳作的、甜蜜醇和得像酒浆一样的生活。在这些回忆里有他的声音、他的感情、他的情绪和体验。可是作者也不是旁观者。在这些回忆里，作者同自己的主人公心灵相通，回应他的情感，体验他的感受，与他一同呼吸家乡土地的气息，在面临阴郁的绝路的时候，与他一起选择生活道路。这绝路是突然遭遇的，但在第三部的开始部分就已经做了象征性的勾勒："就好像山沟顶上的一条被羊蹄子踏出的小路，蜿蜒曲折，沿着山坡伸延下去，但是突然在一个拐弯的地方，小路钻进了沟底，像被切断一样不能通行了——前进无路，艾蒿丛生，像墙一样挡住了，变成一条死路。"

麦列霍夫兄弟已经知道，“从前联系着他们的道路，已经长满往昔经历的荆棘，荒芜阻塞”。彼得罗看出，他们必将分道扬镳。（“我感觉到，你好像越来越远离我了……你的思想在动摇，打不定主意……我担心你会跑到红军那边儿去。”“我已经走上了应该走的路，谁也不能把我从这条路上拉开！葛利什卡，我决不会像你这样摇摆不定。”）

科特里亚罗夫严厉地批评了葛利高里在生活道路选择上的立场：“他总是不靠岸，就像在冰窟窿里打旋的牛粪团儿，转来转去。”施托克曼把葛利高里从那些“就像耕地的牛一样并肩前进”的人中除了名，认为“他比其余所有的人，包括被捕的这些在内，都更加危险”，把他看成是“过去的敌人”。在暴动之前，科特里亚罗夫就把葛利高里看成是“苏维埃政权的敌人”。用科舍沃伊的话说，葛利高里“对苏维埃政权来说是最凶恶的敌人”。

对史诗主人公的这些评判是偏激的、极其主观的，但是史诗的叙述者又不可能绕过这些评判，作者常常给主人公提供说话的机会，而且更重要的是，在葛利高里自己的这些言论中，处于重要地位的是对“自己的事业不对头”的意识：“我倒是认为，我们起来暴动才是一时糊涂呢”，“这些有学问的人把我们搞得晕头转向……老爷们叫我们上当啦！操纵我们，去为他们卖命”，“咱们要不就投靠白军，要不就投靠红军，想站在中间是不成的，他们会把你挤死”，“现在已经没有法子使我们跟苏维埃政权讲和了，我们双方使彼此流的血太多啦，而士官生的政权现在是顺着毛儿摩挲我们，然后再戗茬儿抽我们。滚他妈的吧！怎么个结局都行啊！”

作家在关注着主人公的每一句话，每一行为，每一思绪。葛利高里的意识的细微变化、情感和体验的蛛丝马迹都得到了分析：“还由于他已经站在与自己全都反对的两种原则斗争的边缘——因此心里产生了无法消除的、压不下去的愤怒。”可是在他找到道路的时候，“从今而后，他要走的道路清楚了，就像灿烂的月光照耀着的大道一样清楚”。假如为了得到真正的愉快而故意制造错觉，那么就会感到“愉快，轻松，脱离现实和思念”。

编后记

维克多·古拉，苏联著名的肖洛霍夫研究专家，本文摘译自他的《〈静静的顿河〉是如何创作出来的》，莫斯科，苏联作家出版社，1989年，第169—175页。

《静静的顿河》中的真理思想

作者［苏联］E.塔马尔钦科
译者 刘亚丁

有真实的言语，也有它的变异形式——关于真理的言语。《静静的顿河》就是关于真理的言语的作品。

就描写俄国革命和国内战争的真实性而言，肖洛霍夫的这部长篇小说是无可比拟的，这一点远没有得到充分认识。有必要换一个方式提出整个问题：真理是这部小说的决定性的中心主题。《静静的顿河》意在表现人民的真理的思想，表现真理的承担者——人民的完整形象，这两者从来没有得到如此直接和完满的表现。真理在这里是描写和研究的对象，而不仅仅是艺术家的标准和手段。在这里，存在着被《静静的顿河》所解决的人类的、文化的、社会的重大任务。无论我们怎样看待肖洛霍夫后来的创作和他的政治作用，他的这部杰作在美学上、伦理上都毫无疑问无条件地确认了自己在经典顶峰的位置。

谈到人民的真理的思想，我首先指的是追求真理的人民思想者的形象。这样的思想是在远古时代形成的，高度发达、具有众多分支。文化史、文艺学、民间文艺学、伦理学和民族学对这样一个综合体几乎毫无触及。但是这个综合体却是文化的基石。

……

人民的真理思想是历史性地紧张发展与完善的，尽管它经历了某些戏剧性变化，但总是与人、与人类的形成相联系。它在不断扩大，它突破了古代村社的思想，后者的视野里只有自己的东西，以部落的天地来局限和象征宇宙。正因为如此，从那时起，人民关于真理的思想同自古以来的村社规范的精神有千丝万缕的联系。这样，关于宇宙和大地真理的原初概念就成了各大宗教的源头，或者完全相反，成了它们形成的刺激因素之一。这个真理就是所谓的空想和科学社会主义和共产主义的源泉。可是它又是西欧模式和美国模式的自由主义和民主主义的基础。在历史的危急关头，人民的世世代代的思想的表层会急剧动荡。与人民性的程度相关联的各种革命政党的口号，可以视为对包含在永葆活力的人类目标和志向中的真理意志、真理思想的或远或近的政治性、民间文学性的回音。

这发自内部的穿透一切的光芒，首先吸引人们走向《静静的顿河》。

肖洛霍夫的终极话语是谈论人和人类的生活及其深层的理由。《静静的顿河》奉献了生命意义的全部光谱，也许这是俄罗斯经典作品中最完整的、最具有特色的光谱。对于最简朴、最隐秘存在的意义的广为流传的概念，这部长篇小说也进行了考察，进行了充满危机意识的批判性观照和分析。

> 也许在赋予人的生活以意义的最初阶段的最朴实观念，就是自然及其真理的观念。在《静静的顿河》中，自然的生命总是在与社会生活（和平、战争和革命）的交织中来展示的。自然崇高的循环性和规律性、周而复始的生活中生命的最终胜利——死，得到了强调。这是包容人类世界的宇宙生命，这是不管人类世界失调而顾自庆祝自己胜利的宇宙生命。于是春天到来的时候，野雁群在“丁钩儿”的坟头营建了求偶的地方，后来母雁孵出了一窝雏雁（第二部结尾）。

作家对人的自然生命（尤其是在面对死神的关头，生命发出的声音）的题目持有特殊的观点。这部长篇小说多次描写了死亡，尤其是暴死，在生命的转折处表现了真理（比如，描写被叛军抓住的红军清剿队长利哈乔夫被砍杀的过程，强调了不同寻常的健康壮美、天然的大无畏、身体的力量，还有粘在这个被突然砍杀的人嘴唇上的白桦树那春天的芽苞）。

但是，人生命的自然的真理（它是毫无疑问的）、生命的独立的价值和本能的需求，把肖洛霍夫的主人公带到了为更崇高的、更自主的社会团结和个性理想而牺牲的境界。

个体的真理具有生命的重量，因为它为具体的人、他的家庭、他的社会（村、镇），为历史上形成的地域、族群社会（哥萨克）和国家（俄国、奥匈帝国）等的存在提供理由。地域性的、区域性的“哥萨克真理”可以充当类似真理的范例，顿河暴动正是以“哥萨克真理”为名的。正是在这样的层面上，肖洛霍夫逐渐展示那种在革命、世界大战和国内战争中反复出现的，牵涉到很多人的那种观念上的、落后的“自私”真理，不管它的规模有多大，它的根基是摇摆的，从根本上说是不可能实现的，尤其是在面对将所有人联系在一起的追求进步的真理的时候。这种真理的极致就是整个人类的真理。

作为“细小真理”缺乏说服力的证据，在肖洛霍夫的这部长篇小说中可以看到家庭世界和传统的牢固家庭联系的全面崩溃，在这个时期，新的家庭理想（葛利高里—阿克西妮亚，安娜—本丘克）是不可能实现的。这是对分裂的表现之一，在各个圈子中、在各个层面上统一的哥萨克社会、国家和最终的世界（在这个词的最古老、最重要的意义上）都蒙受了这种分裂。

“名誉”和“荣誉”是在异教的世界中古已有之的观念。在肖洛霍夫的小说世界中，这首先是哥萨克的名誉和荣誉。“作为优秀的哥萨克，葛利高里走上了前线；可是他并不同无意义的战争和解，诚实地捍卫了自己的荣誉。”在葛利高里的命运中，“名誉”的真理受到了严峻的考验。战争中的诚实和荣誉是与杀人的技巧和必要性密不可分的，恰恰是这一点让葛利高里非常憎恶。从他战争中第一次杀人的精神创伤可以发现，哥萨克的荣誉观念与“不杀人”的伦理存在着冲突，后者没有必要只被视为基督教的东西，它应该是任何社会结构的公理。在进一步的发展中，对屠杀的厌恶使阶级特性的主题和在革命中形成的新的统一的主题变得复杂起来（在同水兵激战后，他冲动地问“杀了谁”）。对葛利高里来说，冲突的解决方法就是拒绝战争和武器（整个世界都很熟悉的那个场景[①]）。可是重要的一点是，从始至终麦列霍夫都是哥萨克军人的典范（从国内战争回来后，他就以一双哥萨克眼睛来看世界）。在小说结尾处，耗尽这位主人公的全部体力和精力的磨难，并没有夺去他的光环。对葛利高里而言，具有最好特征的哥萨克的“诚实”和“荣誉”的理想（不是抢掠和狡诈的骁勇），没有自我贬抑，相反，它不但与他的缺陷和失误相伴随，而且同他所追求和体现的崇高的真理相联系并一起升华。这当中所表现出的哥萨

① 指《静静的顿河》结尾处葛利高里在返回鞑靼村时，将武器扔进解冻的顿河的场景。——译注

克的消极理想的不可取消性，恰恰是小说中这位主人公带有局限的人民性的证据之一。

“名誉”还有针对女性的变体——女性的贞洁，警示她们不要损害“好名声”、鼓励她们自重的禁忌和传统。阿克西妮亚、娜塔莉亚和达丽亚提供了不同的极端例子。“名誉”的社会价值，以及背后的真理是崇高的，却是相对的。面对更高、更大的真理（爱的真理），名誉是可以牺牲的，阿克西妮亚就是如此行事的。娜塔莉亚在丧失了爱情，并以为自己也丧失了妻子和女人的“名誉”后，试图自杀。达丽亚的命运则是对名誉真理作出错误和反动选择的例子。为了远离爱情和育子的性，她侵犯了“名誉”。她早就构想好立场：“我没有这个可不成……我需要哥萨克……”在这个场景（达丽亚试图引诱并说服公爹）里，潘苔莱·普罗科菲耶维奇的举止显得有点滑稽，但实质上却正确地确定了达丽亚的真理立场：“难道她是对的？也许，我就该跟她胡搞。”这个场景就重要内容来说与另一场景是相呼应的，在那个场景里，米吉卡·科尔舒诺夫胁迫自己的姐姐娜塔莉亚跟自己鬼混。在小说的结构中，米吉卡和达丽亚的形象遥相呼应，分别成了自私自利、道德堕落、放荡无耻品质的男女变体。与他们相联系的“人的名誉”的亲缘的、原则性的动机彻底失落了。达丽亚枪杀伊万·阿列克谢耶维奇·科特里亚罗夫后，葛利高里的反应是骂她“毒蛇”，杜尼娅什卡说：“妈妈害怕，不敢跟她一起睡在家里，躲到街坊家去啦。”甚至潘苔莱·普罗科菲耶维奇也不放米吉卡·科尔舒诺夫（在他毁了科舍沃伊的家后）进自家院子。达丽亚的结局是以人民真理的精神加以描写的，她回首平生时对自己的过去充满痛惜：“我这是过的什么生活呀，简直是像瞎子……现在假如让我能重新生活的话，也许我该过另一种生活？”在这样的插曲和类似的情节重复中，可以看到狭隘的、相对的“好名声”（与特定的时间地点相联系）与宝贵的人的名誉（违背它就导致犯罪）之间的对比。

基督教的道德真理在这部长篇小说中被看成是宝贵和崇高的，可是对所描写的时代来说，它是不太紧要的，不大能体现革命思想的意志：

> 在动乱的、荒淫无耻的时代里，
> 兄弟们，不要深责自己的亲兄弟。

难怪它的刻写者是个老头子,他是置身于事件内(第二部结尾)的人。另一个老头子,是以国家的东正教精神来思考问题的:“可真是有意思的事情,俄罗斯人、东正教徒居然互相打斗,还制止不住。”这是一种天真的说法。

在人民中还有一种特殊的概念——“人的真理”。这是一种体现尘世间最起码的人的正义的真理。按照正义真理,人不应为荣誉而行事——起码的正义不是与崇高的荣誉相联系的——也不会出于内心的冲动而行事(尽管不能排除内心的冲动)。抱持起码正义的人必定有非常务实的想象力。哥萨克老头如此教导要上前线的年轻人:“要记住,要想从你死我活的战争中囫囵身子回来,务必遵守人的真理……在战争中非己之物,分文莫取,这是第一条。娘儿们一个指头也别动……”在战争的条件下拒绝他人之物,这似乎能凭借起码的正义,解决一切问题,务必要避免可能导致犯罪者破坏世界平衡的复仇行为。(“别去动娘儿们,千万别动。不能忍耐,或早或迟,不是掉脑袋,就是受重伤,等你明白过来就晚了。”)于是《静静的顿河》表达了这样的古老的民间(这是与魔法紧密联系的“还要记住这样的咒文”)正义观念——律法即正义。这种观念包含了人类世界与自然世界的平衡。(我要引用赫拉克里特的残篇:“假如太阳逾越了给予它的限定,正义的厄里倪厄斯复仇三女神就会追上它。”)按照中国观念,世界的和谐是可以包含战争的,可是如果战争伤及了最终的正义,无边的残暴会以不可理喻的、该受惩罚的方式毁伤生活的基础。不但人,就连动物都会避免殃及自己,避免伤及正义,避免旁观屠杀。

“人的真理”就是自然形成的人民的权利。真理是活跃的,具有现实紧迫性,但真理背后的力量是模糊的、无形的。从根本上说,真理无非是世界的平衡,是存在的项链式的对称,任何一段链条被破坏,它都会作出反应的。要知道绝对正义是非个人的、超乎人的、超乎尘世的。这是阴间的,或是可怕的审判,到时候所有的掩盖的秘密都变清晰了,每个人都得到他该得的。正如哈姆雷特所说的那样:“如果每人都得到他应该得到的那一份,那么谁还能逃避皮鞭呢?”完整的正义高于人类的力量和命运(“伸冤在我,我必报应”),而且很难同个人的尘世条件和可能性并存。正因为如此,在现实的环境中只能遇到有限的正义——“人的真理”。

如果仁慈是真理的真实的界限,那么在肖洛霍夫那里它就是一个紧迫的,但通常又不明确提出的问题:在国内战争的残酷战火中,应该向谁呼吁仁慈呢？个人的心软是没有意义的，向敌人祈求仁慈通常只会激怒战友（处死波乔尔科夫的场景）。本丘克是从背后被杀死的，这就暗示拒绝任何对仁慈的祈求。这是极度仇恨的表达，本丘克不管是活着，还是临死时，都是仇恨法则的传达者和辩护者。关于仁慈的没有明确提出的问题（需求）发出了刺耳的、忧伤的音调，这构成了表现一系列悲惨场景的作家的叙事背景，比如杀死彼得罗·麦列霍夫、大规模镇压俘虏，以及类似的场景。这个主题在哥萨克妇女饶恕红军战士的场景中得到了表达，小孩子看到被打得遍体鳞伤的俘虏时，发出了歇斯底里的嚎叫："好妈妈，别打他，别打啦！……我心里真难过，我害怕，他浑身都是血！"押送队的老头用饮牲口的槽给俘虏水喝。并非偶然的是，表现出仁慈的人都处于特定年龄（老头、老太太、小孩），在心理上处于激烈事件的中心之外。在《静静的顿河》中，上述列举场景中后一个的结尾非常有特点：

> 伊万·阿列克谢耶维奇跪在那里，喝够了，抬起已经清醒些的脑袋，清楚地、简直可以摸得到地看到：笼罩在顿河边的道路上的石灰粉似的白雾，耸立在远处的像蓝色的幻影似的、白垩的山峰余脉；群山的上空，顿河滚滚急流的上空，在一望无际的蓝天上，在高不可攀的晴空中—有一朵白云。白云被风一吹，像白帆似的洁白的顶边上闪着金光，迅速地向北方飘去，它那蛋白色影子映在远处的顿河河湾上。

人的极端的残酷和痛苦——为了殴打而押送俘虏，而且确实在殴打——是与无边世界的和谐的背景交叉叙述的。陷于极度痛苦中的人抬头看天，可是在"高不可攀"的高处，深奥不可测的天空沉默不语。在小说中向残忍、忧郁、痛苦吁请补偿，可是应答在哪里呢？在长篇小说结尾处的画面里，"卑俗的"和"崇高的"交织在一起，主人公看到，在黑色的天空闪耀着一轮黑色的太阳（即古老的民间神话中阴间的太阳）。在麦列霍夫这个主人公身上，《静静的顿河》对世界是否存在真理的问题给出了悲剧性的，可是完全正面的回答。

《静静的顿河》中的现实主义是人民理解生活真理的重要特点。作为对个性的歪曲，残酷的意义与其根源是对立的。肖洛霍夫对世界和人的看法，形成于下层人民严酷的日常生活经验，尤其形成于他们在历史的决定性关头不同寻常的精神和身体体验。重要的一点是，对有意识的个人来说，只要有一定的毅力，他就可以忍受对他的毁损——对尊严和自由的剥夺、身体的痛苦、亲人的丧亡、不可避免的个人的死亡。从人民的整体角度来看，这好像有点奇怪，一切远不能遮盖地平线。人民的生活在他的意识中是不可毁的、永恒的，超越时而感受到的巨大惊恐和丧痛，应该可以看到未来的福地。至少在热核战争前，总是如此。

马基雅维利强调私人（人与人之间）领域和公共领域（政治）里的道德基础是有区别的。这种区别有必要在对生活的现实主义指导中加以检视，尤其应在类似于革命和国内战争这样的历史现象中加以检视。肖洛霍夫的主人公们陷于阶级和党派之间不妥协的、血腥的斗争和具体阵营不稳定的分分合合的自然力量之中，个人只是它最后清单中的一个绝对因素而已。在与下述力量——宝贵的个人世界和它的命运，在社会、政治方面的交锋中，肖洛霍夫形成了严峻的叙述风格。这里揭示出那个时代政治的、党派的意识形态——各阶层和团体的互相冲突的“真理”。正是在这个意义上，这部长篇小说被看成是具体的、具有倾向性的情境化作品。分析通常肯定和支持其中的一种意识形态，在我们这里就是布尔什维克真理。《静静的顿河》中炽烈燃烧的政治激情，数十年来不断出现在批评和研究专著中，评论和观点或可以改变，然而分歧、不妥协、不赞同却依然如故。可是要知道，《静静的顿河》的精髓，它的思想是向心的，是包容一切思想的。在这个思想的坐标系之外是无法理解主人公的立场的，也无法依据作品对俄国革命作出评价。无休无止的分裂、革命中的悲剧在这部小说的镜子中是无可争议地真实的，它们是以人民真理的激情通过审美展示的。“任何人都会在它的翅膀下感到温暖。”这样的真理是同社会乌托邦有成见的、消弭一切差别的观点不同的；它把一切思想差异和生活多声部吸纳到自己之中。

在《静静的顿河》中，“布尔什维克真理”的矛盾实质得到了充分的反映。今天的公众讨论、演讲和印刷品所阐发的各种主题完全没有涉及这个实质。托洛斯基和斯大林在经济和政治方面对列宁战略的偏离，和作为极权体制指导思想的斯大林主义，在祖国历史中产生过恶劣作用。在苏联文学中至少存在着对美好的“正面人物”的无条件的、具有说服力的表现。这样的人物是几乎无言的普遍真理的承担者。《静静的顿河》同《被开垦的处女地》之间的根本差别就在于，在后一部作品中，类似的主人公和类似的思想表现是毫无意义的。在《静静的顿河》中,普遍的真理取得了悲剧性的胜利,在《被开垦的处女地》中是阶级的、党的真理取得了悲剧性的胜利。

非现实的、好像包罗万象的真理与对它的命令式的要求、刻不容缓的利用之间的矛盾,往往会把真理的承担者推到特别悲惨的境地。真理的显现既会导致群体和个人的悲剧,也会导致他们的喜剧(这种真理的人格化既是英雄,又是弄臣),《静静的顿河》没有任何使葛利高里·麦列霍夫追求“抽象的”人道主义、“肤浅的”和“粗俗易懂的”正义的意图。如果这样说,那是情绪化的求全责备。在人民的真理中没有任何抽象的成分:它自身是具体的,它的主人公血肉丰满,作者通常并不谈论它、定义它。

像葛利高里·麦列霍夫这样的真理的表达者在世界文学中获得了特殊的地位。他是个例外,因屈辱的、孤独的个人命运,他仿佛被抛出了时代(照肤浅的观点看)。可是恰恰是这样的例外明确地标示出了时代的方向,因为人民追求对所有人毫无例外的真理。这样的英雄在斗争的双方和党派中并不扮演指定的角色,他们从最广泛的,因而与一切时代相联系的任务——道德净化和统一人类——中解脱了出来。

葛利高里·麦列霍夫这类真理的表达者在世界文学中获得了特殊的地位。毫无疑问,葛利高里并不局限于具体的(哥萨克的、中农的)“心理”。这只是他的个性和命运的过渡阶段,尽管它是必要的,但个性和命运远远高于它。要知道,长篇小说的主人公即使在社会出身方面,在环境中也是孤立的。不仅他在人性方面是民族的优秀分子(在《静静的顿河》中,人性优异的人物不少),而且他的背后有重要的思想支撑。

《静静的顿河》作为思想小说的性质,我们认识得远远不够。只见树木,不见森林,这部长篇小说总是被看成是民族志的、自然主义的、乡土性质的作品,《静静的顿河》的哲学性质尚待揭示,它在我们面前展现了有机地摆脱了抽象性的人民哲学。真理在这里是行动多于思辨。从这个意义上说,《静静的顿河》是一部最具特色的思想小说。

小说的主题从各方面聚焦于葛利高里·麦列霍夫的形象和生活道路上,就像是浓缩和结晶一样。葛利高里不仅从情节上看是主人公,从思想上看也是主人公:就历史的实质而言,他不是边缘人物(尽管是个具有个人优越性的人物),不是“敌人”,不是“反叛者”,不是毫无个性的中农,而是人民的中心和主要的代表，是体现普遍真理的正面形象。为什么这样说？按照传统的标准，那些人物毫无疑问可以成为革命和国内战争的主人公。从某个时候起，批评界已经机械地将他列入正面形象的行列：“他们的个性是鲜明而丰富的——富尔曼诺夫的恰巴耶夫、法捷耶夫的莱奋生、奥斯特洛夫斯基的保尔·柯察金、波列沃伊的梅列西耶夫、肖洛霍夫的葛利高里·麦列霍夫和达维多夫……多民族苏联文学的正面主人公是多姿多彩、鲜明生动的。他们表现了我们英雄历史每个新阶段的特征，容纳了人民性格的丰富特征，囊括了社会主义社会人道主义和人性创造性的丰富特征。”这种并举本身就表明“并肩而立”的立场并不是反映麦列霍夫特点的最好的角度，即使同“旁观者”的立场（哥萨克自治及宣传此类观点的人的代表），或者“反对者”的立场（客观历史条件的牺牲者、个人迷误的承担者）相比，也是如此。

如果不查阅直接的资料，不观察非公式化的思想，那么只能看到代替思想的“个人品质”、个人心理。“肖洛霍夫的主人公是坚强、有力、勇敢的人，他天性坦率、高尚、激越和诚实。”然后是赞同地借用作品原话：“我什么都不明白……我什么都搞不清楚，我像草原上的暴风雪一样四处游荡……”可是葛利高里不是在虚空中“游荡”，从无知中“寻找真理”，他对真理在生活中的体现思慕如渴，因为他从内部领悟到真理，有时甚至是以非常激烈的方式来领悟的。

编后记

本文原载于《新世界》，1990 年第 6 期。

《被开垦的处女地》中的曲笔

作者［俄罗斯］瓦·奥西波夫

译者 刘亚丁

一、关于“富农”

红铅笔，蓝铅笔……据说，斯大林看东西的时候喜欢拿一支彩色铅笔：这里记上否决，那里写下同意。

我记得，他嘲笑了杂志禁止写消灭富农的场面的做法。

直截了当地说：小说里究竟有多少关于富农的恶毒的话？我们记得，中央派来的达维多夫曾责问一个人：“兄弟，你认为，雇农、贫农和中农反对收拾富农，支持富农？那就把他们归入富农一类。”

在出场人物中有没有富农呢？当我拿这个问题问一位德高望重的读者的时候，他以嘲笑的神态看着我——这个问题在中学时代就有答案了：肖洛霍夫在揭露富农，拥护消灭富农。其实我不是第一个提出这个问题的人。但是我羡慕那人有勇气提出这样的问题。

他是鲍里斯·莫扎耶夫，他在自己的整个文学生涯中始终是无畏的、尖锐的“农民”和“农村”小说家、政论家，他在《被开垦的处女地》中读出了别人没读出的东西。1989年，他在《真理报》上发表了文章，指出：“‘破鼻子’季莫费[①]和其他人”完全不是富农。他还提出证据：“他们没有雇农……而是自己耕种份地。”

莫扎耶夫剥离了强加给小说的一个最重要的主题。

① 原文如此，但小说中“破鼻子”是季莫费的父亲弗罗尔的绰号。——译注

这次剥离驱散了庸俗政治化的迷雾，我们由此就可以直接理解肖洛霍夫的构思了。小说是要潜心阅读的，是专门为细心的读者写的。从初次阅读掌握“情节”，到领会小说的构思的真实意图并与历史对比，其间不止一步。就拿富农来说——肖洛霍夫奋笔疾书并不是要虚伪地揭露富农，而是要保护中农，他们经常受到威胁，要被判定为富农……

在今天，只要提到“富农”一词，立刻就会争论蜂起。有人认为，这个概念是虚构的——它是对勤劳主人的偷换概念。另一些人认为，它指农村的血吸虫，并且提醒说，19世纪末有很多作家把他们的形象记载了下来。他们很熟悉列宁——熟悉他的《俄国资本主义的发展》一书、革命后的讲话和文章。他不止一次将富农称为敌对阶级。列宁在《伟大的创举》中直接将富农等同于农村的资产阶级。

我记得，1967年肖洛霍夫与青年作家有一次会见。当时虽然年轻，但已蜚声文坛的“农村作家”瓦西里·别洛夫提出了一个尖锐的问题：应该如何对待富农？他说，没有富农，富农概念不过是对勤劳的农民的歪曲。他很矜持，但他不同意富农是负面现象的观念，还补充说：“假如非要说有富农的话，那只可能是这样！”

在新经济政策时期有90万户富农。雷科夫的国民经济委员会作了统计：在所有的农户中，富农占3.4%，贫农和无产者占33.4%，其余的是中农。从1926年起，富农的数量逐年减少。小说对消灭富农的残酷做法的描写是有可靠证据的。肖洛霍夫什么也没有虚构。我曾经读到国家政治保安局1930年的一道命令。雅戈达在斯大林授权下向全国签发可怕的命令：“迁徙富农和他们的家庭”。居第一位的乌克兰迁徙了3万到3.5万户，居第二位的北高加索——顿河在这一地区——迁徙了2.8万户。如果考虑到总人数的话，那么被迁走的哥萨克就太多了。

鲍里斯·莫扎耶夫挖掘出了《被开垦的处女地》蕴含的思想。他还指出，小说无论如何也不能塞进某种狭隘的政治公式。公式对小说的人物来说太狭隘了。不能把“破鼻子”弗罗尔、波罗丁、迦耶夫塞进什么公式，公式会让他们窒息……

肖洛霍夫拒绝把小说变成消灭富农的大事记，或变成对斯大林的号召的新闻回顾。他有一支包容的笔，这支笔可以描写生活，但不会图解命令。

隆隆谷村人好像对富农有些不满。因此他们只要有机会就会表达自己的看法。

于是，达维多夫全心全意执行中央消灭富农的部署，不顾长途跋涉的劳顿，刚一到就开会宣布：“现在我们来讨论富农问题。我们决定将他们驱逐出北高加索边区，如何？”

谁也没有表示反对。会场传出赞同的喊声：“赞成！把他们齐根斩掉！”难道人们立即就服从刚刚才到的水手？还是平时对富农积怨甚深？

但是下面作家将斯大林的使者置于尴尬的境地。面对同吃同住的哥萨克他是尴尬的，面对读者他更尴尬，因为还有十七岁的少年读这部小说。

达维多夫道出了什么驱逐富农的法律依据呢？要想审判必须援引法律条文。话他说了不少——洋洋洒洒，长篇大论。不过全是标语口号。只有几个字跟罪名沾边：“出租土地，雇用长工”。

法律在这里帮不上忙！律师也爱莫能助……法律没有指出，在什么情况下可以或不可以雇用长工，也没有说，靠自己勤劳致富犯哪一条……别忘了新经济政策！别忘了伏卢姆金[①]曾建议必须制定保障农民利益的法律……

肖洛霍夫是勇敢的。他丝毫不替达维多夫杜撰必要的论据，更何况国内还有 2.5 万[②]名达维多夫！他不提供任何有说服力的东西。小说只字不提苏联人民委员会的决议（1929 年 5 月）——尽管这不是法律，但毕竟提到了迁徙富农的问题。下面我想把《被开垦的处女地》看成是肖洛霍夫期待读者有一定理解能力的文本。这又是他不想拘泥于“反映者”或“歌唱者”的概念的一个证据。这是问题的一个方面。另一个方面是，他相信生活的真实：因为那些被悲惨地打成“富农”的人，在小说中绝不是灰白的剪影……

剪影可以远观，但小说刻画了真实的生活。莫扎耶夫激动地拘泥于肖洛霍夫的字面意义，却忽视了其他补充材料：

“破鼻子”弗罗尔。他确实雇用了工人，但只在春天，耕地和播种的时候。

---

① 莫伊塞·伊利伊奇·伏卢姆金（1878—1938）：苏联国务活动家，曾任副人民委员。——译注

② 指当时中央派遣了 2.5 万名工作人员到农村帮助实现集体化。——译注

基多克·波罗丁。他雇了长工，而且不止一人。但是“在1918年主动投奔红军，他是贫农的儿子……白天黑夜地干活，头发胡子都顾不上理，冬天夏天都穿一条粗布裤子……累出了疝气……”

迦耶夫。他也雇了工人。但是，工人只在秋天才来——在秋收的时候，当时他的儿子应征入伍。有良心的拉兹苗特诺夫补充说，迦耶夫只有“一个独子”。

肖洛霍夫成了被判定为富农的人的真诚辩护人。他向读者提供了很多温和的材料：

“破鼻子”弗罗尔。同村的人这样说他：“我看到他做过……很多好事。他一直帮助我，借牛给我，拿种子接济我……”

基多克·波罗丁。他为自己辩护：“我执行苏维埃政权的命令，增加播种面积。依法雇用工人……”

迦耶夫。后来清楚了，他被当成富农驱逐完全是一个错误——由于“纳古尔诺夫一时激动”。

腆着大肚子，瞪着恶狠狠的小眼睛，黄衬衫上挂着金链子，蹬着油光铮亮的靴子，伸着一双大爪子……当时在每间阅览室、每个俱乐部、每间村苏维埃和农庄办公室的墙上都贴着这样的宣传画。

肖洛霍夫不是宣传家，不听从反富农的宣传鼓动。

斯大林对富农是按照标语口号来理解的。翻阅了他的文章、讲话和报告后，我确信，他是达维多夫的同盟。他所说的一切都跟法律无关：“小资产阶级自发性”，“抵制富农的因素”，“消灭富农”，“富农的剥削倾向”。甚至在《论消灭作为阶级的富农的政策》一文中，也没有一句话解释什么是“资本主义因素”。纳古尔诺夫们和达维多夫们没有得到任何解释和结论。

上级政权意识到这一点了。1931年春天，加里宁通报说，党在制定法律——他大概指可以找到关于富农的定义。可是这样的法律始终没有出台。

肖洛霍夫在写生活。

斯大林在制定政策。

肖洛霍夫没有给达维多夫提供任何驱逐富农阶级的可靠理由，自然也不会为消灭富农辩护。

斯大林教导达维多夫们以恐吓、枪毙来使人屈从。我记得，一次达维多夫对一个哥萨克说:“你拥护苏维埃政权,还是拥护富农?”这是一个无法妥协的问题。那个被达维多夫喷火枪般的问题逼迫的人回答说:“我,拥护苏维埃政权。我被什么缠住了?愚昧弄昏了我的头。”

肖洛霍夫没有用斯大林用得烂熟的“阶级意识”或“无产阶级敏感”之类的概念。他在“愚昧”的名目下,将自己的同乡从“富农帮凶”的帽子下解放了出来。

莫扎耶夫是正确的:肖洛霍夫不给自己的人物戴上具有政治惩罚意味的“富农”帽子。他想打开读者的眼睛:“破鼻子”弗罗尔、波罗丁和迦耶夫都不是富农,却被迁徙!

莫扎耶夫也有不正确的地方,他认为小说中没有富农。小说中有一个真正的富农:谢苗·拉普希诺夫。肖洛霍夫没有在农民命运的生活图景中留下空白。他不想脱离真相。我们读到关于拉普希诺夫的话:“你们知道吧,拉普希诺夫在战前就积攒了很多财产,因为这个老头贪得无厌,放高利贷,还偷偷收买赃物……把人们逼得破产,自己还偷东西……”

我要补充一句:根据作家的构思,达维多夫告诉读者,斯大林为什么要向全国发布富农已经暴露,要消灭富农的命令:“原来我们忍受富农是因为富农提供的粮食比集体农庄提供的更多。而现在呢,倒过来了。斯大林同志很好地算了这个账后,说道:‘把富农从生活中赶出去!’”

肖洛霍夫是勇敢的。领袖从来没有讲过如此赤裸裸的残酷的话,但是在读手稿的时候,他没有用铅笔标记从自己的嘴里出来的名言。为什么允许一个“2.5 万分子”[①]以自己的名义说出这样的仇视人类的话。这是一个值得思考的谜。谁在冒险?

在作家生前,旧小说还没有得到新阅读。因此就有很多疑问有待解决。

假如同意历史学家、批评家和赫鲁晓夫的观点,按照他们的逻辑,首先就会冒出这样的问题:“为什么《静静的顿河》的作者勇敢地揭露了镇压的悲剧,并在 1931 年与斯大林的私人会晤中直陈真相,可是同一年却在《被开垦的处女地》中以迎合斯大林的‘正面评价’来写镇压的场面?”

我知道肖洛霍夫为什么沉默不语。在不止一次的会晤中,我发现他很不喜欢围绕他的作品的“科学性”讨论。他至多说一声:“小说写出来

---

① 指达维多夫,他是中央派出的 2.5 万名积极分子之一。——译注

了——随你读去吧！”

我们开始读小说。假如将小说与列宁、斯大林的文章和讲话对照，读起来就更有意思了。

“不应该忽视，开征实物税意味着富农在现今的体制下会发展得比过去更好。他们会在过去不能发展的地方发展起来。”

“但不能用禁止的方法来同这种现象作斗争。”这是列宁的指示，1921 年，俄国共产党第十次代表大会。

“资本主义因素日益增长，有可能积聚力量，同社会主义的增长抗衡。”这是斯大林的指示，1929 年 4 月，中央全会。

“对作为一个阶级的富农，我们的政策由限制转向消灭。”（楷体为斯大林所标）这也是斯大林的指示。

肖洛霍夫：到底服从谁的指示，是听列宁的（“不能用禁止的方法”），还是听斯大林的（由“限制”到“消灭”或“从生活中赶出去”）？

我想唤起读者对收拾富农的几章的记忆。从中能找出肖洛霍夫对这个问题的答案。

第二章。区委的场景。达维多夫听着区委书记布置工作：“到了村里，在小心限制富农的基础上，把集体农庄建立起来……可得谨慎从事，那里的村支书和村苏维埃主席政治水平不高，搞不好会出闪失。”

中央的使者[①]不愿意接受要谨慎从事的指示：“你要我谨慎对待富农。这话是什么意思？”

对他的回答是以理服人的：“不，同志，那是不行的！那样做，你会破坏我们活动的一切信用。这样一来，中农会怎样说呢？他会说：‘那就是苏维埃政权的行径！他们用这样那样的办法来压迫农民。’列宁教导我们，对农民要认真注意他们的情绪，而你却说……”

肖洛霍夫不避风险，大胆揭示了一种对立状态：达维多夫和斯大林在一边，反对他们的是另一边的区委书记和列宁。

达维多夫不接受区委书记的建议，他转而进攻。在众多的盟友中，他选择了斯大林的名字。“达维多夫脸红了：‘那么照你说，斯大林错了吗？’”

区委书记的回答是小心翼翼的，但作家却不掩饰锋芒。引用斯大林

① 指达维多夫。——译注

的话并不能堵住别人的嘴：

> “你干什么要扯到斯大林身上去？”尽管来的陌生人用的是国家政治保安局审问犯人的语气，但他并不畏惧。下面他用了明显的反斯大林的语气来说话：“你提议怎样？你要用行政手段对付富农……毫无差别……照你那么去干，一下子就会碰得头破血流。像你们这样的人，到这里来，一点也不知道地方上的情形。”

达维多夫说到富农：“为什么不能收拾富农？”书记说出了极有勇气的话：“你可以照你的理解去解释领袖的任何言论。但对区负责的是区委书记和我本人。记着，你到我们派你去的村庄时一定要执行我们的路线……”

达维多夫继续谈他的那一套。他的结论很强硬，就像以领袖本人的名义作出的不容更改的判决：我将执行党的路线，而且我要用工人的坦率方式告诉你，你的路线是错的，这在政治上是不正确的，事实如此！

应该如何描写书记呢？是按照社会主义现实主义的框框来处理，还是按照作家对真理的理解来处理？为了躲过布哈林分子、伏卢姆金分子、党派活动分子和宣传错误路线的帽子，作家应该照时代精神揭露对斯大林的话和指示不服从的行为。换句话说，要帮助读者发现自己的主人公，真正的主人公的政治错误，并坚决支持达维多夫。

不，在小说中没有诸如此类的东西。肖洛霍夫为那一番离经叛道的言论承担起自己的责任。他坚信自己的原则——不做任何掩饰地“速记”下当时国家的政治形势。读者自己应该选择立场！

书记的回答直截了当：“我为我的工作负责。而且‘工人的方式’这种话已经过时了……”

就这样，他最后这句话是如此意味深长。

在白纸上写下这句话的时候，肖洛霍夫作何感想？他想唤起读者什么联想？他想到检查官没有……预感到“客观主义”的威胁没有？意识到还要遭受到当初加诸《静静的顿河》的种种责难没有？

可不仅仅是客观主义。我想提醒一句，这当中包含了《被开垦的处女地》作者最重要、最勇敢的手法。他装出忘记了中央的一个重要决议的样子。在这个书记建议达维多夫不要“驱赶”富农而要建立农庄的场面中，中央的使者有两个选择：是服从区委书记，还是服从联共（布）总书记。乡间的党的工作者忽视了一份历史性文件——我没有讽刺的意思：斯大林签署的中央政治局《关于在大规模集体化地区消灭富农经济的措施的决定》。肖洛霍夫只字不提这个决定，何谈以它来为达维多夫和纳古尔诺夫撑腰，以它来恐吓区委书记和拉兹苗特诺夫？

第七章。达维多夫及其同伙开始消灭作为一个阶级的富农。拉兹苗特诺夫去收拾"破鼻子"弗罗尔一家。村苏维埃主席向他们宣布了"贫农的决定"。"'没有这样的法律！'季莫费尖叫着说，'你们合伙抢劫。爸爸，我立刻到区委去……'"

其实季莫费是正确的——确实没有这样的法律。我记得，全民的首脑加里宁没有履行诺言。我进一步思考，小说要寻求这样的法律的保护，不危险吗？或者相反，小说唤起像季莫费这样的人对这条法律是否存在的怀疑，甚至愤怒。我们已经知道，肖洛霍夫不同意允许抢劫的人民委员会决议。

从这里开始了消灭富农的场面。如何收场？肖洛霍夫借助了拉兹苗特诺夫——通过他的眼睛，读者看到了发生的事情："在客厅里，安德烈看见'金口'正蹲在那里。他脚上穿了弗罗尔的那双新的皮底毡靴。他没看见安德烈进来，从一个大铁罐里舀了一大汤勺蜂蜜吃下了，快乐地眯缝着眼睛，咜着嘴唇，那焦黄的黏稠的蜜顺着胡须滴下……"其间充满了不友好、不愉快的色彩。

肖洛霍夫是热爱真理的。……他在这种统一的情感中对立性地描写消灭富农场景中室内的一幕：

> 焦姆卡·乌沙科夫的小个子老婆一动不动地伏在一个大柜子上，好容易才把她推开……当雅可夫·鲁基奇从大柜里拉出一大堆女人的华丽衣服的时候，她被长期的贫苦和饥饿褪去了颜色的嘴唇，怎能不变得苍白呢？年复一年，她生育着小孩，用腐朽的破布和破旧的羊皮衣服的碎片包裹着她的吃奶的婴儿。而她过去的美丽、健康少女的鲜艳，都被忧愁和无穷无尽的贫苦消退了，她自己整个夏天都穿着一条稀疏得像筛子一样的短裙，在冬天当她那件满是虱子的衬衣脱去洗涤的时候，她得裸露着身体同她的孩子坐在炉台上，因为她再也没有别的东西好穿了。

第八章。收拾基多克。纳古尔诺夫管他叫“反革命”。

肖洛霍夫不是检察官。他拒绝按照社会主义现实主义的套路来对基多克进攻达维多夫进行阶级审判。我记得，主席的脑袋被打出了血。读者会同情谁（抑或对谁气愤）？读者也许会弄清楚，基多克这一击实质上是对纳古尔诺夫，然后是对达维多夫的行为的反击。

第九章。收拾迦耶夫的场面。达维多夫的残酷无情在消灭富农中得以暴露，在这里感情也会引起波澜——这个富农差不多有一打孩子。

拉兹苗特诺夫拒绝采取行动。他不想当——肖洛霍夫找到一个词——刽子手！

达维多夫乱了方寸。纳古尔诺夫又如何呢？作家让他吼出了——这是作家为他设计的固定行为——极其可怕的话：

> “畜生！”他紧握着拳头，用一种尖锐的低声喘息着说。“你是这样为革命服务的？可怜他们吗？是的……你可以把许许多多的老人、娘儿们、孩子排成一列，告诉我为了革命的缘故必须把他们捣成粉末，我可以用机关枪对他们扫射！”他突然凶狠地喊叫，他的放大的瞳孔闪烁着一种狂怒，嘴角上喷着泡沫。

他发疯了！这就是肖洛霍夫对他的处理。

作家让人物自我暴露，而不需对读者施以强迫性的暗示：“读者诸君，对纳古尔诺夫、拉兹苗特诺夫、达维多夫的生活立场，你赞同谁的？”

第十三章。拉兹苗特诺夫对纳古尔诺夫和达维多夫说：“不能什么事情都往富农身上推，别想入非非了，兄弟！”这是对错上加错的政策的一次警告。

第二十章。区委书记对达维多夫说：“你摆脱不了你的责任……我不是明明白白地告诉过你，警告过你吗？‘在我们没有得到明确的指示之前，不要草率从事。’你与其在建立你们的集体农庄之前就驱逐富农，开始没收他们的财产，不如去完成全盘集体化的任务。”为什么发火？从这一席话里不难听出指示，吸收所有的人加入集体农庄，这就是说，区委书记本人认为，在隆隆谷村没有富农，除了一人以外。区委不想消灭中农。

第二十二章。区宣传队长对自己的队员说：“你把手枪挂在衣服外面干什么？赶快取下来吧！”“但是，康德拉脱同志，要知道富农呀……

阶级斗争……”“你在对我说什么？富农！唔，你是来搞宣传的。”

在小说中找不到肖洛霍夫不动声色地描写人民的悲剧的地方，更何况对不带恻隐之心地将人民推向悲剧的事件。难道不是这样吗？

后来甚至领袖也发出了终止消灭富农以及被强指为富农的人的指示。斯大林和莫洛托夫签署命令：“由于我们的胜利，农村到了这样的时候，已经不需要大规模地消灭富农了。众所周知，有时甚至殃及了单干户和集体农庄成员。”以前他们却发出命令，说是需要消灭。我记得，他在给斯大林和高尔基的信中谈到了对富农命运的担忧。

小说描写的是1930年1月的农村。它发表于1932年1月。终止“大规模消灭”的命令是1933年发出的。大概，小说的影响不可忽视。资产阶级报刊的批评家捕捉到肖洛霍夫的反苏情绪。那么斯大林呢？

肖洛霍夫对我说，斯大林用两个晚上读完了小说。是一口气读完的。读小说对他产生了什么影响？只好再一次引用极其无耻的话：“我们不怕消灭富农，干吗害怕描写它？”

我试着想象斯大林是怎样读《被开垦的处女地》的。他又是如何对待列维茨卡娅[①]转给他的肖洛霍夫的信的……他如何对待另一个大胆人的信的：因为此信，他向全国宣布写信的人是“右倾机会主义者”！斯大林指责的是马基耶夫。马基耶夫在党的十六次全国代表大会上大胆陈言：“是谁昏了头？实际上对中农采取了对付富农的政策。结果是，‘皇帝是好人，地方官太坏’。决定是正确的，执行走了样。晴天之下，哪有阴暗角落？应该先讲自己的不是，别忙着指责下面的小民百姓。”可以举肖洛霍夫的一个“小民百姓”——拉兹苗特诺夫为例，他在收拾了富农后绝望地喊道：“我下得了手吗？我是什么人，我是刽子手吗？”难道他忘了在《论联共（布）党内的右倾》讲话中的残酷无情的话：“我们对富农采取极端措施，这唤起了布哈林和雷科夫的可笑的眼泪。这难道有什么不好吗？”

我记得，甚至在斯大林时代，文学批评家就猜到，在小说中对集体化和消灭富农的政策并不是毫无指责的。他们数落肖洛霍夫说，甚至达维多夫也缺乏足够的警惕性。我还记得，西方恰恰因为小说批评政权而兴高采烈。

小说因政治可靠性受到怀疑，被判处死刑：或是被书刊检查官卡住，

① 叶·格·列维茨卡娅（1880—1961）：布尔什维克，肖洛霍夫的好友。——译注

或是以堂皇的理由被拒绝出版，或是永远被以沉默相待。教训过于沉重！当时有多少作品遭到同样下场。

但是，奇怪的是，判决完全相反：小说出版了差不多两年后，居然得到正式承认。有人让批评家改变了调子。批评家担当了调度员的职责：给社会生活派发安全方向的路签——向读者指出如何绕过那些布满真相和直言的雷区。今天指出列宁的指示与斯大林是对立的，其实这并不比达维多夫的随意性高明。我在当时的一本书中读到一段话，以如此的滑头来讨好领袖："在村里的积极分子会上，他提到了列宁和斯大林关于社会主义改造的指示，但'照自己的理解引用它们'。"何等高明的安全技巧！为了让大家安分守己，指责区委书记"搞乱了政策"，称赞达维多夫准确地执行斯大林同志的指示。

历史学家和批评家不能说服我——他们认为斯大林分子订购了《被开垦的处女地》。

二、关于集体农庄

农庄，农庄……作家在战争中度过童年，战后有五年的时间在农村度过。一切都看在眼里。这样就有了足够的记忆，就会使人在今天得出这样的看法：集体农庄是邪恶的，他完全没有给集体农庄指出正确的方向，假如没有农庄这玩意儿，国家会强盛得多。

斯大林大量引用列宁的话来武装自己的斯大林式集体农庄理论，这并非偶然。列宁确实形成了将农民联合起来的思想：公社、国营农场、土地共耕社和合作社。"集体农庄"这个词确实出自他。

斯大林歪曲了列宁的思想，他把集体农庄变成了以强制的行政命令从农村搜走粮食和肉类的机构的零件。

我们继续考察列宁与斯大林在集体化运动方面的观点冲突，看看肖洛霍夫的立场。

列宁（摘自 1922 年在俄共第十次代表大会上的报告）："如果共产党人中有谁幻想，通过三年的时间就可以建立经济基础，改造小农经济的根基，那么他就是个彻头彻尾的幻想家。"

斯大林［摘自 1930 年在联共（布）第十六次代表大会上的报告］："在

集体农庄建设方面，我们在两年的时间里已经超额 1.5 倍完成了五年计划。现在让那些机会主义者去胡说八道吧。”

列宁：“在向对土地的社会耕作的转变中，在向大规模的社会经济的转变中。决不能强迫行事……”

斯大林：“加速发展集体农庄和国营农场类的大生产……可以采取一切手段。”

肖洛霍夫何以处之？《被开垦的处女地》构思时有没有支持斯大林指示的意图？我们且往下读。

如何建立集体农庄，谁来建立集体农庄？小说中一切如实描写：不是自下而上，不是哥萨克自愿建立集体农庄，是外来的达维多夫——中央的使者鼓噪起来的。

斯大林喜欢达维多夫们。他称“2.5 万分子”为“工人阶级的先锋”。甚至在《胜利冲昏头脑》一文中丝毫没有指责他们过火，就连轻微的责备都没有。我相信，肖洛霍夫也热爱达维多夫身上一切人性的东西，常常欣赏他，对他很宽容。但是艺术家从来不会按照模式来创作——因此农庄主席的形象远不是所有的方面都对斯大林的胃口。乍一看，中央的使者还是很听斯大林的话的，时时提到他，对领袖打内心里敬重。

区委书记怎样评价达维多夫？“这些外面来的，完全不了解地方上的情况。”书记知道吗？列宁在第十次代表大会上说过：“实践证明，全面实行农业生产中的集体运作的试验具有怎样巨大的作用。但是实践也证明，如果那些不了解农业生产的人，带着满脑袋的好主意去农村建立公社或农庄，这样的试验就会产生反面作用……这样的集体经济的试验证明，不应该这样管经济：外地的农民会嘲笑我们并发怒。”

肖洛霍夫好像读了列宁的这段话。假如没有读过，那么是生活的真理使他写下了这样一个场面，达维多夫宣传集体农庄的优越性时，农民对他的回答是：

> 我是中农，我要对你说，公民，没得说，集体农庄是个好东西，可是马马虎虎，随随便便，瞎搞一通，那可不行。得多想想！党派来的同志说我们只要联合起来力量，就会得到益处。他说，列宁同志也是这样说的。但是代表同志不大懂得农业。

下面肖洛霍夫被抛进了争论中，假如历史家所说的肖洛霍夫跟斯大林之间有交易的话，他就会被抛进左右为难的境地。可事实是他没有写任何可以同大胆的发言者相抗衡的东西，所记下的唯一可以与之对抗的东西是恐吓——吼叫和威胁。好像一个缩头缩脑的中农在政治保安局中听到："嗓子是你的，却唱着别人的歌！"或者"你的心被富农熏黑了！"

威胁会见效吗？肖洛霍夫的意志是这样的——参会的人没有被吓倒。人们喊道："集体农庄是自愿的事。愿意，就参加；不愿意，就袖手旁观"，"别把我们像赶傻子一样赶进去"。

肖洛霍夫完全尊重发言者的权利，就像现在所说的一样，尊重交换意见。今天的读者必然会得出这样的结论：建立集体农庄，不符合列宁的主张，也违背"多数"发言者的意志，也就是说是按照斯大林的意志建立的。

《被开垦的处女地》究竟在什么地方拥护赞扬斯大林的集体化主张呢？

我总是在设想，斯大林是如何读小说手稿的。在小说中，哥萨克反对将他们赶进农庄……顿河边，肖洛霍夫的一位同乡写了一封信给中央。信中有这样的话："地方政权不得不采取一系列突击行动。所有建立集体农庄的行动都是在'比谁建得更多！'的口号下进行的。有时，区里甚至这样命令'谁不进农庄，谁就是苏维埃政权的敌人！'。"向来很镇静的斯大林终于忍不住了。他大发雷霆："到底是怎么回事，你们以为事先一切都会组织好吗？"

小说中的人们是如何对待斯大林的《胜利冲昏头脑》的？哥萨克很满意——他们希望不再出现过火行为。纳古尔诺夫可不太满意——亟不可待地反对。达维多夫承认了错误。

我开始悟到了，《被开垦的处女地》包含了多少秘密啊。刚刚才发现一个，立刻又出现一个。肖洛霍夫将一个日益重要的任务交给了自己——解释《胜利冲昏头脑》一文。问题在于，纳古尔诺夫和达维多夫本来可以不必害怕这篇文章。斯大林那班富有指导使命的批评家认为，文章中丝毫没有涉及到顿河的过火行为。我已经说过，斯大林只在北方和中亚地区发现了过火行为。

我们却要说：《被开垦的处女地》成了作家大胆的怒火，它警告达维多夫和纳古尔诺夫们，斯大林的指示对全国都有效，而不是针对个别地方的。就这样，二十七岁的维申斯克人将全国的使命揽在了自己的身上。

于是斯大林解除了"警报"。这本来是令人高兴的:不能强迫农民建立集体农庄了。可是作家并不满足。他对谁发表了激愤的长篇大论?对纳古尔诺夫:

"为什么不向外来人下达发还牲口的命令?难道不是强迫式集体化?对,就是!人们退出农庄,不管是牲口,还是农具都不能带走。有一件事情非常明显:人们没有别的地方可去,还会乖乖地回到集体农庄。签字吧……"

发还牲口……农民带着财产加入集体农庄,可是只能两手空空地退出。肖洛霍夫是大胆的——他在为农民求情。

《胜利冲昏头脑》会不会使农民的生活变得轻松一些?斯大林想被人称为大恩人,也做了些事情来扮演这个角色。

肖洛霍夫何以处之?他反其道而行。他对这篇文章及其后果的评价是非常明确的。他以"我"的名义,即以作者的抒情插笔表明:上面禁止头脑发昏的指示并未消除下面的头脑发昏现象。在小说中,我们读到:"刊登斯大林文章的报纸到达区里以后,区委就给隆隆谷村支部发来了一份冗长的指示,莫名其妙地申明,应该怎样纠正过火行为。从各方面可以感觉到,区里十分慌乱,没有一个负责同志到村里来。"各地来信询问应该怎样处理退出集体农庄的人的财产,区党委和区农委都没有答复。

不明白,莫明其妙,慌乱。这就是肖洛霍夫对上面和下面的判决。难道不是这样吗?

在读这一段抒情插笔的时候,我突然激动起来。肖洛霍夫原来是最早几个喊出来的人——看看吧,围绕着我们的是莫明其妙、没有活力、没有创新精神的,更可怕的是没有灵魂的行政官僚体制。我们敬佩最早表达了领悟的人——叶甫盖尼·扎米亚京、安德烈·普拉托洛夫、米哈伊尔·肖洛霍夫……

斯大林继续读手稿。一次次出现他的名字。在哪个场面,在哪些场面?是在将唯一毫无保留的忠实信徒纳古尔诺夫开除党籍的场面。谴责他的话是谁说的?不是区里党务工作者,而是检察长。肖洛霍夫找谁来担任法官的角色?检查官的发言,乍一看是正确的,其实简直全是谎言,他以不实之辞来责备纳古尔诺夫。真该同情过火行动者。但是,我,斯大林，对搞过火行为的人也指责过。怎么提到我，斯大林，居然含嘲带讽？怎么概括的？检察长的话能找到什么样的错误根源？

斯大林读到肖洛霍夫写的检察长的话：

> “这些行为的根源是什么呢？老实说，这不是什么胜利冲昏了头脑，像我们的领袖斯大林同志天才地指出的那样。这简直是左倾盲动，是反对党的总路线。他在集体农庄试图制定极严厉的纪律，这样的纪律即使在暴君尼古拉时代也没有过！”

瞧，这就是检察长，瞧，这就是肖洛霍夫！

于是读者会得出这样的结论：悲剧的根源不是斯大林头脑发昏地为自己辩解。这段话还将集体农庄的纪律同沙皇暴君时代的秩序相提并论。这里还调侃地称“我们的领袖”为“天才”。

需要特别指出，检察长的话是小说中唯一将斯大林恭维成领袖和天才的地方。现在我们知道，是谁，在什么情况下说的这句话。

肖洛霍夫不是复杂时代的粉饰者。请看一个新的场面——固执己见的纳古尔诺夫与执拗的“洗澡迷”的争论：“怎么，你胆敢怀疑苏维埃政权？不相信，是不是？”“是啊，不相信。我们听你们那帮兄弟的谎话听够了！”

还有一个场面（第二十一章）。在漆黑的夜色中，“男低音”在说话。说什么？在说斯大林揭示出来的右倾和左倾立场。他是不是跟着斯大林的思路走呢？不是，显然，他是在谈论政权：“苏维埃政权现在有两翼，左翼和右翼。它什么时候才会脱离我们，飞到奇妙的地方去？”

小说让我感到惊奇的地方还有很多，肖洛霍夫在一个地方描写了农民在集体农庄生活中的地位和作用：“你将成为被拴在土地上的农奴。”波洛夫采夫这样说。我希望，政论家们不会感到委屈：对斯大林集体农庄的最早的振聋发聩的揭露不是出自他们的手笔。

我已经指出，肖洛霍夫不是集体农庄的敌人。他多么想实现集体劳动的幸福的幻想。农民们突击耕地的场面写得非常好。梅谭尼可夫，这位被授予“突击者”称号的人对妻子解释“突击”一词时可真是透彻淋漓。但在俱乐部举行的为铁匠沙利授奖的会上又是什么情形呢？！只有在政权关心、理解、注意哥萨克的时候，他们才会接受集体农庄。

还有不少类似的场面。回想一下吧——在小说中，有痛苦、委屈、困难，也有对痛苦、委屈、困难的克服。肖洛霍夫写的是生活。

思绪益发翻滚——突然出现了谁都没有对斯大林说过的话，集体农庄的农民难道可以比方为农奴？要弄清楚，这究竟是想说什么。但是统治者在他的选集的第二卷中找到了对莫伊塞·伏卢姆金的回答。在那里，斯大林顺着另外的思路写道："对农民的经济刺激。伏卢姆金以为，我们剥夺了农民的经济前程，破坏了或者几乎破坏了这种刺激。这自然是一派胡言。"我们知道肖洛霍夫对斯大林如何对待这位"机会主义者"可不是无所谓的。

我还在读小说。斯大林反驳伏卢姆金，小说反驳斯大林。肖洛霍夫不止一次写到，人们是如何逐渐消磨掉了农民的劳动热情，即伏卢姆金所说的刺激。在讲述奶牛场破产的时候，肖洛霍夫写到了达维多夫的无能为力——甚至无产阶级水手也明白，这是因为奶牛场没有吸引力；也写到了梅谭尼可夫的思考："将会很困难。看看吧，三个人干活，却有十个人坐在树荫下袖手旁观，抽他们的烟……"还写了亚赫瓦特金的感受："不想干活，大家都在歇着。在那里什么管理方法都找不到。只要把种子撒下去就行了。坐在一旁抽烟，任你怎样推都推不动。"

我特意细读《被开垦的处女地》，可是没有找到对集体农庄的粉饰。农庄搞不好是因为它是强制建立起来的，也由于达维多夫的外行、纳古尔诺夫的蛮干、上级时时下达命令……我记得，达维多夫听从了准备春耕种子的命令，他受到指责："我们的时令不一样。你们的农庄在圣三一节后开始播种，我们却要先耕地……"他还受到指责："你只管按时播种，可那里连草都不长。"还有更尖锐的指责，可是说得完全在理："庄稼户不能这样干，可集体农庄可以这样。计划必须完成！管它下不下雨，种子照样撒……"另有一个说法，揭示了从斯大林到勃列日涅夫时代的奥秘：

> 你得对区领导服服帖帖，区领导得对边区领导服服帖帖，我们却要为你们付出代价。你以为人民是瞎子？他们看着，你们这样的俯首帖耳的人究竟会走多远！我们敢不敢把你和像你这样的人从职位上拉下来？不敢！于是你们只要心血来潮就瞎搞一气……

如何经营农业呢？有一次达维多夫心情很好，想跟大家搞好关系，他声称："我们能把自己的事情办好，事实如此！我们要实行罚款制度，队长必须负起自己的责任。"

就这样肖洛霍夫勇敢地成了党政一体制度最早的揭露者。半个世纪以后，在改革年代，这种体制才得到正式命名——强制的官僚主义。

农奴制。有人会反驳我说：这是敌人的话。不错，确实如此。但是肖洛霍夫没有按照斯大林的反苏定义来判断这个问题，也没有援引刑法关于政治死刑的第五十八条来审判波洛夫采夫：既不生搬硬套，也不加以反驳。作者没有这样做，听到敌人的话的人也没有这样做。代替社会主义现实主义的严厉审判规则的是具体化。这句话以后，波洛夫采夫又说了什么呢？

> "要是我不愿意呢？"
> "他们连问都不问你一声。"
> "这怎么成？"
> "有什么不成？"
> "太妙啦！"
> "可不是！现在我问你：这样的日子过得下去吗？"
> "再也过不下去了。"

中农。肖洛霍夫让读者脱离了那种对中农题材的黑白分明的认识。

还有费多尔·阿勃拉莫夫这位睿智的"农村作家"，他写道："梅谭尼可夫的真正的创新意义是明显的。回想一下，在国民经济恢复时期的散文中通常完全没有中农的位置。在那个年代，农村被主要描写为贫农和富农两个阶级斗争的场所。"阿勃拉莫夫是可以信赖的。光荣属于俄罗斯的中农捍卫者。

不难看出，斯大林和肖洛霍夫对中农的看法是完全不同的。

甚至达维多夫也与斯大林不同。在第十三章中，达维多夫完全昏了头，"像落进陷阱的狼，想摆脱那些跟集体农庄有关的思想"。

他到农村去工作的时候，完全不是一个天真幼稚的城里人，可是阶级斗争风云变幻、错综复杂。

尽管集体农庄有优越性，广大中农还是不理解，他们坚决不进集体农庄。

他没有找到理解人和人际关系的钥匙。

基多克——过去是游击队员,现在是富农和敌人。

季莫费·勃尔谢夫是贫农,他公开为富农辩护。

(我得说明,为了强调某种意思,我打破了肖洛霍夫的段落的整体性,使之一目了然。)

编后记

瓦·奥西波夫,俄罗斯重要的肖洛霍夫传记作家,发表了大量研究肖洛霍夫生平及作品的文章。本文摘译自他的《肖洛霍夫秘密生平》,莫斯科,书与珍宝出版社,1995年,第67—85页。本文标题为译者所拟。

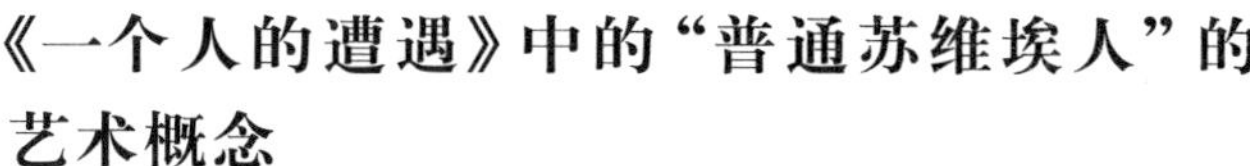

《一个人的遭遇》中的“普通苏维埃人”的艺术概念

作者［苏联］纳·列伊德尔曼　马·利波韦茨基

译者 刘亚丁

《一个人的遭遇》于 1956 年与 1957 年之交（1956 年 12 月 31 日—1957 年 1 月 1 日，这一时间是有象征意义的）发表在《真理报》上，然后由当时人气最旺的电影演员谢尔盖·卢克扬诺夫在当年主要的大众传媒全苏广播电台朗诵，这部短篇小说当时感动了成千上万的人。战争结束十一年了，但伤口还在作痛，人们还在盼望亲人从前线归来（有的确实盼到了，是从北方的集中营归来的）。人们谈论被俘虏的人时总是小心翼翼。这是那些人中的一个，像所有类似的人一样，这个司机兄弟，经历了“非人的痛苦”。这就是人们从《一个人的遭遇》中得到的最初印象，尽管有点简单化，有点“天真”，但毕竟是第一印象。[①]

在批评界，肖洛霍夫的这部短篇小说被拔高为社会主义现实主义的经典，批评家们按照官方的乐观主义的要求，将小说的结尾提升为必不可少的“人的巨大幸福”。不足为怪的是，1990 年代出现了完全不同的评价。在这样的背景下，拉萨丁的观点就是富有特征的，他认为：“《一个人的遭遇》完全是一篇民间版画式的短篇小说，它的语言完全不是肖洛霍夫的，棱角分明，连同‘男人的吝啬的眼泪’在内。”[②]

---

① “知道吧，你读的时候，你会觉得，作家好像是在我们当中一样，遭受了生活的无情的折磨。”三次从希特勒的集中营逃出的航空领航员 B. A. 伊凡诺夫这样描述自己对肖洛霍夫这部短篇小说的印象（引自 A. Ф. 列别杰夫，《小战争中的战士 —— 奥斯维辛集中营囚徒笔记》，第 3 版，莫斯科，1961 年，第 102 页）。

② 《文学报》，1989 年，6 月 21 日，第 2 版。

如果抛开这些文艺学内部实质上极端的观点（要么经典化它，要么彻底否定它），就应尝试回答这样的问题：肖洛霍夫的这篇小说靠什么“抓住”它最初的读者？在它当中潜藏着什么令人震惊的创新因素？

“从安德烈·索科洛夫开始，我们的文学产生了向普通苏维埃人的回归。”这种回答尽管是表面上的，但在它背后可以发现许多重要的内容。但是“普通苏维埃人”（其意义是人民的代表、大众意识的表达者）甚至在1940年代和1950年代之交享有广泛声誉的社会主义现实主义的“典范”中，也有崇高的地位。比如在轰动一时的电影《攻克柏林》中，普通士兵安德烈·伊凡诺夫是头号主人公，他将红旗插上了被占领的国会大厦，并且斯大林本人慈父般地接见了他。还有出身造船工人世家的伊利亚·茹尔宾的宣传画，那上面一个工人挥动榔头要砸碎束缚地球的锁链。还有《库班哥萨克》等许多其他“甜得发腻的”战后社会主义现实主义作品中的主人公。当然，安德烈·索科洛夫是某种别样的“普通苏维埃人”。他并不是按照意识形态的模子铸造出来的，他既栩栩如生，又熟悉亲切。但是这同样不能解释肖洛霍夫这部作品的根本性创作意义。要理解由“解冻”结晶出的崭新的艺术意义，理解作为这种意义的最重要指针的《一个人的遭遇》，关键点并不在这里。

一

《一个人的遭遇》的结构属于“小说体裁的俄罗斯地方抄本”。[①]“故事中的故事”对肖洛霍夫本人来说并不新颖，他在《学会仇恨》（1942）中已经使用过了。众所周知，“故事中的故事”的主观结构包含着对空间和时间、感情和评价的“视点”结合。在这部作品中，“视点”尽可能多地结合的光谱是丰富多彩的。

安德烈·索科洛夫的自白是《一个人的遭遇》的文本的主要部分。自白的艺术世界的地平线、描写层面的厚度和宽度、事件的全面变化，都是由主人公—叙述者的眼界决定的。安德烈·索科洛夫的自白所坦露的世界反映了共在，在这种共在中，普通人既参与了命运的意志，同时又表达

① Б. 拉林：《肖洛霍夫的短篇小说：形式分析尝试》，《涅瓦》，1959年，第9期，第199页。

了他自己对世界的理解、对世界的态度。自白的艺术世界中的符号学是如何形成的？且让我们深入到作品中去。

这是“世纪同龄人”自白的空间和时间。它以达到象征意味的丰满而感动人心。在两个时间层面的各种规模的有机融合中，折射出一刻也不曾脱离群体的主人公的自由意识。在这里，也可以发现作者表达了个人与历史具有同等价值的观念。

安德烈·索科洛夫的自白的艺术空间达到了最大限度的压缩。在他的讲述中可以发现十个各具特色的微型小说，它们可以这样命名：1.《战前生活》；2.《告别家庭》；3.《被俘》；4.《在教堂》；5.《逃跑未果》；6.《同米勒较量》；7.《解放》；8.《家庭被毁》；9.《儿子牺牲》；10.《遇到瓦尼亚》。正因为是微型小说，所以每一部都是内部统一的、自我完备的，每一部都有自己的冲突，很容易发现它们的开端、发展和结局，也会有序幕和尾声。在微型小说的内部偶尔可以遇到伦理情节减速和抒情插笔。通常每个微型小说都会结束于这样的总结性句子：“我用尽了最后一丝力气”，“因为逃跑关了一个禁闭，但我还没有死……我活了过来”。

在《一个人的遭遇》中情节结构、事件、行为是如此布局的，它们可以完整地被囊括于一个巨大、庄严的画布之中。但是在肖洛霍夫的短篇小说中，由于描写和谐地分布于“戏剧”层面和“叙述”层面（B.B. 维诺格拉多夫的术语），叙述达到了最大程度的紧凑。叙述又是由讲述的情形、讲述者—主人公的心理状态所渲染、烘托的。

安德烈·索科洛夫自述的情节“高潮”具有什么样的逻辑？在其中有什么样的生活规律可循？

在第一个微型小说中没有任何戏剧性情节。这有其意义。俄罗斯历史中最高意义上的戏剧性片断都被提及了：国内战争、饥馑、由于崩溃而外逃、第一个五年计划——但只是提及而已，没有任何老一套的意识形态标签和政治评价，这些只是生存的特定状况，仅此而已。当主人公毫不掩饰地回忆、欣赏自己的妻子的时候，描写就详尽得多了（“对我来说，天下没有比她更漂亮更称心的人了，过去没有，将来也不可能有！”），他谈及可爱、聪明的孩子，谈及称心的工作（“汽车吸引了我”），谈及家庭的富足（“孩子们吃的是牛奶糊，有房子住，有衣穿，有鞋穿，可以说心满意足了”）。这些普普通通的世俗价值也就是安德烈·索科洛夫在战前主要的道德收获。安德烈没有任何其他追求，不管是政治的，还是意识形态的，不管是种族的，还是宗教的，在肖洛霍夫的这篇小说中，他完全没有诸如此类的追求。就是这些众所周知的、温暖人心的、全人类所有种族都有的概念（妻子、孩子、家、工作），成了安德烈·索科洛夫后来生活的精神支柱，因此，从卫国战争启示录般的考验中，他获得了完全成熟的、内在统一的、道德完善的性格。

其他微型小说的紧张戏剧性同第一个微型小说的庄严平和形成了对比。小说中后来的事件将会验证对"转折中"的安德烈精神的稳定性。就这样，肖洛霍夫在结构上借冲突的线索强调了冲突的哲学本质。

他将《在教堂》这个微型小说置于自白情节发展的关键位置并非偶然，这个微型小说似乎是专门为比较"信仰的象征"而写的。《在教堂》是一个铺陈得最舒展的微型小说。其中不止有一个戏剧性场景，而是有三个，这些场景借助生命对不同的价值体系作了直接的，甚至是残酷的验证。生命变成了践踏祈祷者的宗教禁忌的悲惨闹剧，也揭示出阔嘴大脸的克雷日列夫所秉持的"自己的性命要紧"这一哲学的卑鄙和残酷。与这种价值规范相对比，耸立着积极的善的哲学，它由痛苦过渡到行动。并非偶然的是，"就是当了俘虏，就是在黑暗中，还在干着自己的伟大事业"的军医的高尚行为被置于微型小说的开端，而结尾则是安德烈同样高尚的掐死叛徒的行为。因此在最主要的体验，即被俘的痛苦与失去亲人的哀痛中，安德烈的一般的道德规范得以突现，就像信仰的唯一基石一样。

在索科洛夫的自白的中间是表现他与希特勒匪帮直接冲突的微型小说。如果说在《学会仇恨》中维克多·格拉西莫夫坚决将希特勒匪帮从人类中除名（"我们不是在跟人打交道，而是在跟嗜血成性的魔鬼搏斗"），那么安德烈·索科洛夫则以某种英勇沉着的方式同他们打交道。这种沉着源自他所受到的敬重人的天性的教育。这种沉着包含了安德烈在同希特勒匪帮的斗争中看似天真的惊奇，包含了对人性逐渐堕落、法西斯主义腐朽的价值观念逐渐崩溃的惊诧。

索科洛夫同法西斯匪帮的冲突是人民世代积累的健康道德同非道德世界的斗争。这场斗争的高潮恰好是以戏剧性的描写展开的。从这个角度来看，第六个微型小说《同米勒较量》是最有表现力的。安德烈·索科洛夫胜利的实质在于，他迫使米勒本人在俄国士兵的人的尊严前面投降，也在于他凭借自己高傲的行为在那个瞬间甚至唤起了米勒和他的酒友们某种人的情愫——"也哈哈大笑"，"他们显得温和些了"。第三个微型小说的结尾是这样的：安德烈忍受着屈辱把自己的绑腿布递给黑头发的冲锋枪手的时候，他“嚎起来”，“其余的几个都哈哈大笑，接着他们就平静地走开了”。

法西斯俘虏营中的生死折磨并不是对安德烈·索科洛夫的道德根基的全部考验。妻女惨死的噩耗、儿子在战争最后一天牺牲的消息，甚至他人的孩子万尼亚失怙，都是考验。如果说在同法西斯势力的斗争中他保持了人的尊严、同邪恶势力斗争的勇气，那么在对自己和他人痛苦的体验中，他却表现出挥之不去的敏感，以及将温暖和关怀献给他人的强烈的冲动。

庄严沉重的情节的道德分量得以加强，有赖于安德烈对自己的内在审判的反复回忆：“为了当时推了她一下，我就是到死，到生命的最后一刻也不能原谅自己呀。”这是使人超拔世俗生活的良心的声音。

与此相联系的是安德烈·索科洛夫自白中的情节结构的重要特征，实际上在每个微型小说的高潮都会出现主人公对自己和他人的行为、事件和生活进程的痛彻肺腑的反应：“直到现在想起来，心还像被一把钝刀割着似的”；“一想起那种不是人受的苦难……你的心就不像在胸膛里，而是在嗓子里跳，你就会喘不过气来”；“我的心仿佛让什么人用老虎钳子夹住了”；“我的心停止了跳动”。因此在自白的结尾出现了心脏抽搐的男人的悲苦形象，他把世上的灾难扛在自己肩上，揣着一颗为爱人们、捍卫生活而操碎的心（唯其如此，心的形象总是与泪的形象相随相伴）。自白的这种“心性”将情节和所有被描写的因素都集中在主人公同环境斗争的最重要的关头。

在对构成安德烈·索科洛夫的自白的微型小说做总体观察的时候，我们发现了同一种冲突、同一矛盾在重复着。这种原则对由若干事件构成的小说而言是富有特色的。Б.А.格利弗佐夫在谈及这样的小说时写道：“如果遇到几个高潮的话，那么它们的性质是相同的。”①

但是小说的类似的结构意味着什么呢？无论如何，它并不意味着世界图景的贫乏。比如在《一个人的遭遇》中，这种图景给人的印象是深刻的、丰富多彩的。格利弗佐夫所谓的“相同性质”，是指由核心形成的特殊的中心化方法，按照作者的意图，借助它可以确定总体生活的意义。在

① 参见Б. А. 格利弗佐夫：《小说理论》，莫斯科，1927年，第63页。

冲突的同一性中可以发现并确定冲撞的丰富性和全面性。构成安德烈·索科洛夫自白的微型小说，证实了历史的意义，证实了还原自人民千百年生活的人性与“违背普遍道德规范”的东西之间的斗争是历史的“发动机”。只有那种将这有机的人性融入自己血肉的人，那种把这有机的人性“心化”的人，才能够以自己心灵的力量、耗费自己心力同戕害人性的噩梦相抗衡，捍卫生命，捍卫人存在本身的意义和真理。这就是米·肖洛霍夫通过情景“重复”所确立的真理。这就是作者通过情节运动逻辑所宣示的生活规律。

二

作家将这种生活规律的丰富性和全面性既置于安德烈·索科洛夫的自白所构成的艺术世界中，也置于主人公的其他“相面”中加以校验。

《一个人的遭遇》主人公自白的艺术空间的重要特征是，它不是“单相面的”，不是平面的，而是有以特殊的形式构成的深度。每个微型小说都有积极的背景，它是由与中心主人公的命运和斗争平行、相似或相反的内容构成。安德烈在同米勒的较量中提到斯大林格勒战役[①]，索科洛夫的精神胜利在于他驳斥了攻陷列宁格勒的谎言，是伟大卫国战争中这次具有转折意义的战役的思想和“美学”的投影。在这个场景的深度中还有一对平行线：一条是卫队长办公室的洁净舒适、摆满食物的桌子和胡吃海喝的俘虏营军官；一条是水泥地面的俘虏营棚和对面包和咸肉的兄弟般的均分。

在一系列微型小说的背景中也形成了敌人和“自己人”的对立：残酷的押送队长，“一句话不说，就举起冲锋枪，拿枪柄用力朝我头上打了一下”，而“自己人”呢，“一把抱住了我，把我推到队伍中间，扶着我走了半个小时”；“托德”[②]的胖军官厌恶安德烈，而“自己人”的上校却亲切地对他说：“谢谢你，战士。”阿纳托利的“战友”分担着安德烈的痛苦，“没有孩子”的那对夫妇真正地接纳瓦尼亚。

我们可以看到，背景是这样构成的，就像是“前景”一样：人性和非人

① 参见列·雅基缅科：《肖洛霍夫的创作》，第3版，莫斯科，1977年，第611页。
② 德军修建道路和防御工事的机构。——译注

性、自然的和扭曲的都被极端化。叙述核心的正义性因此就越发得到确立。同时范围也越发得到扩展：安德烈·索科洛夫所介入的冲突，是俄国人民在伟大卫国战争中所展开的同恶势力的斗争的一部分，背景把眼光引向了战争已经结束的不可穷尽的未来。从那里又重新回到中心：宽阔的背景将安德烈·索科洛夫的命运和性格情景化，在背景的衬托下他成了全体人民的代表，全民理想的承担者。

《一个人的遭遇》的主人公的自白世界都染上了特别的情感色彩。不管安德烈的命运如何痛苦，在每个微型小说中都会有情绪的宣泄。各个微型小说中的微笑是意义丰富的。对希特勒势力中的工程师上校的肖像描写是夸张嘲讽的，笑他"屁股大得像个胖婆娘"；看到瓦尼亚伸开手脚睡觉的样子则欣慰地微笑；牺牲了的阿纳托利挂在嘴角的微笑，让人联想到不复存在的生活的欢愉。安德烈自白中的喜剧性情节，如裹脚布的插曲、教徒的故事、米勒骂娘的片段，都是同民间的幽默文化相联系的。在整个情感色彩的强化中，激烈的悲剧色彩通过各种微笑的补光，不仅将描写集中化，而且庄严地推动了描写，传达出了辩正统一的世界中的民间诗意情感、存在的多姿多彩、生活的不可根绝性。

艺术世界中倾向于民间诗意传统的情感色彩，是同安德烈·索科洛夫自白中的口语形式紧密联系的。安德烈·索科洛夫的语言基本是由夹杂着职业语言（"士兵的口头禅"）的口语构成的，语言材料强化了主人公的历史和社会面貌。但是在主人公的语言中起引导作用的是另一个层面，民间文学的层面。在安德烈的语言中有不少组合词（"朋友同志"、"伤心的泪"、"穿心的悲痛"、"最后的道路"），恰恰是在当代日常语言的背景中，它们获得了审美的表达，并且开始主导"旋律"。主人公自白的内在统一性因为这"旋律"得到巩固。在民间文学层面那些常用于结构的元素（引子、楔子、重复和修饰等），在很大程度上具有"定调"，即音义的作用。肖洛霍夫正是在这个意义上使用它们的。

安德烈·索科洛夫的自白是由楔子引导的。在这里就引入了对这部小说而言非常典型的情感元素，即主人公—讲述者的自我介绍（"咳，老兄，我在那边可吃够苦啦"），作者从心理的角度表现出对主人公的兴趣（"你们可曾看见过那种仿佛沉浸在极度悲痛中、充满了绝望的忧郁、叫人不忍多看的眼睛吗？"）。这一切都充满着民间哭歌的元素："生活，你究竟为什么要那样折磨我？为什么要那样惩罚我？不论黑夜，不论白天，我都得不到解答，永远得不到！”就这样确定了整个自白的调子。

在安德烈的心理活动中也保留着这种调子。因此，就规模来说，最引人注目的主人公（关于俘虏的）的抒情插笔就是十分完备的哭歌，它表达了人与自然的平行，有引子，并有句式上的头语重复：“打你，就因为你是俄国人……”，“打你，因为你眼睛看得不对……”，“打你，只是为了有朝一日把你打死……”。主人公的其他抒情插笔，如关于生命的易逝，关于战士的责任，关于孩子的记忆等等，或者具有谚语、熟语的性质，或者是独特的比喻，都是民间史诗中的典型手法。值得注意的是，这些具有总结性质的插笔，分布均匀，调节着自白的进程。最后，肖洛霍夫还将民间文学的精神灌注到最紧张的、结构上居于中心的微型小说——《同米勒较量》中：三次重复、面对“妖魔”的勇敢等等。

在囊括人民中一个人的命运、吸收人民的历史的自白中，民间文学的结构—风格元素是完全必要的“连接”，仅靠口语手法是远远不够的。

在安德烈的自白中，这些民间文学的“修饰”和“连接”是强有力的伴生背景中的“轮廓”。

这里已经涉及联想了。安德烈的抒情插笔集中了来自人民的个人的生活经验；这种经验的全部意义在表达的“民间文学性”中得到了加强。不仅是抒情插笔，而且主人公的整个声音都处于民间诗学规范的框架内。透过《一个人的遭遇》的主人公的自白，看得见古老的体裁——哭歌的结构和旋律。安德烈·索科洛夫的自白的编年史框架借助这种民间体裁而成为积极的记忆，这样一来，一个普通苏联人、伟大卫国战争的战士、“世纪同龄人”的命运就上升到了俄罗斯传奇般的、无尽的历史的层面，同俄罗斯人民的命运、同世世代代的斗争和痛苦联系在了一起。

哭歌（赞歌也是如此）是一种综合题材，在这里，存在和人民对它的体验是作为不可分割的统一体得到表达的。个人在这里是不会被突出的，而“歌手”（领唱）仅仅是一种功能角色，受委托来用“大家的话”表达共同意见。[①] 在安德烈·索科洛夫的言辞中，在他哭歌的旋律中，出现了人民传说中的新近历史的回归，而安德烈本人则成了歌手，成了“共同经验”的承担者。古老的体裁传统就这样被恢复了。在肖洛霍夫的短篇小说中，全民的生活就被史诗般地集中在人民中一个当代人的命运中，并

① 参见 A. H. 维谢洛夫斯基：《历史诗学》，列宁格勒，1940 年，第 260—261 页，第 398 页。

在他的心灵中得到了抒情体悟。抒情史诗的传统在认识到了自我及其与生活的关系的个人的世界中得到了发展。

框架在短篇小说《一个人的遭遇》中发挥了重要的作用。肖洛霍夫把早已成为“永恒”象征的一些形象纳入框架中，那就是春天的形象、道路的形象和父子二位一体的形象。这些形象是非常具体的，但与一定的环境、时间、空间相联系就升华出了特定的哲学意义。顿河上游的春天在布康诺夫镇的莫霍夫斯基村，村旁流淌着叶兰卡河，这是未来行动的“布景”。这是“战后的第一个春天”，因此春天的形象包含了伟大的胜利、孕育复兴希望的主题。这是生命复苏的永恒的行动，请看这样的细节：“刚从积雪下解放出来的土地的永远新鲜而又难以捉摸的香气”，还有“春天繁盛、万物复苏的”广袤的世界——这一切把具有地方色彩的风景转化为象征存在的普遍规律的形象。

“泥泞难行的道路的主题包含了新色调、新内容、具有哲学意味的广泛思想”，雅基缅科如此写道。[①] 这样的扩展也使安德烈和瓦尼亚的形象获得了具有哲理的象征意义。因此，如果说开始时安德烈和瓦尼亚的形象是在直接的日常生活中描写的——一个男人和一个小孩“吃力地朝码头蹒跚走去”（可以观察到这是局部的、不偏不倚的描写），那么在结尾这个二位一体的形象充满了激越的情致，具有包罗万象的意义，升华为“自然”和“宇宙”层面的世界—历史事件：“两个失去亲人的人，两颗被空前强烈的战争风暴抛到异乡的沙粒……是什么东西在前面等着他们呢？”

就此产生了史诗性的画面：父亲和儿子走在艰辛的生活道路上，持久复兴的生活是没有止境的，父亲牵着儿子粉嫩的小手……这里，在框架中，展开了这部短篇小说的世界的无尽地平线。这地平线将主人公自白世界的民族、历史、社会道德的地平线容纳在其中，并以人类存在的共同规律来验证它们。

总而言之，肖洛霍夫在这部短篇小说中，最大限度利用小说这种传统体裁的内容潜力，广泛吸纳古老的抒情史诗记忆所包含的符号学价值，在此基础上“建构出”完善的、涵盖万有的世界。这部作品就构思的类型来说是抒情史诗，因为反映时代暴风雨的表达是高度凝练的，人民中一个普通人的命运是高度压缩的，他的思想、情感和行动是精心构建的。在这个

① 列·雅基缅科：《肖洛霍夫的创作》，第3版，莫斯科，1977年，第606页。

世界形象中，整个历史被展示为承担、确定人民的恒久道德理想的力量同压制“一般道德规范”的力量的搏斗。这个世界形象表现了普通人的伟大建构性力量，他们竭尽全力，隐忍苦痛，从事着历史性的工作，而历史道路的转折和坎坷在他们的心中留下不能抚平的伤痕。普通人、士兵、父亲，升华为人类数千年神圣价值的捍卫者，他们凭借自己的经验和悲剧性命运确信，这些价值是充满生机与活力的。

肖洛霍夫的这部短篇小说发表后，“普通苏维埃人”获得了理论术语的地位，标志着苏联文学发展的一个阶段。应该公正地指出，这个术语出现在“解冻”之初剧烈转变的时期，尽管它并非旗帜鲜明，且具有一定的妥协性，它但毕竟同已经流行了四分之一个世纪的没有人的面貌和心灵的官方社会主义现实主义美学中“真正的人”形成了对比。“普通苏维埃人”是与《幸福》[①]、《金星英雄》[②]、《第三次打击》[③]和《挑拨者》[④]等社会主义现实主义杰作中伟大庄严的主人公相反的形象。“普通苏维埃人”凭借被特地强调的平凡性恢复了同读者的民主关系，他身上那些每个当代人都熟知的身边琐事带来的喜怒哀乐激起了尊敬与同情，而这些感情却被社会主义现实主义准则拒斥。“普通苏维埃人”作为“解冻时期”美学理想的承担者出现（也出现在埃·卡扎凯维奇的短篇小说《黎明之前》、格·丘赫莱的电影《士兵之歌》、维·罗佐夫的早期剧本和钦·艾特玛托夫的早期中篇小说中），只是被解释为丰富了社会主义现实主义的调色板，扩大了主人公的圈子。时间表明，“普通苏维埃人”实际上调整了美学研究的聚焦点，因而它蕴藏着急剧变化的巨大潜力。

重要的是，肖洛霍夫的短篇小说和接踵而至的电影、戏剧和中篇小说的新颖之处在于不仅回归了“普通人”，而且回归了普通的、永恒的人类价值。这些价值永远是真正艺术的本质和灵魂。我们表现这种本质的文学在几十年中被政治谩骂和刑法条文吓破了胆，背弃了社会责任，真是无可奈何之事。因此在“解冻”年代里，人类精神价值大大回归。其实，这种回归并不只是一位艺术家的顿悟，它是一面时代的旗帜。

① 《幸福》，彼·安·巴甫连科的长篇小说，1948 年获斯大林奖。—— 译注

② 《金星英雄》，谢·彼·巴巴耶夫斯基的小说，上下册分别获得 1950 年、1951 年的斯大林奖。—— 译注

③ 《第三次打击》，阿·阿·别尔文采夫的电影剧本，1949 年获斯大林奖。—— 译注

④ 《挑拨者》，尼·什帕诺夫的长篇小说，1950 年出版。—— 译注

编后记

本文选译自纳·列伊德尔曼和马·利波韦茨基所著《当代俄罗斯文学》(三卷本)卷1,莫斯科,URSS教学与科研出版社,2001年,第71—78页。

第二辑

其他国家及地区评论

肖洛霍夫独具匠心的正统

作者［法国］安托万·维茨
译者 宁虹

人们很难理解像《静静的顿河》这样一部并不太“正统”的作品何以能在那样的年代出现，因为那是一个思想界屈服于恐怖统治的年代。1940年，当这部宏篇巨著的第八卷出版时，许多作家和艺术家正被恐怖的风暴卷走，幸存者只能缄默不语。

肖洛霍夫的作品不仅是对内战和集体化过程的客观描述（正是这种客观性让作品为人诟病，）也有着与斯大林统治时期俄国文坛虚假的乐观主义完全不同的政治道德观。

拒绝简单化与模式化

肖洛霍夫的人物有自己的语言，他们表达自己、说服别人或信心动摇时，都有不同的语言表述，没有统一的模式。每一次，他们表现的都是历史性的焦虑：在1920年的某一天看上去是对的事，过几天评判的准则又会变成什么？所以人们不知道该如何行事。

我不是说肖洛霍夫已经表现出了历史的复杂性。一部作品只需让人明白世间万物并非如此简单，人都有可能被蒙蔽，就已经足够诚实了。《静静的顿河》的破冰之举在于让人们看到一点，即哥萨克人为什么不热衷于无产阶级革命。只有一小部分被压迫者——这些人通常不是哥萨克——和哥萨克中最贫穷的人感受到与俄国的工人阶级息息相关。其余的人认为自己已经享有特权或被告知他们的特权不会被剥夺，因此他们不断地在革命者与白军之间摇摆不定，并几次试图揭竿而起。

没有正面的英雄

肖洛霍夫正是在这一点上澄清了历史：每次哥萨克人试图寻找一条中间道路时，就会被引向反革命的方向，他们失去了灵魂。《被开垦的处女地》以不同的方式讲述了同样的故事。在这个问题上，肖洛霍夫表现得像一位共产主义作家，但他不需要"正面英雄"。在《静静的顿河》里，几位共产主义者并不比别的人物更讨人喜欢，其中一位在书的结尾还活着的共产主义者最后成了野蛮粗鲁的家伙。重点当然不是这个，其实肖洛霍夫要表达的是：并不存在"第三条道路"。

这样一来，《静静的顿河》和《被开垦的处女地》就比通常的地方文学意义丰富多了。或许写作之初，二十岁的肖洛霍夫只是简单地想要替哥萨克人恢复声誉，但在俄国读者看来，肖洛霍夫最终写出了堪称范本的历史。而为他的书写提供养分的就是俄国传统小说，它们的影响在《静静的顿河》和《被开垦的处女地》中随处可见，读者不难发现肖洛霍夫作品所具有的托尔斯泰式架构和年轻的高尔基式抒情，比如《被开垦的处女地》里妙笔生花的描写。但要据此说肖洛霍夫只会模仿而没有创新也是不对的。可惜翻译作品只能表达出语言的一个基本意思，可以说他的语言具有强烈的融合性：农民讲的俚语和描述事物的方式、哥萨克人所使用的词汇、模仿骑士文学（武功歌）的抒情语言，但这一切却用官方允许的腔调表现出来。因为只有这样才可以随意表达，也正是通过这一点，作品呈现了一个个历史瞬间以及真实发生的各种事件。肖洛霍夫通过这部作品表现的另一点，则是关于欲望的动人描写，通过它表现自然的每个瞬间。顿河、冰块、融雪、森林、动物、人类的爱情、出生、死亡、腐烂的树叶、血腥的气息……

我不知道在冷漠的大自然（包括人性的本质）与承认历史的必要性之间是否有着某种矛盾或和谐，但肖洛霍夫却执着地探寻着，他的全部作品都表现出这种混杂的特质。

编后记

安托万·维茨,《静静的顿河》的法文译者,本文是他的一篇短评,载于《世界报》,1965 年 10 月 17—18 日,第 9 版。

论肖洛霍夫的诗艺同现代主义潮流的对立性与一致性

作者 [捷克斯洛伐克] 杰里·F. 弗兰内克
译者 罗悌伦

现在有一种根深蒂固的观点是:苏联文学在1930年代落后了,落在了前几十年所取得的成就与国外发展的后面。认为斯大林时代极大地阻碍了苏联文学发展的这一说法,无疑有许多正确的地方。但另一方面,这种看法往往源于对苏联文学的简单设想,也源于他们混淆了现代与西欧这两个概念。

苏维埃文学走的是一条完全不同于西方当今文学的道路,这既不是偶然的,也不是孤立的。可不可以简单地把这一发展(当然,我们肯定会成功地清除当时那些对苏联文学发展的暴力侵犯)称为过时的,这可是一个原则性问题。

今天,荒诞文学在西方是最时髦的;荒诞文学无疑是同詹姆斯·乔伊斯和弗兰茨·卡夫卡直接相关的。很可能的是(事实上也常常如此):同这一潮流相对立的,是以亨利希·曼与托马斯·曼、约翰·高尔斯华绥、马丁·杜·加尔等人为代表的另一潮流;一种潮流被称为现代主义的,另一种被称为传统的。于是,也就用不着进行任何讨论与考察了。在西方文学中,我们无疑发现许多传统的、不受任何外界压力进行写作的叙事文学作家。而米哈伊尔·肖洛霍夫和亚历山德罗维奇·法捷耶夫在那个时代形成了自己的特点;当时,斯大林的干预还没人能感受到,现代派也还有发展自身的一切先决条件;玛克西姆·高尔基的发展在这一时期则已经完成了。

在近代(而且不仅在近代),无疑存在两种相互对立的潮流。一种潮流我们称之为现代主义或者先锋派，另外一种（在散文创作方面）我们称之为传统的叙事文学。一旦我们将这两种潮流不可调和地对立起来，我们实际上就是在否认“伟大的”叙事文学作家具有现代风格，而现代风格我们首先是在趋势——目的在于突破小说形式或者对人进行绝对陌生化处理的趋势中见到的。不过，或许这里还有某种让人可以既将卡夫卡，也将肖洛霍夫同现代特性联系起来，从而能有意识地使问题变得特别尖锐的东西。自然，现代派这个概念本身是太宽泛了，而且也不准确，所以首先要在界定现代派方面下些功夫。

我们就从那种认为拒绝“现代”和“现代派”这类术语的做法早已经过时的观点出发吧。鉴于术语精确性的要求，这里不妨从语义学上稍加说明，以使人清楚捷克语言中这些词语的运用情况。在这里，“současný”与“moderni”需要加以区分。

“současný”(当代的)在捷克语中只是表达眼下发生的事情。就是说，一个反革命作家也可以是“současný”；进步的当代作家——非时尚的抑或时尚的——也包含在内。

“moderni”（现代的）在捷克语中意思是“与新时代相适应的、进步的”，反面是一切过时的人与事物。因而，可以这样说：虽然这位作家不属于我们的时代，但他仍然是现代的。对于一个捷克人而言，说共产主义和马克思主义是唯一的、确实现代的政治观和哲学观，是完全自然的。

一般说来，“moderni”这个词没有任何情感色彩；“módní”是时尚的；“modernistiký”则一方面指伪现代的，另一方面常常是没有任何情感色彩的，是指一切同现代艺术相关联的人和事物。

把握“现代”这一概念，就完全可以理解为什么在我们这儿，直到前不久，人们都还在费心费力地只把具有新的进步思想的事物作为现代的事物来认识。换句话说，过去，在艺术领域，凡是宣传共产主义思想的，就是现代的，而不考虑其实它不过是以虚假纯文学的外衣包裹了一些空洞的言词而已。但是，前一段时间，局势几乎转了个 180 度的弯。文学中的现代主义往往只是作为形式问题来理解了，而经典的叙事、明白易懂的特性等则被视为非现代风格了。人们也由此对肖洛霍夫与亚历山大·特瓦尔多夫斯基这样的作家提出了种种异议。

我们对现代主义的理解自然是从内容出发的；内容是指作品的全部内容，亦即作品的思想主题、寓意和情感，就是说，是指作品所包含的一切，是指作者注入作品中，而读者能够以某种方式发现的所有一切内涵。这种“中间”观点在我们这里代表了相当大一部分批评，特别是布拉格的俄罗斯语言文学学者的批评，这显然是不难证明的。我之所以提及这一点，是因为对此的争论与误解很快就会产生。经常强调作品的内容及思想品质，这往往引起教条主义者的怀疑，而其他人则会全力以赴为现代文学辩解，不带任何先验论的色彩，也不带任何所谓修正主义的印象。从内容出发理解现代主义的观点是唯一实际的，因为这一观点是依照实际情况来把握现实的，并不带有任何先入之见。

我们自然并没有因此就回答了现代主义本质的问题。就我们的整个时代而言，是否存在现代主义，或者说，是否存在一种东方现代主义和一种西方现代主义、一种资本主义现代主义和一种社会主义现代主义呢？从某些方面看，答案是肯定的，但是，还存在一个具有决定意义的、将我们的世界辩证地统一起来的问题。

当今世界的统一性是受制于两分法的。这不是什么文字游戏，而是事实。对世界进行两分当然并不简单。两分法在政治对立上表现得最显著，但两个敌对阵营各自内部早已经不是统一的了。就是说，不仅社会主义与资本主义是相互对立的，而且自由与奴役、谋利与劳动、人性与非人性、战争与和平、投降与胜利、绝望与希望也是相互对立的。

对立是所有时代、所有社会的特性；上文描述的对立就其全部的复杂内涵而言，是我们时代所特有的，而且通过原子弹给极端化了——极端到了非理性的地步，到了现实边缘的地步。但这种极端也在统一我们的世界；这种极端时时、处处、方方面面都在产生影响；这种极端渗透到世界最荒芜的角落，渗透到最蒙昧心灵的深处。极端—对立的这种一致性并非总是公开显露，但在整个世纪进程里我们都可以感觉到人在不断异化，都可以感觉到世纪精神安全感在丧失，都可以感觉到人在机器化、技术化。

只要我们要求一位实实在在的作家或作者去意识他那个时代的复杂性，这一问题就会一直延伸进美学领域。那么，这种问题究竟该在何种程度上进入作家或作者的作品、进入作品人物的内心呢？作家或作者又能够在何种程度上在没有评论的情况下，在不依样画葫芦地运用一种客观的、现存的、简单的、质朴的观察方式的情况下，采取一种极端的立场或者捍卫一种鲜明的观点呢？世界的一分为二特性当然有助世界心理学形成，但并没有渗入所有个人的意识之中。并非每个人都在现代派的意义上“受到了伤害”、“彻底垮掉”。此外，今天也还存在（历史上一贯如此）一种强烈的渴望：渴望将合成与分解、整合与解体、合二为一与一分为二进行对照。毫无疑问，由此就产生了社会主义的吸引力（或者说，在特定条件下，宗教的人文复兴或全部体系的一时盛景）。

只要现实主义、传统主义和叙事文学能把握住世界的整合与完整问题，确定它们的基本趋势就是完全可能的。然而，这些方法常常不再能够把握住新时代的特殊节律。相反，直接从我们“现代性”发酵过程中产生出来的先锋派方法，大多只能把握世界的原子化，而不能把握世界的统一，不能理解人对新一体世界的渴望。当然，这可能是一种分析，也常常是一种分析；我们再补充一点吧：一种相对真实的分析已经被人们根据其本真特性付诸运用了。

在我看来，乔伊斯是最先准备好全副设备的，而卡夫卡这位特别敏感而又具有预见性的非凡人物运用了这些设备；他所见到的，都使他感到非常压抑；他运用它们，目的在于为日益绝对化的、不断变得荒谬的世界分裂这一悲剧作证。他满脑袋都是世界的分裂。

在苏联文学中存在一种极为相似的情况。在安德烈·别雷还没有准备好这些设备时，伊萨克·巴别尔这位同样特别敏感而又具有预见性的非凡人物就已经在极其深入地探究世界的矛盾特性了；他当时拼命想要通过正义的信仰来克服他自己的怀疑与悲剧性的生活经验。

当卡夫卡的这些对照具有了一种抽象特性时，这些对照在巴别尔著作的大部分篇章里、在世界革命性崩溃的具体情势下有了源头；在展开斗争的各方之间，根本不可能存在第三条道路。巴别尔终于由此转而采取一种自发性悲观主义的、悲剧性的态度，尽管他赞同这个新世界。在他看来，世界在细节（常常是一种强烈—自然主义的细节）上是无法解决的。

同样的强烈—自然主义的细节，我们也在肖洛霍夫的早期作品中发现了。在他这里，第三条道路存在的可能性比在巴别尔那里还小。肖洛霍夫也对人世的残酷与非正义进行了分析，甚至还具有同样悲观主义的色调。巴别尔的格达利为了人的命运、人的个体而寻求公正，却是徒劳。肖洛霍夫在《胎记》与《有家庭的人》中也在寻求同样的个体正义，也同样徒劳。同样似乎难以理解的力量让一个家庭成员因另一个家庭成员之故而离开人世（巴别尔的《信》和肖洛霍夫的《胎记》）。有如巴别尔的阿丰卡和多尔古绍夫了解逝去生命的价值（他们是在某些超越个人悲剧的事物之中找到的）一样，肖洛霍夫的人物也找到了更多同样的意义。

看来，相似之处在这里结束，而差别则告开始。但事实却并非如此。在巴别尔的作品里，深沉的生命悲剧只是在作者对谅解、理解的渴念方面才具有一种平衡，在现实生活里却找不到足够的支持，就好像悲剧情势是从文学里重新返回生活一样。

肖洛霍夫与悲剧的关系、对悲剧的态度与巴别尔不一样。他是在历史的、基于阶级的、共产主义者的乐观主义中找到平衡的，但他没有能力在自己作品中活生生的人物形象的具体命运方面去把握这种乐观主义。此外，他的悲剧态度最后也从文学返回生活，尽管远非以一种鲜明的形式。在巴别尔那里，悲剧以枪声结束；在肖洛霍夫这里，悲剧以一座石头雕像结束——在雕像的四周有在斯大林与赫鲁晓夫时代半官方允许的仙女像。如果肖洛霍夫因不受到丝毫批评，他的源泉和力量最终枯竭，那么，这也是作家的一个悲剧。

肖洛霍夫的《顿河故事》中的许多人物都知道自己的位置，因而他的道路似乎就已经清晰地同那些只是提出问题并进行分析的现代派分开了。不过，《静静的顿河》是一个问题还是一个答案？我个人早就不怀疑：肖洛霍夫证明了完全客观地进行创作的可能性，而阿·托尔斯泰的人物在很大程度上依附于修辞学，也可感觉到他们在尽力为作者说话、为作者辩护、说明作者的摸索过程以及解释为什么作者起初不相信。肖洛霍夫的人物似乎就是实实在在地源于生活的。他们完全真实，就是生活中的他们自己，他们有自身的连贯性，有同周围环境的连贯性——他们同自己的周围环境融为了一个整体。看起来，作者能够达到这种确定无疑的客观性，只是因为他没有能力解决他自身的问题。在这里，世界的分裂反映到主要人物的内心，反映到他们的生活中去了。葛利高里·麦列霍夫不由自主地左右摇摆、在红军与白匪之间彷徨；但他有着成为新人的所有前提条件；而且，他有时自己也意识到了这点。《顿河故事》展现的是没有任何选择的革命形势，而《静静的顿河》表现的是革命之后刚刚出现的一种评价。作者意识到了那种从一个时代过渡到另一个时代之际命运的沉重负担；凡是经历过这个大变革时期的人，都回避不了这一负担。“我们身上的这种争战”的紧迫性以及作者在自己整部小说中表现出的心底的确信，都在促使下面这点产生：这一命运般的过渡与历史的决定未必就不是肖洛霍夫内心最深处的问题。就是说，如果葛利高里的命运可以被看作历史的回答，那么，只要稍微看一下问题的简要叙述，就知道《静静的顿河》是肖洛霍夫探讨人类命运这一无法回答的大问题的第一本书了。

自然，将葛利高里与肖洛霍夫相提并论是勇敢的做法，而这一做法绝不是对福楼拜和列夫·托尔斯泰观点毫无保留的肯定；这两位大师认为，小说主人公永远是作家心灵的反映。

1930年代初似乎取得了很多成就，夺得了很多胜利，似乎找到的道路是绝对正确的。肖洛霍夫显然也有这种一般的乐观情绪（虽然他看见，也理解了一些东西，却并没有在艺术中对需要专门谈论的东西加以表现）。他当时是一位思想敏锐、反应敏捷的青年作家，创作了一部又一部作品。1930年代初，他写作了《静静的顿河》的最富战斗性、意识形态最鲜明的部分，也写作了《被开垦的处女地》的第一部分；《被开垦的处女地》是一部自发地针对乐观主义与明确性的作品。然而，很快到来的悲情岁月同样触及了肖洛霍夫，他好像心力交瘁；一位全新的肖洛霍夫出现了，他的创作、他的寻求都变得沉重了，对于他应该发表什么以及怎样发表，他都变得迟疑了。整整二十五年，他都不在状态，无法完成《被开垦的处女地》。为什么？因为他离乐观主义，他在第一部分中表现出来的乐观主义远了，或者因为他没有能力在一部作品中表现所获得的真理？真理可是应该意味着同社会的冲突啊。

1930年代末，迫切要求解答这个问题的时代来临了；肖洛霍夫写完了《静静的顿河》（说准确点，他成功地把为《静静的顿河》而开展的斗争进行到底了）。在此，肖洛霍夫明显地摆脱了原先很快就养成的那种写作习惯；他的这部作品反映出来一点，即历史性的胜利或者说历史的胜利同时意味着正面人物的失败、投降。

当然，《静静的顿河》是以一种伟大的胜利激情和敌人被粉碎而告结束的。这确确实实是战争来临的预兆了。《静静的顿河》完完全全、名副其实地变成“国防文学”了。这条线，肖洛霍夫在他那尚未完成的小说《他们为祖国而战》中继续坚持下去。他是如何超越当时认可的真理的？他又是怎么越过由时代决定的界限的？这些都可加以把握。他想要，也能够比其他人讲述得更多、更全面、更完整。但是，在这种情况发生之前，涅克拉索夫、巴克兰诺夫、本达列夫、索尔仁尼琴和其他人的真理就已经超越了肖洛霍夫的真理。看来，教条主义时期的道路对肖洛霍夫而言也是封闭的。他面临的任务将一天比一天更难，要求也一天比一天更高。

肖洛霍夫在《静静的顿河》完成之后有较长一段时间的息笔，于是就出现了一种肖洛霍夫江郎才尽的结论。虽然这种思考似乎有道理，却由于《一个人的遭遇》的问世而遭到驳斥。《一个人的遭遇》是一部大受欢迎的短篇小说，它没去描写莫须有的问题。此外，假如大家懂得把事实上的罪过明明白白地称作罪过（在我们不愿意把所有的准则和上千年来的人类经验都相对化的情况下），懂得把英雄行为明明白白地称作英雄行为，懂得把斗争明明白白地称作斗争的话，那就好了。在《一个人的遭遇》的创作方面，肖洛霍夫也是现代或非现代的，有如韦科尔、海因里希·伯尔、罗贝尔·梅尔甚至罗尔夫·霍赫胡特那样了。他并不惧怕明白无误的评价。肖洛霍夫关于法西斯的评价是毫不妥协、毫不含糊的；他使自己小说的主人公在从战争返回家园的时刻，受到具体条件的限制。他让主人公的英雄行为变得平凡，把主人公的伟大战争经历引向主人公碰上的可悲琐事。具体地从政治上说，《一个人的遭遇》是第一本为士兵——从希特勒的战俘营和集中营返回的士兵——辩护的书。没有《一个人的遭遇》（也从政治观点来看），就不可能有索尔仁尼琴。再一次具体地从政治上说，《一个人的遭遇》是一次极其显豁的、同苏共第二十次党代会之后赫鲁晓夫的倾向非常吻合的艺术作品。

德国作家海因里希·伯尔的《当战争爆发的时候》是这样开头的："当战争爆发的时候，我正躺在橱窗里。"[①]

法国作家韦科尔的《夜间的武器》是这样开头的："我自问，我该不会猜不出真正的根由吧？"[②]

拉菲特的小说《活着的人们》是这样开头的："太阳快要落山了。我一面过土纳尔桥，一面惊叹圣母的侧面像。"[③]

可以说，很难怀疑肖洛霍夫落后于时尚。他显然在战后十二年里都在寻求一种尽可能令人信服的形式；最后找到的是第一人称形式。肖洛霍夫明白要倾听自己时代的声音。所以，他的散文给人一种完全真实，包括语言运用在内都极为真切的印象；他的散文的核心特点其实并不在于敏锐（短篇小说的敏锐点是作者对真实或者看来真实讲述的一种结束

---

① 海因里希·伯尔：《当战争爆发的时候与当战争结束的时候：两部短篇小说》，美茵河畔法兰克福，1962年，第5页。

② 韦科尔：《夜间的武器》，柏林，1949年，第69页。

③ 拉菲特：《活着的人们》，柏林，1950年，第9页。

语)。在此,作家的创作过程是非常清晰的。虽然这种坦诚极有可能是虚构的,亦即一种艺术创作的结果,但是,这种坦诚给人一种事情确实发生过、如此而非别样地发生的印象。肖洛霍夫的这种创作力还伴随了一种情况:逐步向现代主义文学技巧靠拢。这之后不久,作家就完成了《被开垦的处女地》的创作。如果说现代修辞手段在《一个人的遭遇》的创造方面起过作用,那么这种手段在《被开垦的处女地》的第二部中就几乎不见踪影了。尽管如此——无论听起来有多么荒谬,肖洛霍夫恰恰是在这部作品中最接近现代主义的。他把狗鱼老大爷、山羊与关于生死的问题并排来写,直达荒诞的极限。在叙事处理方面,他极大地损伤了早先严格遵守的主题逻辑说明,也损伤了第一部分中的叙事文学构思。而他在《一个人的遭遇》中将他的一切手段都用于严格的形式塑造,用于(有如先前在《顿河故事》与《静静的顿河》中出现的那样)传统的叙事文学原则,这样一来,类似的手法在内涵上同现代主义的联系就不那么明显了;与此同时,这样的修辞手段却在写作《被开垦的处女地》的第二部时从他笔下悄然消失了。迄今对于肖洛霍夫而言具有决定意义的、亚里士多德式的、对叙事文学的见解也就瓦解了。但这种瓦解并不是功能上的,而是直接相对于第一部而言的,因而可以理解为对很难与人物对应的、内在的、个体以及一般性运动的反映。归根结底,笼罩第二部的灰色情调,即忧伤情调,也是肖洛霍夫迄今乐观主义悲剧性态度的一种悲观主义变化。

我们经过思考后认为,肖洛霍夫的著作是心灵内在的一种编年史记述(就外在描绘的整体客观性而言)。肖洛霍夫是具有很强艺术表现力的一位作家。在巴别尔与肖洛霍夫这两种相互对立的风格(对比这两种风格更多是出于解释的考虑,并非要寻求某种规律性)之间,存在一种比人们迄今所能预想的强烈得多的联系。在对艺术创作的基本态度和观点方面,与通常的"现实主义"相比,肖洛霍夫更加接近现代主义。巴别尔、马雷什金、维肖雷等人与肖洛霍夫的区别,比肖洛霍夫同戈尔巴托夫、格拉特科夫、柯切托夫(也包括同富尔曼诺夫和马卡连柯)的区别,小得多。回到艺术表现力的话题吧:为什么《他们为祖国而战》这部作品只是被看作客观的证据,而根本没有被看作"自我表述"?一个更深层次的原因不就在于它对于作者而言一下子变得很困难、很复杂了吗?

我们找到了同现代派的联系,但同时肖洛霍夫把重点放到对外部世界的忠实描绘上,从而也就把自己同现代派区分开了。如果我们的考虑是符合实际情况的，那么，肖洛霍夫所努力追求的、对辩证统一的描绘与表达也就逐步关联起来了。当然，对读者而言，表现力是完全隐没在描绘之内的；表现力是在读者理性感知之外就起作用的；表现力只通过科学分析才显露出来。这是描绘显露在外的主导作用，这一主导作用完全就是福楼拜和列夫·托尔斯泰的那种描绘方式所具有的主导作用。肖洛霍夫的创作是通过叙事文学的结构而统一起来的；肖洛霍夫依然是一位亚里士多德式讲述作家。亚里士多德把全部的创作，也把每一单独的创作都联合为一个紧密的整体；他的那种"理性想法"在肖洛霍夫这里是和谐人的理想——在我看来，和谐人是无法用现代主义的方法来塑造的。在《顿河故事》里，肖洛霍夫曾经努力尝试去实现这一理想，其间饱受严酷人世的折磨；而在《静静的顿河》中，这一理想已经明确表现为革命的思想和目标了——葛利高里·麦列霍夫不仅在思想上，有时也在行为上远离革命，而顿河地区事件发生的客观进程也指向革命。从艺术上讲，理想是通过寓言本身实现的——肖洛霍夫的全部创作都是这样。这一理想在《被开垦的处女地》的达维多夫身上几乎具体化了，而这一理想在《一个人的遭遇》中却显得复杂万分。索科洛夫和平时期的生活是远离理想的，但在战争时期、在否决生命与人性的死亡来临之际，他的生命却明显在接近理想（自然只是在与战争的关系方面）。而和平只不过在重新强调理想的相对性而已。和谐人类的（绝非理想社会的）理想对于小说结尾而言依然是出发点。（不过，在《被开垦的处女地》第二部的那种阴沉的、不统一的情调里，理想不也多少消失了么？）

在此产生了探究巴别尔理想的问题。巴别尔的理想不是太绝对么？不是恰恰因此而在绝对理想与我们尘世污浊生活之间产生了那种无比巨大的反差么？毫无疑问。本质性区别之一显然就在此：巴别尔的理想太抽象了，再也无法承载亚里士多德关于叙事文学的见解；而肖洛霍夫的理想始终是具体的，因而在他的创作艺术中起着一种理想组织者的作用。在巴别尔那里，问题通过现实的瓦解而变得非常紧迫，答案的活力降低了；在肖洛霍夫这里，答案具有充分的说服力，问题也就远没那么深刻。或许，现代的肖洛霍夫因而是更加传统的，而现代的巴别尔因而是更加现代的。

可肖洛霍夫的理想也不能实现。然而肖洛霍夫相信，伟大的革命斗争只有作为通往理想的道路才具有意义。因此，他只把苏维埃历史的各个交点选作自己的主题思想（革命、集体化、战争）。就是说，这不仅是一个政治事件、肖洛霍夫的共产党党性的问题，也是他创作艺术的问题。在肖洛霍夫这里，围绕新人（和谐人）而进行的艰苦奋斗经历了三个阶段。在《顿河故事》的革命序言里，世界被分成了两半，而各方面斗争的原则性对抗在生活中得到了解决——对作者而言，这是在没有过渡的极端情势下解决的。其实，第一个阶段就是我们身上的战场、麦列霍夫的内心斗争；第二个阶段是一个社会内部两种不同生活观点之间的斗争（《被开垦的处女地》）；第三阶段则是在上一斗争完结之际开始的。这一斗争事实上也进行到底了；人们相信他们自己变样了，相信一个新的社会、一种新的伦理道德、一种新的社会安定、一种新的综合整体产生了；他们寻找过，他们找到了（看来是这样，哪怕是主观现实的）。综合整体曾经被战争，两个世界之间的战争破坏了。战争的破坏当然是非常彻底的——不仅通过悲剧性的事件，也通过深刻的认识而破坏。不仅帕斯捷尔纳克（在《日瓦戈医生》里）和索尔仁尼琴都对此加以证明，而且《一个人的遭遇》的结尾部分也证明了。

但战争动摇的深度不也是肖洛霍夫最为重大的、内心最深处的经验吗？肖洛霍夫自然也面临诸多问题。索科洛夫与达维多夫都在追求肖洛霍夫的理想，可世上根本没有他们的位置。但即使在生活中总是失败，肖洛霍夫也没有放弃自己的理想。这点，他通过自己迄今的创作证明了。可往后情况会怎样呢？

编后记

杰里·F. 弗兰内克（1922—2007），捷克卡尔洛瓦大学教授。本文译自（德文版）《米·肖洛霍夫的著作与影响》，莱比锡卡尔·马克思大学校长编，莱比锡卡尔·马克思大学出版社，1966 年。

肖洛霍夫的哥萨克世界

作者 [美国] D.H. 斯图尔特
译者 李婧

肖洛霍夫的家乡是一片草原,广阔无垠,狂风肆虐。只有那些胸襟开阔、性格粗犷的人可以在这片土地上生存下来并得到敬重,他们的性情与这片土地匹配,相生相契。而除此以外的一切人类居民,都会受到蔑视与嘲笑。尤其是在农村机械化时代来临以前,在这片土地上,唯有最洪亮的声音才能支配人们的听觉,唯有最有力的拳头才能引起人们的尊敬,唯有最深切的情感才能触动人心。在顿河流域,骠勇强悍与多愁善感是共生共存的。在这里,中世纪式的争论与美国边境那些不顾体面的自吹自擂同样常见。

倘若有人像肖洛霍夫那样,在 1917 年革命爆发之前降生于俄国南部的顿河哥萨克军区,那么他一定会从他早年的经历中形成这样一种情绪:不仅对两座俄国首都及城市生活怀有一般性的敌意,而且对昏昏欲睡、愚昧无知的俄国农民也怀有敌意。他会受到激励,把自己看作被选中的人之一。对这些人来说,无产阶级罢工运动同农民起义一样与自己格格不入。(对肖洛霍夫来说,)无论是圣彼得堡皇权的宏伟壮丽,还是俄国正在觉醒的中产阶级的浮华喧闹,都不会比草原的阳光更灿烂,也不会比草原的风声更洪亮。

对包括俄国人在内的大多数人来说,肖洛霍夫的哥萨克之乡是一片遥远、奇异而广袤的土地。在这片土地上居住着一个伟大族群的后裔,这是一个伟人辈出的族群:叶尔马克在 16 世纪征服了西伯利亚;拉辛和普加乔夫在 17 世纪与 18 世纪揭竿而起,动摇了帝国的王权,此后,他们成为了人民反抗贵族压迫的传奇象征。人们一想到这个民族，一方面会把哥萨克草原与果戈理和托尔斯泰作品中那些带着罗曼蒂克色彩的画面联系在一起，另一方面又会把它与对工人和学生的血腥迫害及屠杀联系在一起。哥萨克既是一个勇敢纯朴的族群，又是一个野蛮可怖的族群。母亲们常常用剽悍的骑兵形象吓唬她们的孩子，她们口中的骑兵有着蓬松浓密的头发，穿着饰有猩红色（象征库班）或蓝色（象征顿河）镶边的军装，手中握着嗜血的皮鞭。在肖洛霍夫之前，人们要么将哥萨克骑兵幻想成在草原上自由飞翔的苍鹰，要么现实地把他们看作在沙皇军队中效忠的嗜血成性的士兵。

1928 年，俄国读者阅读了肖洛霍夫的《静静的顿河》的第一部之后，一种全新的惊奇就取代了在他们心中扎根的上述观念，近三十五年以来，这种惊奇被全世界读过这本书的读者们共同拥有。一位俄国评论家对此的回应如下：

> 一部详尽描绘哥萨克生活的小说在这一刻诞生了，它以广博丰富的素材让我们眼前一亮。
>
> 哥萨克？读者陷入了沉思，企图重现他读过的所有关于哥萨克的东西。除了一些零散的碎片以外，他几乎什么都记不起来。也许他会想起果戈理的《扎波罗热的哥萨克》a、托尔斯泰的《哥萨克》，以及前革命时代一些不值一提的二流作家的部分作品。此外，他可能还会想起苏维埃书籍与电影中一些描写前革命时代的段落，在这些资料中，哥萨克总是握着马刀，挥着皮鞭，不停地迫害革命者……
>
> 因此，对于大多数读者来说，《静静的顿河》所叙写的生活是十分奇特的。对于那些从未深入阅读过此作品第一部的人来说，尤其如此。因为他们并不知道，描绘战前生活的这部书，仅仅只是革命时代哥萨克史诗的第一部分。

从这段评论我们可以看出，为什么阅读《静静的顿河》这本书对于读者来说是一次具有教育意义的经历——为什么（事实上的确如此），这本书被美国的一些大学当作人类学教程使用。

我们在《静静的顿河》中所看到的是一种绝对与众不同的哥萨克形

① 可能是《塔拉斯·布尔巴》。——译注

象，他们要么是草原上展翅高飞的苍鹰，要么是剽悍勇猛的骑兵。研究表明，哥萨克人有一套特征鲜明、表面稳定的社会秩序。这套社会秩序建立在传统之上，并依靠荣誉维系。哥萨克人的祖先是俄国人（通常是奴隶），他们为躲避贵族压迫而沿着水路向南逃亡。时不时与当地鞑靼人的通婚让他们显得比原先的农夫堂兄们更瘦更黑，而在长期的逃亡中所形成的那些传统则让他们得以与最初的俄国祖先从根本上区别开来。

哥萨克最伟大的领袖之一，普拉托夫首领早在 19 世纪就指出，任何企图改变"古老的边境模式"的人都犯了错误，因为唯有他们的军事组织让哥萨克得以与周围的农民截然区别开来，而那些农夫的赤贫状况正是所有哥萨克人鄙夷的。

哥萨克是一群乐于冒险、勇敢无畏的人，他们以坚韧不拔的精神昂首阔步地向前进发，探求更为美好的生活。他们毫不动摇地坚持着自己的信念，即便这样的行为意味着他们必须同时与两方进行斗争：既要同他们曾经逃离的俄国农奴主作斗争，又要防御被他们侵占了领土的鞑靼人。哥萨克人是自力更生的，这与当初开发美国西部的人们在某些方面是相似的。平等主义者与自由主义者单纯为了防卫的目的联合起来，并且只听命于从自己的人民中自由选举出来的那个首领（即乌克兰语称为阿塔曼或黑特曼的人）。他们最初称自己的社会为"自由人社会"，任何人，只要满足了两个条件——第一，他信仰东正教；第二，他反对农奴制——就能被哥萨克人纳入自己的社会群体之中。种族隔阂在这里并不存在。那种传统观念中对土耳其、鞑靼、犹太和波兰人的仇视起源于宗教对立，而并非种族对抗。假如一个蒙古或是高加索女人本身魅力十足，那么哥萨克人会一视同仁地与她结婚，而并不对她加以特殊看待。事实的确如此，到目前为止，哥萨克人对于个人勇敢精神的尊重甚至超过了他们对于东正教的忠诚，以至于到了托尔斯泰所处的时代，相比一个俄国基督徒的友情，他们更喜欢来自于一个异教徒勇士的友情。

哥萨克人用以约束自身的规范是十分严厉的，带着一种近乎宗教的狂热，对这一情况的认识，我们可以通过大仲马讲述的一个关于"哥萨克正义"的故事获得。故事如下：一个年老的哥萨克人和他二十岁的儿子在猎熊时遭到了一只雄豹的袭击。父亲杀死了雄豹，但是儿子却胆怯地逃走了。父亲回家后，和他的儿子一起在冻土中挖了一个墓穴，然后朝儿子的脑袋上开了一枪。杀死儿子后，父亲把儿子埋入了方才挖好的墓穴。

被当局逮捕后，这位父亲辩解道："我履行了正义职责，就像上帝所希望的那样。"他被判有罪，但是执法官对如何惩罚他却心存疑虑。执法官建议说："这位父亲应当将儿子那同躯干分离的头颅放在自己膝头，坐上三天三夜。假如这样的经历将他折磨至死，或是让他疯癫了，那毫发无伤，那么原因只有一个，即他当时并非由于愤怒而开枪，而是作为一个意识清醒的父亲在履行职责。倘若如此，他的谋杀罪名就不成立。"这番判决的一份副本呈送给沙皇亚历山大二世，他肯定了这一判决的公正性。那位父亲眼睛都未眨一下地忍受了三天的折磨，最后被无罪释放，并活到了八十岁的高龄。

历史总是以一种奇特、出人意料的方式向前发展。曾经孕育了拉辛、普加乔夫这类人物的哥萨克族群，最后竟成为了沙皇最忠诚的保卫者。但这并不那么难以理解，因为自彼得大帝以降，俄国政府越来越多地控制了哥萨克首领。早在 1718 年，哥萨克首领就开始明白，他头上官衔延续与否，完全取决于沙皇愉悦与否。到了 1723 年，首领洛帕就直接由彼得大帝委任了。然而，直到 1848 年，乔姆托夫将军才第一个以非哥萨克人身份成为首领。

19 世纪哥萨克角色的转变同样是可以解释清楚的。随着哥萨克地区人口的增多，哥萨克人对于新来者的抵触会不可避免地发生，俄国政府学会了利用这一情况。这一天到来了，哥萨克人为了自我留存，不得不为自己保留土地。这意味着，新来者不仅不能寻求到他们追求的自由，反而成为了一个穷人阶级，这一处境使得他们保持了最初的小农意识。哥萨克人发现自己处于一种中间状态，他们遭受着来自独裁专制政府的压迫，同时又尚未完全堕入农民的悲惨境地。专制君主在保持哥萨克人对自己的忠诚这一点上十分聪明，他始终打压哥萨克人，让他们感到一种被挤入农民阶层的危险。介于上述原因，哥萨克人既没有机会成为英国式的自耕农，也不可能遵循美国那样的革命模式。相对英国与美国而言，俄国社会的阶层结构太难改变了。

如果说一开始，哥萨克人对农民阶层的反感是出于对成功与自由之积极态度的消极表示，那么后来这种反感情绪却成为了一种传统。哥萨克人满怀激情地坚持着这种传统，将此作为对他们在 18 世纪和 19 世纪逐渐丧失的那些自由权利的补偿。这种蔑视农民的传统是如此强大，甚至到了后来，即使最初以在俄国南部河流沿岸掠夺与经商谋生的哥萨克几乎完全农业化了，它依然得以延续。换言之，哥萨克人所坚持的不过是一种对光荣过去的华而不实的缅怀。哥萨克人与18世纪苏格兰高地的人们有某种共同之处，甚至与苏格兰那些愚蠢的詹姆斯党人也有相似之处。他灿烂夺目的半东方式制服（虽然下班后和工作日，他穿的是家里织的粗布衣服），他的马术（虽然在家里，他只是跟在牛群后耕地），他的军刀与皮鞭（虽然在田地里，他挥舞的仅仅是一根简易的鞭子），他神圣不可侵犯的哥萨克土地——在军中效力时，他曾将一小包故乡之土与自己的小肖像一起挂在脖子上（虽然在家里，他将土地出售，为卖个好价钱而斤斤计较，因过度使用而使土地变得贫瘠不堪），甚至他珍视的东正教（其精神显然已经被他忽视了）：这些都是他过分看重的东西。而顿河本身则成为了哥萨克传统的核心象征，正如肖洛霍夫在《静静的顿河》中所阐述的那样：

> 从前，哥萨克在阿塔曼斯基团服完兵役以后，就打发他们回家了。他们把箱子、自己的家当和马匹都装上火车。兵车疾驰而去，快到沃罗涅什的时候，马上就要第一次越过顿河了，火车司机开始减速——减到最慢的速度……司机早已知道将要出现的场面。火车刚开上桥——我的天呀！……你就瞧吧！哥萨克简直都像发了疯："顿河！……我们的顿河！静静的顿河！生身的父亲，养育我们的恩人！乌拉——啊——啊——啊！"他们把制帽、旧军大衣、军裤、枕头套、衬衣和各种零碎东西，从车窗里，越过桥栏，扔到河里。他们服役回来了，在犒赏顿河。这时，你就看吧——一顶顶浅蓝色的阿塔曼斯基团的制帽，就像天鹅或者花朵一样，在河上漂荡……这种习惯是从很久以前就流传下来的。（第五卷，第十章）

哥萨克对于坚持传统十分执着。以至于到了1918年，在彼得格勒召开的国会会议上，一位来自乌拉尔哥萨克地区的代表还提议，要求恢复自己族群"耶克哥萨克"这一古老的名称。18世纪，皇室下旨废除了这一古老的名称，以此来惩罚乌拉尔地区的哥萨克人，因为他们参与了普加乔夫为反抗贵族剥削而组织的叛乱活动。在一个半世纪的时间里，他们始终坚持着自己族群的精神，从未让那个被压制不用的古老名称有分毫的失色。

普加乔夫叛乱之后，叶卡捷琳娜女皇对哥萨克自治权的破坏从她发表宣言的那一天（1775 年 8 月 5 日）开始。在接下来的时间里，哥萨克受到了更加严密的监控。1835 年的重组让顿河军队得以最后定形，自此，它成为了一个完全独立的社会阶层，一个人一旦进入了这个阶层，那么他的子孙后代也必须自始至终隶属于它。这一军区的非哥萨克人再也不能继续掌控地产。所有的男丁都要应征入伍。所有政府分支机构的上层都由官员管理，他们通常是非哥萨克人，他们的影响是如此无孔不入，以至于哥萨克人仅能保留微乎其微的自由。哥萨克人不仅要被迫承担参军时武装自身所需的各项费用，而且还无权对自己是否愿意参军这件事发表任何意见。与此同时，贵族阶层和沙皇政府实际上没收了数目惊人的大片民用土地。这一行为阻碍了哥萨克的扩张，并且促使了一种情况的发生，即尽管贵族与沙皇手中有充足的新地，却不把它用于容纳日益膨胀的哥萨克人口。但这一切所造成的影响在革命爆发之前都未被充分认识到。

如果说哥萨克族群的自由已经丧失了，那么一种作为被选中的、独特的族群的感觉却得以保留。这种自命不凡的错觉达到了相当高的程度，这一状况在现实中显得再清楚不过了。事实上，多年以来，真正的顿河哥萨克仅仅占了这一地区人口的少数，然而他们却一如既往地自欺欺人，认为自己是顿河绝对的主人。到了 1916 年，这一地区的总人口是 340 万，其中哥萨克人为 160 万，占总人口的 47%。在沙皇的保护下，哥萨克人残酷地掠夺与他们分享土地的农民与外乡人，把他们转变成散工。这些人的未来就像俄国的工人一样，毫无希望。

对传统的顺从、骄傲自满、自命不凡，这些或许可以解释另一种奇特的论调，我们称之为哥萨克个人主义。毋庸置疑，这一个人主义的主要根源是哥萨克传统自身，但除此之外，还有其他的影响因素。首先，所有哥萨克地区都拥有一大批宗教分裂者，俄国人称他们为“旧信徒”。这一论断的统计学证据十分匮乏，因为沙皇政府一直隐瞒真实数据，但是大多数调查者都同意这一说法。在最后的王朝——罗曼诺夫王朝统治时期，俄国东正教教堂每年都会针对宗教与政治异教徒举行庄严的诅咒仪式。被指名道姓地挑出来承受诅咒的五个人当中，有三个是哥萨克人。这一仪式本身表明，异端元素从未被完全融合过。宗教分裂者的存在本身不仅解释了哥萨克的分离主义，而且解释了哥萨克地区所有新教教派共有的奇特要求。承认这一事实，看来是十分明智的，甚至到了今天，依然如此。

哥萨克个人主义的另一个根源是经济因素。毫无疑问，哥萨克人在相当高的程度上保持了传统的俄国式集体感，这在宗教生活、军事生活，及定期分配公共土地的活动中显得尤为突出——他们按照家庭规模分配土地，而不是根据财产私有权分配。然而，哥萨克人不仅记得当初他们逃离俄国统治阶级时所获得的财产——他们并不坐享其成，在俄国，人们能够拥有的私人土地已经一代比一代少了——他们还凭借顿河土地的富饶肥沃与自己的辛勤劳作，在俄国统治阶级的势力范围之外，成功地生存下来，将北部那些农民同胞们远远甩在了后面。到第一次世界大战为止，他们拥有的土地、家畜以及财产的总量，仍然是其他农民的两倍。

诚然，哥萨克人的传统自身存在着诸多矛盾：公开场合的辉煌灿烂与私底下的艰难困苦、愚昧无知；公开场合的荣辱与共、手足情深、肝胆相照与私底下的离群索居、与世隔绝。然而，沙皇的支持使得哥萨克人成为了一个不安定的矛盾综合体，令他们始终保持着对过去荣光的古老幻想。

顿河哥萨克地区的首府，新切尔卡斯克，1805 年在新址上建立起来，并于 1943 年毁于德国人的战火。这座城市就像一座纪念碑，象征着人们心中彼此对立的传统相互和解了。城中的每家每户好似一个堡垒；众多街道都只允许骑兵通行，因为它们对于其他的交通工具来说，都太过狭窄颠簸了。在最高的山巅上矗立着大教堂，这个军事圣地被大炮与缴获的战利品层层环绕起来。在大教堂前面，耸立着叶尔马克的雕像，这位英雄在伊凡雷帝统治期间，征服了西伯利亚。

正如我们所意料的那样，在肖洛霍夫展现的图景中，我们一方面能看到一种稳定、宁静的集体生活，另一方面又能明显地体会到哥萨克人那种离群索居的状态。对于哥萨克人来说，顿河以外的世界，尤其是大城市（20 世纪“进步”的象征，对与它们休戚相关的农村社会抱有某种敌意），是陌生与未知的。诚然，伴随这种孤立而来的，还有无知。这种无知有时候显得滑稽可笑，但是另一些时候却变得邪恶阴险，因为无知本身会导致迷信、巫术与自我欺骗。甚至宗教本身，也往往与异教仪式混为一体。一个人们耳熟能详的例子是，哥萨克人相信，他们肩负着一个神圣的使命，那就是将他们的敌人赶尽杀绝。

哥萨克社会缺乏魅力，很大程度上应当归咎于教育系统的不完善。早在 19 世纪，普拉托夫首领就投入了极大的努力，企图将新切尔卡斯克变成一座智慧之城。他还慷慨解囊，大量捐款兴建学校，希望能提高文化普及率。尽管如此，结果却不尽如人意。实际上，直到 19 世纪与 20 世纪之交，一百个哥萨克人中，仍然有七十七个是文盲。此外，哥萨克人中存在着十分悬殊的学识差距，这个差距存在于不同的人群之间：富人与工人农民之间、男人与女人之间、城市居民与农村居民之间。举例来说，在地主与政府官员之中，识字率达到了 74.4%，但是在哥萨克女性农民中，识字率只达到了 7.7%。根据 1897 年的普查数据，一千个男人中，只有一个受到过大学教育，在女性中，一万个人中才有一个。第一次世界大战前，在哥萨克地区只有一所大学——新切尔卡斯克的顿河理工大学。

色彩、勇气、自由，这些哥萨克生活的每一个组成要素都被一种满含仇恨的无知所浸染。庄稼汉、霍霍尔（一个对乌克兰人来说带有贬损义的名字）、犹太人，事实上所有非哥萨克的东西都会被当作低人一等而遭到鄙夷。农民、霍霍尔、犹太人成为了用来骂人的粗话，恶毒程度仅次于"共产党"，在哥萨克人眼中，后者是前三者的结合体。但是，把无知看作是这种无休无止的轻蔑态度的唯一原因——表面看来，这种轻蔑态度有时候使整个社会充满了生气——是不正确的，因为这种轻蔑态度还另有原因，它是对哥萨克族群积极信仰的缺失所作的一种补偿性努力。哥萨克人在日常生活中不断地推翻那些他们声称要效忠的观念与习俗（自由、骑兵的排场、东正教），所以将他们始终联结在一起并提醒他们自身身份的其实是一种盲目的愤怒，这种愤怒让他们仇视一切对他们的美好幻想造成威胁的东西。与外表相反，哥萨克人内心深处有一种恐惧，至少在孤身一人的情况下，他们对外界充满戒备且缺乏把握。

哥萨克社会外表上稳定平和，且具有充满活力的历史传统，却在高压之下顷刻间显示出它自身的空虚无知。在《静静的顿河》中，探讨此情形发生的前因后果是全书最为生动有趣，却也最富于悲剧色彩的内容。只要一个社会将自己陷于与世隔绝的真空状态中，它就是相对安全的，并且认识不到自身的缺点，即便这些蛛丝马迹预示着未来即将发生的一切。对乌克兰农民泯灭人性的屠杀与无缘无故的攻击表明，哥萨克人企图寻找替罪羔羊，以此来隐瞒造成自身挫败的真实历史原因，达到自欺欺人的目的。年轻的哥萨克人自幼就被告知，他拥有优良的血统，他想象着自己是一切绅士后裔的同侪，理所当然地认为富商们会满心欢喜地将自己的女儿许配给他。当现实让他的期望一一落空时，他那不断加剧的焦虑感给社会施加压力。

最主要的冲突与分歧并不存在于哥萨克人内部，至少在第一次世界大战以前，分歧与冲突更多地发生在哥萨克人与其他人及这些人的观念之间，这些人生活于古老的哥萨克社会边缘，或是完全游离于哥萨克社会之外。追随哥萨克人不断向南向东扩展的足迹，商人们世代更替，不懈努力，成功地将货栈贸易发展成为繁荣的商业。哥萨克人对他们并不信任，既因为他们担任俄国政府间谍的事早就让他们臭名昭著，也因为他们赚取哥萨克的钱而使自己发家致富是显而易见的事实。与商人密切相联的是降临在这片土地上的贵族、官员阶层，专制皇权通过诏书将他们强加于哥萨克社会之上。这两个阶层凭借沙皇俄国的支持与自身的优越地位建起了一座非哥萨克城市，顿河畔的罗斯托夫市。新切尔卡斯克市是专制政府建立起来的军事与行政中心。沙皇政府企图以此来削弱旧切尔卡斯克市的重要性及其对哥萨克人的向心引力，旧切尔卡斯克市是哥萨克人在顿河的重要据点。许多哥萨克人拒绝接受这种改变。然而，哥萨克最终还是被困在了大致由沃罗涅什、哈尔科夫、罗斯托夫、察里津构成的矩形包围圈之中。在哥萨克人周围发展壮大起来的是他几乎不能理解的商业与工业中心。

这种情形，正如肖洛霍夫自己阐释的那样，将另一股外来的力量带入了哥萨克生活——工人阶级意识形态。《静静的顿河》中，施托克曼，一个在罗斯托夫出生的俄国布尔什维克，用比拟的方式将这一事实展现得淋漓尽致。这个人物触动了哥萨克人的心弦，将哥萨克思想中自相矛盾的幻想暴露在人们眼前："他有些不满意地放下了蚕茧。谁又能料到，不出四年，这个强健有力的生命体的幼虫，将会从它衰老的躯壳中破茧而出。"

将地理与历史因素结合在一起考虑，或许可以解释哥萨克人何以未能建立一个强有力的社会来抵御北方军队的入侵。他们占领的是一片不堪一击的地区，几个世纪以来，它屈从于迁徙至此的移民，任由军队通过。哥萨克人来到这里，就像之前的西亚述人与蒙古人一样，本身就是掠夺者。他们占领它，并且成为了从俄国翻涌而下的海啸的第一拨主浪，这场海啸注定将包括哥萨克人自身在内的一切都吞没。无论哥萨克人与俄帝国处于怎样的敌对状态，他们始终把自己当成俄国人，以某种方式与祖国母亲联系在一起。在 17 世纪到 18 世纪的起义时期，他们欣然接受持不同政见的俄国农民作为自己的盟友。分裂主义观点从来都没有被广泛认同过。哥萨克人坚持自己作为俄国人的身份，只要身份本身明白无误地显示了他们勇敢无畏的力量；他们在一开始就被贴上了破坏者的标签，但是他们拒绝承认自己冥顽不化、固执己见，并且从未停止过抗争。

就像俄国社会整个垮掉一样，在第一次世界大战的冲击下，哥萨克社会也开始崩塌。要理解这一点，并不困难。俄国的工人和农民、中产阶级与知识分子阶层都期待着彻底的社会变革，并且在许多层面上欢迎这场变革的到来，哥萨克人与他们中的任何一类都不同。哥萨克人对于革命始终是浅尝辄止的，他们对革命的涉足仅仅停留在表面。最深沉的直觉告诉他们，任何破坏传统传承、扰乱血统沿袭的行为，都是致命的。面对横扫俄国的变革之风，哥萨克人在社会与心理上都表现出坚不可摧的态势，这促成了他们1917年总体瓦解前夕更为激烈的抵抗，并且对之后共产党重整社会的计划抱有普遍的敌意。哥萨克人拥有足够顽强的精神，去英勇地反抗那必将发生的一切。这一切便是哥萨克史诗极其生动有趣而又富于悲剧色彩的原因。

诚然，哥萨克人是满怀幻想地加入第一次世界大战的，但是这幻想不久便消散了，因为他们发现自己的族群正生存在沙俄官员的铁腕之下，他们的钱财被持续不断地吸入了商人们的腰包。意料之中的是，布尔什维克思想轻而易举地就渗入了前线哥萨克战士的心，并且让他们既困惑又愤怒地回到了家乡。在家乡，他们看到的是一幅道德败坏的景象：诚实正直的地主们变得贪得无厌，妻子与恋人们不再忠贞如昔。然而如果布尔什维克主义揭露了哥萨克上层行为的道貌岸然，并且破坏了哥萨克对于独裁政府的忠诚，他们也会立即看清布尔什维克主义的真面目，与它划清界限。面对沙皇的背信弃义，他们至少还能继续生存下去，但是倘若要他们与布尔什维克并肩作战，那么他们就会失去继续存在的可能。因此，1917年之后，他们不得不回到自己的物质与精神源泉寻找支持。离开了高贵可敬的盟友，他们只好回望自己的传统遗产，并且最终诉诸纯粹的个人的坚忍不拔、不屈不挠精神。

《静静的顿河》超过一半的篇幅在描写革命。第四卷第八章描写了三月革命，第十九章则叙写了十月革命。实际上，肖洛霍夫从第四卷起，才开始自己的创作。第四卷的故事发端于1916年10月，由此，我们可以得出一个结论，即他将前三卷当成了序幕，着意提供一种历史视角，并且使纷繁复杂的革命事件变得易于理解。作品的前三卷归纳总结了哥萨克人的整个历史，直到第一次世界大战前夕，他们的社会制度依然与三个世纪以前一样封建闭塞。离开了前三卷，叙写 1917 年到 1922 年所发生事件的第四卷就会让人困惑不解。有了前三卷的铺垫，疑惑就迎刃而解了，我们不仅能理解十月革命后持续数月的无政府状态（第五卷），而且能弄清 1918 年春天爆发的一连串复杂的哥萨克叛乱。简而言之，我们明白了肖洛霍夫何以要用那样的方式开始第六卷：

> 1918 年 4 月，顿河流域的哥萨克彻底分化了……只是在 1918 年，历史才使顿河上游的人和下游的人彻底分离。但是分离的苗头却早在几百年以前就出现了。那时候北方各区不富裕的哥萨克既没有亚速海沿岸的肥沃土地，也没有葡萄园，更没有富饶的渔猎之利，他们有时从切尔卡斯克出发，随意到大俄罗斯的土地上进行抢掠、骚扰，成了所有暴动的英雄豪杰——从拉辛到谢卡奇的最可靠的支柱。
>
> 甚至在近代，当整个顿河哥萨克军在统治者铁腕的高压下蠢蠢思动时，上游的哥萨克就由自己的村、镇长率领公开暴动，动摇了沙皇统治的基础，跟政府军交战，抢劫在顿河上航行的商船队，转战伏尔加河沿岸，在已被镇压下去的扎波罗热重新煽起暴动。

肖洛霍夫正是出生在这个以“彻底分化”为特征的社会。现在，肖洛霍夫将他的“纸上英雄”们带入了这个世界。

大约在 19 世纪中叶，肖洛霍夫的祖父从俄国梁赞州迁居到了维申斯卡亚——顿河哥萨克军区的一个小镇。他在当地一个商人所开的店铺中工作，那个商人自己也是一个“外乡人”。后来，这个年轻的售货员迎娶了雇主的女儿，正式成为了一名商人。他拥有一个大家庭，四个儿子，四个女儿。他的第二个儿子，亚历山大·米哈伊洛维奇，就是作家肖洛霍夫的父亲。

肖洛霍夫的母亲，阿娜斯塔西娅·达尼洛芙娜·切尔尼科娃，出身于当地农民家庭。像当地其他农家一样，他们自从定居顿河以来，便长期被奴役。她出生在临近克鲁日林村的亚诺夫卡庄园，那里住的都是农奴，地主德米特里·伊夫格拉维奇·波波夫——一个哥萨克中名垂青史的人物——对他们享有特权。阿娜斯塔西娅·达尼洛芙娜的父母很早就亡故了，她被送去年老的地主家当奴仆。后来，她迁居到维申斯卡亚镇，被肖洛霍夫家雇用。

年轻的亚历山大与她坠入爱河，并让她怀孕了。为了阻止这桩与自家门第不相称的婚姻，肖洛霍夫的祖父母为自己的儿子物色了一位更合适的姑娘，并且按照当地习俗，把女仆嫁给了一位退休的哥萨克军官。

肖洛霍夫家老人们这种一意孤行的做法引起了儿子激烈的反抗。亚历山大·米哈伊洛维奇拒绝迎娶父母为他物色的那位姑娘，并且要求分家。分家之后，他把阿娜斯塔西娅·达尼洛芙娜带回了自己家——就仿佛她那位年老的丈夫并不存在一般。

亚历山大·米哈伊洛维奇只在乡村教会学校上过学，但是他博览群书，并深深被文化生活吸引。按照当时流行的标准来看，他周围的同事都把他看作是一个学识渊博的人。基于缺乏专业教育的事实，他转而耕田、经商，从事各种各样能立竿见影地为他带来收益的工作。另一方面，阿娜斯塔西娅·达尼洛芙娜却是一个目不识丁的文盲。当人们问亚历山大，他何以会娶一个普通的农民为妻时，他回答说，"你们对此一无所知！她不是一个女人，她是一幅画！"直到儿子去外地上学，开始向家里寄信时，她才开始学习读书识字，因为读不懂儿子的家书让她觉得羞愧难当。

米哈伊尔·亚历山德罗维奇·肖洛霍夫出生在1905年3月24日，他是一个具有特殊合法地位的独子。他母亲的第一任丈夫（他的名字俄国评论家们尚未向人们透露）是一个哥萨克人，这意味着肖洛霍夫承袭了所有哥萨克特权。1912年，他母亲的第一任丈夫去世之后，肖洛霍夫的父亲正式迎娶了他的母亲，阿娜斯塔西娅·达尼洛芙娜。他的出生从那一刻起，真正合法化了，但这也意味着一种文化遗产（哥萨克特权）的丧失，而这一遗产本身对这一地区的人来说，是至关重要的。这究竟会给一个七岁的男孩带来怎样的问题，我们无从知晓。但是从肖洛霍夫早先描写儿童的一系列故事中，我们可以觉察到痛苦难忘的挫败感的丝丝痕迹。最关键的事实是，肖洛霍夫的哥萨克身份是残缺不全的。

他的一位表兄回忆道："他像其他孩子一样成长起来，同样活泼好动，充满生气。不同的是，他自视甚高，十分骄傲。上帝保佑，每当一个外来者对他作出表示爱抚的举动时，他立即会满脸怒容。你不可能用糖果之类的东西来取悦他——他是难以笼络的。肖洛霍夫的父亲对他十分溺爱，对他的恶作剧采取宽容的态度，但是他的母亲会时不时地惩罚一下他。每当那时，他就会逃到我们这儿来，藏到奥莉姑妈的身后（奥尔加·米哈伊洛芙娜·谢尔金娜,他父亲的妹妹)。她会给他讲故事,抚慰他不安的心灵,让他安静下来。"

他的另一位表兄(奥尔加的儿子亚历山大,他是年幼的肖洛霍夫的照看人)讲述了他们童年游戏的故事:

> 经历了日俄战争与亚瑟港的英勇保卫战之后,乡村小哥萨克们最喜欢一种叫做"亚瑟港城墙战役"的游戏。有时候,我们在底部淌着水流的溪谷边集会,把所有人分成两个小分队—每个小分队分别占据溪谷的一边。我指挥一支由十八人组成的小分队,我的哥哥瓦洛佳指挥另一支二十五人小分队。每个人都骑在树枝上,神气活现、东窜西跳—树枝是我们勇敢无畏的骏马。"俄国骑兵"会以鹅卵石与岩石为武器,对日本人发起进攻,直到有人头部被"击中"。小米沙(小肖洛霍夫的昵称)被编入我的小分队,我把他安排在一个小战壕里,在那里,他跟别人一样,投掷鹅卵石,当然,他的投掷技术并不比别的孩子好—然而,他投掷的方式的确十分像一个真正的军人,神情严肃,英勇无畏。

1911年,六岁的肖洛霍夫跟随家庭教师季莫菲·季莫菲维奇·穆雷辛学习。这位老师回忆说,他是一个勤奋的孩子,擅长学习传授给他的所有知识,但是在写作上却略显不足。他已经是一个满怀激情的探寻者了。在那个年纪,他想成为一名军官。但是穆雷辛提醒他,大科学家们的贡献是永恒的,学习本身是充满乐趣的。于是,小米沙对这位老师说:"那么,我就做一名学生好了。"

1912年,肖洛霍夫的老师是米哈伊尔·格里高利维奇·科佩洛夫,在《静静的顿河》中,作者提到过他(第七卷,第九到十章)。提到科佩洛夫,穆雷辛说:

> 他是卡尔金一名医务助理的儿子。革命爆发前,他与一个学生组织扯上关系,在沙皇统治时期因政治立场问题而被开除出师范学校。内战期间,白军撤离卡尔金镇后,苏维埃政权建立起来,他则留了下来。但是,不久之后,那场令人记忆犹新的顿河上游叛乱在红军后方爆发了,而他也被牵涉其中。在立场问题上,他摇摆不定,犹豫

不决——犹豫程度并没有比葛利高里·麦列霍夫轻到哪里去。在叛军重组之后，科佩洛夫与其他的叛乱者一起，倒向了白军一边，最终战死沙场。

1914年夏天，第一次世界大战爆发不久，肖洛霍夫的父亲把他送到莫斯科治疗眼睛。他在莫斯科待了几个月，一直戴着深绿色的眼镜。1915年，他开始了在那里的求学生涯。回乡的旅费花销与首都高昂的生活成本让他父亲在经济上捉襟见肘。此后，肖洛霍夫被送往位于沃罗涅什省博古恰尔（Boguchar）的一所八年制男子预科班。那里离他的家乡不那么远，而且他可以收到从家里寄来的食物邮包。显而易见，他正是在这一时期创作了一些诗歌。“在预科班，有谁不写诗呢？”多年以后，他这样反问道。

但是，肖洛霍夫在这所学校只念到了四年级。1918年，德国人占领了博古恰尔，他不得不因为革命而返回家乡。内战期间，肖洛霍夫跟随全家人辗转各地，屡次迁徙。最初，他们全家迁居至叶兰斯克镇附近的普列沙科夫，在那里，他的父亲在一座蒸汽谷物磨坊工作。1919年，他们全家迁居到鲁别日内，在那里肖洛霍夫第一次听闻了雅科夫·福明的事迹。雅科夫·福明在革命中扮演了十分重要的角色，起初他是布尔什维克的支持者，后来又成为了一个自成一派的土匪头目。同年，他们再次迁居，来到了卡尔金斯克镇。在这儿，十四岁的肖洛霍夫的革命情绪引发了一名哥萨克士兵对他的搜捕。那名士兵还虐待肖洛霍夫的母亲，因为他母亲拒绝说出他的藏身之处。可以说，从1918年到1920年代初期，肖洛霍夫生活在白军控制区中。他的阅读生涯——倘若说这算不上是他所受的正式教育的话——仍然在继续。他父亲订阅了各种各样的杂志，不断地买书回家，还为他的儿子建立了一个小型图书馆——小肖洛霍夫多次通读了所有图书。在人生早期，肖洛霍夫最喜欢的作家之一是杰克·伦敦。他喜欢书籍胜过喜欢电影，后来他也承认，对他来说，“一本书可以替代任何电影或戏剧”。

1920年，未满十五岁的肖洛霍夫前去为卡尔金斯克的革命委员会工作（革命委员会是革命后出现的新的市民行政单位，一般简称为革委会）。他协助处理教育事务，提供书籍，演奏吉他、口琴、钢琴，进行创作并且在戏剧中扮演角色——尤其是喜剧角色。在一部改编自冯维辛《纨绔子弟》

的戏剧中,肖洛霍夫对年轻的米特罗凡进行了一次滑稽的戏仿:他脸上涂满果酱走上了舞台。许多年后,他的朋友问他,他创作这部作品是否与当时创作其他作品一样——只当是应景的粗糙之作,他既不否认,也不肯定,只是笑个不停。他协助建立了两座剧院,一座是维申斯克镇的青年集体剧院,另一座是顿河流域配备合唱队与演奏团的哥萨克剧院。

除了上述工作之外,肖洛霍夫还在粮食征集队效力过一段时间。粮食征集常常是一项危险而严峻的工作——在 1921 年的粮食歉收之后,尤其如此。要从愤怒的农民手中夺取粮食,本来就够危险了,然而还有比这更危险的:这一地区常常有成群的武装土匪出没,满心怨恨的反苏维埃残余势力也在这里伺机活动——他们从来都乐于处死共产党的支持者。有一次,肖洛霍夫从乌克兰民族主义者、反布尔什维克者涅斯托尔·马赫诺手中死里逃生,原因只有一个,那就是他们认为肖洛霍夫太过年轻,并不知道他自己在干什么。这一段冒险经历在他的短篇小说《粮食委员》中有所体现。

也是在此期间,肖洛霍夫开始写作,尽管他最初的小说总是无一例外地被拒稿。此外,他爱上了一名在粮食征集队认识的语法学校的老师,玛利亚·彼得罗夫娜·格罗莫斯卡娅。女孩的父亲彼得·雅科夫列维奇是一个富有的哥萨克人,一生充满了传奇色彩。他出生于布卡诺夫斯克镇,是当地的教堂司事,在 1916 年之前的几年里,他还担任过村长。1918 年内战爆发初期,白军撤离时,他接到命令,让他加入正在撤离的部队,但是他逃离了部队,加入了红军。他做了一段时间的共产党军官,但是 1923 年,他再次做起了教堂司事。直到他于 1939 年春天去世为止,我们再也没有从苏维埃政府那里听到有关他的任何消息——这是自然而然的事情。同样,我们对于肖洛霍夫的妻子知道的也很少,除了她是他四个孩子的母亲,并且是模范的苏维埃妇女同志。她陪着她的男人一起外出打猎,悄无声息地分享着他的财产。

抱着第一代苏维埃作家典型的轻描淡写的态度,肖洛霍夫为他生命最初的十七年写了一篇简短的自传。这篇自传被作为序言收在他的小说集《浅蓝的原野》中:

> 1905 年,我出生在顿河流域(前顿河军区境内)维申斯克镇。
>
> 我的父亲是一个来自梁赞省的中产阶级,他生前不断改行。他

做过家畜采购员，在租来的哥萨克田地上种过粮食，在一家小型商行做过推销员，还做过蒸汽谷物磨坊的经理，等等。

我的母亲一半血统是哥萨克人，一半是农民。她在父亲送我去预科班念书时开始读书识字，这样她就能自己给我写信，而不必每次都求助于父亲。直到1912年，我和母亲才都拥有自己的土地——她作为一个哥萨克的寡妇，而我则作为一个哥萨克的儿子。但是1912年，我的父亲，肖洛霍夫，认养了我（直到这时，他尚未与我母亲结婚），于是我开始被人们看成一个富裕的中产阶级之子。

1918年之前，我在各式各样的大学预科班上过学。内战时期，我在顿河的预科班上学。

从1920年起，我开始服兵役，在顿河流域盘桓游荡。在一段时期里，我是一名粮食征集员。直到1922年，我们与控制顿河流域的土匪团伙一直在追来逐去。一切都像意料中的那样发生了。许多次，刀光剑影都近在眼前，但是现在，所有的一切都被遗忘在角落里了……

肖洛霍夫对文学的严肃责任感显然是从1922年他移居莫斯科时开始培养起来的。在莫斯科，他加入了一群青年作家，他们把自己称为青年近卫军，并且租下了三级旅馆的一个楼层作为他们的寓所。毫无疑问，更早以前，肖洛霍夫就开始尝试写作了。早在1922年夏天，他就对一个朋友提起过，他要写作一部反映内战时期顿河哥萨克生活的长篇小说。然而，在开始参加为青年作家举办的研讨会之前，他还不能被称作一个真正意义上的写作学徒。一个诗歌研讨会由尼古拉·阿塞耶夫指导，他是一个未来主义者，与弗拉基米尔·马雅可夫斯基过从甚密；一个散文研讨会由奥西普·布里克和维克多·什克洛夫斯基在马克·科洛索夫的公寓里轮流督导，马克·科洛索夫后来成为了肖洛霍夫的好友，同时也是他最早的作品编辑之一。肖洛霍夫从布里克与什克洛夫斯基那里受到的指导，简而言之，一定是大有助益的，因为他们强调的是写作技巧、小说的形式与技术，而不是内容的独创性。毕竟，他们是文学“形式主义”的两个主要领军人物，后来他们受到俄国共产党的强烈谴责。一次，肖洛霍夫的小组接到一项任务，这项任务要求他们接着契诃夫《过火》的情节设置，续写一个有关苏维埃生活的故事。科洛索夫向上级报告说：“相比其他人，肖洛霍夫更为出色地完成了任务，也更为勤奋努力。他的故事最为贴切地传达了任务本身的主旨。”另一次，奥西普·布里克就情节设置问题讲了一次课，并且要求学生们构思一个具有“颠覆效应”（指有出人意料的结局）的故事。肖洛霍夫交出的作业让整组人都印象深刻。他的故事“不仅情节曲折激荡，而且语言生动丰富，人物各具特色，立意深刻高远”。

如此夸大其辞的赞语，毫无疑问，是一个友人狂热激情的产物，尽管如此，肖洛霍夫在这些研讨会中确实学到了许多东西。在《静静的顿河》的前几部中，跳跃式的叙述风格、夸张意象的运用、编年体式的叙事顺序都表明，形式主义对肖洛霍夫产生了重大影响。他第一部作品（署名M.肖洛赫）是于1923年9月19日出版的讽刺小品《考验》。虽然这部作品语言生硬，意象僵化，它却展现出一种契诃夫式的风格，注重细节的精确刻画与具体情景的再现，而不是强调情节高潮的步步推进。

《考验》最引人注目的特点是肖洛霍夫对于“党内阴谋”的关注——事实上，共产党内部已经渗入了许多寡廉鲜耻的卑鄙小人，他们不断地折磨着那些忠诚的党员们。在新经济政策时期，这种关注是司空见惯的，就像我们后来看到的那样；在第一个五年计划时期，这成为了对肖洛霍夫生死攸关的问题，还差一点断送了他的前途。

但是肖洛霍夫并不满足于在莫斯科的学习。进步显得太慢了。他干各种各样的体力活来维持生活，常常谈论起文学来滔滔不绝，但是写出的真正有价值的作品却很少。直到1924年年末（12月14日），抵达首都两年多之后，他的第一部小说《胎记》才在《青年列宁主义者》上发表。1925年春天，新作品接连不断地出版。这一切让肖洛霍夫有幸见到了A.S.绥拉菲莫维奇——他遇见的第一位文学名将。绥拉菲莫维奇在革命前因他的小说而名扬天下，1924年因创作小说《铁流》，受到了苏维埃的高度赞扬。这次会面对肖洛霍夫而言如此重要，是因为同样来自哥萨克区域的绥拉菲莫维奇对自己的“家乡同胞”（指肖洛霍夫笔下的哥萨克人）表现出一种十分个人的兴趣。由于意识到肖洛霍夫具有出众的文学天赋，这位年长的作家不仅鼓励他继续创作，而且还为他的文学之路保驾护航——绥拉菲莫维奇为他的第一部小说集撰写了序言，对《静静的顿河》的第一部做了热情洋溢的评价，后来又成为了他最忠实的捍卫者，给所有肖洛霍夫的抨击者以有力的回击。肖洛霍夫曾多次表达对绥拉菲莫维奇的感激之情。众所周知，正是在第一次会面之后，绥拉菲莫维奇对二十岁的肖洛霍夫作出了以下的文字肖像速写：

> 肖洛霍夫转过身来；他的前额宽大而苍白，浅色头发向上拳曲着，他的脸呈黄褐色。一双蓝灰色眼睛轮廓清晰，长而纤细，敏锐深邃，从那女孩般扬起的眉毛下含带笑意地向前方直视着。而后，这双眼睛开始传情达意，他的嘴角上扬成一个微笑的弧线，仿佛在对你说："朋友，我知道你在想些什么。是的，我知道，我早已将你的灵魂看透。"

这就是一个剽悍、年轻的俄国哥萨克。通过他那双探寻的眼睛，他看到一个质朴纯美的世界陷入了一片彻底的野蛮混乱之中，但是他并没有放弃对文化与礼仪的热切追求。在这双眼睛的指引下，他将发现整个俄国与苏维埃历史的范式。当他的视线变得模糊不清，他就会尽力找寻当时最好的矫正镜片——一种经过列宁改良的马克思主义：布尔什维克主义。因此，他笔下的哥萨克历史是一部经过社会主义阐释的历史，俄国革命也经过了乡村化、地区化的布尔什维克主义的修饰。然而，在大多数时候，他并不需要任何镜片，因为草原的阳光会照亮他的世界，满盈歌声与传奇的草原之风会为他的散文奏响乐章。

编后记

D.H. 斯图尔特，美国著名的肖洛霍夫研究专家，本文译自他的《米哈伊尔·肖洛霍夫：批评导论》，密歇根大学出版社，1967 年，第 1—21 页。

论《静静的顿河》

作者 [匈牙利] 格奥尔格·卢卡奇

译者 罗悌伦

一

肖洛霍夫的伟大艺术在于:他把一般和特殊同时表现出来了,而且是彼此不可分割地表现出来的。他在自己的一系列小说中给我们展示了俄罗斯农村在国内战争时期发生变革的画面,展示了当时农村不同力量彼此斗争的画面。这里的农村带有哥萨克特点。就这样,革命巨变的关键岁月——从第一次世界大战前直到1921年——就从苏联的一块较小的地区展现出来了。各种事件大都发生在这一狭小的地区,只有少数例外。各种人物也大都是本地人,同样只有少数例外。但是小说的精神却从没有局限于地方。这不仅说明,全苏联发生的事件都在一道起作用,更重要的是还说明,每一个地方事件都关联全国,乃至全球。但实实在在的普遍性是通过人物及其命运的特定性形成的,就是说,是通过下述情况形成的:各种不同人物的命运归根结底是由社会革命的关键性动机决定的。这里,哥萨克农村的命运一般也是农村在社会主义与反革命之间进行斗争这一时期的命运。

因而,肖洛霍夫的这部小说是一部农民小说。不过,从小说讲述的情况可以了解到,这部小说从根本上与一切资产阶级描写农民的小说不同。数十年来的颓废派农民小说(季奥诺及其他作家的小说)在写作风格上通过对自然的偶像化而把农民阶层的生活表现为具有一种"宇宙自然特性”，这样一来，农民的生活就从根本上被歪曲了。甚至年老的、重要的资产阶级现实主义者（巴尔扎克、彭托皮丹）展现的也是一幅无论内容还是结构都完全两样的画面：失望、悲观主义、走投无路。这种画面不是基于当时作者的个人倾向而产生的；对于严肃的、热爱真理的资产阶级现实主义者而言，这样的画面完全符合资本主义社会里城乡的客观关系。而社会主义给社会生活的各个领域，包括农村这个领域都带来了根本的变化——这种变化在肖洛霍夫小说的内容和形式方面都有反映。

当然，肖洛霍夫在这里描写的也绝不是平静的田园生活——这是他的伟大功绩，至少在小说的开头绝不是。资产阶级的批评倾向于认为，恰恰是在小说的开头描写了田园生活景象，虽然肖洛霍夫在这里给我们展示的是哥萨克农村的荒芜原野，展示的是这种荒芜原野的极其真实的情况。更缺少田园生活气息的是通往社会主义的道路。肖洛霍夫以史诗手法描绘的恰恰是农民阶级如何在黑暗中摸索、动摇、陷入迷途的历史场景：整整一个阶级的奥德赛。

从这种奥德赛的观点出发，哥萨克农村就扮演了一个特别的角色。在肖洛霍夫所描写的哥萨克农村中生活着许多中间阶层农民，和相当多的、影响力巨大的富农。这样的影响力在沙皇时代强化了——通过哥萨克民族的特殊地位，通过特权阶层为镇压革命运动而专门组建和培养的军队而强化了。自然，这种旧的局势在第一次世界大战前就已经在一定程度上削弱，而分崩离析的趋势则由于世界大战而在无论前线还是农村都得到本质性的强化。就这样，由于一般农民因素不断强劲出现，哥萨克农村革命者与反革命者的特殊形式就产生出来了。肖洛霍夫的小说在这一基础上成为了国内战争时期的俄国农村史诗，成为了描写农村从起初走上错误道路到最后找到回归道路的史诗。

这也是这本书中所描写的社会主义变革的积极一面还没有展现在我们眼前的原因。（肖洛霍夫后来在自己的小说《被开垦的处女地》中将它展现出来了。）哥萨克的奥德赛只可能有一个结局：农村到头来认同、顺从了社会主义的最后胜利。这结局的部分原因不过是他们适应了而已，有时是咬牙切齿地顺从的；但不管怎么说，有一点是清楚的：绝对不存在任何特殊的哥萨克道路。就是说，国内战争的哥萨克史诗根本不是对社会主义革命的描绘，而“只是”无产阶级对农民哥萨克的个人主义、无政府主义、沙皇传统等实施专政的胜利史诗。

从这一观点来看,《静静的顿河》在其产生时代,已经是一部历史小说了。今天,它更可以被看作这样的小说。当然,这只在下述意义上而言,才正确:历史小说与描绘当今时代的小说之间的分界线是模糊不清的。真正的历史小说从根本上说非常有价值,因为这样的历史小说描绘的是当今时代之前的历史,因为这样的历史小说通过对逝去岁月社会斗争的描绘指明了从当今通往未来的道路——而且无需把当今的什么东西放回过去进行审视,也无需对过去进行现代化处理。如果这个观点对所有真正历史小说都是适用的,那么,它对于直接描写当今时代之前的历史,亦即描写不久之前的过去——该"过去"的人物现在依然活着并且还在参与当今的变革——的那些小说而言,就更适用了。因此,要在历史小说与非历史小说之间画一条界线是极其困难的。

肖洛霍夫就是在这一意义上对哥萨克农村社会主义之前的历史进行描述的。因而,这部小说的伟大现实性就在于,他恰恰是通过对特定哥萨克人生活的忠实再现与独特手笔,展示了充满种种困难的宏大历史场景——这些困难是农民阶层在通往社会主义的道路上每前进一步都遇到的。一般与特殊的统一赋予肖洛霍夫这部著作真实性和史诗性。

二

人物的选择与安排是由创作任务决定的。小说的主人公葛利高里·麦列霍夫是一个富裕中农的儿子。他的父亲属于那种狡猾、保守、通过紧密纽带同富农关联在一起的中农。当他为儿子葛利高里娶亲的时候,他请求女方的父亲、富农科尔舒诺夫同意把女儿嫁给他的儿子。在此,我们想引用肖洛霍夫对科尔舒诺夫财产的详细描述,以使读者对哥萨克富农的情况有一个清晰的了解。

> 十四对公牛,一群马,几匹种马都是从普罗瓦里斯基养马场买来的,十五头母牛,无数别的牲畜,足有几百只羊的羊群。单说这处宅院,也就很可观了:房子并不比莫霍夫家[①]的逊色,一排六间薄铁瓦顶的房子。院里的附属建筑都是用漂亮的新瓦盖的;花园足有一俄

① 莫霍夫是村里最富裕的商人。

亩半，还有一片树林子。

葛利高里的哥哥彼得罗是一个一般的、保守的、在旧传统里长大的中农哥萨克。如果我们把这几个人看作中间阶层，那么，处在他们右边的是更年轻的一代米吉卡·科尔舒诺夫，生来就是要成为反革命的富农；处在他们左边的是贫农米沙·科舍沃伊，葛利高里青少年时期的朋友、后来的妹夫，在第一次世界大战和国内战争中磨练成了布尔什维克。

葛利高里本人却不是哥萨克中一般的中农。他的命运具有强烈的个人特点，远远脱离了农村一般生活方式的框架。在这里，我们就已经看到了肖洛霍夫的真实的艺术形象塑造力。如在整部小说中善于感性地将一般与特殊有机地结合起来那样，作者在对主人公进行刻画时，也同时不可分割地描绘了一般农民哥萨克的特点，描绘了那些令主人公超越农村一般水平的特点。这首先是同葛利高里的个人命运关联在一起的。作为一个青年，他恋上了邻居、中农哥萨克司捷潘的老婆阿克西妮亚。对他而言，这不是什么私奔性质的冒险，如年轻哥萨克中通常出现的情况那样，而是一种具有命运特性的、对他整个人生都产生了影响的爱情。正如我们已经看到的那样，虽然葛利高里由于父亲的努力而娶了娜塔莉亚·科尔舒诺娃，却在同妻子共同生活了很短一段时间之后就离开了她；在他给大地主邻居利斯特尼茨基做仆人期间，他同阿克西妮亚是互相依存的。

这种个人命运使葛利高里从自己周围的环境中突出出来。肖洛霍夫的伟大艺术恰恰在于，他通过这种突出手法把葛利高里那种对哥萨克农村而言典型的特点，非常鲜明地呈现出来了。因而，肖洛霍夫也就能够让葛利高里——一个具有强烈个性的典型人物——成为自己故事的主人公。葛利高里也由于自己的才华而从一般的哥萨克年轻人中脱颖而出。与那些过着传统生活的哥萨克同龄人相比，葛利高里独特的个人命运使他的感知在面对各种新关系、新情况时变得更加敏锐。然而，葛利高里由于自己的命运，又在一定程度上失去了根基。而这随后在下述情况中表现了出来，即农村在国内战争期间所经历的那些动摇，在葛利高里的心灵中以尖锐至极、交互重叠、错综复杂的形式表现出来。

决断型个性与农村类型的这种统一在葛利高里与阿克西妮亚之间缠绵悱恻的爱情中表现了出来。如果我们从整体来考察这两个人的生活，那么，他们的爱情是由命运决定的，有如安娜·卡列尼娜的爱情一样。但肖洛霍夫的主人公葛利高里与阿克西妮亚无论从哪方面看都依然是哥萨克农民。当葛利高里与阿克西妮亚得知阿克西妮亚的丈夫很快就会从军队回家的消息时，阿克西妮亚就想说服葛利高里一起私奔。葛利高里根本不同意。

> "你真是个糊涂娘儿们，阿克西妮亚，真是个糊涂虫！你说呀，说呀……可是尽是废话。哼，我离开家上哪儿去？……离开土地，我哪儿也不去。这儿是草原，喘气都痛快，可是那个地方呢？去年冬天我跟爸爸到车站去过一趟，差一点儿没有把我呛死。火车头呜呜叫，烧煤烧得乌烟瘴气，非常难闻。我不知道那儿的人怎么生活，也许他们已经习惯这种煤烟味儿啦……"葛利高里啐了一口，又说道："我不离开村子，我哪儿也不去。"

葛利高里的这种农民天性在下面这个场景表现得更加清晰：他竭力同他父亲进行抗争，坚决不愿意娶娜塔莉亚·科尔舒诺娃。肖洛霍夫是这样描绘葛利高里跟父亲一块儿到科尔舒诺夫家去求亲的："葛利高里的眼睛很快就看遍了她的全身——从头直到两条好看的长腿，就像马贩子在成交之前察看一匹小牝马一样，他心里想：'很漂亮。'于是和她那投向他的目光相遇了。"阿克西妮亚的生活同样也有不少剧烈的变化：她回到自己男人身边，同他一块儿生活；在庄园里，她同年轻的利斯特尼茨基有暧昧关系；等等。

肖洛霍夫运用一切手法来使葛利高里与阿克西妮亚爱情里的非同寻常、命运使然的东西变得可信——肖洛霍夫的伟大艺术在这里也展示了出来。当葛利高里在国内战争结束后想要同阿克西妮亚一起逃往远方，而阿克西妮亚在途中一次小冲突中被子弹击中身亡的时候，葛利高里终于彻底崩溃了——这绝非偶然。

葛利高里这个由于自己的特殊命运而独具特性的哥萨克，在第一次世界大战中当了兵。他的第一反应是厌恶，对由战争性质所决定的非人性感到厌恶。但后来，他慢慢地适应了这种无法避免的情况。通过他的勇敢与冷血特性，他在军队里步步高升。然而，从来就没人能够说他真正有过战争的狂热劲儿。他对军官从一开始直到和平时期都是不信任的。所以，他在军队期间就已经有过各种各样颇具特色的动摇了。一方面，葛利高里的观点是受哥萨克的偏见和成见制约的；另一方面，在他身上总是出现一种当时还没有形成想法的不满心态。

因而，葛利高里后来无论是对革命还是对反革命，都没有一心一意过。在他身上，在许多关键时刻，临时的、纯粹个人的动机起着相当大的作用。当然，这只是一些说得过去的理由。具有决定意义的其实是社会形势。肖洛霍夫的艺术也在于他把个人因素运用至极限的做法；非典型、突出阶级框架的东西，以及将个人抬升至阶级高度的手法（在葛利高里身上，不单有他对阿克西妮亚的爱情，还有他在军队里的升迁），都运用到了极点；然而，社会形势又处处以关键的、心灵的、精神的、道德的因素的形式表现出来：这个哥萨克中农的天赋、对自由的渴望以及无政府主义的个人主义。所以，葛利高里恰恰是由于自己的非典型性而成为了整部小说的典型、中心人物。

这种将一般与特殊交织在一起的独特做法，通过葛利高里与其他哥萨克的关系而表露得更加明显。其他的哥萨克人尽管彼此间有鲜明的区别，却也有许多相近的特点；这首先表现在葛利高里的父亲和哥哥身上，当然也表现在其他哥萨克身上。甚至在那些后来站到革命一边的人身上也出现了与葛利高里相似的感情和想法。在类似的社会基本形势中，在各种不同的人物身上，自然而然地发展出在某种程度上相似的心理特性，这种心理特性通过哥萨克农村内部存在的经济差别而展示了丰富的、各不相同的色调——这又是精彩的艺术手笔。这样一来，科尔舒诺夫与科舍沃伊彼此尖锐对立的道路就确定下来了。

但问题还远没有结束。这同一种社会的基本局面为不同人物的可能行为一活动提供了各种较为狭小或者较为宽阔的活动空间——而这是适应个人不同阶段的发展、适应个人的不同倾向的。我们只要将葛利高里与他的哥哥彼得罗或者与他后来的军官伙计普罗霍尔比较一下，就清楚了。前面刚刚提及的活动空间对于葛利高里是划分得最为宽泛的，因而他必要的内心动摇，无论从社会还是从个人的角度看，都得到了最大程度的展现——就这样，葛利高里被成功地刻画为最有个性，又最典型的人物。

在此，我们又看到了一种同资产阶级小说的鲜明对比。肖洛霍夫对人物形象的安排无异于接近史诗创作的内在结构。在此，伟大叙事文学的中心人物是必须具有与众不同的优秀品格，还是只要具有一般性格的问题就出现了。从《弃婴托姆·琼斯的故事》开始，经《奥勃洛莫夫》，直到福楼拜的主人公,他们都是平常人,这就决定了资产阶级现实主义小说的结构必然会同史诗创作的结构形成鲜明的对照。而这种对照背后隐藏的是必然性:叙事文学形式的各种要求在发展阶段与结构不同的社会中,必须以不同的方式得到满足。在荷马史诗里,情节直接就具有社会特性;与众不同的英雄人物是最突出、最显著、最典型社会行为的综合体现。典型的资产阶级小说是受个人因素占据优势这种情况制约的;在这样的小说中,社会发展的规律是冲破极富个人特色的命运、冲破个人心理学、冲破许许多多因素而呈现出来的。平常人主人公的文学叙事功能是:让人看见社会化学的变化,就像社会化学是一种石蕊试纸一样。比如,在司各特的笔下,平常人主人公的作用就在于,让社会生活中那些相互对立的极端之间固有的、使情节有可能产生出来的联系变得可以被描绘。在资产阶级小说里,从政治方面看,对人的描述停留于背景之中,这就不是偶然的了。在司各特的笔下,领袖式的历史人物总是仅仅作为次要人物出现。这种类型的小说在社会主义发展进程中,是必然要做巨大改变的。这种巨大改变的萌芽我们可在肖洛霍夫笔下观察到。

我们要强调的是萌芽。社会主义现实主义理论并不为了对不同发展阶段进行相应的描写而采用规范性的统一模式。导向社会主义运动的变革有些两样;社会主义建设本身又有些两样。在肖洛霍夫笔下,我们见到了新叙事文学原则的变种——具有悲剧特性的变种(细节后面再谈);但不管怎么说,这已经意味着迈向新叙事文学的一个决定性的转变了。

关键的、决定叙事文学整体结构的问题是:这种史诗式动态叙述的目标是什么?往何方发展?在涉及形式问题时,这是重要的、关键性的,因为叙事文学形式起着规范作用:就讲述技巧而言,结尾必然在开头就已经给出。肖洛霍夫强烈主张叙事艺术的这一原则(而且也传达给了读者):作者总是描写已经属于过去的事件。这在细节的安排上也表现出来。比如,我们从送给葛利高里的一条消息获知,他的老婆娜塔莉亚快死了——直到这里,人同死神的斗争、人死亡的全部细节才展示出来。对叙事文学这一原则的细致观察,我们同样可以在荷马以及托马斯·曼的笔下见到。如果要依据基于结尾来写小说第一句话的原则,那么,讲述者就必须也按结尾来设计、安排每一细节的特点、节奏、线索走向。这一结尾在肖洛霍夫笔下,就是社会主义在哥萨克农村的胜利。在这样一部《奥德赛》般的著作里,主人公就是在结尾找到了自己的家园——同资产阶级小说的至关重要的对照也恰恰就在这里。

然而，这里却存在着矛盾——肖洛霍夫这一著作的典型特点是主人公从叙事文学描写方面讲具有双重性，而这种充满矛盾的双重特性恰恰通过矛盾本身而实现辩证统一：农村找到回归的路，中心人物葛利高里到头来却走向了错误的路，毁掉了自身心灵与道德的存在；而他成为中心人物，恰恰是因为他身上统一了哥萨克农民那些典型的、最佳与最差的个人品质——以极端、充满矛盾的方式在自身中统一。在国内战争结束后，葛利高里彻底迷失了方向。他陷入了匪帮。在这一死胡同式的末尾，他完全垮了；他投降了，完蛋了。

《静静的顿河》的这一结局在当时引发了一场非常激烈的论争；论争的主要问题我们将在以后论述；只有一点要加以说明：显而易见，尽管葛利高里的命运表面上有某些悲剧成分，但却不能视为悲剧命运。悲剧是一种无法解决的冲突，而且并非只为个别人物而设定。在个人冲突的背后，是那些相互矛盾的社会力量在起作用，而这些社会力量碰撞的性质决定着个人冲突是否可以看作悲剧。在所有的真正悲剧性毁灭中，首先显明的是个人命运与阶级命运的平行发展；这种情况我们在《安提戈涅》，甚至在《理查三世》中都见到了。然而，在此我们却察觉不到什么平行发展，而是见到了一种对照：农村走上了通往社会主义的道路，葛利高里却脱离了这一发展的框架。农村需要象征，所以他最后成了中心人物；而这恰恰很奇怪。他身上缺少悲剧因素的共性。在他毁灭之际，他已不再是他那个阶级的代表了。

此外还有一个新的重要动机。在悲剧性阶级冲突中，走向毁灭的主人公有一个相对的、受社会—历史局限的根由。马克思认可了这一点——马克思认为，在旧的社会—政治制度下，这种情况确实存在于某个发展阶段里。这发生在从一个阶级社会向另一个阶级社会过渡的时期。不过，在向社会主义过渡的阶段却出现了极其剧烈的变化。一个不再充满矛盾的、更高层次的社会一旦出现，就会剥夺对手本来相当有理由来表露自己激情的机会。革命的敌人没有能力在原则上、道德上果断地为自己做的坏事辩解，而在阶级社会发生巨大变化的过去时代里，他们的先辈倒还有能力去那么干——前几十年里发生的众多事件，一再证实了这一点。《安提戈涅》、《葛兹·封·贝利欣根》、《腓力二世》以及《斯图亚特王室的追随者》就是很好的例子。

《静静的顿河》里的主人公是不寻常的，是优秀的，是过渡时期出现的形象。葛利高里·麦列霍夫不是资产阶级小说中平常的、石蕊试纸类型的主人公（虽然他与那样的主人公必然有某些共同的特征），他体现了国内战争时期哥萨克人的动摇。他超出了一般的范围，成为了他那个阶级的特殊代表。他不是通过自己的敏感与消极，而是通过自己的行动，成为自己阶级的代表。事件的巨浪狂涛汹涌澎湃，淹没了资产阶级小说的平常人主人公：他们承受不了，他们成为了社会进程中消极的牺牲品。客观地看，葛利高里也是被推着走的，而不是自己主动走的。不过，这种"被推着走"能够以最轻巧的方式在他的行动中表现出来，是由于他那极为突出的特殊性格，而且他的那些行动从主观上看是出于他自身的主动性。另一方面，葛利高里是新社会主义叙事文学中，有意识地行动的主人公。我们想一想法捷耶夫的同时代小说及其主人公、共产主义游击队员莱奋生，这一点就很清楚了。法捷耶夫的那部小说也同样充满了看来几乎不可抗拒的各种各样事件的漩涡。然而，在这些事件中，莱奋生不单主观上，而且事实上是带头人、引路人，因而在革命暂时失败时，他也是典型代表——即将到来的胜利的典型代表。

三

在这一类叙事文学的背后，在那种使叙事文学的特性、小说这一艺术类别的特性发生质变的现象的背后，隐藏着一个内容上的社会问题：莱奋生是一位共产主义者；而葛利高里——就他的阶级状况而言——是一个反复动摇的中农，在动摇时还特别暴躁，并且他是一个哥萨克，甚至还是一个脱离了本阶级的、变为外人的哥萨克。然而，新叙事文学那崭新的形式却正是由无论从社会还是从人性方面看都确乎有意识的共产主义者—主人公所表现出的意识性行为、新动机而决定的。自然，这种意识性是在千差万别的单个人物身上表现出来的。这种意识性远没有局限于布尔什维克党的党员。布尔什维克党的党员在文学中、在生活中都起着先头部队、示范领路人的作用。我们在生活里、在文学里，都在这样的意识发展过程中发现许许多多类似的情况。苏维埃文学（卫国战争和建设时期的小说）的新风格在很大程度上是由下述事实决定的：在党外的工农群众中，共产主义者的这种改天换地的力量今天在广度与深度上都发挥了比过去要大得多的作用。这是永不停息地进行的社会的、道德的、人性的意识成长过程；社会主义现实主义在当今这一新阶段具有决定性的作用，原因之一就是这个过程。

对基于正确社会意识而有意识地行动的共产主义者进行描写，这是摆在作家面前的一个新的基本任务。在社会主义革命取得胜利之前，高尔基和尼克索[①]都在从事这一意识过程的发生、发展的研究。无产阶级的胜利给我们提出了新的任务。艺术创作的任务往往超越对意识生成情况的描绘：主人公已经作为有觉悟的共产主义者出现，其行为也是有觉悟的共产主义者的行为，而且有能力掌控行为——或许，多数情况下是这样。这方面其实同叙事文学的形式确定有非常紧密的关系，因为荷马作品中的主人公阿基琉斯和奥德修斯就已经是完善的人物形象了，就是说，不像资产阶级小说中的主人公那样还需要一个发展过程。这样的主人公在资产阶级小说中通常是作为次重要的人物出现的，比如在司各特作品中就是这样。虽然托尔斯泰笔下的主人公库图佐夫在 1812 年还处于发展过程中，但同包尔康斯基和别祖霍夫比起来，他却是一个“完善”得多的人物形象。

就这样，一个极其伟大的任务就摆在了文学的面前。文学上的困难是要让“完善的”人物形象活起来；“完善的”人物不可以显得死板、僵硬。在资产阶级小说中，人物形象的“完善的”性格几乎无一例外都是自身劣性的表现；而这也是相当有道理的，因为这些人物形象是资产阶级，尤其是颓废资产阶级社会在文学上的反映（我们不妨想想福楼拜笔下的郝麦吧）。在此，单是“完善的”性格所具有的内在的、智慧的、直觉的、道德的财富就可以带给我们一个解决办法了。在这一关系上，我们来看某个遥远的、与所谓分析戏剧相似的形式吧。比如索福克勒斯的《奥狄浦斯王》：考验、同生命的斗争把主人公的全部财富、全部心灵与人性的力量都释放出来了；考验的压力和动力或许能让迄今隐藏的品质展示出来，使在日常生活中没有任何机会的其他品质得到更充分的发展（比如库

① 马丁·安德逊—尼克索（1869—1954）：丹麦作家，第一次世界大战后成为共产主义者，丹麦第一位为社会革命而奋斗的无产阶级小说家；主要作品有长篇小说《征服者贝莱》（四卷本，1905—1910）和《蒂特：人的女儿》（五卷本，1917—1921）等。——译注

图佐夫的情况)。

这一抽象的分析已经表明:心灵的发育、成长绝非极度形而上学的概念;成长发育中的人物形象与“完善的”人物形象之间不存在中国的万里长城。界线自然是有的,须知人物形象要么可以理解为完善了的,要么可以理解为正在完善的,他或许是以十分明晰,或许是以模糊不清、逐步清晰的轮廓展现出来。这里,对共产主义者的描写——尤其在农民的环境里——是一个特殊的问题。显而易见的是,共产主义者的纯洁类型产生于大型企业(或者也可能产生于非法活动)。一般而言,这种类型的人物来到农村时已经是“完善的”了;而且,如果这样的人物早先是在农村长大的,那么,或许在返回农村的时候已经是“完善的”了。就是说,如果这样的人物后来成长到更高的层次,那么,同那些身处农村的人相比,同那些慢慢发展成为共产主义者的人相比,同那些让人有好感的人相比,他们一开始就已经是“完善的”。

在《静静的顿河》里,对这种类型的共产主义者的描绘同样受到制约。这种情况在战前的“田园”生活中已经可以见到了:来自罗斯托夫的钳工施托克曼在村庄里出现,他建立了一间作坊,把贫穷村庄里的读书人召集到自己的身边;但他很快被捕了。在国内战争期间,施托克曼重新出现了。他这时是一个活生生的形象,他的品质通过他的行动一步一步展现在我们眼前。其中最重要的自然是他对农村、对当地为数不多的工人、对开窍了的贫穷哥萨克(其中就有科舍沃伊)所起的作用。

同样的情况我们还可以——或许还更清晰——在已经成了共产党人的贫穷哥萨克本丘克身上观察到。他在国内战争中起着重要的作用。肖洛霍夫给我们准确地描述了本丘克在前线进行的非法分化瓦解活动。在描绘国内战争时,本丘克和安娜的爱情在这部伟大著作中是极为精彩的一小部分。从作品的整体结构方面看,这种爱情的意义在于从未加以强调、从未进行烘托的对比手法——同葛利高里和阿克西妮亚之间激情的对比。在那里,社会意义、一起劳动、共同战斗、阶级斗争的关联性都是爱情的基础;而本丘克的爱情也由此展开——那是伴随他整个一生的爱情,是让他在安娜死后艰难地活了下来的爱情。在葛利高里和阿克西妮亚这里,我们遇见的是一种弄不懂的、在正常生活里无法解决的激情:这样的爱情表现为传统农村生活形式崩溃的一个征兆。在前一种情况下,爱情是人的具体的生存行为;这是一种意识到的、斗争着的、有生活要求的生存。我还想补充的是：两种爱情关系的描写都没有陷于程式化。

在对其他布尔什维克进行性格描绘时，这一问题也出现了。加兰扎只是短暂出现：他向左的推动力对葛利高里有影响，但只对他进行了简短的描写。波乔尔科夫是已经从细节方面进行了加工的。他的牺牲展示的是一种伟大的、英雄的神化情景。或许波乔尔科夫是《静静的顿河》里唯一由于没有情节发展，其"完善的"性格显得有些突然和模糊的形象。这首先同他性格中的负面特征相关。一方面，我们看到了他（就农民土地的分配问题而言）意识形态上的茫昧。当葛利高里激动起来、想要搞清楚那些在哥萨克地区定居的乌克兰农民是否也会得到土地的时候，波乔尔科夫是这样回答的："不，为什么？"波乔尔科夫显得迷茫了，尴尬起来。

> 我们会有足够的土地的。我们要在哥萨克之间分配这些土地……我们要把地主的东西都拿光。但什么东西也不能给农民。不然，他们就会拿到整件皮衣，而我们只能得到一个衣袖……如果我们开始分配给他们，那我们自己可就只好赤身裸体啦……

另一方面，我们也看到这样的小插曲：成绩冲昏他的头脑，他对待哥萨克的错误态度。所有这些原本是可以个别处理的，只是必须从文学上加以证明，这些负面特征怎么同波乔尔科夫的正面特征关联起来，而正面特征又是怎么占上风并在波乔尔科夫献身这点上达至顶峰的。这在肖洛霍夫笔下是这么表现的：在进行这种通常如此肯定的形象塑造时，出现了局部的偏差。

在整个的特殊类别描写方面，包括村庄住户中的共产党人（首先是科舍沃伊）的生活。从加入施托克曼圈子直到成为村革命委员会主席，科舍沃伊已经走过相当长的一段路了。他挺过了战争，包括国内战争；他经常遭遇生命危险；他遭受反革命分子的迫害、不得不忍受侮辱性的惩罚；反革命富农科尔舒诺夫放火烧毁他的房子、杀光他的全家。所有这一切都使他变成一位坚定的、刚毅的，有时有些死板的共产党人。悲惨的生活、多种多样的考验培养了他坚定的原则性和对反革命毫不容情的态度——哪怕反革命的代表是老朋友或者是自己的亲戚（科舍沃伊娶了葛利高里的妹妹杜尼娅什卡为妻）。他的行为中还混杂了力量和深刻见解（那种力量和深刻见解他必须从外部、从布尔什维克党那里学习）；这是在打倒了反革命后，能够聪明地把只是表面勉强接受现状的村子引向正确道路，亦即引向同无产阶级专政和解之路的力量和深刻见解。肖洛霍夫的创造力和真诚恰恰在于，他不是在写作风格上把这些将成为共产党人的哥萨克描绘成抽象的理想人物，而是按实际情况对他们进行刻画。

四

对反革命者的描写则简单得多。他们部分是哥萨克农村的富农，如葛利高里的妹夫科尔舒诺夫及其父亲（他的财富，我们在前面已经谈过了）——他长时间以来是村里的反革命活动分子。另一部分是军官、将军和知识分子。（肖洛霍夫把战争行动中使用的尖刻的、一针见血的讽刺编织进一个年轻知识分子的日记。）情节的发展自然而然地让读者见到，这样的人物——除了村子里的那些哥萨克反革命分子外——出现了，又消失了，无论是科尔尼洛夫、卡列金，还是更不要紧的反革命军官。

但他们的意义是不小的。他们的行动清楚表明，哥萨克对苏维埃政权的那种常常只是出于本能的、由日常生活事件激起的、无声地表现出来的反抗，在把人们引向何方。那种在大多数哥萨克头脑中只是本能存在的、特殊的哥萨克意识形态所具有的反革命决心和特性，也是通过他们而显明出来的——而且显明得更加鲜明。

这种哥萨克意识形态存在于何处呢？从根本上说，它是一种典型的乡下人思想：无政府主义的、混乱的农民意识。当葛利高里与红军向波兰进发的时候，他有一次讲："乌克兰农民为了防御匪帮的抢掠，曾要求得到武器。红军指挥员答复农民说：'给了你们枪，你们自己也会去当土匪。'可是这个乌克兰人笑着说：'同志，您要肯把我们武装起来。那时候我们不但不放土匪进村子，就连你们也不放进村子来！'"非常有特色的是，葛利高里接着说的话："现在我的想法也跟这个乌克兰人一样：不管是白军还是红军，都不放进鞑靼村来——那就再好不过啦。"

这种普遍的农民态度在哥萨克身上表现得特别强烈。一方面，同居住在村里和周围地区的乌克兰人相比，他们是一个享有特权的阶层。自从革命爆发以来，他们就总是害怕，布尔什维克在进行土地分配时也会考虑分给乌克兰农民，从而使他们哥萨克的利益受到损害。我们看到，这种意识形态本身也在影响共产党人波乔尔科夫。另一方面,哥萨克的特殊军事地位有助于产生要建立一个哥萨克独立国家的理想。这一立场不仅仅是反革命的宣传而已——尤其在初始时期。在反革命阵营里也有诚实的军官;这些军官还没有完全脱离人民,也受到了要抵抗沙皇复辟这一思想的强烈影响。比如,中尉阿塔尔希科夫在革命前夕就在同将军之子、不折不扣的反革命分子利斯特尼茨基的争论中,抛出了这样的问题:“我们想要的东西对哥萨克是正确的吗?……为什么他们拼命要把我们的东西弄走?”阿塔尔希科夫在围攻冬宫时想要转投革命一边,可惜遇难身死;这可不是偶然的。

客观地看,哥萨克想要独立的愿望自然完全是反革命的。但这一愿望在葛利高里第一次背叛革命事业时起了非常重要的作用。战争的残酷和给人带来的失望,在他心灵里激发了巨大的动摇;当他在野战医院得到经常同加兰扎聊天的机会时,他得以同红军有了更密切的接触。1917年,他又到前线了。他以年轻军官的身份认识了一位名叫伊兹瓦林的中尉;伊兹瓦林是哥萨克突出的民族主义者,他代表的观点是:由于遭沙皇占领而毁灭的、哥萨克传统的自由和独立必须重新建立起来。他给葛利高里讲,布尔什维克干得好,因为他们坚决维护的是工人阶级的利益。

> 他们使工人阶级得到解放,但是赏赐给农民的却是一种新的、也许是更坏的奴役制度。在社会生活中,根本就不可能人人平等。布尔什维克胜利了——工人得利,其余的人就要遭殃。王朝复辟——地主和其他诸如此类的人得到好处,其余的人就要遭殃……我们既不要布尔什维克,也不要君主政体。咱们需要自己的政权。

这种反革命的意识形态自然给葛利高里留下了深刻的印象,使葛利高里头脑里本能的、哥萨克农民的无政府意识逐渐形成。他晕乎了,拿不定主意了。但伊兹瓦林所言是正确的:“生活会逼着你去弄清楚,而且不仅仅逼着你去弄清楚,还要竭力把你往某一方面推。”这位伊兹瓦林后来加入了卡列金的队伍,这绝不是偶然的。

这种特殊的哥萨克思想意识的内在辩证法、那在哥萨克地区起初猛烈后来衰弱的反革命势力,在这场谈话中都显露出来了。强势在于:反革命紧紧依靠的是哥萨克自身落后、狭隘的阶级利益和阶级偏见。弱点在于:撇开基于客观阶级利益的、同少数富农的联盟,这也就是唯一共同的出发点了。反革命可没考虑要重建传统的“哥萨克自由”,没想要帮助哥萨克在自己的土地上独立。完全相反。无论反革命及其军队是由制宪国民会议带领,是由资本主义的立宪民主党人带领,还是由君主制度的拥护者带领,结果完全一样,都是为了在全俄罗斯复辟。即使反革命随后可能会如沙皇时代的统治者那样,给予哥萨克某些优先权(目的是为了使哥萨克成为一种特殊的镇压工具,成为反动派的一支先遣队),但也不过局限在整个国家资本主义利益的框架内。

因而,客观来看,哥萨克民众与反革命的联盟根本没有坚实的基础,联盟的任何一方都不是认真的。反革命的将军们只是从他们自己的艰难处境出发而向哥萨克的独立自主追求作出让步而已,只是在对“更好时间”的期待中咬牙忍受哥萨克的战斗纪律,以及反革命斗争中哥萨克中涌现出来的指挥官,如此而已。(葛利高里有一段时间就指挥过一个反革命师。)他们拼命追求的目标是:借助于德国或者协约国的军队和军饷,重建沙皇制度。这两个问题自然是极其紧密地关联在一起的。两个方面都必然受他们自身利益的驱使,所以,一方面哥萨克指挥官与反革命指挥官之间的相互不信任、相互反感不断加深,另一方面那些代表国际资产阶级反革命力量的将军们就必然作为这个联盟中的强势一方,把自己的意愿强加给哥萨克。

这在葛利高里同反革命指挥官库季诺夫就沙皇职业军官的作用而进行的聊天中,非常清晰地显明了。库季诺夫认识到,包括葛利高里在内的哥萨克对局势是十分不满意的。“军官老爷们又骑到我们脖子上、干自己的勾当啦。又要戴肩章……”与葛利高里迥然不同,库季诺夫在此看见了一种无可避免的必然性:“亲爱的,咱们除了去投奔士官生,再也没有别的出路。是不是这个理儿呢?难道你还想用十来个集镇建立自己的共和国吗?这是痴人说梦……咱们要跟他们联合起来,去向克拉斯诺夫请罪,对他说:‘请不要责怪我们吧,彼得罗·米科莱奇,我们是一时糊涂,放弃了阵地!’”葛利高里回答得多么棒啊:“‘可是我有个想法……’葛利高里脸色阴沉,苦笑着说。‘我倒认为,我们起来暴动才是一时糊涂呢……’”

哥萨克的暴动一开始就有着无法达到的目标。哥萨克总会把早先的、被沙皇毁灭的、传统的自由和独立重新建立起来,这一信仰是不切实际的幻想。实际选择只在整个国家范围内才有，对于只是整个国家的一小部分、社会秩序的一部分的哥萨克也是这样。他们有两种选择，而且是二者必居其一：革命或是反革命，社会主义或是垄断资本主义。

哥萨克与这部小说塑造的代表人物葛利高里·麦列霍夫不想认可这种事实，而挖空心思想找出一条自己的、特殊的、哥萨克的道路："第三条道路"。葛利高里的动摇由此产生，永无停息；他那无休无止的两边倒行为，他内心的尖锐矛盾都由此产生出来——不是出自他那所谓的心灵结构。葛利高里其实是果决的人。在具体的、对他而言一目了然的局面下，比如在战场上或者在他习惯了的农民生活关系中，他都善于对大多数突发情况作出快速、自信的决断。而那种进退维谷的困难抉择却在社会处境方面使他产生了无法消除、驱散不了的怀疑。这种社会处境会把草莽变成农民—哈姆雷特。葛利高里心里对这种混乱处境十二分清楚。当他离开红军返回家乡时，他对伙伴普罗霍尔说：

> "尽管，鬼知道是怎么回事儿，我总是羡慕像小利斯特尼茨基和我们的科舍沃伊这样的人……他们从一开头就什么都清清楚楚，而我到今天，也还什么都糊里糊涂。他们俩各有自己的阳关大道，有自己的目的地，可是我从1917年起走的就尽是弯路，像个醉汉似的摇摇晃晃……脱离了白军，可是也没有靠上红军，像冰窟里的粪球在漂旋……"

在反对社会主义的斗争中，反革命之所以一时还有力量，原因在于：甚至葛利高里这样一些有才华、能够明智地进行思考的哥萨克都没有找到正确的道路。但这同时也是反革命虚弱的根源。所有那些非大众的、使哥萨克同反革命疏远的做法，并不是偶然犯傻的结果，而是反革命领导人的阶级地位造成的必然结果。

所以，实际组成的就总是反革命的临时阵线而已。一旦涉及哥萨克保卫自己家园这件大事，他们就会同心同德团结起来。而只要事关更加广泛的、全国范围的，却在他们村庄附近进行的军事行动——无论是进攻还是撤退——他们就会跑回家。

白军的将军和军官为了他们的阶级地位，想要重建旧的国家和旧的军队；他们根本不明白哥萨克的这种感情。这个过程进展得越是迅猛，这种感情他们就越不明白。哥萨克中上层对革命的反抗是徒劳的。很可能，起初富农有办法把村里的一部分贫穷农民召集到自己一边、听从自己指挥；但是，想要把旧制度重新建立起来，他们却无法得逞。相反，人民，尤其是贫穷的农民，对自己的社会处境一直都是非常清楚的。起初，这种意识只表现为纪律松散、叛变，但是随着时间的推移，这种意识也逐渐有了更坚固的形式。葛利高里有一次问一个哥萨克农民，村里的穷人很可能会站在哪一边。这个哥萨克农民回答说："嗯！……那帮游手好闲的家伙还会不喜欢吗？这个政府使他们如鱼得水，高兴得像过节一样！"

五

这种情况葛利高里是看清楚了的。他在整个氛围中切身感受到了这种情况；自从转投白军以来，他就陷入了一种日益深化的心灵危机。这种哈姆雷特式处境在农民葛利高里身上自然不是以思虑性自白的形式表现出来的。沉思的瞬间有一次是用烧酒，另一次是用对战争冒险的陶醉给压抑下来的。有一次，他在公众面前像疯狂的野兽一样残酷折磨被俘的共产党人，另一次他拼死想要救他们的命。内心里的这种极度矛盾变得日益强烈。在转向反革命将军菲茨哈拉乌罗夫的路上，他同将军的参谋长科佩洛夫有如下的谈话：

"是的，不过将军老爷们也该好好想想，革命以后老百姓已经变成另外的样子啦，可谓是，脱胎换骨啦！可是他们还在用那把旧尺子量他们……"

"你这是说的什么呀？"科佩洛夫吹着落在袖子上的尘土，漫不经心地问。

"说的是他们总是要恢复老一套……他们不愿意了解，一切旧的东西都他奶奶的垮台啦！"葛利高里已经声音很低地说。"他们以为咱们是用另一种面团做的，认为咱们是一群没有学问的人，是些牲口一样的粗人。他们以为我，或者我这号的人，不懂军事，比起他们来，简直是白痴。可是红军的指挥员都是些什么人？布琼尼是军官吗？他是旧军队里的一个司务长，难道不是他打垮了总参谋部的那

> 些将军吗？难道不是因为他，一些军官组成的团队，都不能前进一步吗？……应该明白这一点！”

有一次，葛利高里在将军那儿进行了军事形势讨论，结果是他公然拒绝服从命令——这就不奇怪了。

反革命在哥萨克土地上也无法建立长期的群众基础。这种情况的一个表现是，反革命最终没有留住哥萨克中有才干又忠诚的领导者；这同无产阶级革命形成了极为鲜明的对照（这点从当时白军指挥员葛利高里的口中得到了证实）。这对于这部小说具有极为重要的意义。反革命的头目，即职业军官和从知识分子中招募来的后备役军官，对哥萨克中脱颖而出者总是极不信任的。在上面刚刚提及的谈话中，葛利高里是这样描述这一形势的：

> “譬如说，我在对德战争中就升为军官。这是用鲜血换来的！可是我一走进军官们的交际场合——就觉得好像只穿着裤衩，从屋子里来到寒冷的院子里似的。他们身上冒出冷气扑到我身上，使我的整个脊背都直哆嗦！”葛利高里愤怒地瞪了瞪眼睛，不知不觉地提高了嗓门儿。
>
> 科佩洛夫不满意地朝四下看了看，小声说：“你小声点儿，传令兵会听见的。”
>
> “请问，这是为什么呢？”葛利高里压低嗓门儿，继续说下去。“这是因为他们把我看成一只白鸦。他们长的是两只手，我长的——由于长满老茧——是蹄子！他们行动自如，可是我只要一转身——就要碰在什么东西上。他们身上散发出阵阵香皂和各种娘儿们的脂粉味儿，而我身上散发出来的却是马尿和汗臭味儿。他们都是有学问的人，我却是费了很大的劲才念完了教堂小学。他们觉得我从头到脚都是格格不入的陌生人。这就是全部的原因！我从他们那儿走出来，总觉得脸上像蒙了一层蜘蛛丝：痒痒得要命，非常不舒服，总想痛痛快快地洗个澡才好。”

当然，这种反感、排斥是相互的。哥萨克中最坏的人，比如富农米吉卡·科尔舒诺夫，很快就掉到从属地位。为了搞钱、为了猎物，他们立刻就准备好，人家交给什么肮脏活儿他们都干。葛利高里不愿意投合、顺从白军的森严等级制度，这还远不是全部。葛利高里连自己也不愿意顺从。甚至在他因形势需要和个人的才干而当上师长的时候，他也依然是个农民。青云直上、当了师长，这并没有使他尝试往上爬、巴结统治阶级——他甚至连想都没有想过。同样，在上面已经引用过的谈话中，科佩洛夫指责葛利高里，说他之所以没教养、行为举止糟糕，原因就在于军官们厌恶他。这时，葛利高里回答说：

> “你说我蠢得像块木头，是吧？见你的鬼去吧！”葛利高里笑够了，说：“我不想学你们那些交际花招和礼貌。这些东西，我将来跟牛打交道时一点儿用处也没有。如果上帝保佑——我能活下来——我还要跟牛打交道，我不能把脚后跟一碰，对它们说：‘啊，请您动一动，秃头老牛！请您原谅我，花斑牛！我可以为您正一正轭套吗？秃头牛阁下，花斑牛先生，我诚心地请求您不要把田垄踏坏吧！’跟它们要简单明了‘嘚儿、喔！’这就是对牛的全部‘部苏’。”
>
> “不是‘部苏’，是‘部署’！”科佩洛夫纠正他说。
>
> “好，就算是部署吧。可是有一点，我是不能同意的。”
>
> “哪一点？”
>
> “就是你说我蠢得像块木头。在你们这儿，我蠢得像块木头，可是你等着瞧吧，有朝一日，我投到红军那边儿，在他们那儿，我就不是木头啦，我会变得比铅还重。到那时候，那些文明礼貌、好吃懒做的家伙可别落在我手里！我会一下子把他们捏死！”葛利高里半假半真地说……

葛利高里悲剧冲突的根子其实就在这里；事实证明，这一根子不利于悲剧的发展，不利于悲剧的解决——这并非偶然。这一悲剧冲突源于两个紧密联系的、无论从社会还是从心理方面看，根基都同样正确而且深厚的动机。一方面，我们看到了产生于哥萨克中间阶层农民偏见的对布尔什维克的抵抗；这一抵抗的原因在于一种独立自主的哥萨克乡土意识；这一抵抗后来受到了很大的限制，使得葛利高里只想怎么能够重新摆脱这种钳制、回到家乡，同阿克西妮亚一起过农民生活。当他离开红军返回家园时，发觉他的妹夫科舍沃伊对他很不信任。他向科舍沃伊敞开心扉：

> 我已经服役完毕。不论为谁，我都不愿意效劳啦。我这一辈子仗打得已经够多啦，精神上非常痛苦。不论是革命还是反革命，我都厌恶透啦。最好是所有这一切统统……叫这些玩意儿统统见鬼去吧！我想要跟孩子们一起儿生活，干干庄稼活儿，这就是我的全部希望。请你相信，米哈伊尔，我这是说的真心话！

另一个动机，如我们已经见到的，是平民百姓厌恶白军想要复辟沙皇制度的精神，并起来反抗。这动机是葛利高里一开始就有的，后来，在他同反革命决裂、投奔红军的时候，也怀着这一动机。长期的军队生活使许多哥萨克对农民生活几乎完全陌生了；作为哥萨克，作为职业士兵，他们站在哪一边战斗都一样，只要有仗打就行。当时，他们许多人都转投红军去了。葛利高里身上发生的情况完全相反；但毕竟对照的双方也有相似的地方：都失望，都走投无路。从他这方面讲，这实际上意味着逃回农民生活。他对布尔什维克的同情虽然越来越强烈，但是，在他参加了布琼尼对波兰军队和弗兰格尔军队的战斗后，他思想上仍然不能站在无产阶级专政、站在社会主义一边。他投靠红军的行动表现出来的因而就是一种独特的、农民的、斤斤计较的、道德上的意识："我要长期服役，直到把我过去的罪恶赎完为止。"就是说，他想要把他在白军那边服役、给无产阶级专政造成的伤害弥补回来。他对白军的仇恨与日俱增。从主观上看，他坚信自己是彻底摆脱了他们的。他在白军那边的屈辱经历令他一直怒火中烧，有增无减。但他行动的真实动机却是：他想要得到别人对他所犯罪过的原谅，以后，他就可以像农民一样生活，再也不用理会白军、红军了。

葛利高里没有认识到，他与共产党人之间的信任关系不可能出于这个原因而重新建立起来——尽管他在战场上多次表现十分英勇，尽管布琼尼也称赞过他。当葛利高里重新回到家乡、站在科舍沃伊面前的时候，那种信任是无法重新建立的。葛利高里只是合乎逻辑地从他自己的立场出发，要求彻底的宽恕、赦免："如果什么事都记着的话，人们就得要像狼一样生活。"冲突是解决不了的；这在下述情况中表现出来了，恰恰是这种真诚的表达，强化了科舍沃伊的怀疑："我已经对你说过，葛利高里，你没有什么可委屈的：你并不比他们好，而是更坏、更危险。"

于是，葛利高里自己也明白了：事情就是这样，他当初离开了红军，他是走错路了，他从此再也没有找到路，也不会再找到了，而且连找到路的希望都没有。所以,葛利高里在新社会里找不到自己的位置,这绝不是偶然,其中有一种深刻的规律性。在他离开军队回到家乡后,他到当局那儿报了到,把福明要他最好逃跑的建议当成了耳旁风。当要追究他的责任的时候,他害怕了;而在第一次审讯后被释放的时候,他已经明白,他不会再到那边去了。

他今后的命运就这样确定下来了。他碰上已经成了匪徒的福明,这虽然是偶然的,但就更为深刻的内在关系而言,这却远不止是偶然的而已。如果葛利高里在这里也依然不满意、不懂得去找到他的位置的话,那么,他的退路现在就被彻底切断了。匪帮后来彻底孤立了;葛利高里离开了他们。他试图同阿克西妮亚一块儿逃往他方、潜踪于一个谁也不认识他的地方,开始新的生活。但是,阿克西妮亚在途中受了致命伤:这又是一种不仅是偶然事件的偶然事件。葛利高里现在是彻底垮了,认命了。

显然,我们面对的是一种充满悲剧因素、却又没有成为悲剧的命运。在这样的命运里,葛利高里的最佳品质、他所在阶级的品质(勇敢、对统治者的那种平民百姓的仇恨)起着一种重要的作用,但这样的品质并没阻止他的毁灭;尽管他有这样的品质,他最后还是毁灭了。他之所以最后完蛋,是因为他——从社会的根源看——不能清醒地作出决断,是因为那些事件、那些偶然事件在引导他作出决断,而且总是在错误引导。

虽然葛利高里从心理方面看是哥萨克的最佳品质,同时也是哥萨克某些关键性弱点的杰出代表,然而从他整个生活过程和他命运的主线方面看,他却恰恰反映了哥萨克农村的落后。这也是对下述事实的说明:葛利高里尽管聪明,意识却从来没有上升到应有的高度,从来没能采取有意识的行动。在战争中,他在外界作用下一度向左,然而后来终于倒向白军那边去了;他非常不满意白军,却不能够同他们做个了断;后来当反革命者已经完蛋的时候,他才重新回到红军队伍。他在红军队伍里以及在被遣散之后,情况依然如故;甚至当他落到当白匪的地步时,情况也没有变化。看来,确实决定他行动、激起他渴望——返回农民生活的渴望——的唯一动机,正如我们已经看到的,是想要躲开历史摆在他面前的困境的愿望。这是全村面临的、科尔舒诺夫作为反革命刽子手而科舍沃伊作为革命英雄都致力解决的一种困境。葛利高里对他们俩都羡慕(而且主观上也有理由羡慕),这就毫不奇怪了——不然的话,他怎么可能会是一个悲剧形象呢?

这一切都是在支持，而不是反对肖洛霍夫。须知，正是那些使葛利高里不成为悲剧人物的东西，使他变成史诗里的主人公，变成一部伟大著作里名副其实的主人公。他的非悲剧性格符合能恰如其分地以史诗形式来表现的一种命运。在真正的作家笔下，艺术形式从来都不是偶然的，而是用于表现社会—历史内容的本质特征的最普遍范畴。作者所选择的艺术形式对社会发展反映得越多，形式问题的解决就越令人信服。葛利高里的生活总是一再发生悲剧冲突，并日益尖锐，但同时他又由于自己的行为而一再陷入"第三条道路"的死胡同。成为一部伟大著作中独具特色的主人公，这注定是他的使命。自然，他的形象同样在以一种动态方式把各个不同的、相互斗争的阶级、阶层和集团直接联系起来，有如他那个时代司各特笔下起中间作用的主人公一样。

小说具有同样的、史诗般的完美性；不过这是以一种完全不同的方式显明出来的，因为葛利高里从性格上看，不是一个中间人物。我们已经知道，他的能力、他的心灵结构、他的个人命运都把他提升到了远远超出平均水平的高度。作为一个阶层——夹在相互间进行生死决战的各个阶级之间的阶层——的代表，他拼命想要使这些对立、矛盾在他心里和解、消除并变为一种对"第三条道路"的寻求。而这"第三条道路"从一开始就是毫无希望的。葛利高里必然走向灭亡，而且要经受匪帮的污染、心灵的空虚、生活的无聊，一句话：并非悲剧性的灭亡。然而，必须再次加以强调的是，他是不同于资产阶级小说典型人物的形象。他有点两样，给叙事文学指出了通往新时代的道路；他还不是新型叙事文学的正面主人公，还不能指引通向叙事文学的方法；当然，他已经不再是资产阶级小说的主人公了。

肖洛霍夫著作的这种独特结构还提出了一个异常根本的重要问题。革命总是荡涤尘世的狂风暴雨，这样的风暴却也摧毁人与事物的许多新芽。这种情况，肖洛霍夫在麦列霍夫的家庭及其所在村庄的毁灭过程中描写得极为出色，给读者留下了非常深刻的印象，令人回味无穷。

但还不止这些。干革命是要付出极大的代价的：会造成整个群体的毁灭，不仅指肉体毁灭。我们可以在肖洛霍夫的笔下观察到对将这种情况充分展开的辩证手法的运用。手法选用的一般原则只在一般社会意义上才是完全有效的。肖洛霍夫的选用原则是：虽然在寄生虫一般的、一文不值的家伙随着行将就木的社会一起完蛋之际，革命自然需要许多的牺牲品，但具有充分价值的人却在放眼眺望自己的未来。干革命需要付出极大的代价——下面的事实也是这种情况：许多具有重要价值的人陷入错误的、走向毁灭的境地。这也是葛利高里的命运。在葛利高里的身上，个人的与社会的必然性聚到一块了。在复杂的、导向中农阶层（一般来说，也是所有的中间阶层）新社会的道路上，常常有一部分从主观上看很杰出的、具有价值的人却在走向灭亡，这可不是偶然的。葛利高里在人格与生活方面之所以表现了一种重要的社会真理——肖洛霍夫仅仅借助于情节的展开，并没有进行刻意描写就表现出来了，原因就在于：他那由许多事件（甚至是偶然事件）所决定的史诗英雄人物的命运，再现了客观发展的要素。

这种情况还通过葛利高里与科舍沃伊的对比得到了强化。只要考察一下个人与心理方面的特性，就明白葛利高里是更为重要、更富才华、更有价值的人物。不过，科舍沃伊在码头发现葛利高里遭遇一场丢人的船毁事故，这可绝非偶然，绝非由于命运“乖张”或者“不公正”。对情节进行这样的处理的辩证手法正是在深化问题、提出问题：是什么赋予人价值？仅仅是才干与超凡的能力吗？或者是那种在某个阶级内部成长起来的、推动人类进步的、同自己阶级融为一个整体并忠于自己阶级的道德坚定性吗？肖洛霍夫的回答是毫不含糊的：就是那种道德坚定性。但这个回答他不是以命题的形式给出的。这个回答是从各种事件内在的、毫不容情的逻辑中得出的，而且不带任何的评论。社会主义在实践着才华与性格、个人品质与社会确定性之间的辩证；这是富有成效的、有利于两个方面发展的、从此不再相互对抗的辩证。但是，这一发展在开始的时候还是相互对抗的。而肖洛霍夫在自己小说的最后部分以极其尖锐的表现形式把这种对比鲜明地展现在读者眼前；他重又采用纯粹艺术家的手法，通过情节和特性人物的塑造来说明：这种相互对抗只不过是一种过渡时期的特征而已，对照的鲜明性只不过是濒临消亡的特征而已。

六

《静静的顿河》给我们展示了一幅关于社会发展某个阶段之全面而内涵丰富的雄伟画面，情节紧张曲折，描写细致入微；这是世界文学自《战争与和平》以来从未有过的。谈及肖洛霍夫的小说，这样的比较——通过同托尔斯泰《战争与和平》的第一部分，以及田园般平静安宁的农村景象所进行的比较——可就是表面文章了，在资产阶级批评界更是这样。

在进行一种更为严肃的考察时，却又看出来，从艺术方面讲，绝不可以认为肖洛霍夫是托尔斯泰的学生或模仿者。肖洛霍夫描写的是一个在社会内涵和人性内涵方面都同托尔斯泰的世界具有根本差别的世界。肖洛霍夫是一位真正的艺术家，所以在他的笔下，一种新的形式从新的内容中产生出来。首先，战争与和平的关系是不相同的。托尔斯泰的世界是通过战争，尤其是1812年的俄法战争而鲜明展现出来的；当然，即使起引路人作用的贵族知识阶层由于战争而采纳了十二月党人的主张，国家的经济结构与社会结构也依然没有产生任何根本性的变化。托尔斯泰的叙事文学描写反映了这种（自然是相对的）稳定状况。而在肖洛霍夫笔下，第一次世界大战引发了伟大的十月革命。这样一来，就在全俄国，包括哥萨克地区都开始了一种根本性的、革命的、社会主义的巨大变革。因而，再也不可能回到起初的那种"田园景象"了。这种情况也反映在对"田园景象"本身的描绘方面。传统生活方式开始解体，由于新生力量开始出现而遭受重创——这些都是可以越来越清楚地观察到的，虽然这些新生力量此时所起的只不过是一种次要作用。（我们不妨想想施托克曼圈子吧。）另一方面，葛利高里的私人生活也是这一解体过程的征兆。不过，在这里，在哥萨克农村，一切都还笼罩在传统的生活方式之下。农活、婚嫁、爱情、当兵、升为军官——这一切都展示了哥萨克日常生活中许许多多诗情画意、动人心弦的场景。这不由得让无数的读者联想到了托尔斯泰。

但托尔斯泰与肖洛霍夫之间的差别并不局限于此处所强调的社会—历史内容，而是连对这些内容的艺术加工手法在本质上也是各不相同的。托尔斯泰喜欢辽阔的场面，他对它们的所有细节都进行了精心的刻画；我们在此只需想一下狩猎的场面或者那次冬天化装郊游的场面就行了。相反，肖洛霍夫——从表面看，他同许多其他的现代作家都相似——对许多简短的、令人兴奋激动的小场面进行连续描写。只要对此进行回忆，开始时所描写的村庄就会呈现托尔斯泰的那种辽阔场面。

风格的这种变化同什么有关联呢？在俄罗斯文学里，高尔基同托尔斯泰相比是一位近代人物。对高尔基而言，风格与下述情况有关：他当时正寻求一种相应的叙事文学表现手法——用于描写正在解体的、沙皇时代的资产阶级社会的表现手法。社会危机在产生影响；从叙事艺术的创作角度看，这样的影响首先就是对社会根本形式结构的影响；具体说，是由于下述情况而产生的影响：人的相互对立的团体（家庭及婚姻等）、人与自身活动以及与自身过去的关系、人的交往形式等等，看来都在瓦解。叙事文学同戏剧的区别也包括：叙事文学对人的描写，不仅表现在人与人之间直接的相互关系方面（这是戏剧创作的唯一形式），而且也通过对这些机构、生产方式、生产过程等的艺术再现和艺术表现展示出来，而这些机构、生产方式、生产过程等对于相关社会的相应发展阶段来说是典型的。把某一社会的生活作为某个可信的整体来进行描写——只有当叙事文学竭力要去展现生活的全部根本现象，而且是充分展现这些现象的日常与节庆的外在显露形式的情况下，这一可能性才会在伟大的叙事文学中揭示出来。

黑格尔是第一位从理论上认识到叙事文学的这种特点的人。我们刚刚提及的这种描写方式他称为全方位客体、完整的客体世界。客体、对象这样的词，我们在进行表达时可不要误用；黑格尔极为清晰地谈道：这种完整性是在人与世界的相互作用中产生出来的，亦即是通过人的行为而产生的。他认为，荷马之所以比后世的叙事文学家高明，原因就在于，这一相互关系在由他所描述的原始状况里直接（因为同人的工作、人的活动关联得更为直接）就表达出来了，就是说，是以一种艺术上完美的表现方式表达出来的。资本主义从本质上看是不利于艺术的（有如马克思所言），而这种不利同样也出现在了这一领域——才华卓著的现实主义作家如福楼拜和萨克雷，在他们的文学实践中就多次公开谈到了这一点。

自然，资本主义文学原材料与社会现实的散文化进程并非什么机械的过程，有如黑格尔对这一发展的描述一样。赋予人与自然—社会环境之间的交互作用一种具有荷马特色的生活气息，这一点不仅在笛福的《鲁滨孙漂流记》中，甚至在19世纪中期的《战争与和平》、《绿衣亨利》这样的叙事文学巨著中获得了成功。在这些著作中，这里所描述的交互作用并不抽象，并不复杂，而是具体的、直接的；完全没有对客体世界——人所面对的陌生的客体世界——进行死气沉沉的描绘，而是生机勃勃的交互作用（工作等）有机地、自然而然地化为人与环境之间的互动。这种史诗般的描写充满生机、气势磅礴；这是因为，尽管这些作家有着各种各样的区别，他们却都能够在社会环境里展现他们的人物及其行动——在小说情节展开之际，这种社会环境并没有经历根本的、质的改变。黑格尔意义上的、客体的整体性只有在下述情况出现时才可能变为现实——作家绝不从外部去描写（请见自然主义）那些定型的、死板的机构，而是涉及人类世界以及与人密切相关的客体世界这两个世界的持续不断的创新、革新和再创造。这种再创造在根本上类似于简单再创造。说具体点，在这样的再创造中，就整体而言，一个一开始就已经遇见了的、同样的世界，通过令人激动的勃勃生机和本质性的行动而被重新创建出来，就是说，这是一个稳定的世界，同时又令人感到该世界是人通过劳动和行动而创造出来的。

从叙事文学艺术的观点看，社会的危机为这种简单的再创造画上了句号。（一般来说，古典资产阶级现实主义给资产阶级社会提供了一种扩展了的再创造。）在各个危机时期，人所干的一切、涉及人的一切、通过人的共同作用或者在这种共同作用下在事物世界与机构世界中发生的一切、这一世界的解体、这一世界的崩溃、这一世界完美感觉的消亡以及给予人的意义的消亡——所有的一切，全都是水到渠成。下面的事实也是这一发展过程的延续：甚至如戈特弗里德·凯勒这样非凡的叙事艺术家，在对处于这种大变革时期的世界进行文学再现之际，也表现得江郎才尽，不再能够展现那包罗万象、生动活泼的叙事文学艺术了。（请见他的最后一部小说《马丁·萨兰德》。）在资产阶级颓废文学叙事艺术全盘崩溃时期，这一发展情况还可以看得更加清楚。

此外，高尔基的天赋也在下述情况中显露出来：他发现了以叙事文学形式来表现处于危机中的资产阶级社会的新创作手法。这是因为，如果危机、旧事物的解体、崩溃是新世界建立前的阵痛，如果新旧事物决断前的斗争阶段在这一过程中显露出来，如果旧事物的（无论有意识还是无意识的）解体是新事物出现的一个必不可少的先决条件，那么，关于这一崩溃的一个崭新的、革命的诗篇便告产生。

在这一涉及原则的方面（在形象塑造的艺术细节方面，它们之间无需有相似性），肖洛霍夫是高尔基伟大创新的一位继承者。我们在他的笔下看见了一个正处于猛烈得多的崩溃之中的世界。我们看见的，不仅有内在解体的过程，有如高尔基著作中所描写的、发生在资产阶级或者小资产阶级环境里的那些过程，我们看见的，还有沙皇时代的哥萨克农村（带有腐朽征兆的“田园风光”），还有战争，特别是国内战争的风暴席卷大地的情景。我们起初观察到的似乎辉煌的东西，随着情节的展开而化为尘埃，继而化为乌有；须知，新事物只有在这一崩溃的基础上才能创建起来。顽固代表旧事物的人必须被消灭、被粉碎，或者在个别情况下对他们进行改造、再教育，这样，新事物的代表，哥萨克农村的贫苦农民才能同城市工人和矿山工人联合起来共同创建新事物。而人的这种命运是同事物—机构的命运不可分割地关联在一起的。遭到践踏的种子、受到驱赶的马和牛、被大火吞噬的房屋农舍，有如家庭解体、落入寡妇悲惨状况或者陷入穷困境地的妇女一样，也如你争我斗的兄弟、朋友、亲人一样，都标示这条苦难道路上的一个一个站点。

哥萨克农村遭到的不是外部风暴的袭击，而是农村的哥萨克自己在决断与动摇的问题上自作自受，自己种下的苦果自己吞。

肖洛霍夫在叙事文学方面的神奇力量把人的这一改造、毁灭与新生同时展现了出来，将瓦解、毁灭、觉醒——对他们所处新生活环境的觉醒（该环境一方面在改造他们，另一方面又在被他们改造）——作为不可分割的整体展现出来。尽管有着各种各样的对立，尽管出现过简单的左右摇摆，这一运动依然大踏步地朝着劳动人民最终解放、朝着社会主义胜利前进；这样一来，这部小说就在读者心目中留下了一种历史丰碑般的、具有托尔斯泰特色的、叙事文学的印象。但是，在此再创造出来的，不是旧事物，而是从被破坏的旧事物中产生出的某种（质量上的）新事物；因而，肖洛霍夫的艺术表现方法就同托尔斯泰的表现方法迥然不同。最后，旧事物只是在踏上通往新事物、通往社会主义农村的道路时，才崩溃；另外，由于社会主义农村的建设、为达到这一目标而进行的斗争（以及对旧经济、旧意识形态残余的继续扫清）都处在《静静的顿河》的主题框架之外，所以这部作品的总体结构和风格都不同于描写社会主义建设的叙事文学手法。这部小说为正面人物及其行动提供了社会主义的、与他们不太相配的狭小活动空间，这是事实；这一事实因而也就不是什么错误或者缺点，而是必要的，是生活发展过程中这一阶段的一种适宜的反映。

七

不过，上面所论述的一切都只是触及《静静的顿河》叙事文学风格的一个方面而已。要认识真正重要的作家，就必须了解，他们的风格是多维的，如果我可以这样表述的话。风格问题植根于内容之中，反映了内容在时空方面的无限扩展性和在紧张激烈、扣人心弦方面的无限强化性，风格的每个因素都同时，而且不可分割地在协调那些彼此偏离的多种作用。尽管如此，或者正因为如此，这样的风格从内在看就是统一的；这种情况的根源在于作品的思想统一性，在于艺术内容完全贯穿了这种思想财富，贯穿了这种思想统一性。形式及其具体表现风格，仅仅是这种内容的浓缩了的反映和概要。

《静静的顿河》是一幅完美的时代画卷，里面包含了许多简略的、常常被砍掉了某些部分的场景。如果我们现在从另外一种角度、从理想统一的角度去考察（前面探究的）这部著作的风格特点，如果现在把主要是从结构方面、从人与外部世界之间交互作用方面探究的东西放到过程中去加以考察，那么我们就会发现，对这些简略场景进行布局的基本思想是：把发展——在人民中暗地里进行的、决定社会斗争的发展，鲜明地展现在读者面前。谁也不会否认，个别冲突的结局受到偶然事件、个人的功绩与错误等因素的决定性影响。在肖洛霍夫的作品里，我们发现了数量众多的例子：一个一个的胜利安排到下降的战略路线上，而一个一个的失败安排到上升的战略路线上。但恰恰是这样的回逆与中断才把发展的基本路线真正烘托出来，恰如在涉及革命的命运与反革命的命运时一样。在社会方面起决定作用的因素如下：人民的反应、人民用什么样的热情为长途行军的部队提供消息和食宿、人民对待俘虏的态度、哥萨克从军的心情、家庭成员对亲人应征的表态、农村接待逃兵的情景，等等。

在这里，肖洛霍夫运用一种值得新内容采用的、真正的、艺术大师的本真特性革新了历史小说的最重要的传统。当巴尔扎克在一百多年前把司各特同当时那些法兰西半瓶醋进行比较的时候，他就指出，只有业余爱好者才会力图把无数的历史事件强行挤压到一本书里去。对于真正的作家而言，关键并不在于对军事行动和战役进行详尽的描写，而是在于对胜利或者失败的根源加以说明并进行艺术塑造；对军事行动进行描绘的目的在于从文学上去阐明部队的精神。托尔斯泰在自己的巨著《战争与和平》中走的也是这条路——当然超越了巴尔扎克与司各特。肖洛霍夫那种此前就已经特性化了的写作风格所追求的也是这个目标。当然，他所运用的材料、他所选用的观点是新的，因而他也就能够发展这种描写方式，而且超越托尔斯泰所达到的境界。

这里并非在有意对杰出作家的才华或者意义进行比较。我们是把文学形式的发展作为社会发展的一种反映来论述。在这一关系上，我们是这样提出问题的：在历史事件发生的过程中，尤其是在危机发生的时候、历史发生转折的决定性关头，人民群众在起什么样的作用？而重要的作家在何种程度上、在他们自己的阶级地位上，有能力去认识人民群众的作用并加以表现？

司各特和巴尔扎克具有划时代意义的功绩是：在法国革命的影响下，认识到了对于历史小说、对于整个文学都具有核心意义的这个问题。托尔斯泰——俄国农民通过他而要求发言——必然走得比上面两位更远。如列宁所言，他把 1861 年到 1905 年农民运动的强大力量与薄弱环节同时体现出来了，这样一来，农民的偏见、宿命论、清静无为主义等就都成为他表现方式中的决定性因素了。

相反，肖洛霍夫是用革命者的眼光、布尔什维克的眼光在观察社会主义革命的一个重要阶段。不言而喻，在他的笔下，那些在人民群众中显露出来的毛细血管般的发展，因而就具有了在性质方面别样的、比极为重要的资产阶级作家的艺术手笔更为重要、更有分量的作用。至于该阶段变化——在社会主义革命的国内战争时期出现的、一步接一步的变化——的速度要比在托尔斯泰所描绘的、相对稳定的世界中快许多倍，甚至比在高尔基所描绘的、第一次俄国革命的准备阶段还快，这就根本不用说了。

同样不言而喻的还有下面的事实：在肖洛霍夫用艺术手笔塑造出来的空间和时间以及所反映出来的社会关系方面，这些在哥萨克民众中一步步发生的变化，同高尔基在更早时期描绘劳动民众的小说相比，或者同法捷耶夫反映同一时代的短篇小说相比，受到共产党人——认识历史道路的共产党人——的意识与更具明确目标的作用力的影响更小些。在那个时代的哥萨克中，还不可能有莱奋生出现——这绝非偶然，因而民众的呼声在很大程度上依然是自发的——民众的呼声在功能方面犹如艺术创作的准绳，犹如对历史事件的经济和社会根源的人为揭示。自然，从整个俄国的范围来看，从对小说结构的影响来看，这一自发性在受到具有充分意识的布尔什维克党所引导的地区就显露出来了。这种往往通过中介媒体的过滤、弱化甚至歪曲的效力，在实实在在地建立“毛细血管过程”——第一眼看来好像是本能的“毛细血管过程”——方面起着重要的作用。肖洛霍夫的杰出讲述力在下述情况中也表现了出来：他善于在哥萨克日常生活中通过扣人心弦的、直观的景象，通过农民的简洁对话去描写那些极其复杂的因果关系；于是，无论事实上的原因，还是这些原因在行动着的、遭受痛苦的人们意识里的虚幻映象，就都以实际规模呈现在我们的眼前。

这种简洁地堆砌在一起的简略场景，其内容和关联性最终总是由对因果关系的揭示决定。在这里，肖洛霍夫与现代资产阶级文学之间的尖锐对立极其清晰；现代资产阶级文学数十年经常运用按先后顺序来排列简略的、常常被砍掉了部分内容的场景这种技巧。但是，由于在现代资产阶级文学中，对这些因果关系的排列并不那么清晰，内容的选取和划分没有决定下来，因而形式相似的背后还有造型方面的根本对立。颓废的资产阶级文学越来越有意地把因果关系从文学著作的内容结构和形式结构中排除出去。在这一问题上，当左拉以某种所谓的“科学性”的名义，要求文学不要表现“为什么”而要表现“怎么样”的时候，他就已经违背资产阶级现实主义的伟大传统了。尽管左拉表明了这一观点，但他还有进步性；而在这进步性都被否定了之后，在资产阶级的颓废思潮中，无论在自然主义的信徒中还是在形式主义的信徒中，这一观点仍然占据了主导地位。不妨说，要表现现实本身的思想内涵，首先就要揭示社会变革和人的行动这两者的根由，并以艺术手法进行塑造。如果这些根由从艺术中消失，那么事件的内在关联、社会意义与人的意义也会消失。简略的场景并非重要思想内涵的恰当表达形式。简略的场景，部分用于描绘表面特性，部分是形式主义的一种尝试（比如，提出电影的潜在效果能在多大程度上转移到文学里这样的问题）。对场景做并行排列，这会使场景失去内容方面和社会方面的特性，因而也就会失去严肃艺术的特性；这样一来，场景的并行排列就降格为表面的照相式复制（比如，现代自然主义就是把抢拍相片并行组合起来），或者通过纯形式主义的动机而确定下来（对照、变换等等）。

肖洛霍夫理解，须以艺术手法去表现的时代，具有什么样的社会内涵与思想内涵。他认识到了这一内容中特有的新东西。所以，与过去时代的伟大现实主义者相比，他运用了新的结构原理与风格原理。所以，他精力充沛地组织了反对资产阶级颓废派的阵线，反对他们自然主义和形式主义的思想缺陷，反对他们的创作试验室。这是很清楚的。肖洛霍夫作品的结构是由思想内涵和革命与反革命之间的斗争决定的。肖洛霍夫对场景的选择基于这一点：群众影响的力量、强项或者弱点，在场景中能以史诗般的方式给予革命或者反革命怎样的启示。

在叙事文学设想方面，肖洛霍夫的想法极为丰富。他总是能从农村的日常生活中找出故事情节——无论涉及的是劳动、储备粮食还是家庭生活的要素，他都找得出来故事；而且，在所找到的故事情节中，瞬间局势的特点及其发展趋势都直接地、对于读者（即使不是对于相关人物）而言清晰地显露出来。这种布局的复杂性和困难在于：正确性、可信性和说服力的试金石大都是内容方面的，就是说，在于对发展与内在关系进行忠实的描绘。

所以，在肖洛霍夫笔下个别场景在布局方面的关联性，比在旧的现实主义小说中简单得多。在托尔斯泰笔下，本身就已经非常强有力的故事情节几乎都有一种独特的生命。比如，《战争与和平》中有名的狩猎场景就给我们展现了生活瞬间那多方面的、变化多端的、五彩缤纷的画面：这个场景即使不完全适合安排在实际需要的位置，也仍然具有某种——甚至很高的——艺术价值，这一场景在整部小说的框架内具有艺术独立性。在肖洛霍夫笔下个别场景的这种独立性，远没有托尔斯泰笔下的那般强烈。因而，农民的粗俗简单特性与对话的简略特性是紧密结合在一起的。最本质的问题，亦即关于某个场景为什么要那么写、为什么要放在那个地方去写的问题，肖洛霍夫三言两语就说完——这种情况是经常出现的。但是，由于相关的细节恰恰有助于阐明这个主题，这些简短的话语就具有一种强大的潜能，能够一针见血地阐明社会历史的、人性的全部转折点。

这样的结构安排方法，不仅体现了伟大的创作力与思想意识，而且体现了一种真正的艺术革新。之所以说真正的，是因为这一革新的产生，不是由于绞尽脑汁想出了新的形式，而是因为深切地理解了小说内容新的、社会—历史的品质。对于肖洛霍夫所贯彻的这一革新，我们只有在回想到资产阶级现实主义的古典作家（比如歌德）正是在个别部分的独立性中，发现了叙事文学与戏剧文学之间的差别，并且（正如我们在上面谈到的）连托尔斯泰也赞成并采用这样的结构原理之时，才能够做出恰如其分的评价。

如同所有其他的对照一样，这一对照也有自己的相对成分。首先，这一对照有赖于全部客体在叙事文学中所起的作用，在一个相对稳定的社会中、在一个完全别样——不是正在经历突发猛烈危机——的社会中所起的作用。其次，即使那些能给人以极其强烈的独立印象的情节，正如我们前面已经指出的，也既非完全独立，又非目的本身；不然的话，那些情节恐怕就是简单的铺垫了（这种情况在左拉的描写中自然不少）。第三，在肖洛霍夫的笔下，个别部分对全篇整体结构、对作为整体的过程（个别部分是置于其中的）的依赖同样是相对的；但这并不意味着个别部分就根本没有基于自身力量独立产生作用的可能性。情况实际上完全相反。个别场景的特殊氛围，无论涉及的是自然环境还是人及其社会关系，都表现出来了，而且在绝大多数情况下表现得非常完全。不过，偏离旧事物却仍然是质的属性。这是因为，新的比例形成与相互依赖的新尺度，以及众多场景相得益彰、相互印证、相互提高效用的方式，都在转化为质量，而且无需破坏叙事文学结构的基本原则；正因为所有这些都在新材料里以新的方式呈现出来，一种新的叙事文学形式便告产生。

最后，我们还想要指出这种新形式的一个本质特点。作为真正的叙事文学作家，肖洛霍夫塑造了许许多多的人物形象。简略的场景划分成了伟大进程中许多小的，然而重要的阶段；这些场景允许他这样写作，换句话说，给他作了如下规定：他笔下的几乎每一个形象，包括大多数的插曲性人物在内，都只有在经历人生中重要转折的时候才出现在读者的面前。

肖洛霍夫作品中的许多人，浮现出来，又隐没下去——常常是永远地隐没下去。但是，即使某个人我们只遇见了一次，其品格—本质也会清晰地呈现在我们眼前。一方面，这个人物在该简略场景里行动、决定，把自己身上本质的东西展现在我们眼前；或者，如果该人物是一个我们已经熟悉的面孔，便丰富该人物留在我们脑海中的形象，增加新的特点。另一方面，人物又通过自己的行动而进入伟大的历史进程，进入哥萨克改头换面的复杂过程。就是说，肖洛霍夫在这里似乎不言而喻地解决了作家需要解决的那个重要问题：怎么才能够让行动人物总是有分量、总是令人感兴趣，而又不以某种方式将其类型化？这个问题对于古典资产阶级现实主义而言是个难题，在资产阶级颓废派文学中是个无法解决了的问题。（比如，颓废派往往是在心灵的“深处”胡乱翻搅，直接以颓废资产阶级的生活为基础，把心理学往病理学方面歪曲。从文学上看，这是有意识运用的手法，目的在于重新赢得读者的喜爱，而从资产阶级生活的发展来看，这又是做不到的。）

肖洛霍夫的史诗与他艺术上的厚重（鸿篇巨制）以及他丰富的变换手法都是直接地、自然而然地通过——哪怕是小插曲中的——人物的重要性而展示出来的。人物形象的重要性从自身方面讲源于下述事实：人物形象的每一个行动——即使人物形象自己并不知道——都是有机地融合进社会—历史的大进程中的；依据所有个别要素的相互关系而进行结构安排。肖洛霍夫的所有风格都受到了这种情况的制约。所以，他的叙事艺术的意义和水平也在提高，人与社会这两方面的处理在紧要关头都变得成熟了。

对《静静的顿河》的资产阶级广泛偏见认为，同起初那优美、精彩的田园情景相比，后面几卷让人感到巨大的落差。然而，事实恰恰相反。肖洛霍夫创作这部著作长达十年之久。资料浩如烟海，历史事件接连发生，社会主义不断发展——他就是在这样的情况下拼搏、奋斗的；在这一创作过程中，这位艺术家在不断成长。虽然《静静的顿河》在风格上是统一的，但肖洛霍夫在艺术方面的浓缩力与表现力是在不断提高的——这不仅涉及众多人物的塑造、形象的感染力与深度，而且也涉及用艺术手法展现人，展现人在人际环境与自然环境中的能力。资产阶级长篇小说的一个无法解决的问题是：怎样才能达到对语言的巧妙运用、对艺术的完美追求、尽可能不加掩饰（或者通过怪僻行为进行掩饰）地描绘人物的平庸这三者之间的和谐？对于肖洛霍夫而言，这样的困境并不存在。虽然他描写了务实的、几乎没有感受到大自然之美的哥萨克农民，但他仍然总是在发现那种有意识的，或者并没有到达人意识深处的内在关联，而正是这种关联促使他从艺术上把自然画面同人物内心的活动有机地融为一体。肖洛霍夫的语言运用能力，以及他的艺术表现力，都在这部小说的结尾部分达到了顶峰。

在叙事艺术在资产阶级社会里成为日益严重的问题的时代，真正的叙事文学传统通过蒸蒸日上的社会主义文学，以一种本真艺术的意趣盎然的形式获得新生、发扬光大，这可不是偶然的。

编后记

格奥尔格·卢卡奇（1885—1971），匈牙利现代著名哲学家、美学家、文学史家和文艺批评家。本文译自卢卡奇，《俄国革命·俄国文学》（德文版），慕尼黑，1969 年，第 237—269 页。

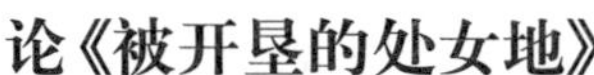

论《被开垦的处女地》

作者 [匈牙利]格奥尔格·卢卡奇

译者 罗悌伦

一

一个新的阶级产生了：这正是肖洛霍夫的第二部长篇小说的内容。他在《静静的顿河》里描写了在库班地区[1]的穷乡僻壤发生的天翻地覆的历史变迁。这场巨大的历史变迁永远地结束了沙皇统治下的“田园”生活，并且在经过革命与反革命之间紧张的、戏剧般的殊死斗争之后，最终确立了苏维埃的秩序，最终让农民（虽然不太情愿）适应了新社会。在这部著作里，他把这一历史过程的一个高级得多的阶段展现在了我们的眼前：农村向集体化过渡的阶段。

一个新的阶级产生？这一表达是有根据的吗？直接的表象对此作了证明。肖洛霍夫的哥萨克农民在小说的开头大部分都还根本没有对他们的社会实际生活作好变革、快速发展、改头换面的准备。即使在小说的结尾，在社会—人际态度的许多方面，间接改变也还很少。肖洛霍夫所描写的农村的巨大危机虽然彻底地、极其强烈地震撼了所有人，但是新事物对大多数人来说，是悄然无声地出现的，很难觉察，在新事物与濒临死亡事物之间的斗争中显现出来——当然，这一斗争在每个人的心灵深处进行。

自然，在农村社会实际生活中，这样的变革是很剧烈的。集体农庄一开始只是名义上存在，随后整个农村被迫联合，再后斯大林发表那篇著名

① 应为顿河地区。——译注

文章，最后包含了人民群众的决定性因素的集体经济开始确立——所有这一切我们都经历了。这样，新阶级将要诞生：个别农民通常愿意想、愿意感受的东西，他们中大多数人身上那种自私自利的个人主义、渴求保住祖传私有财产的强烈愿望——这就是他们在通往剧烈改变他们社会实际生活状况的道路上要克服的。

如果要正确、恰当地评价这部小说的内容、这一过程，就是说，如果要清晰地看见，肖洛霍夫以何等敏锐的创作眼光选出了他的主题并对材料进行审阅、整理，以何等美妙的文学技巧把其中朦朦胧胧的动机提取出来，那么就必须——哪怕是粗略地——把目光转向农民阶层的这一发展，就必须关注肖洛霍夫所描写的各种具体关系（这些关系比许多其他村庄内的关系都更为复杂、更为难以理清）。须知，他不是在简单地塑造农民，而是在塑造早年的哥萨克，就是说，那些在沙皇统治下享受了某些实实在在的和臆想出来的特权的农民。

自然，这些引导性的说明并不就是俄国农民的历史——即使是粗略的历史。在我们看来，似乎不可避免要突出、强调这一变革过程中的一些最重要的规定，以使肖洛霍夫塑造的典型事物具有必要的基础。这里首先要强调的是下述重要情况：农村里旧事物的残余的影响力远比城市里，尤其是大企业中经济方面旧事物残余的影响力更长久、更强大。不过，假如将此观察进行一般化的扩展，认为农村的经济发展速度和社会发展速度要比城市里慢，那可就错了。认为比起工业化的大城市、实际的中心，农村不仅在资本主义社会里，而且在社会主义社会里，在适应新的经济和社会秩序方面都要慢些，这自然是正确的。甚至集体农庄比起社会主义的大型企业来，也是一种较不发达、较不连续的社会主义生产形式。

但这绝不意味着农村在经济和社会方面就没有受到伟大社会变革的影响。这一点我们立刻就可以看到。举例来说吧。巴尔扎克在《农民》这部小说里极其鲜明地展现了，处于上升时期的资本主义是如何把“自由的”散户农民搞垮的，是如何取代被革命消灭了的封建制度，而给农民套上资本主义轭套的，是如何让农民依赖疯狂滋生的资本的。巴尔扎克就这样给出了一幅关于资本主义发展的对抗性矛盾的极为出色的图画；无论是解放的原则还是新桎梏的原则，都有着同一种根源，就是资产阶级民主革命的胜利。马克思在《路易·波拿巴的雾月十八日》中描绘的那种值得关注的农民阶级地位也就这样产生出来；农民的阶级生存本身就包含一种深刻的矛盾：

> 只要千千万万的家庭还生活在经济生存条件之下，只要这些条件在使他们的生活方式、利益和教育同其他阶级的生活方式、利益和教育相分离，并使他们与其他阶级处于敌对状况，那么他们就形成一个阶级。只要在分散的农民之间只是存在一种局部的联系，只要他们的利益这一特性在他们之间还没有产生共性、民族关联、政治组织，那么他们就还没有形成阶级。

如果我们阅读肖洛霍夫的小说，我们能够发现，马克思这一论断中最重要的几个要点是给证实了的。自然，这是在客观条件完全改变的情况下，就是说，在方向、趋势、比例等方面都有了质的改变的情况下。这是因为，社会主义革命——也包括在农村的运动——消除了阶级社会中矛盾的对抗特性。这不仅意味着这些矛盾本身的一种变化，而且意味着这些矛盾的解决方法的一种变化。在此就指出一个起决定性作用的动机吧。农民没有能力在国家范畴里独立代表他们的阶级利益，这在阶级社会的历史中产生了下述后果：几乎所有重要的农民革命都无一例外地以失败告终，只是在法国革命中，城市（尤其是巴黎）平民的果敢坚毅和英雄气概才把农民想要从封建桎梏下解放出来的古老渴望变成了现实——这场解放运动的最终成果我们自然能在巴尔扎克的笔下见到。在无产阶级革命中，在社会主义社会中，形势是完全两样的。无产阶级通常是纽带，是农民阶层的领导，这样一来，阶级社会里不可解决的、人们阶级意识里内含的对抗性矛盾才得以找到一种解决方法。不仅如此，社会主义社会本身也在消除劳动人民在社会生存方面产生的矛盾：在社会主义向更高阶段发展的过程中，每前进一步都必然会提高劳动人民的经济与文化水平。

然而，所有这些都绝不意味着新旧事物之间的斗争和矛盾的简单消除。事实完全相反。这些矛盾直接显现在发生了质变的每一个社会阶段；而这些矛盾被消除的客观可能性，绝不会减小它们实际出现时的尖锐程度。旧事物、农民的传统社会生存方式，以及与二者紧密关联的落后意识，都是很有抵抗能力的。这种情况的根本原因就在于，社会主义革命没有事先消灭分散小农的特性，却将之一般化、变成农村生产的实际基础了。客观地说，新的个体经济虽然是在已经改变了的条件下，在另一种经济—社会体制里发展，但它毕竟仍然是个体经济，所以资本主义的意识形态残余在这里就还有坚实的、适应生存的根基，只能在艰难的斗争之后慢慢地消失。只有在最进步的农民身上，关于新形势的意识才会本能地变得有活力；确实有意识的人，数量很少。就这样，一个苏维埃村庄（包括处于集体化前夕的农村）的农民，他们的意识形态在直接的层面上展现了某些特点——马克思在他那个时代确定的农民阶层的特点。

现实生存与意识方面的所有这些因素都在强化存留下来的旧事物。如果不对变化、革新的种种趋势加以足够的重视，那么要正确看待 1929 年到 1930 年的俄国农村，就是不可能的了。《静静的顿河》描绘了变革前的几个大阶段：哥萨克农村因帝国主义的世界大战而被搅得乱七八糟，沙皇制度被推翻，伟大的十月革命发生，农民从沉重的封建枷锁中解放出来，革命与反革命长年累月斗争——直到反革命被彻底打倒。十分清楚，伟大的系列小说给我们展现了一幅不容误解的图画：战前时期的哥萨克农村无疑是属于过去时代的。在新生活的基础上、受新生活利益的驱使，农村必然要寻找新的生活方式。低估国内战争后随即出现的新经济政策对农村的革命作用，这是根本错误的。1924 年年底，斯大林在谈到当时的农民阶层时说：农民是一个新的阶级，一个自由的、积极的阶级，是已经忘记了地主的阶级；他们主要关心的是获得廉价的物品、自己的粮食能卖得尽可能贵一些；他们的特点是政治积极性在不断提高。

这些论断没有反驳我们早先对农村中旧事物继续存在下去的强大趋势的详细说明吗？我们并不这样认为。两个矛盾的发展方向在共同决定农村其时的具体外部形态。在集体化过程中出现的极其剧烈的动摇，在相对短暂的时期内人民群众时而加入、时而退出的事实，都是下述情况的表征：在往半封建制度倒退的旧事物与自觉向社会主义迈进的新事物之间，出现了紧张状态（依据阶级状况和个人情况的不同，自然有所差异），这决定了几乎所有农村居民的思想、感情和行动。

在对革命中和革命后随即出现的状况进行比较之后，我们得出结论：苏联的农民阶层在集体化之前就已经是一个新阶级了。这一论断也并没有减弱变迁——在肖洛霍夫所描绘的那段时期内发生的变迁——的重要意义。须知，一方面，到此为止的所有变革都只是农民个体经济内部的变化（自然，这些变化的意义并未减小）；另一方面，随着集体农庄运动的开展，一种极其猛烈的、性质上的巨变就在农村的社会生活中发生了，就是说，获得了一个集体的、社会主义的、经济的基础。在肖洛霍夫这部小说所描写的事件过去七年之后，斯大林在关于苏联宪法方案的讲话中再次谈道：农民是一个崭新的阶级。自然，他再次强调了迄今所描写的过程中的事件以及取消地主的剥削等。不过，现在的富农、高利贷者、投机倒把的人等，也属于那些历史上已被消灭了的、剥削农民的类别。斯大林在结束自己的考察时说了这样的话：

> 以后，我们苏维埃农民阶层中的压倒性多数就是集体的农民了，这就是说，他们不是以个体的劳动、用落后的技术，而是以集体的劳动、用现代的技术，来进行创造性劳动、创造自己的财富。最后，我们农民阶层的经济基础不是私人财产，而是集体财产——在集体劳动基础上产生的集体财产。

肖洛霍夫的小说的主题正是这一具有决定意义的历史变迁，所以我们相信，如果我们将他的主题称为“一个新阶级的诞生”，不会引起任何的误解。

二

通过主题的内在辩证法而对文学形式加以确定，这是一个复杂的过程；这一过程只能通过尽量展开的具体化，而以审美方式加以表述。《静静的顿河》与《被开垦的处女地》在写作风格方面具有深刻的差别——这是十分引人注目的，恐怕没有哪一位读者会注意不到。这一差别暂时可以这样来表述：浩大的系列小说几乎总是倾向于以自身特有的小说形式向叙事文学发展，而后来的作品又在精神、结构、情节安排等方面严格遵循古典现实主义小说的传统。如果从这两部小说的内容中寻找这种形式矛盾的原因，那么我们可以追溯到叙事文学与小说之间主题上的典型对立特性了。在农村中引发私人生活与战争、革命与反革命的本能激情，具有情节的本质特征（如在《被开垦的处女地》中）。革命的总体命运决定所有个人的命运；有时，情节相应地在空间和社会方面远离农村，而农村及其最重要的人物形象，首先是葛利高里·麦列霍夫与阿克西妮亚，却在保持自己不可动摇的中心地位。国内战争中的斗争——虽然从一个阵营转投另一个阵营的情况每天都在发生——也具有一种本质上属于叙事文学的特征：极为鲜明地相互分离的人群之间的斗争，在这些斗争中，个体的主动性、个人的勇敢等都起着一种直接而关键的作用。最终决定顿河地区斗争成败的世界历史命运，勾画出了一条遥远的、往往显得苍茫的地平线，它一直延伸到家庭与个体的阶级斗争。我们看见的是，(群体中的) 个人在斗争 (这是由这些动机所决定的)，但首先是作为集体——缺乏感情交流和社会划分的集体——成员的个人。

在《被开垦的处女地》中完全是另一码事。社会主义发展十年了，尖锐的阶级斗争进行十年了。这十年来，在哥萨克农村，“田园风光”彻底消失了。这十年来，那种 (似乎) 与世隔绝的哥萨克“世外桃源生活”消失了；现在所发生的一切，根本就是苏维埃整体变革过程的局部情况。对人与风情方面的局部特点从创作上进行极为强烈的烘托，这只不过是为了在社会和国家意义上让这一情节本身具有一种塑造—类型学的意味而已。肖洛霍夫在自己的小说构思方面，极其敏锐地、有意识地突出刻画了哥萨克农村与全国范围内发生的事件的这种关联。而且是既从革命的方面，也从反革命的方面加以强调的。小说是从两位“特派代表”开始的，而且刻意进行了强调：达维多夫，来自拥有两万五千名工人的普基洛夫工厂的一个工人，到区委员会报到，以获得前往隆隆谷村的调令并立即动身。这一天晚上，很晚了，从前的哥萨克上尉波洛夫采夫也来到了隆隆谷村，给安排在他原先所在团的战友、中农奥斯特洛诺夫那里住，并在这种非法住在一起的情况下，试图组织农村搞一次反革命叛乱。

这部小说的开头完全对应后面情节的发展。但这里显示了同《静静的顿河》非常明显的差别。自然，情节有社会根源，就是农村本身的阶级层次和阶级局势；我们将会看到，肖洛霍夫以何等丰富多彩、不拘一格的艺术手法让一个个小说人物，从这样的社会生存出发，表明自己的态度、变换自己的立场。而构成情节的东西，亦即拥护或者反对集体化的斗争，却是“从外部”、由党 (在农村，是由达维多夫和少数本地共产党员) 有意识地进行的；同样，一股“从外部”发生作用的、反革命阴谋组织的反对力量，也在试图以一切手段阻止这场集体化运动。如果再加上下述情况：小说中不仅处于中心，而且作为中心力量起作用的真正主要人物是达维多夫，而《静静的顿河》里来到农村的共产党人 (比如施托克曼) 只是情节中的次要人物——那么,小说的典型特点就已经以最抽象的、浓缩主题思想的形式出现在我们面前了。

个别人物的性格特点也不再如《静静的顿河》中那样似乎直接就从一种统一的农村背景中呈现出来,而是所有的人物都从一开始就在隆隆谷村相应于各自阶级地位的、有差异的生活这一框架中,表现某种社会态度。自然,这一社会层次以极其复杂的、往往很难看清的形式表现出来,特别是(如达维多夫不得不做的那样)在行动方面须考虑每一个农民的情况下,在为了不犯任何错误而必须个别地、根据阶级地位去正确评价每一个人的情况下。这必然是从我们刚开始时阐明的观点中得出的结论。达维多夫不是有经验的布尔什维克;在到达之后、在开始工作之后不久,他立即发现了这些困难。即使在夜里他一个人的时候,他也没法摆脱这里出现的一大堆尚未解决的问题。阶级斗争的展开,它那错综的关系和时常采用的隐蔽方式,在他原来的想象中,远没有像他几天来在隆隆谷村所看到的那么复杂。尽管集体农庄有着极大的优越性,多数中农还是顽固地不肯加入——这是他无法理解的。他找不到那把理解好多人和他们的相互关系的钥匙。基多克昨天还是游击队员,今天却变成富农和敌人。博尔谢夫是个贫农,却公然庇护富农。雅可夫·鲁基奇是个先进农民,可是纳古尔诺夫却对他抱着戒备和敌视的态度。隆隆谷村居民在达维多夫的脑子里一个个掠过……好多人他都无法理解,好像隔着一层摸不到、看不见的幕布。对达维多夫来说,这村庄好像一台新设计的复杂马达,他一心一意要研究它,了解它,摸透每一个零件,在这架奥妙的机器每天一刻不停的运转中,听出每个不规则的声音来……

这是他关心的主要问题,但这不是公开的敌人富农造成的。虽然沙皇制度的反革命者在农村盘踞、把局势搅得更加混乱、散布令农民迷乱的各种可怕消息、不止一次地恐吓要进行公开谋杀;虽然肖洛霍夫指出,有两个哥萨克军官可能长期潜伏在这个农庄里;虽然这部著作的末尾描写了当年的上尉波洛夫采夫返回隆隆谷村,想要重新搞他的反革命活动的时候,集体农庄已经存在了;但是,把局势搞得如此混乱不堪的,却不是沙皇制度的反革命者。还真不是。新的村庄确实从革命与反革命的暴风骤雨中诞生了。自然,不满情绪、对新事物的恐惧都广泛存在;自然,这样一来,反革命的宣传不仅能抓住富农,而且还能抓住某些中农,甚至一些贫农,特别是抓住那些一度在白匪军里干过事的人。但是,大部分农民群众明白，要是真的行动起来，苏维埃政权可是撼动不了的；他们也明白，农民的切身利益是能够同工人群众的利益和谐一致的——即使干涉、干蠢事之类的做法一时制造出一些紧张局势。而且最要紧的是：农民已经对反革命的前景和力量失去了信心。比如，那位曾经在白匪军里干过事、后来由于所谓的“叛变”而被波洛夫采夫迫害的贫农霍普罗夫，在反革命的阴谋叛乱会议上就是这样说的：

> “不，弟兄们，随便你们怎么说，我可不同意那么干！我不愿反对政府，也不劝别人那么干。你，雅可夫·鲁基奇，鼓动大家去干这样的勾当，白费力气……住在你家里的那个军官是外路人，来历不明。他把这里搅成一锅烂粥，然后自己溜之大吉，却让我们替他吃不了兜着走。这种情况在国内战争中就有过……不，我再不跟着干了！”

当斯大林关于那些在成就面前晕头转向的人的那篇著名文章，在《真理报》上发表以后，当强迫人加入集体农庄和其他宗派的干涉都被废除之后，群众中迄今不满意的农民的情绪就完全转变了。我们再来看看波洛夫采夫召开的一次反革命协商会吧。反革命暴动的日期和计划可以说都确定下来了。但是，农民一个接一个地站起来，明确表示：他们再不跟着干了。我在这里只引用一位老哥萨克的话：“我们并不反对苏维埃政权，我们只反对我们村子里那种乱七八糟的光景。可是你却要我们去反对整个苏维埃政权。不，这我们不干！”

如果反革命分子自己都不再相信反革命会胜利，那他们怎么能够让农民阶层相信反革命会胜利呢?！同样藏身于雅可夫·鲁基奇家里的、当年的哥萨克中尉利亚季耶夫斯基有一次（自然是在喝醉了的情况下）对雅可夫说了下面的话：

> “你这笨蛋为什么跟我们搞在一起？为了什么鬼名堂啊？……也许我们能胜利，可是，蠢货，你要知道，胜利的可能性太小了……顶多只有百分之一！不过，我们这种人，正像共产党说的那样，除了链子以外，没有什么东西可以失去。可是你呢？照我看来，你简直是在作无谓的牺牲。你尽可以过你的太平日子……嘿，你这笨蛋！我明白为什么要起事，因为我是个贵族！我父亲原来有大约五千公顷耕

地，八百公顷林地。他们把我们从家乡赶出来，到人地生疏的地方来出汗卖力，挣口饭吃，我们实在气不过。可是你呢？你是什么人？你只是个种庄稼吃庄稼的人！你是条粪虫！在国内战争中，你们这些哥萨克畜生还没有被杀够！”

连雅可夫·鲁基奇也经历过剧烈的摇摆，这一点都不奇怪。他虽然极其顽强地反对过苏维埃政府，但由于苏维埃政府的经济政策，他最终没加入最富裕富农的队伍。他不仅是一个朴实的、能干的农民，而且也是一个对农业技术革新充满激情的人，是一个命中注定热心农业、热心提高农产品产量和预防农业灾害的人。在被达维多夫任命为集体农庄经济处负责人之后，他就过起了一种“古怪的双重生活”。他是波洛夫采夫的主要代理人，(基于这一任务) 在集体农庄里搞起了破坏活动。但是，

工作吸引他，他爱干活并且想出各种各样的计划来。他热心地想办法使牲口棚保持温暖，造大马棚，领导大家迁移充公的谷仓。可是到了晚上，当他干完一天活回家的时候，一想到波洛夫采夫阴森森地独自待在小房间里，好像坟山上一只食尸肉的兀鹰，他的心就痉挛起来，动作也变得萎靡不振，浑身上下都感到说不出的疲劳……他回到家里，不吃晚饭，就去找波洛夫采夫。

肖洛霍夫就是按这样的艺术创作节拍描绘敌人的；他的艺术创作节拍在正反两方面都显露出来了。正的方面是：他断然否定了关于社会主义建设的那种“田园般的”、和平演变的或者经济—技术至上的观点，他指明了你死我活的、每前进一小步都得进行的阶级斗争，而且现在的集体化正是一个关键的转折点。反的方面是：他勾画出了具体的活动空间——这是为了指明对建设的这类威胁而勾画的。社会主义建设前进得越远，敌人想要进行直接的攻击就越不可能。(在国内战争中，这么一种直接性对于《静静的顿河》的特殊风格而言，同样具有决定性的作用。) 一直都在准备进行攻击的敌人总是在利用客观地产生于某个具体发展阶段的困难、矛盾，以及共产党人的主观错误、动摇、迟疑或者夸张。对于斗争的对象和策略、方式与内容而言，本原的东西是这一具体的活动空间，而不再是敌人本身了。

我们接下来就要谈及的肖洛霍夫的重要艺术，更是在于他能够出神入化地描绘大踏步迈向新时期前夕的这一局势。已经过去的阶段的所有问题，昨天和今天的所有趋势——推动趋势与阻碍趋势，都是摆在我们面前的、个性化人们的、生死攸关的焦点问题。跃进本身就是在释放那种紧张——我们经历过的、人们的迫切生存问题所产生的紧张。而敌人的行动只不过是这一动荡的合力里的一个分量而已。这一分量是由已然出现了的奋斗、激情和见识之间的交互作用所决定的。这种结构给行动指出了明确的方向。小说使积蓄起来的紧张态势得到释放，使矛盾得到解决。然而，矛盾的消除显然意味着更高级别上新的矛盾正在萌芽，意味着现有问题的解决正在导致更高级别上新问题的物质前提与思想前提的形成——这些情况的根源都在于事物的本质，在于肖洛霍夫从思想上与创作上正确把握的事物本质。

这种类型的结构与布局是苏维埃所有优秀作品的标志。所以，苏维埃系列小说十分受欢迎、得到广泛传播，就不是偶然的了。人民喜爱的，不再是巴尔扎克那些极为错综复杂的、众多个人命运交织在一起的系列小说，不再是左拉那些根据领域来安排的"具体事物"系列小说，也不再是现代法国人那些"大河小说"，而是反映历史上辩证地必然出现的社会主义建设的发展阶段的小说。《被开垦的处女地》就是这样的系列小说的发端，虽然它迄今还没有续集问世。

由于这一发展过程在现实中不可阻挡，所以这一运动就必然在小说的人物形象及其命运方面反映出来。受资产阶级世界的颓废派作品影响的读者群体则对苏维埃作品的这种"乐观主义的"特点表示抗议；他们认为：苏维埃作品总是（或者几乎总是）有一个"大团圆的结局"。

这种指责的背后隐藏的是什么呢？首先是认为"大团圆结局"从道德和审美角度看并无有价值的情感，可情感本身是正确的。作为文学问题的解决方式，"大团圆结局"是在没落时代才产生出来的。早先有过伟大的、以乐观主义方式创作结局的文学著作，如《摩尔·弗兰德斯》、《弃婴托姆·琼斯的故事》、《威廉·迈斯特的学习时代》，但没有人指责笛福、菲尔丁或者歌德写了"大团圆的结局"。自从资产阶级的发展在社会现实中走向了这么一个方向，即极为可怜的诚信和才华必然让作家无法把解决不了的矛盾刻画为已然解决了的矛盾、把消除不了的对立刻画为已然消除了的对立——这时，"大团圆的结局"才表现为（糟糕的、撒谎的、虚假的）文学问题。

年轻的伯爵不是引诱裁缝姑娘，而是娶了她并把她领回自己的家里；有才华的工人晋升为企业领导、企业里的阶级对立从而得以消除：如果上面这些情况可以作为“典型”接受，那么“大团圆的结局”也就产生了。在这里，“典型”自然不是意指典型人物、典型环境，而是意指天真读者倾向于把处于紧张曲折的、至少具有表面气氛的、经过加工的情节之中心的东西视为典型。这种效果不过是一般的效果而已。托马斯·曼为了在“大团圆结局”的意义上不把“国王陛下的婚礼”描写成这么一种“典型”，不得不在讽刺和自我讽刺方面耗费许多功夫。

“大团圆结局”的这一“典型”是艺术创作的一个道德问题。对于资产阶级而言，极不舒畅的现实被伪造成现实的反面（完全是有意识地误导落后群众），而那些专门进行这种伪造工作的所谓作家也就自动脱离了真正的文学。（资产阶级在瓦解的最后阶段发明了一种悲观主义的“几许艺术”[①]，一种借助于“深层心理学”方法来伪造社会现实的文学：从永恒方面把人描绘为受野兽或者白痴本能驱动的生物。但是，这丝毫改变不了我们的论断。这只不过表明，在当今“捍卫西方文学”的影响下，从一度勇敢的、正义的社会批评现实主义之中出现了什么东西。）因而，“大团圆结局”在资产阶级文学中是一种涉及内容的问题，是对现实的一种篡改。缺少艺术价值，就是这种“思想内涵”的必然后果。

那么，对苏维埃文学创作的“大团圆结局”的指责又可能意味着什么呢？社会主义作品的乐观主义结局源于对世界历史进程的正确反映；与此相似的情况是：在绝对两样的条件下，处于资产阶级上升时期的伟大文学代表也可能对上升时期的历史进程的前景、他们自身对这些前景的积极态度进行乐观主义的描绘。也就是说，从根本上讲，这种指责是由于资产阶级的批评家和读者缺乏正确理解发展新阶段（以及伟大传统本身）的能力而造成的。

因而，在苏维埃文学中不可能有这种意义上的“大团圆结局”。有时，之所以认为这样的指责还多少有点道理，是由于较差作品中还存在形式

① “几许艺术”(Kitschkunst)：1870年左右产生于德国慕尼黑艺术圈的一个概念；起初是指真正艺术品的廉价替代品，今天意指一切表现艺术领域（绘画、文本、音乐等）里以假乱真的作品。“几许艺术”同真正艺术的界线并非总是十分清晰，而且真正艺术也有可能由于人们接受方式变化而“几许化”。——译注

主义——有关社会发展进程及其在文学中的反映等的形式主义的缘故。这些情况涉及的，不是对社会现象进行颠倒是非的、有意识的伪造，而是对社会现象的根源和过程进行简单的处理。我们不妨想想肖洛霍夫对于农村局势与敌人活动的见解吧。真正的作家就是这样处理自己的对象的。形式主义则是把事情变得更舒心些。比如，在一家工厂里事情进展得不如人意；领导和工人群众在面对敌人的阴谋诡计时都显得束手无策；监察委员会的一个代表团来了，敌人被揭露出来——于是，一切就都正常了。这时，在读者心里必然会产生一种不满意的感觉；读者会认为书中所描绘的现实是乏味的、不那么真实的。显然，这种从审美形式上就令读者难于接受的情况可以追溯到世界观和内容方面。就是说，这样的作家是在孤立地看待自己的具体主题（在工厂里出现的这些可疑现象）：从时间上看，与过去和未来孤立；从空间上看，不与整个社会环境关联。这样一来，作家那具体的解决方式从实用主义角度看有可能是正确的，但从审美方面看就不令人满意了。具有世界历史意义的、面对整个历史过程的乐观主义——真正的作家在对某些发展阶段进行具体塑造时，总是依据其各自的特点从文学艺术的角度，将其表现得各不相同的。这时，这样的乐观主义就降低为一种国家库藏的乐观主义了。这时，一种类似于“大团圆结局”的感觉就可能在读者心中产生出来，虽然这样的形式化倾向本身，正如前面已经指出的，同资产阶级的“大团圆结局”毫无关系。

这种形式化做法同肖洛霍夫那真正的、具体的艺术之间的对照，不仅一般必须作为反击——向敌人对苏维埃文学进行错误攻击的反击——来加以强调，而且正因为上面所谈那类文学作品在社会主义文学的（往往是宗派主义的）初期经常出现，肖洛霍夫具有重大意义的例子对于年轻作家就可能具有指引方向的作用。

三

在作了这些审美方面的离题讨论后，我们言归正传，回到隆隆谷村的集体化局势吧。有如斯大林在自己关于语言学的文章里所指出的，这里描述的是一场革命的前夕，但这可是本质上全新的局势：“然而，这场变革不是通过一场爆炸，就是说，不是通过推翻现存政权、建立一个新的政权,而是通过从农村旧的资产阶级秩序逐步向新的秩序过渡来实现的。”这对于肖洛霍夫小说中的情节安排和其中重要人物的评价,产生了以下影响:这里发生的大大小小的“爆炸”并非必不可少的革命因素(比如1917年10月那些想要实现“和平”过渡的企图,就是孟什维克机会主义的表现),而是不成熟的标志——尤其对于那些受命去完成这一变革的力量而言。

肖洛霍夫经过周密、细致的思考,极为清晰地指出了农村里存在的成熟与不成熟活动所占的比例。这并非意指富农的抵抗;富农的抵抗是一种符合规律的自然现象。然而,农村里富农在多大程度上是孤立的,或者说,他们对中农,甚至贫农的影响到底有多大,这决定主观因素成熟与否。在农民中,对生活条件发生剧烈变化这一事件的感情有多强烈,这一感情是怎样升华为认识、行动计划的——这些就描绘出了一幅十分具体的比例图。正是这样。

农村的内在经济需求是实在的——在达维多夫来到隆隆谷村后立即召开的几次大会上,不同阶层的农民的发言都表明了这一点。中农康德拉特·梅谭尼可夫的出场或许是最为有趣的。梅谭尼可夫以农民特有的精细把他自己的经济形势及毫无前景的状况进行了描绘,描绘出了一幅清晰的概略图。他说:“这样叫我过得下去吗?再说,多收一点,少收一点,总还是好的。万一碰到荒年呢?我会弄成什么样子?去当要饭的!请问,你们有什么权利拦住我,不让我进农庄?难道还会比现在更糟吗?狗屁!你们那些中农,过的都是这样的日子。”于是,他责怪那些中农,说他们“只看见自己的母牛和自己的小房子,看不见广阔的天地”。

这席话并不具有特别的说服力;在217户农户中只有67户表示愿意加入集体农庄。这是毫不奇怪的。甚至梅谭尼可夫刚回到家里,他就已经备受怀疑和恐惧的折磨了:在集体农庄里会是什么状况呀?他是一个比较有文化的农民,对自己所面临的局势不仅从经济上,而且从政治上,甚至还从人性—道德上加以理解。“这种舍不得私有财产的卑劣感情,一定要克制,不能让它在心里作怪……”他夜里常常这样自言自语。就这样,他不仅成了集体农庄的庄员,而且还成了突击队员。然而,他摆脱不了这种极其强烈的卑劣感情。他勇敢地参加为集体化而进行的各场斗争;他的行动和成绩得到了大家的认可,大家愿意接受他入党,但康德拉特却拒绝了:“我现在不能入党,因为我虽然加入了集体农庄,心里还是舍不得自己的东西……”康德拉特的嘴唇颤抖起来,随即陷入一种急促的喃喃自语:“我舍不得自己的牛,我疼它们……”在此,我们见识了那种混合了成熟与不成熟的关键类型:客观经济形势(及对其认识)的成熟与主观行为的不成熟;原因在于强大力量——私有财产的残余,还在对农民的情感生活产生影响。这是肖洛霍夫以正确比例精妙地描绘出来的一种混合。

这同样的问题也在贫苦农民身上表现出来;当然,以阶级的眼光看是完全两样的。这里有两个极;一极是那些被误导了的、成了富农追随者的贫苦农民;这一影响很大,甚至在把富农从村里驱逐出去后,还有个别的贫苦农民脱离集体农庄、投入敌人的阵营。当然,这不是这一阶层的基本情绪。实际情况完全相反。大多数的贫苦农民,他们中醒悟了的人,完全了解(至少是感觉到了)一种新的生活形式必然会出现。革命虽然消灭了旧的剥削者,但新经济政策实施后,在农村必然会出现一种分化,大多数贫苦农民会因此感觉自己受到逼迫、走投无路。在许多人的心里燃起一股反对今天的怒火,燃起一种对更为光辉的社会主义明天的强烈渴望。巴维尔·柳比施金,即使在集体化运动后期发生强烈冲突的时候,也是集体农庄可信赖的人,他就把这种情绪充分表达了出来:“在这头几年里,情况同旧时代没有很大的差别。缴你的税,看着吧,看你怎么往前走!……革命,我们干了。今后又怎么样呢?还不是老一套……”

这种情绪是集体农庄建立的一个坚实的基础,但同时也是所有那些夸张和干预的一个意识形态基础——夸张和干预是集体农庄建立初期出现、后来被斯大林纠正了的错误。新经济政策使农村的阶级斗争变得特别尖锐,也把贫苦农民中的先进分子培养成了农村社会主义建设新斗争中的先锋。不过,在党组织及其教育工作薄弱的地方,包括隆隆谷村,在贫苦农民的心中产生的只是一种健康的、直觉上的阶级仇恨,而不是一种对历史进程本身的明见,不是布尔什维克对过去与当今的全面理解,因而就不是农村变革中的正确策略:没有实在的阶级意识。所以,集体农庄运动在初期所犯的最早的左倾错误(至少部分如此)是由贫苦农民的这些情绪引发出来的。(区党组织中最早的左倾观点的官僚特点等与此并不矛盾;肖洛霍夫为此也描绘了非常直观的情景。)

在小说的开头,在隆隆谷村有两个党员:党支部书记马加尔·纳古尔诺夫和苏维埃主席安德烈·拉兹苗特诺夫;两人过去都是红色游击队员。在上面所描述的农村氛围中,纳古尔诺夫的性格或许比贫苦农民柳比施金的性格更有特性。纳古尔诺夫是国内战争的英雄，曾被授予红旗勋章。他期待社会主义在全世界的胜利。他勇敢、果断、时刻准备作出牺牲；同时，在大多数的生活问题方面、在政治上，他又像小孩般天真、机械、死板、"直通通的"。世界革命的理想在他的心里，坚定、可靠；世界革命的理想决定着他的全部生活，一直深入到最本能的情感萌动。主观因素自然不单是情感，还有个人信念向行动的具体转化，直至无条件的自我献身；如果只有主观因素才会成就共产主义的革命者，那么纳古尔诺夫就是所有革命战士的一个榜样。

然而，这里极为鲜明地显露出来的是，伦理的那种主观作用具有何等的误导力；伦理的主观作用一直充斥从康德直到存在主义的资产阶级哲学。认为最纯粹道德意义上的、最坚决的主观动作能够生成一种真正伦理的行动——这种看法是不正确的；真正伦理的行动必须既具有从社会—历史方面看正确的内容，又在内容与形式之间协调。这一论断在任何方面都没有减小伦理主观因素的意义。这一动作内容的排除，就是说，只定向到社会行动的客观正确性上，会抵消所有的伦理内容：如果两个人以同样的能力完成了同样的任务，那么他们就取得了同样的社会功绩；比如，两位突击队员。但是，如果他们中一位是为了献身社会主义而完成这一任务的，而另一位主要是出于个人利益而完成的，那么从伦理方面来看，他们之间就存在一个巨大的差别。而这一差别具有重大的社会意义：它实际上在每一个重要的转折时刻都显现出来。须知，共产党人带头作用的基础（绝非只有这点，但这点并非不重要）在于：他们能够把社会主义的"日常需求"提高到他们主观意愿的对象、他们个人生活的中心的高度，从而有能力给群众作榜样，有能力领导群众改头换面、向着社会主义前进。（我们不妨想想列宁关于"共产主义星期六"的论述。）

克服伦理学领域中的对抗性矛盾，这在社会主义社会中表现了出来，而且是以主观因素与客观因素之间、形式因素与内涵因素之间关系的新形式表现出来的。社会主义在一般社会意义上、在世界历史范围内消除个人利益与社会利益之间的对抗性矛盾。这样一来，社会主义一方面消灭所谓伦理独立性的假象，并形成社会榜样行动的唯一的重要因素；另一方面，社会主义又消除伦理行为与别样动机（自私自利等）行为之间的对抗性矛盾，并创造辩证法的体系、民众教育的体系，以取而代之。在法律法规方面时时刻刻关注民众的个人利益，这应当有助于引导群众正确行动，就是说，引导群众从社会主义伦理的正确动机出发行动。当然，过程是逐步的，在一个人身上出现得慢些，在另一个人身上出现得快些，而且并非没有危机。这里，如果不是一开始就有优秀人物的话，后一种情况是无法或者很难实现的——在优秀人物身上，正确行动的主观因素与客观因素统一，从一开始就是占据主导地位的原则。

对于我们而言，在小说《被开垦的处女地》中，在纳古尔诺夫身上表现出来的、客观内容与主观形式之间的辩证关系是重要的。对作为共产党员的他而言，这种差异意味着什么呢？（这一差异客观上必然会导向集体化过程中出现臭名昭著的极端左倾错误，这已是众所周知的了，丝毫没有必要进行详细的讨论。）结果在任何情况下都不可能如资产阶级主观主义伦理学的代表所希望的那样：由于纳古尔诺夫的道德品质从纯粹主观立场出发来看是正常的，所以他的行动虽然有可能在外部世界引起冲突，乃至悲剧性的冲突，他却是作为“纯粹的英雄”而进入冲突（哪怕是悲剧性的冲突）并坚持到底的。这是小资产阶级极端主义的幻想，而且往往转化为滑稽的幻想。马克思在谈到法国1848年的革命时，说道：“民主主义者同样在完美无瑕地从最可耻的失败中走出来，有如当初无辜地陷进去那样……”

这么一种命运，现实生活中的人们，通过体力劳动来养活自己的人们，工人和农民——他们是不可能有的，知识分子的特殊阶层才会有这样的命运。（今天，存在主义的伦理学是为他们的特性和需求而设置的。）对一个正常工作的人而言，最重要的心灵需求和追求经常遭遇失败、挫折，必然导致一个迥然不同的类别的产生：一个奇特的群体。在精神病理学的意义上，怪诞之人几乎总是完全正常的；其人格的扭曲、理性与感情之间的矛盾等总要追溯到社会根源，在社会—人意义上追溯到对一种局面的反常适应——这种局面是个体以某种主观正当理由而痛苦地加以拒绝的，虽然该个体很可能完全没有能力去解决，哪怕只是缓和一下该局面。同一个体一方面拒绝一种局面，另一方面又要去适应此局面，就其人格内涵而言，这是无法统一的，然而奇特的群体就是从这种矛盾共存中产生出来的。

阶级社会的生活条件（及其在社会主义初级阶段的残余）在社会那些被人忽视的方面，产生出了形形色色、千差万别的乖张怪谲形式。高尔基的一项杰出贡献是：他对这些乖张怪谲形式进行了深入的研究并取得了光辉的成就——不单在自己的艺术著作里，而且在重要的文章里，比如在《关于手工业的谈话》中，都是这样。肖洛霍夫也是如此，他以敏锐的观察力和丰富的心理学知识展示出，在隆隆谷村（村里所有的成年农民都经历了沙皇的时代）如何必然会产生这类奇特群体。这里不妨想想那位奇特的、寡言少语的杰米德和他那茫然的行动吧，想想狗鱼老大爷那同样奇特的、将正义与谎言毫无原则地混淆在一起的胡扯乱谈以及其他吧。

如果说，肖洛霍夫在此继承了高尔基那贴近生活的工作，而在风格上同高尔基一点关联都没有，那么他在纳古尔诺夫的形象塑造上就赋予了该人物极本真的特点。高尔基不满足于把乖僻表现为社会心理学上的病理现象（在高尔基之前，重要的资产阶级现实主义者就是这么做的，比如果戈理、狄更斯和拉贝[①]），而是以精妙的艺术手法对社会救治手段进行了描述：建立同社会环境的合理关系，进而建立个人的各种心灵力量与倾向之间合理的内在关系。他的小说《母亲》给我们展现了一系列的工人和农民：他们在迄今的生活条件的压力下或多或少表现了强烈的、成为奇特群体的倾向。然而，积极参加革命工人运动的态度，那种对他们心灵—道德方面至关重要的无产阶级革命世界观，都在引导他们；具有个性的他们，回归正常的生活，走上从人性—人际方面和谐开发他们自身能力的道路。

但是，肖洛霍夫的纳古尔诺夫是一个革命者，一个信仰坚定的共产主义者——这又怎么能够同他的怪谲行为统一起来呢？我们认为，在这里，肖洛霍夫恰恰在兴味盎然地、富有成效地发扬高尔基的创作精神。纳古尔诺夫不单是共产主义者，也是宗派主义者。不过，他不是作为小资产阶级无政府主义者的典型来表现的——在这样的典型身上，知识分子的高傲、个人主义的那种高人一等的意愿都在使人产生极左的观点。从主观上说，纳古尔诺夫不仅是一位时刻准备献身的革命者，而且是一位坚定的、忠诚的共产党员；就内心最深处的坚定信念看，他时刻准备服从党的纪律。他的不幸在于：他的确信是基于伟大十月革命和国内战争期间的经历而形成的，这些经历又过于简单并包含误解；这样，他的确信就僵化为一种抽象的、乌托邦式的狂热。他看待世界革命的终极目标——世界

① 威廉·拉贝（1831—1910）：德国作家，19 世纪后半叶与特奥多尔·冯塔纳齐名的重要作家。主要作品有《麻雀巷编年史》（1857）、《饥饿的牧师》（1864）、《阿布·台尔凡》（1867）、《福格桑档案》（1896）等。—— 译注

共产主义时，犹如一个狂热的痴迷者；面对引导人民到达共产主义的具体步骤，只要不涉及简单地武力使用或者自我献身，他就完全失去理智了。

在此，在这个反面教材中，肖洛霍夫把最先由高尔基发现的伟大真理作了本真的发挥与具体表现。须知，革命世界观的扭曲形式并不能使资本主义社会中农民所继承下来的富有含义的扭曲正常化，相反，却在导致这种扭曲加重。纳古尔诺夫就是这样成为乖张怪人的。他整天都在狂热地工作；他没有时间提高自己作为一位共产党人的觉悟，以适应马克思—列宁主义的发展——列宁和斯大林自从国内战争以来就制订出了的那种发展。可他在每天的繁重劳动之后也没闲着。夜里，他学习英文。这是同他的世界革命梦想关联在一起的。他看见世界革命已经在印度爆发了，就担心那里缺少有经验的共产党人：

"我想请求把我派到那里去，我会给他们把事情办好的。如果我掌握了他们的语言，那我第一天就会把事办到点子上去的：'你们在干革命吗？共产主义革命？那就对了，小伙子们！狠揍那些资本家和将军！在俄国，我们1917年就让他们头脑清醒了。后来，他们严刑拷打我们，无所不用其极！打垮他们，叫他们以后再干不成坏事，让一切走上正道！'"

这样的特点有时带有怪诞的喜剧色彩，处处都在展现出来。我在此只想让大家注意一点，即肖洛霍夫把变革时期的农民生活描写得多么深刻、全面。在《静静的顿河》里，葛利高里与阿克西妮亚之间的爱情不可遏止地、宿命般地突然爆发了——这种爱情爆发是旧农村开始自我解体的一种光辉灿烂、诗情画意的象征。而《被开垦的处女地》的情况也是如此：隆隆谷村的两位共产党员也恰恰在爱情与婚姻的问题上过着一种古怪的、奇特的生活。(为简便故，我们在此不谈拉兹苗特诺夫的爱情故事。)纳古尔诺夫被他年轻的妻子路升卡欺骗了；她最后同富农的儿子季莫费有了情爱关系。纳古尔诺夫对此不太在意。达维多夫就此对他进行了谴责；纳古尔诺夫在反驳时打了个比喻：

"照我看来，羊长尾巴是遮羞用的。方便当然不方便，可是你能拿什么代替它呢？我需要女人，需要老婆，就像羊需要尾巴一样。我心里只有一个世界革命。我一直在盼它……女人对我——呸,有什么了不起。女人是变动的东西。没有也不行,不能不遮遮羞哇……我是个血气旺盛的男人,虽然有点病,一般还能应付。如果她在我身上满足不了,那就去他妈的!”

看吧,在此,在纳古尔诺夫身上,抽象乌托邦的革命行为这根弦怎么转而弹奏出奇特而非人性的曲调。

肖洛霍夫能够本真地继续探究高尔基的问题,这基于他巧妙地证明了:只有那种在个体—人性方面引起暴力变革的作用,只有那种消除从资本主义中产生出的变态、乖张怪谲行为的作用,只有那种使人恢复正常思维和行止的作用,才能够使人掌握马克思列宁主义的世界观。而自认为是马克思主义者、共产主义革命者的主观上诚实的幻觉,是抵抗不住资产阶级的变态的。肖洛霍夫以这样的手法对高尔基的创作艺术加以发扬,使这个问题有了广泛的共性。这样一来也就简单地证明了:世界观与实践、人行为之间的关系也关系到作家的创作活动、文学作品。

普基洛夫厂的工人达维多夫的形象就是从这一背景下表现出来的,而且不单是从政治方面,也从道德、人性方面表现出来——这是肖洛霍夫的伟大艺术。肖洛霍夫指出,无论农民对集体化运动的反抗,亦即农民的守旧主义,还是农民的极左倾向,都深深扎根于“社会在”[①],扎根于由此产生出来的农村意识层次。他现在指出,工人阶级的帮助,即“2.5万人大军”的到来(这体现在达维多夫身上),能够让自发—错误地发生的事件转上正确的道路。作为现实的作家,肖洛霍夫自然是不会把达维多夫描写成一位理想的、包治百病的共产党干部的。(在这方面,许多作家已经犯下了严重错误,而且有些作家至今也没有完全摆脱这种情况。)

达维多夫是个聪明又有经验的工人,超出了共产主义企业干部的平均水平,具有政治意识,但绝非一位智力超群的人物,绝非行动中不犯错误的人。列宁说得好:“聪明人并不是那种不犯任何错误的人。这样的

① 在(Sein),哲学术语。在德文中,“Sein”、“Dasein”与“Existenz”之间有微妙的差别。“Sein”为系词“是”,当名词用,意指实际情况、本质性存在,含有某种“内在性”;“Dasein”本义为“(是、出现)在那里”,意指可感知的具体情况,含有一定的“主观性”;“Existenz”源于拉丁语,意指事物之本质、核心、实质的外在表现,即外部存在这一状况本身,表现出一定的“客观性”,正如莱布尼茨所言,“Existenz”是单纯的状况。——译注

人不存在,也不可能存在。聪明人是那些绝不犯非常本质性错误,而且善于快速改正错误的人。”达维多夫就是一个例子:他起初同意把小家禽缴到集体农庄,但他具有列宁所说的领悟力,很快就把这个错误改正了。他在农村运动中所犯的其他错误,在斯大林的文章发表后,也改正了。肖洛霍夫高水平的创作技巧则表现在他对斯大林的文章的强大影响力的描写方面。第一次巨大影响(这点我们在前面已经讲述了)说明,群众大批退出集体农庄是落后农民的自发反应。肖洛霍夫把这种情况直观地展现出来了。隆隆谷村的唯一一次暴动般的群众哄抢粮食事件是后来才发生的——据小说描写,是在村苏维埃委员会根据上级安排决定把上缴公粮后的剩余粮食转拨给一个邻近村庄之后发生的,而敌人在当时大肆散布谣言,说什么粮食要被运往国外。

村里的女人全都陷入恐慌、骚乱。男人们起初小心翼翼地隐藏在她们的背后,煽风点火。拉兹苗特诺夫的靴子和裤子首先被脱了下来,人则被关到一个地窖里。达维多夫觉察到了危险,派一个人飞马赶往村外,去叫正在田里劳动的、可靠的生产大队回来救援,而自己则当机立断拖住这些女人,决心在任何情况下都不交出集体农庄粮仓的钥匙。场面极其混乱,近乎疯狂。女人们暴打达维多夫,毫无人性;他用自己擅长的、有些粗俗的幽默进行抵抗,可作用不大。粮仓被砸开了,农民开始分粮食。偶然从城里回来的纳古尔诺夫以游击队员那真正奋不顾身的英勇行动保卫粮仓;要不是被达维多夫紧急叫回的生产大队及时赶来,恐怕就要发生流血事件了。

第二天,领头闹事者被警察带走了。达维多夫在晚间召开了大会。他善意地嘲笑那些白天造反的女人,其中就有此刻用头巾遮住脸的纳斯佳·顿涅茨可娃:“是你用拳头在我背上乱打,你还气得哭了,还说:‘我打他,打他,可是他好像一个石头人!’”他现在用话语表明他昨天用行动证明的事实:布尔什维克不会屈服于任何暴力。可他也让参加大会的人明白:他并不把他们当作敌人,而是认为他们受到了蒙蔽,他们根本不用害怕遭到报复。“我们并不把你们当作敌人。你们是摇摆不定的中农,暂时迷了路,我们对你们也不预备采取行政措施,我们要让你们真正睁开眼睛来。”在达维多夫讲话快结束时,从后排传来“受感动的、温和的声音”:

“达维多夫,老天爷保佑你!达维多夫好朋友!……你这人不记仇……不记恨……老百姓都很感动……大家都感到害臊，觉得良心上过不去……娘儿们也很不安……可是咱们得生活在一起呀……达维多夫，咱们说定了：谁记旧账，叫谁瞎掉眼睛！呃？”

第二天，57户退出集体农庄的人又重新回到集体农庄。

达维多夫工作活动中的另外一些插曲也可以在这里引用，但我们认为，这一个情节已经足够说明本质性问题了。达维多夫在农民中就是他们中的一员，不是陌生的“上级”，但他同时也向村里的农民指出（不引人注目、不虚张声势地）：自己能够以一种更好的方式，更明智、更有效地把握问题，而不是像过去那样干。通过不可分割地将平等与站得更高统一起来的做法，他就变成他们的领导和老师，他就能够把他们引进被开垦的处女地，使他们更容易转变为一个新的阶级。

乍一看，达维多夫的幽默在那种场合似乎纯粹是作为个人的特性起了不小的作用。事实上，无论在出现危机的时刻，还是在危机解决之后，这种幽默的作用都是不小的。我们不妨将达维多夫那冷静、富于幽默的审慎和镇定同真诚的拉兹苗特诺夫的茫然无助或者同纳古尔诺夫那暴躁、盲目的勇敢进行比较。毫无疑问，达维多夫的个人优势在这一幽默中发挥了作用。不过，这里涉及的不仅是个人的品格，还有更多的东西。列宁的话语总是充满了幽默，这是偶然的吗？不。要知道，这是一种新的幽默，就内容及形式而言，它同资产阶级古典时期的幽默有质的区别。在这一幽默中，共产主义那事实上的、政治上的、世界史上的优势与共产主义那精神上的、道德上的、人性上的优势之不可分割的统一性展现出来了；在这一幽默中，共产党员洞察自己的敌人，善于从战略战术上正确地估计敌人的能力与弱点，而敌人却没有能力理解，布尔什维克为什么以及怎么行动的。这么一种幽默显现出来的是：根基实在的、对终极胜利的坚定信念，对单个阶段胜利的坚定信念，甚至在达维多夫遭到女人们疯狂暴打的情况下——也恰恰在这里，由于对照的缘故——这种信念变得更加强烈了。（而纳古尔诺夫对世界革命的信仰却依然是抽象的，是根基不扎实的，是同具体现实脱节的，所以必定是一种毫无幽默感的狂热。）

这种具有客观历史根基的、用事实来表现的优越感把社会主义的幽默同处于历史上升时期的资本主义的幽默区分开来了。在资产主义的发展过程中，幽默是从资本主义社会无法消除的对抗性矛盾中产生出来的。

这里的优越感是抽象的，只是主观—道德上的，是与意识——理想无法在社会里实实在在地实现的意识相关的，就是说，从本质上看它是一种绝望、万念俱灰的感觉，自然也就没有理想可以放弃了。正因为如此，一位政治上激进的、具有强烈幽默感的作家戈特弗里德·凯勒在1848年革命后害怕德意志文学中会出现一种幽默情态。幽默只能在私人生活里，主要是在具有道德优势的女人形象中表现出来；在戈特弗里德·凯勒笔下就是如此。社会主义在进步构想中完成的彻底转化导致了幽默在质量上的变化：一方面，进步是不言而喻的，胜利在望；另一方面，进步在阶级社会中必然会引发的矛盾将被消除。须知，这属于幽默的本质，即幽默只可能是一件好事在意识形态上的反映，而讽刺、讥诮等针对进步的武器，也能够达到某个相对的高度。（不妨想想英国革命时期保皇党人巴特勒[①]的《休迪布拉斯》吧；在这部作品里，这种讽刺的界线是清晰可见的。）

共产主义伟大领导人所特有的幽默的优势与共产党队伍中勇敢、聪明的普通士兵（比如达维多夫）的优势之间的距离不言而喻是极其巨大的。但这一距离并未消除基本现象的社会统一性与审美统一性：达维多夫不想，也不应该继续是队伍中成千上万的成员之一；拥有成千上万成员的队伍具有统一的、深思熟虑的、坚定的意志，在阶级斗争的战场上具有幽默优势，从而保证共产主义取得最后的胜利。

四

如果将《被开垦的处女地》这部小说同小说作者的杰出的处女作，也同苏维埃近期的最佳小说进行比较，那么一种严格的清教主义就会在这部小说的史诗般构思—结构中呈现出来，引人注目。肖洛霍夫在形象塑造与事件描写上是很简洁、精练的。他塑造出相当多不同阶层的人物形象，而这些人物形象有的详加描绘、浓墨重彩，有的一笔带过或是昙花一现，这全都取决于小说结构对人物的要求：个人在集体化过程中、在为了集体化或反对集体化而进行的斗争中所起的作用。这首先意味着小说结构的积极方面，正如法捷耶夫批判性评论说的那样：与苏维埃优秀小说形

① 塞缪尔·巴特勒（1835—1902）：英国讽刺小说家。他最重要的著作是针对思想，而不是针对人（针对清教主义）的讽刺诗《休迪布拉斯》。——译注

成对照的是，在肖洛霍夫的创作中找不到任何多余的人物形象，就是说，所有人物形象的个人命运都是同主要情节紧密地有机联系在一起的，换句话说，作者没有让任何一个人物形象自顾自生活或者与小说主线毫不相干地独自发展。在这方面，《被开垦的处女地》的构思—结构堪称典范。

与小说的整体安排相应，农村的社会生活起着决定性的作用：庄员大会、商讨会议、会上争论等都是在前台表现出来的；肖洛霍夫并不像今天的年轻作家们那样企图在叙事手法上玩点花样，就是说，从时间与人物的不同角度出发去进行描绘（比如铺垫、回忆）；不，他是在朴实地、中规中矩地对实际过程进行讲述，当然是作了周密思考的，总是选取那些在集体化的某个具体阶段对主要事件起决定性作用（促进或是阻止）的、揭示过去事件或正在萌发事件的重要因素。

构思—结构方面的这种正规做法还通过叙事的大浓缩得到了提升。对这种集中化处理方法，不可以作形式主义的理解：想当然地、咬文嚼字地或者为追求奇谈怪论而堆砌词语、句子，肖洛霍夫是再熟悉不过的了。事实相反。他是以一种舒畅的、真正史诗的方式讲述，就是说，如果他从情节发展角度出发认为一个人物、场景、局面重要，那么他就总是对该人物、场景、局面花费笔墨，从各方面进行详细的描绘。在他的描写中，我们称作精练叙事的东西，一方面是对单纯插曲的严格避免（当然是在结构安排上相对薄弱的地方），另一方面是在整体人物形象、命运、情势中，个人特点与符合阶级要求的特点的或许更为严格的统一。

在后一种情况下，它是指由内容决定的、所有插曲都加以避免的反面。任何一位好作家，尤其是社会主义现实主义的真正代表，都必须追求这类统一。生活的每一位真正观察者都知道：对任何人，个人品质与阶级特性都不可能机械地、抽象地合二为一，都必然表现为渐进而充满矛盾的，而且必定含有偶然性的成分。插曲因而是一种很容易解释的、有用的、艺术上常常相宜的手段；这种手段能够让人真正灵巧地、直观地理解那些错综复杂的人际关系。如果肖洛霍夫此时下定决心（还有一种近乎执拗的意识）要避免走这条道路，并且总是把充满辩证矛盾的东西归总起来，这也绝不意味着他没有时时记得行之有效的、复杂的辩证法。事实相反。肖洛霍夫是时时都意识到了这里起主导作用的辩证法的，而他运用史诗般的构思—结构的正规做法反映了他对这些错综复杂关系的深刻认识。这里要着重强调的是，尽管个人因素形形色色、极其重要，尽管偶然性在起作用，但是在所有的情况下，超个人因素、阶级因素有着支配性的、决定性的意义。

马克思特别强调，个体的阶级属性以及职业属性包含了无法消除的偶然因素，而且是作为资本主义社会（与部族、等级社会相比）的特殊性来强调的。

> 个体之间的竞争与斗争不断产生出偶然性。所以，在人们的想象中，资产阶级统治下的个体比过去时代更自由，因为对他们而言，他们的生活条件带有偶然性；在现实生活里，他们自然就不那么自由了，因为在更多的情况下，他们受到了强大的客观力量的支配。

马克思从这一结构中推导出了关于资产阶级社会中自由幻觉的结论；这一结论具有深远的意义："在某些条件下可以不受干扰地耽于偶然性幻想而沾沾自喜的这一权利，迄今叫作个人的自由。"

不言而喻，农村在集体化之前是无法克服这一遗传结构的。不错，由第一次世界大战与国内战争引起的农民阶层的躁动不安，必然会强化——暂时地，但对于肖洛霍夫描写的阶段具有决定性意义——马克思强调指出的偶然因素。我们在前面提到过那位当过红色游击队员的富农，我们曾经谈到那个力图挣脱反革命阴谋的白匪军，我们认识了那些支持过富农反抗的贫苦农民，我们见识了雅可夫·鲁基奇身上隐藏着的"两个灵魂"以及他在沙皇分子准备暴动时所起的积极作用、他对集体农庄劳动的速度和革新机会的痴迷，等等。所有这些都表明偶然因素的意义在不断增大，表明表面上纯粹属于个人经历方面的原因的意义在不断增大——个人经历方面的原因决定着个人在这场斗争中的态度。这些个人也抱有马克思所指出的那种自由幻想：他们幻想，如果他们不假思索地对这么一种个人偶然经历的自然结果入迷，他们就会自由了。

然而，如果随着农村集体化运动的开展，社会主义在农村也引进真正的社会主义经济形式，那么社会主义就会改变这一结构，特别是发展方向——对于个人而言，这一改变是极其剧烈的，即使个人一时间没有发觉这一事实。这是因为，一方面，资本主义经济中的必然性只能通过上面所描写的偶然性而起作用，所以在必然性客观显现之际，偶然性就必定要变化、重新产生；另一方面，社会主义经济在巩固和发展中，创造一种密切的关系——人自己的真正能力和倾向与工作、职业、社会地位之间的关系，并更为有力地排除这些关系中的偶然因素，并且在社会和个人方面通过更深层的规则去取代这些偶然因素。这样一来，个体意识里关于自由的幻想也就慢慢地发生了变化：对偶然性的本能理解让位于对必然性的深刻认识，对自由的幻想让位于真正的自由。

我们现在只见识了肖洛霍夫笔下这么一种剧烈变革的开端。但他以极其巨大的热情和力量感受并塑造了这一变革的准备阶段的反向辩证法、不可消除的存在状况、各种力量想要度过这一变革的躁动、穿越旧事物必不可少的方向指引。作为一位现实主义作家，肖洛霍夫本原地经历了、把握住了这一普遍的发展倾向——不是作为普遍性，而是作为共同的推动力。推动力在不同的个体身上、在不同的人物形象身上总是不同的，甚至是对立的，但产生的作用却是相同的；因而，肖洛霍夫就使用了我们在前面已经介绍过的构思—结构。这是一种表现方式——在这种表现方式下，每个人物形象的个性特点甚至“偶然机会”都表达得十分灵巧，然而，正如前面已经强调的，一般性因素在转化为具有决定意义的因素——这自然不是凭空想象的。

所有这些，肖洛霍夫都是通过伟大的、有意识的叙事文化和艺术来实现的。但不可忘记的是，这么一种表现艺术本身包含了只有大师才能够化解的巨大危险。主要的危险有：叙事艺术会显得有些单调；作品虽然有序、完整地再现了思想内容，但在描绘生动形象方面却不那么得力；从艺术立场看，作品迷失方向，不知不觉偏到抽象的一般性去了；由于“事业”的主宰，人物无法往人性化的方向发展；于是，人物就停留于抽象的模式，只是阶级、方向或者倾向的单纯代表。不少真诚的、优秀的作家都遭遇了这样的危险，特别是那些或多或少受到左拉影响的作家，以及那些处于左拉后继人影响下的作家——左拉后继人更不值一提，他们只会把左拉的弱点及对人物个性塑造的忽略（有损对“环境”的客观描绘）拔高为创作方法。

肖洛霍夫在构思—结构上的正规和浓缩做法同这样的倾向毫无共同点。只是由于这样的文学创作态度还一直没有传播出去——在社会主义现实主义还处在起步、摸索的阶段（亦即在苏联之外）时就更是这样了，这些危险就不得不被简要而尖锐地着重提出来。首先，肖洛霍夫根本就不知道什么抽象的“环境”。我们面前的隆隆谷村满是完全个性化的人物的复杂行动，就是说，这不是什么就事论事、自然而然的状况，与现存事物的个别特征塑造毫不相干（事物塑造随后必定会或多或少借助文学的灵巧手法而“嵌入”现存事物）。但是，由于每个人都是从自己的经济基础出发、从这一基础对自己迄今为止的生活的影响出发等等，因而他自己的个性就具体决定下来了。这样一来，在肖洛霍夫笔下就不可能出现任何艺术方面的差异、矛盾——社会环境描绘与个别人物塑造之间的差异、矛盾。对他而言，这两个任务构成了不可分割的统一——自然不是机械的或者静止的统一。

世界文学史上第一位从这一观点出发着手塑造人物形象的大师是巴尔扎克。谁都记得那台有时超负荷，因而十分累人的巨大打字机；他启动它，要把《人间喜剧》的每个人物的生活基础敲出来——把他们的个人阶级基础和社会基础敲出来。如果左拉认为，他自己的创作方法就是从巴尔扎克那儿继承的，甚至是对巴尔扎克创作的完善，那么对巴尔扎克这方面创作才华极为敬佩的左拉就处于严重的自我欺骗状态了。从艺术创作质量方面讲，差别在看待问题的方式上就已经出现了。在巴尔扎克看来，对人物（生活着的人、典型人物）的把握是第一位的；所有的社会规则在任何情况下都是辅助手段，目的在于使人明白人之所以“刚好如此”的原因是复杂的，是由社会决定的。社会典型在于如此产生出来的艺术统一之中，这是具有深层次的真实根源的，它证明了巴尔扎克的天才；但这绝非抽象典型（平均值再补充病态特征）二元性的先驱——即使诗情画意的、极为诱人的环境描绘。

在展现人物的个人经济基础方面，肖洛霍夫与巴尔扎克是一样的。比如，我们在另外的关系方面已经指出，中农康德拉特·梅谭尼可夫如何从他自己那不可控制的经济运行情况出发，兴奋地赞成建立集体农庄。在相关发言中，他提出了这一详细的经济方案。为了说明肖洛霍夫使用的特殊方法，下面引用了梅谭尼可夫的蓝图。他是这样说的：

“去年我种了五公顷地。你们都知道，我有一对公牛、一匹马、一头母牛、一个老婆、三个孩子。可是干活的手呢，瞧，就只有这一双。我总共收了三十担小麦、六担黑麦、七担半燕麦。一家老少要吃二十担，三担喂鸡鸭，燕麦得留下来喂马。我能把什么卖给国家呢？十三担粮食。每担算三卢布十五戈比，就只有四十一卢布净收入。好吧，我把鸡卖掉，把鸭子送到镇上去，大概可以卖得十五卢布。……我能靠这几个钱穿衣着鞋、买火柴和肥皂吗？”

这份预算做得极其周密，简直像巴尔扎克通常所做的那样。但从文学的角度看，两者之间是有很大差别的：巴尔扎克经常对生活的经济基础给出极其周密、宽泛的描绘，而肖洛霍夫不仅总是追求外在的简略与集中，而且也很注意只在这些事实能够成为在具体情况下产生实际作用的戏剧性决定因素之际才引用它们。在完全依据情节来进行集中的这一倾向方面，肖洛霍夫的方法是在社会主义现实主义基础上对巴尔扎克方法的一种有趣延续。当然，这么一种艺术上的集中同样具有社会—历史方面的根由。巴尔扎克塑造了他那个时代社会的一个逐步变革的复杂过程；肖洛霍夫则创作了一出戏剧——关于具有决定性历史意义的时代转折点的戏剧。由此可知，从描绘手法看，在肖洛霍夫笔下，所有经济方面与个人方面的规则复杂性都能够转化为一场关于赞成与反对的戏剧。

假如肖洛霍夫不同时也遵循情节动态处理的原则，那么他的集中—艺术手法—意志在艺术上恐怕就是白费劲了。只有这样，肖洛霍夫才能够把勾画某个人物的“社会在”的这些个性化事实融入情节，才能够使它们有机地同相关人物在具体场景下的具体生活情况结合起来，因为情节是他自己戏剧性地集中安排的。简而言之，肖洛霍夫对小说作了总体上的布局，他对每一个阶段都几乎像处理中篇小说那样进行了完美的修饰——从小说内容方面说，那些阶段都是通往集体化的道路上的重要阶段。这就给予了他机会：从这点出发去清晰地、全面地描绘所有先进或落后的人物，把人物与社会规则的多样性与广泛性同中篇小说的浓缩处理手法提到艺术统一的高度。这里不妨想想村里女人们的暴乱，想想达维多夫的田间劳动，想想纳古尔诺夫在被区委员会开除党籍后回到村里的情形，想想小说结尾的场面（雅可夫·鲁基奇已经想从阴谋组织中脱离出来，却在自己家里碰见了上尉波洛夫采夫）。简单地说，长篇小说化为系列中篇小说（好像各个画面是自发地呈现出来一样）的这一转化却同那些纯粹形式主义艺术家的追求（他们只想要把各中篇小说按顺序串联起来）没有任何共同点。须知，在肖洛霍夫笔下，中篇小说创作里的瞬间相对定型总是相对的。小说情节在向前发展，而使情节生动形象地确定下来的东西，本身就是前进运动的关键点：新高潮来临前的时刻、危机或者宁静。

还要补充与上面引文有关的一点：肖洛霍夫不仅对情节，而且对人物形象进行了浓缩处理。他给出了人物的详细社会生活条件，这为他极为深刻的艺术目的服务：整个的人总是要作为整体，而不是作为人的各个特质来加以表现；总是要揭示人物的社会活动与私人生活之间那种生动活泼的、有机的、动态的相互关系。在这方面，他绝对不能容忍二元化，绝对不能容忍“独立领域”的并立（纳古尔诺夫的婚姻与政治态度）。所以，如此产生出来的广泛性就从来不是可有可无的，依据情节而进行的浓缩就从来不是空洞的、抽象的或者形式艺术的。

只有整个人物在生活的关键时刻展现出来之际，肖洛霍夫才能够实现他的中心目标——用艺术手法表现一个新阶级的诞生。这是因为，正在诞生的事物与正在灭亡的事物之间的对照只有这样才会显现出来，而且是以比实际人们的实际生活更加多维的方式显现出来；而新事物必然会从现实生活中人们的行动与苦难中产生出来。《被开垦的处女地》只是这个系列的第一部分，塑造的是产前的阵痛而不是诞生本身。但是，这里提出的思想问题依然是正确的，他的艺术塑造是成功的。

编后记

本文译自卢卡奇，《俄国革命·俄国文学》（德文版），慕尼黑，1969 年。

论《静静的顿河》中的辩证矛盾

作者 [民主德国] 罗兰德·奥皮茨
译者 罗悌伦

我国就《静静的顿河》进行长期论争;而在世界文学中,能够获得如此关注的,只有少数几部作品而已。读者无论老幼,无论文化程度高低,无论是图书馆管理员还是经验丰富的俱乐部主任,无论是刚成为老师的大学毕业生还是中青年作家,只要为《静静的顿河》这部作品聚集成一个或大或小的读者群,就会立即展开激烈的讨论。一旦有人提供近年来国际专业文献中有关这部作品的一些代表意见,那争论就更加激烈了。各种不同的观点、立场都有自己的拥护者,而新的观点、立场又随即产生出来。各种意见中所包含的狂热、激情表明:只有真正触及读者生活现实本质的艺术作品,才能激起如此强烈的读者反响。

我们社会发展的主要问题以及当今尖锐的意识形态纷争,乃至军事纷争都在这样的论争中反映了出来。米哈伊尔·肖洛霍夫集中描写了20世纪的哥萨克心灵,而由此引发的对这部小说的各种争论长期以来一直在激烈地进行。使我们如此投入的,不是关于不可逆转地发生的令人牵肠挂肚的事件的报告,而是事件发生过程中可用为范例的东西,即个体与巨大社会力量之间的矛盾,个人行动自由与强大法律限制力之间的矛盾,这些在书中展现出来了。

哥萨克群体以及哥萨克人葛利高里·麦列霍夫在生活中所受到的制约看来是绝对的。哥萨克的坚实传统带给哥萨克合理的骄傲,也带给他们不合理的群体地位优越性。农民是劳动者,拥有自己的财产,他们的传统和他们的这种社会历史地位,决定了鞑靼村居民在1912年到1922年的伟大战争中和社会动乱的岁月里会怎样登场。他们陷入一种紧张的局面：先是列宁与沙皇的对立，后来是克伦斯基、科尔尼洛夫和其他人的出场。作者在《被开垦的处女地》中把这种情况刻画得更加紧张，而且出人意料地作了稍许简化：有一天，达维多夫作为布尔什维克的代表、波洛夫采夫作为白匪军的代表来到了哥萨克的村庄；村民决定拥护谁，谁就是胜利者。在这种模式中，农民的结盟角色显得太消极。达维多夫一来，就把革命带进了村子，好像并非作者把他安排进农民的革命斗争。

而在《静静的顿河》中，遵循社会制约原则是取得成就的最重要的前提。我们正在经历客观的历史进程，宛若在经历一种似乎不以人的意志为转移的自在进程。作者对庞大队伍在广阔地域的活动作了全局描写、宏观展示，而不是对士兵个体进行细节描绘。具有保存价值的历史文献以及国际相互关系绝非只是展现为背景，也展现为过程——影响人的行为，甚至在多数情况下是决定人的行为的过程。在决定国家命运的时刻，个体的动机看来不再具有什么意义。"人都变得无足轻重了"，一位哥萨克在这部长篇历史小说的结尾极为尖锐地说出了这句话。

而肖洛霍夫除了对社会，还对自然作了限定，从而对自己的小说人物的这种确定性作了非同寻常的强化。相应于农民小说传统的是，一年四季的时间流程构成了情节的线索。农民必须在春季播种，否则土地就长不出任何庄稼；在秋季必须收割，否则国家就没有面包。"劳动者拥有了广泛的权利"①，作家在自己著作的最后一卷这样写道。这种同自然进程关联在一起的活动具有内在的平衡、和谐；正是这种内在的平衡、和谐决定着农民的生活需求与心情，而聪明的农民领导人善于将之用于对群众积极性的开发。对于肖洛霍夫著作中以及其他描写农民的重要散文作品中的情节驾驭而言，这意味着：尽管各种不同的利益群体、五花八门的生活层面、千差万别的个人命运以及形形色色的人物形象都具有极其复杂的矛盾特性，几乎不能一一细述，但时间上平行安排的情节线索是可以把握的。如果同步过程是可以描绘的，那么，一个过程之后紧接着讲述的就是另一个过程；在细节上则是当时间层次安排好之后，当同那永恒的、周而复始的一年四季的时间长河的联系重新建立起来之后，讲述才又重新进行。肖洛霍夫非常重视大自然和客观世界的感觉。在这方面，屠格涅

① 米·肖洛霍夫：《肖洛霍夫文集》（八卷本）卷5，莫斯科，1965年，第215页。

夫和托尔斯泰的传统可能基于客观唯心主义的哲学传统，甚至谢林的自然哲学也会带来进步的效果。与他们的传统相应的是：在《静静的顿河》中，展现大自然的景象，并不仅仅是为了让我们赞叹大自然的美；我们必须认识生活进程的永恒性，认识这位社会主义作家乐观主义生活态度的最为重要的支柱。“顿河秋水漠然地向大海流去”[①]，这是小说开头在对鞑靼村哥萨克各种各样的问题作了概览、简述之后出现的一句话；而在小说的结尾则是这样的话：“到了耕田和种地的时候啦。土地在召唤，召唤人们去干活……”

所以，除了社会过程之外，大自然也是一种制约力量。在葛利高里和他的家庭之间还有一种血缘关系，亦即“土耳其血脉”，因此这些人物的每一步行动看来都受到了外部力量的牵引，都是预定的。这种情况有时很明显：比起哥萨克思想家伊兹瓦林与严厉又狂暴的波乔尔科夫争当“中级”英雄，葛利高里显得直接、彻底地屈从于具体环境下的谈话对手。不过，一般说来，种种论据都安排得十分艺术，都在影响葛利高里和其他哥萨克人那种复杂而又总是坦诚待人、坚持不懈进行寻求的心灵，而无情的历史逻辑所起的作用则比任何论据都更强大。肖洛霍夫强迫自己的人物行动：先是让波乔尔科夫杀白军，后来是让波乔尔科夫的整个分队被屠杀。寻求正道的努力面对如此鲜明、巨大的矛盾，困难重重。所有一切都显得是由外力决定的。

假如肖洛霍夫只强调、突出这种一般的制约，那《静静的顿河》就会是一部阴暗的小说了，那么谁都摆脱不了无情的命运了，那么那句绝望的话“走投无路！”[②]就既可以翻译成“无处可逃！”，也可以翻译成“无路可走！”了。这样一来，小说就成了彼得堡小酒馆里穷困潦倒、年迈体衰的职员马尔美拉多夫的穷途末路景况的翻版，成了陀思妥耶夫斯基就资产阶级时代的人的绝望处境而发出的呼喊。

可肖洛霍夫是20世纪的辩证论者，他依据现实世界的种种矛盾来把握他自己那些处于尖锐矛盾中的人物。在这个显得形形色色、五花八门、各种因素相互制约的世界里，人不仅拥有被安排的、或大或小的活动空间，而且拥有自由的天地。

在哥萨克暴动之前，农民把伊万·阿列克谢耶维奇和赫里斯托尼亚派

① 米·肖洛霍夫：《肖洛霍夫文集》（八卷本）卷2，莫斯科，1965年，第135页。
② 米·肖洛霍夫：《肖洛霍夫文集》（八卷本）卷4，莫斯科，1965年，第97页。

往维申斯克[1]去参加代表大会；但是，农民并没有赋予他们特别的全权，而是派他们去了解情况。他们在吵吵嚷嚷、争论不休的各派力量之间，对看来无法解决的种种问题小心探索、仔细掂量，完全就是传统俄国"村代表"，亦即外出寻求真理的农民的风格。所有的农民都得以这种方式去寻求自己的道路。但这把他们引向的是各种走投无路的境地。肖洛霍夫在这部小说的第五卷中描写了政治和意识形态方面的纷争；他精妙地刻画了潘苔莱·普罗珂菲耶维奇喝得烂醉如泥、他那匹不识路的小马掉进顿河里的场景：马和马车歪歪斜斜、险象环生，这位老人自己也差点没一块儿淹死。瓦西里·别洛夫在写作短篇小说《习以为常》时一定回忆起了这一情节：伊万·阿弗里卡诺维奇的许多特点恰恰是取自这一场景中的老麦列霍夫。然而，潘苔莱·普罗珂菲耶维奇却总是提他所关心的那些问题，总是能够作出往哪个方向去的决定。作家在这部长篇小说临近结尾处将葛利高里同伊里亚·穆罗梅茨[2]相比。他们面前总是明明白白摆着不同的道路。村主席伊万·阿列克谢耶维奇、临时村长米伦·格里戈里耶维奇以迥然不同的方式找到了各自的道路；葛利高里的两个年轻朋友米什卡·科舍沃伊和米佳·科尔舒诺夫也各奔东西。就这样，在村民圈子里出现了两极分化。（请见示意图《〈静静的顿河〉里几位中心人物之间的矛盾》。）

娜塔莉亚	阿克西妮亚
由民族和财产所决定的爱情	发自内心深处的、自由的、人性的爱情
米伦·格里戈里耶维奇	—— 伊万·阿列克谢耶维奇
自由选举出的哥萨克	村长村苏维埃主席

葛利高里

利斯特尼茨基	施托克曼
社会和意识形态的一个极端	社会和意识形态的另一个极端

---

① 原文如此，据《静静的顿河》第五卷第八章，伊万·阿列克谢耶维奇和赫里斯托屉亚前往的开会地点是卡缅斯克。—— 译注

② 俄罗民歌《壮士歌》中的主人公。—— 译注

莫霍夫	"钩儿"
非哥萨克人:村资产阶级	非哥萨克人:村无产阶级
米佳·科尔舒诺夫	米什卡·科舍沃伊
葛利高里青少年时期的朋友	葛利高里青少年时期的朋友

《静静的顿河》里几位中心人物之间的矛盾

葛利高里直到小说结尾还想保持自己的中等地位,这并不是什么不作为或者观望的态度。葛利高里那不安分、放荡不羁的天性不会允许他这么做;作者让这个自己喜爱的人物在小说的两个地方说了同样的话——在第六卷说的是:"世界上最糟糕的事情就是等待和追赶。"在第八卷说的是:"这不合我的胃口。等待、跟在别人屁股后面跑:这是最糟糕的事儿了。"如果他违心地始终想要在红军与白匪之间调和矛盾、找到一条可行之路,那么原因在于他对矛盾的感受比大多数哥萨克更强烈,在于他心灵比大多数哥萨克更丰富。小说主人公的悲剧的原因在于主人公自身的强劲优势——肖洛霍夫把现实世界的矛盾特别集中到葛利高里性格中;读者想要绕开这一点的每一次尝试都引向同一种非辩证的、机械的观察方式的两个方面之一:关于葛利高里过错的论题,或者关于葛利高里是牺牲品的论题。葛利高里的矛盾性成为了其他人种种悲剧的原因,比如,对红军水手分队的熟练大屠杀首先就表明了葛利高里变成杀人犯的危险是存在的——在这一场景里他已经是杀人犯了。在福明这一卷里,时间也在他身上留下了痕迹,有如阿克西妮亚惊慌失措地确定的那样:葛利高里的脸上留下了"某种严酷的,近于残酷的东西"。葛利高里与娜塔莉亚和与阿克西妮亚的关系有共同点;这些共同点对于娜塔莉亚而言意味着痛苦和死亡,而且也对司捷潘·阿斯塔霍夫的生活产生了影响。然而,这些危险的趋势同主要事实相比又算不得什么了:葛利高里总是在为自己的生活负责,而他所寻求的从来就不是个人的好处。由于他在自己生命的大部分历程中都在自身内部找到并投入了巨大的人性力量,因而谈论葛利高里的"失败"也就不正确了。葛利高里必然是活跃的,也从来不对他的部下摆出拿破仑式的英雄架子。他在自己嫂子达丽亚以及在秘密警官格奥尔吉泽身上本能地觉察到了荡妇、土匪的特性,米佳·科尔舒诺夫身上同样的特性也使他厌恶。

肖洛霍夫几乎悄然不觉地在革命的一贯性与极度严酷性之间画出了界线，而葛利高里对此非常敏锐。面对敌人的险恶、血腥屠杀，不难理解为什么施托克曼会内心变得坚强了；不过，到头来仍然有不必要的牺牲，仍然有不必要的政治形势尖锐化，而政治局势本来就已经极其紧张了。施托克曼与伊万·阿列克谢耶维奇争论，经验老到的司令官训斥已经变得温顺的学生，而几乎什么也没有反驳的伊万·阿列克谢耶维奇是正确的；肖洛霍夫把本丘克深沉心灵的经历同施托克曼进行比较——本丘克甚至在当行刑队队长时也依然能保留人的本性。由于敌人不给人喘息的机会，所以进行拼死搏杀就是不可避免的了，但这绝不意味着人就什么也不是了。肖洛霍夫把这个问题提高到了同个人主义作斗争的高度，提高到托尔斯泰和陀思妥耶夫斯基以及 1920 年代列昂诺夫所处理的问题的高度。福明当匪帮头子的时候自认为是一个革命战士；他说过这么一句野性十足的话："我们什么都可以干"——对人的蔑视和自我拔高达到了无以复加的地步。引人注意的是，米什卡·科舍沃伊在杀害了老格里沙卡后作过类似的表达："我能在谁面前负责呢？"[①]

肖洛霍夫是按照俄罗斯文学传统，在源于人民群众的"小"人物身上对震撼世界的问题进行表现、进行处理的，上面刚引述的科舍沃伊似乎偶然说出的话因而很有分量。自然不可以就此对这个人物做出单方面的评价：他投入革命的那种无私奉献精神、在小说结尾处与葛利高里的孩子们的关系、那位精神苦恼的伊莉妮奇娜在他面前的言行，无疑都让他这个人物拥有某种前景。然而，被感受为充满危险的，恰恰是这种蔑视人的罪孽；科舍沃伊在当时的情况下接任村长后，这种罪孽就更加危险了。

小资产阶级革命运动总是一再推出那些想要统治民众，而不是为了民众利益去发动民众、领导民众的人物——这就是小资产阶级革命运动的特点。列昂诺夫恰恰就是在《獾》中通过谢苗·拉赫列耶夫展示了这么一种行为的根子与后果；关于想要"创造一切"，却毫无能力领导国家的沙皇卡拉法特的传说更是寓言式地强化了谢苗的迷途。列昂诺夫不仅让那位善于利用革命过程中客观现实的成功的布尔什维克兄弟去反对谢苗，而且首先让农民群众自身去反对谢苗。对于这部小说所描写进程的

① 米·肖洛霍夫：《肖洛霍夫文集》（八卷本）卷 5，莫斯科，1965 年，第 337 页。

出路而言，最重要的是农民P.奇梅廖夫、P.斯塔费耶夫、J.波德普里亚托夫和许许多多其他人关于进程的想法，是他们的行动方式。

肖洛霍夫在自己的小说中正是这样进行安排、处理的；个体行动与命运的客观性和制约性也表现出来了：在小圈子或者很大范围内进行了持续的讨论、寻求之后，集体的意见便告形成，个人的意见依从集体意见。我们进行了计算：在《静静的顿河》中，有约两千个人物通过某种方式以个人身份出场或者被提及(自然，在这种情况下是没法，也没必要进行准确计算的[①])——在他们之中，有七百五十多人被提及了名字，大约一千两百人没有被提及名字。在这部巨著中，这种情况是很多的。我们还是停留在书名描绘的画面吧：人群洪流，滚滚前涌；各人的命运千差万别，各人的性格丰富多彩——真让人一时间眼花缭乱。只有较少的人物才在小说的所有阶段都引人关注，给人留下深刻印象：除了麦列霍夫一家的成年人之外，阿克西妮亚、司捷潘、小利斯特尼茨基和教区牧师维萨里昂在小说全部八卷里都出现或者都被提到了。其他重要的人物则是随着情节的发展才在第二部、第三部或者是在后面的部分出场，他们或是在残酷的战斗中死亡，或是被历史的风暴卷走，而我们从此再也没有他们的消息。另外一些人则在我们眼前闪亮一下便告消失。他们的生命是短暂而伟大的，比如哥萨克人拉古京：他同彼得堡苏维埃建立了联系，然后同波乔尔科夫一起带领哥萨克的左派力量；又如军官阿塔尔希科夫：他想投奔革命方面，却被射杀了。作者描写了个性较少的人群和大的集体的出场，并且有时也对完全拒绝个性化的群众进行了描写。肖洛霍夫有意识地让我们感觉到群众思想和行动的同一性。那位无私地进行斗争的施托克曼，一位片面理解新秩序的司令官，感悟到那些同他一道前进的红军战士的脸"简直相似极了"。肖洛霍夫让我们感受到这种内在和谐——感受权力，感受历史的巨大力量。

我们反对为了这样的事实而运用诸如"人民的形象"、"集体的英雄"之类的概念。运用这样的概念，就是把群众同个体对立起来，而不是去把握群众中的个体同其他个体的关系，去观察群众中的个体现象。在极端的集体主义中，个体不起任何作用；极端集体主义不过是小资产阶级自我膨胀的反面而已。《静静的顿河》当然描写了一些大的群体，这些大的群

① 因此并不总是清楚在什么时候，多次提到的某个职位上的人物指的是同一人，以及在什么时候，该人被另一个人获取了。

体拒绝个体化。只是表现一般性的人物形象在这部巨著中不难找到；有如任何其他长篇小说一样，肖洛霍夫不能没有那些单纯的职能性人物，比如传令兵、司令官、行政官员、教区牧师和女厨师等。与拥有大量具有强烈个性的人物的人群相比，他们不过是一些例外而已。

有列夫·托尔斯泰的经验作为参照，肖洛霍夫没有忘记一个一个的士兵，须知对历史进程作最细心的个性化处理，这可是作家除了考察葛利高里·麦列霍夫的个人悲剧之外的另一个主要目标。在肖洛霍夫笔下，个人的历史意义与集体的历史进程是相互制约的，是同一辩证矛盾的两个方面。在鞑靼村的集会上，在部队的集会上，一系列在语言上富于个性的匿名呼喊都在同个人的讲话进行转换，同描写——对群众中个别代表对这些讲话的心理反应的描写——进行转换。在封闭的难民迁徙队伍中，作家在谈话的语调和内容方面发现了高度个性化的个别人物命运。倾向于布尔什维克的军官，如本丘克，都在士兵们的脸上搜索可进行宣传鼓动工作的迹象；白匪近卫军军官，如利斯特尼茨基，同样常常在细心地搜寻可能会自觉地挺身而出的个别哥萨克；而警惕的红军指挥员，如施托克曼，在公开暴动之前很久就已经在细心关注个别士兵的反应了。

有时，肖洛霍夫为某个典型方向作舆论准备，但随即转而描绘个别人物完全个性化的奇怪言语和行为，而历史的规律就隐约地贯穿其中。我们不妨想一想普罗霍尔·济科夫同他那些厌倦战争的哥萨克一起对被他俘虏的红军士兵大喊大叫、骂他们本该为这所有的苦难快点结束而更好地战斗的场面吧。肖洛霍夫把每个人的价值都凸显了出来——有时就用了一个形容词，有时则是通过较为详细的讲述（而所讲述的故事融入个人故事的洪流）。当一个百人队长官招呼一个脸上带着开心笑容的受伤士兵时，士兵不情愿地转过身去。革命法庭的一个工作人员把行刑变成了一场闹剧，施虐狂必须被枪杀。一个年老的哥萨克“蓄着火焰似的大红胡子、耳朵上戴着因年久而变黑的耳环”，他无缘无故地用鞭子猛抽俘虏；来自遥远小镇的、未提及姓名的代表请求起义的哥萨克队伍的长官支援，却遭到冷冰冰的拒绝，偶然路过此处的葛利高里于是替这位代表说话。同马车夫们的谈话可以（有如在普希金的《上尉的女儿》或者在涅克拉索夫的诗集中那样）让人理解那些值得关注的命运。一个年老的教徒车夫冲着施托克曼的脸说：“你们给哥萨克施加了压力，想要把他们当成傻瓜卖掉，不然的话，你们的政权就一直存在下去了。”

在小说的开头，肖洛霍夫在情节与相关人群的扩展方面还是十分小心的，总是在对新人群进行描绘之后就又回到大家已经熟悉的麦列霍夫一家。然而，在中心人群的情节不断展开的第二卷与第三卷中，出现了核心人物，而我们就同这些核心人物出现在人群洪流中。在第二卷的开头部分，作家给我们描绘了来自鞑靼村的一群士兵，才到第14页，这些士兵中的大多数就被杀死了。只在一页的篇幅里，就有七个无名无姓，然而有性格简要描绘的人展现在读者的眼前。作者甚至对死者也作了个性化的处理，他没有描写在大规模屠杀中死于毒气的百万人，而是个别描写许多无名的死者——从他们不同的脸上可以看出不同的命运。

更为突出的人物形象：他们的个性在读者首次阅读《静静的顿河》时就给读者留下了深刻的印象，而无需使他们同中心人物明显地关联起来；他们不是用于改变中心人物性格特色的辅助手段，他们本身就是伟大、客观的历史洪流的一部分，他们有着自己的价值和自己的生活。萨什卡老爹是一位车夫和马夫，他站在老利斯特尼茨基的窗前骂个不停，嘲笑那个计划。直到有人给他扔下一块钱币，萨什卡这才离开，走进小酒馆。这个场面真是令人难以忘记。当权贵们在红军面前逃窜时，明摆着萨什卡是无处可去了：他没有家，没有住处；一个成了土匪的士兵开枪打死了他。工人"钩儿"短暂的一生也是令人难忘的：他在莫霍夫的磨坊里干活，在施托克曼那里找到了问题的答案；在前线，他有可能帮助那些相互残杀的各国工人变成弟兄。当一个哥萨克的父亲被射杀后，肖洛霍夫把接下来的场面（第五部的结尾部分）变成了对死亡的控诉。战争逻辑导向的是死亡；然而总是有失去人性的人受到这个逻辑的诱惑，成为强盗，有如那个独臂阿廖什卡·沙米利一样：他把三四个受伤的俘虏捆绑在篱笆上，机巧地用军刀以他自己设想出来的劈法把他们一个一个劈成两半。

肖洛霍夫给我们描绘的画面并不是匿名"人民形象"的画面，也不是"集体英雄"的画面，而是描绘了鞑靼村、各种各样的队伍、各个大城市，以及野战部队中不计其数的人。共产党员肖洛霍夫给自己提出了历史任务，即建立新的社会秩序，建立一种"联想，关于一个人的自由发展是所有人自由发展的条件的联想"。[①]

---

① 卡尔·马克思和弗里德里希·恩格斯：《马克思和恩格斯文集》卷4，柏林，1959年，第482页。

编后记

罗兰德·奥皮茨，莱比锡文化科学与日耳曼学学院教授。本文译自《米·肖洛霍夫在世界历史进程中的著作和影响：一次国际学术研究会的资料》，莱比锡，1977年，第64—71页。

《静静的顿河》与托尔斯泰

作者 [美国] 赫尔曼·叶尔莫拉耶夫

译者 曾庆静

《静静的顿河》这部小说的史诗性源于它以广阔的视野客观地描绘了一个处于战争、革命和社会政治剧变的关键时期的民族，这些战争、革命和社会政治剧变对整个世界产生了深远的影响。如果说史诗应该传达关于人的基本尊严的信念，并以一定的庄严宏伟、英雄主义、爱国情怀和暴力行为为特征的话，那么肖洛霍夫的小说可谓完全符合要求。在主题范围和意义方面，《静静的顿河》与《战争与和平》非常相似。如果说托尔斯泰的史诗是关于俄国贵族的一部不朽之作，那么肖洛霍夫的作品就是关于顿河哥萨克人的一座丰碑。《战争与和平》使俄国人民和贵族的成功都永垂不朽。托尔斯泰小说中的重要人物大部分都活了下来。在小说结尾，他们是作为一个儿女成群、紧密结合的大家庭出现的。他们中并非所有人都对俄国取胜感到满意。一些人或许会反对政府，或许会因此而在不久的将来受到报复。但要把他们的后代作为一个阶级根除或消灭还需要一个世纪。相反，在《静静的顿河》中，几乎所有的重要人物都死了。他们的暴死意味着俄国人口中独特的哥萨克人在存在了几个世纪后灭绝。这一发展使小说充满了阴郁的气氛，这是托尔斯泰的史诗所没有的。

因为《静静的顿河》主要描写的是顿河地区，很多作家和批评家认为这是一部地域作品。高尔基、阿·托尔斯泰和法捷耶夫这样的作家就持有这种观点。斯大林奖评选委员会成员在 1940 年年底谈到，《静静的顿河》的局限性在于，小说描绘的是哥萨克的地域环境，并由此导致作者没有成功展示出人民在引发二月革命和十月革命方面的积极力量。这些观点都是有争议的。可以说《静静的顿河》的意义远远超越了其地域局限性。有几处，肖洛霍夫描写的事件都超出了顿河地域。他描绘了第一次世界大战中的战斗，揭示了部队的挫败和疲倦如何导致沙皇军队崩溃，又如何引发二月革命和十月革命。另外，他还详细地描绘了科尔尼洛夫将军的反革命行动、布尔什维克夺权前夕彼得格勒的政治氛围，和白军在1920年冬天进行的最终导致新切尔卡斯克惨败的灾难性撤退。小说以许多篇幅集中描写了内战时发生在顿河地区的重要事件。白军自卫队的形成、红军和白军的第一次交战、1918年和1919年春天的哥萨克暴动，以及哥萨克首领阿列克谢·卡列金和彼得罗·克拉斯诺夫的活动，就足以说明这一点。如果1918年3月顿河哥萨克人没有反抗布尔什维克政权，也没有在四个月后形成一支五千人的正规顿河军队，白军自卫队那一年就可能被击败了。在1919年10月的内战转折点，这种军力的顿河军队占了邓尼金将军领导的白军军力的一半多。顿河哥萨克在那次战役中的伤亡率反映了他们的参与程度，这个比率远高于他们在第一次世界大战中的伤亡率。因此，顿河中部地区的纳加耶夫斯卡亚镇在整个大战期间仅有6人死亡、30人受伤，然而内战第一年哥萨克就有270人死亡，80%的人受伤。顿河上游地区伤亡最惨重，这个地区能扛枪的人中40%都在内战中战死。哥萨克人积极参与内战与众多俄国人消极被动形成了鲜明的对照。从人民委员会1918年1月15日的法令可以看出，布尔什维克党想要成立一支完全自愿的、由工人和农民组成的军队，但最终失败。1918年5月29日，苏维埃全俄中央执行委员会通过了一项实行强制兵役制的法令。成千上万的人被迫入伍，其中主要是农民。绝大多数被征人员不愿意为任何一方作战，形势危险时他们很容易放下武器。肖洛霍夫在写到“新征来的、政治上不坚定的红军部队”，“他们中成千上万的人投降”时，头脑中浮现的正是这种士兵。逃避应征与当逃兵导致作战双方的兵力极低。在1919年10月和11月那场决定性战役的前夕，在从基辅到阿斯特拉罕的重要南方前线，红军和白军的士兵加起来只有将近25万人。

内战期间发生在顿河地区的政治军事事件和哥萨克参与内战的广泛度对整个俄国有着重要的影响，似乎也为主张《静静的顿河》不是一部单纯的地域作品提供了充分的证据。然而，斯大林奖评选委员会的委员们在声称肖洛霍夫没有展示人民在革命中的领导权这一点上是对的。但这种忽略的原因却不像委员会所想的那样。肖洛霍夫没有忽视“人民的积极力量”,他只是没有写一些不存在的事情而已。但即便如此,委员会的委员们还是比1970年代的苏维埃批评家们偏见要少一些。随着肖洛霍夫的荣誉越来越多,批评家们不得不走向相反的方向,对《静静的顿河》的实际内容视而不见,反而关注一些小说中不存在的内容。最近一种典型的见解,就把肖洛霍夫的小说,当然主要是指《静静的顿河》,说成是关于“对俄国解放运动中伟大的无产阶级革命阶段的史诗性描述”。

毋庸讳言,就历史价值而言,《静静的顿河》明显缺乏《战争与和平》的哲学复杂性。与托尔斯泰不同,肖洛霍夫没有寻找历史法则,没有深入探讨个人自由和历史必然性问题,亦没有在宗教背景下探究人类存在的意义。在哲学和道德方面,《静静的顿河》依然关注人与自然的关系,依然通过某些人物的行为来宣扬基本的行为准则,特别是通过葛利高里·麦列霍夫。托尔斯泰博学多才,三十五岁即开始创作史诗,很明显,受教育不多的年轻的肖洛霍夫不可能与这样一位罕见的天才匹敌。用肖洛霍夫的话说,“托尔斯泰是不可超越的”。

托尔斯泰对《静静的顿河》的作者有着相当大的影响。然而,把这部小说与托尔斯泰作品的每一个相似点都归因于无可厚非的借鉴,未免过于轻率。某些相似可能是巧合,也可能源自风格和主题方面的共通性。我将举出《静静的顿河》中几个所谓的具有托尔斯泰特征的例子,但没有确定他们之间继承的程度。据我所知,已有的出版物中没有出现过任何肖洛霍夫的特别声明,谈论他与托尔斯泰的艺术联系。

《战争与和平》和《静静的顿河》融合了家庭和历史小说的特征。两部小说的家庭生活都在广阔的历史背景中展开。本着托尔斯泰的精神,肖洛霍夫剥去了战争的英雄外衣,剖析了它的无意义和非道义。他叙述了哥萨克克留奇科夫和德国骑兵之间的交手,并没有对哥萨克一方做英雄主义的分析,而是描写了这群初涉沙场的士兵的交锋,描写了他们在恐惧的支配下,盲目地伤害对方以及对方的马匹,直到他们夺路逃跑,而自己备受良心折磨。与托尔斯泰相似,肖洛霍夫赋予他的人物以鲜明的外表特征,比如阿克西妮亚齐颈的蓬松鬈发、米吉卡·科尔舒诺夫的猫眼、他父亲长满雀斑的脸和手、阿尼库什卡光滑白嫩的脸、普罗霍尔·济科夫的牛眼、彼得罗·麦列霍夫浅黄色的胡须。有时肖洛霍夫的人物分析他们混乱的情绪或思绪的方式会让我们联想起托尔斯泰小说人物的长篇内心独白。叶甫盖尼·利斯特尼茨基对上流社会逃避兵役者的矛盾情绪的自我剖析可以作为一个例子。一段长篇内心独白也许会紧跟着一段托尔斯泰式的作者评论,以揭示人物行动背后的真实意图和动机。比如,本丘克的有必要与人们保持友好关系的想法伴随着这样的观察:"他这样想着,其实是在自己欺骗自己,并且他也意识到,他在欺骗别人。"(2:207)[①] 在激情与愉悦的程度方面,杜尼娅什卡与娜塔莎·罗斯托娃相似,而葛利高里和阿克西妮亚之间充满肉欲的通奸关系在某些方面可与伏伦斯基和安娜的关系相比较。一些语法结构似乎是按照托尔斯泰的方式建构的:"阿克西妮亚悲喜交加急切等待的事情,葛利高里隐隐约约担心的事情——在收获的季节发生了。"(1:206—207) 在《安娜·卡列尼娜》中则是:"伏伦斯基在几乎整整一年里代替他过去的全部欲望的唯一的生活欲望,安娜不敢企望的、掺杂着惊惧的、更加心迷神往的幸福渴求——夙愿满足了。"

以上引文——第一段指的是婴儿的出生,第二段指的是性行为——不仅表现出了两位作家在句法上的相似,同时表现出了他们在心灵探索深度上的不同。肖洛霍夫的描写仅局限于赤裸的本质。如果他是第二段引文的作者,那么他不会在前一分句中加上形动词短语[②],也不会在第二个分句中写上"更加心迷神往"。你如果读读第二段引文接下来的段落,读读葛利高里征服阿克西妮亚的一节(第一卷第九章),就会发现两位作家之间的区别愈加清晰。上面所引的托尔斯泰小说的文字在小说中引出了两页长的一章,并且整个这一章都用来描绘安娜堕落的直接影响。安娜内心充满了负罪感、羞愧、厌恶和恐惧。托尔斯泰的道德立场是很明显的。肖洛霍夫更为简洁,他专注于情感的外在表现。葛利高里把阿克西妮亚甩到肩上就像"狼把咬死的羊甩到自己背上一样"(1:51—52)。"咬死"这个词或许暗示着阿克西妮亚的引诱最终导致了她的毁灭。然而,作者似乎是以赞同的眼光看待他的这对情人的。尽管阿克西妮亚"受着悔恨的折磨",但她仍告诉葛利高里放下她,因为她自己会走。这一章就此戛然而止,没有对人物的心理状况的描述。

① 本篇所引的《肖洛霍夫文集》,为莫斯科《真理报》出版社的 1975 年版。第一个数字为卷数,第二个为页数。

② 指"代替他过去的全部欲望"这个形动词短语。——译注

下一章讲述了阿克西妮亚脸上由愤怒导致的激烈变化。公众对她与葛利高里的风流韵事的反应，她不屑一顾，所以她能够“高高地仰着幸福而又耻辱的脑袋”（1：52）——在那些谴责她的人眼里，才是“耻辱的”。对于作者而言，他似乎在与托尔斯泰争辩，因为托尔斯泰让堕落的安娜低下“她那过去如此高傲、快乐，如今如此羞耻的头”（8：177）。

托尔斯泰着重描写的是安娜和伏伦斯基的精神状态，自他们结合之后，他便从他们的意识和思想中排除了所有的人和物。这对情人在接下来两页长的一章里谁也没有看见、闻到、听到或者摸到过任何东西。作者只浮光掠影地提到他们房间里的三样东西：沙发、地毯和地板。而《静静的顿河》的引诱场景是在非常精致的环境中展开的。一时间阿克西妮亚闻到了葛利高里羊皮衣上的酸味——这是肖洛霍夫小说中一个典型的细节，因为它表明肖洛霍夫在任何情况下都能获得对外界的感知。下一章的头四行，作者借助于从哥萨克环境中获取的可感形象，隐喻地描述了阿克西妮亚的状况。她的爱情是与盛开的天仙子联系在一起的，她的热情溢于言表。接下去的几行描写又重新将她送回了凡俗世界。《静静的顿河》与《战争与和平》的重要区别在于两位作者人道主义观点的差异。相对于肖洛霍夫，托尔斯泰更强烈地传达了一种对人性基本崇高的信念。这种差别在绝境——厮杀的场景中得到最清晰的表现。托尔斯泰小说中的人物杀死他们的同伴后，感到一种本能的厌恶。保罗狄诺战役的最后一个阶段，战士们在意识到他们对彼此所做的事情时，都有一种恐惧感。莫斯科的一群人打死一个叛国嫌疑犯后，也开始感到恐惧、懊悔、怜悯。处决所谓的纵火犯的法国士兵充满恐惧，认识到他们自己正在犯罪。甚至那些命令他们执行死刑的冷酷无情的人也不乏仁慈。凶神恶煞的达武元帅判处所谓的纵火犯死刑，却救了彼埃尔，因为他们对视之后，他意识到他们不光都是人所生，而且还是亲兄弟。作为一条规则，托尔斯泰的小说人物杀死或判处他人死罪，仅仅是在他们作为冷血机构的工具时，这些机构，比如国家或者军队，会强迫一个人违背自己本性的善良和对邻国的热爱采取行动。达武命令处决所谓的纵火犯，因为对他而言，他们的生命只是他的下属列出的数字罢了。莫斯科的总督费多尔·拉斯托普钦伯爵认为，以私刑处死叛国嫌疑犯，必将有益于大众，并以此想法抚慰不安的良心。作者评论道，这一辩词成了那些对同伴犯下罪行的人为自己辩护的一贯用语了。保罗狄诺的士兵们几乎完全将自己从大屠杀的罪责中开脱出来，因为这不是出于他们自己的意愿，而是出于“那些统治人类和世界的上帝的意志”（6：298）。

托尔斯泰对人性的乐观态度或许在20世纪目睹了空前规模的种族灭绝的读者看来并不现实。在他们生活的世纪，为了大众的利益而进行屠杀的观念将大规模的屠杀合法化，为了最忠诚地描述其时代，《静静的顿河》不可避免地要以崭新的眼光来看待屠杀，并要用区别于《战争与和平》且更易为现代读者理解的术语来描述人性。

新型的刽子手——意识形态化的刽子手——以本丘克为典型。他按照马克思主义指引的方向走向了暴力革命，并且受列宁的鼓舞投入到国内战争中，而第一次世界大战时，他加入了机枪队，以便为参与国内战争做最充分的准备。击毙德国工人阶级使他的射击技术得到进一步提高，这对他而言是次要的。在国内战争期间，他尽职尽责地处死了革命的许多敌人，为他所宣扬的“一座鲜花烂漫的花园”（2：300）扫清了道路。但本丘克发现，大革命特别法庭的枪击队领导人的工作，让他难以长期忍受下去。尽管他意识到一个人不可能不留“道德创伤”（2：300）地杀死别人，然而他离开不是因为被这样的杀人行为吓倒了。他能轻易地击毙白卫军军官，却为处决朴素的哥萨克人，这些双手长满老茧的、伤痕累累的勤苦劳动人民而感到不安。

米什卡·科舍沃伊却能够毫不犹豫地处决这样的哥萨克人。他比本丘克更冷酷无情。他在杀死受害者之前虐待他们。他对杀死一个无辜的老人、烧掉哥萨克村庄、开枪打死从火中逃出来的牲口等恶行不会感到不安。如果皮埃尔和达武目光的交会告诉他们，他们是兄弟，那么科舍沃伊停留在哥萨克人身上的一瞥，则传达了完全不同的感受。“他将用他那冷得像冰一样的蓝色眼睛看着哥萨克人问道：‘同苏维埃政权作过战吗？’然后不等回答，也不看一眼俘虏那变得像死人一样苍白的脸，就砍过去。他不带丝毫怜悯地砍杀起来！”（3：398）

科舍沃伊的例子讲述了一位生性本善的人是如何蜕变成一个惯常的刽子手的。作为一个贫穷的哥萨克家庭的儿子，他愿意用布尔什维克的恐怖主义手段来反抗传统的哥萨克生活方式，这种生活方式充斥他的头脑，但他又想挣脱出来。没有任何迹象显示他在杀人时及杀人以后感到恐惧或悔恨，或者受到战友的任何阻拦。相反，他的行动和思想同托洛茨基的命令是完全吻合的，后者命令对那些反叛的哥萨克毫不留情，假如他们不带武器投向红军的话。

与《战争与和平》相比,《静静的顿河》的杀人场面要多得多。在肖洛霍夫的小说中,布尔什维克战士不是唯一冷酷无情、不知悔改的屠杀者。愤世嫉俗的阿列克谢·乌留平,会在没有任何个人或政治理由的情况下不放过任何一个机会杀人。小说里还有哥萨克暴民处决一个或一批红军的场面。与科舍沃伊职务相当的白军军官米吉卡·科尔舒诺夫最终也成了行刑队的一个狂热刽子手。然而小说对战争双方杀戮行为的描写与历史有些出入。在布尔什维克军营,杀戮是一件有中心有组织的活动,它以特定的意识形态看是正确的,它针对特定的社会阶层,或者用来反抗任何违背布尔什维克主义的运动,比如自发的农民起义。苏维埃政权最高层领导曾发出灭绝哥萨克的命令。这就是 1919 年 1 月 29 日发布的由苏维埃全俄中央执行委员会主席亚科夫·斯维尔德洛夫签署的指令。这项指令的第一段指示哥萨克地区所有重要的党内工作人员:

> 进行大规模恐怖活动来对付哥萨克富农,将其杀得一人不剩。要毫不心软地进行大规模恐怖活动来对抗所有直接或间接地参与了反抗苏维埃政权斗争的哥萨克。有必要采取措施对抗哥萨克中农,直至他们保证他们这一方不再攻击苏维埃政权。①

这项指令还命令没收粮食和农产品,在哥萨克土地上安置俄国贫农,枪毙没有向苏维埃政权举手投降的人。这些恐怖活动还伴随着亵渎神灵的暴力和对哥萨克宗教情感的愚弄。《静静的顿河》对此鲜有提及。或许肖洛霍夫并不想通过更为详尽地描绘这些事件来激发或加强宗教界或非共产主义读者的反布尔什维克情绪,对他而言,相较于牧师的无神论言论和诽谤言论,暴力行为要更加可恶。反宗教暴力是在红军指挥官的庇护下实施的。书中就有这样一个例子,讲的是驻扎在南俄的红军最高指挥官说:“我们的大炮一看到高耸在村落中的教堂圆顶就会发起雷霆电闪般的攻击。圆顶成了炮火猛烈扫射的对象。”

难以想象白军将领会在自己的军队中放纵军人的无神论表现。白军领导人未曾发布类似“斯维尔德洛夫指令”的命令,或者诸如“红色恐怖”

---

① 转引自罗·梅德韦杰夫:《肖洛霍夫的文学传记问题》,A.D.P. 布里格斯译,剑桥,1977 年,第 10 页。

这样的命令。“红色恐怖”是一种官方颁布的措施，包括就地枪毙人质以及可能的资产阶级或反革命人员。对白军一方的处决行为主要是报复性的。所以，处决波乔尔科夫的人，或者用私刑处死谢尔多勃斯克团的共产党囚犯，主要是为被波乔尔科夫下令杀害的被捕哥萨克军官以及1919年冬被大规模屠杀的上游顿河哥萨克人报仇雪恨。肖洛霍夫在1931年6月6日致高尔基的信中，以及《静静的顿河》第三卷（第二十二章到第二十四章及第三十九章）中讲到这点。同样，葛利高里·麦列霍夫认为他命令杀害27个红军战士是为了报兄长被害之仇，以血还血，以牙还牙（3：214）。甚至米吉卡·科尔舒诺夫杀害科舍沃伊的家人，也是因为科舍沃伊杀害其父亲、祖父并烧毁其父母家的房子而施行报复。米吉卡天生残忍，在白军中最卑鄙的一伙人的庇护之下，他成了恶魔般的人物：“军官中的败类——可卡因吸食者、暴徒和歹徒”（4：98）；在施托克曼的帮助下，“正常的”科舍沃伊转变成了一个杀手。

《静静的顿河》也展示出在白军军营中，个人对处决的制止较在红军阵营中更有可能被采纳。小说中没有在红军阵营里人性的表露会产生积极结果的例子。本丘克告诉一位对卡尔梅科夫被杀感到震惊的哥萨克人，怜悯卡尔梅科夫这类人的人也应该被枪毙（2：162）。当伊万·科特里亚罗夫对枪毙鞑靼村的哥萨克略表不同意见的时候，施托克曼就给他上了一大堂课，让他明白这种对敌军的严酷处决是合理的。施托克曼还引用列宁的名言来支持自己的观点：“革命是用鲜血换来的。”（3：164）葛利高里·麦列霍夫曾试图制止立地处决被俘的军官，最终却被波乔尔科夫口头教训了一顿（2：251）。另一方面，1918年为白军效力的时候，葛利高里能够制止愈演愈烈的杀死囚犯的行为。结果他因不够强硬而被革除了连长的职务。作为叛军师长，他拒绝执行参谋长的枪决命令，反而救了三位红军指挥官的命（4：136）。作为鞑靼村哥萨克分队的一员，彼得罗·麦列霍夫拒绝参与对波乔尔科夫等人的处决（2：365）。当一支叛军队伍要杀死已经害死了他们几个同乡的科舍沃伊时，科舍沃伊却由于一位哥萨克人的干涉而幸免于难，这位哥萨克人诉诸基督教义中有关俘虏者的说法，认为他们不应该像红军那样杀人（3：182）。两个月后，由于误以为科舍沃伊在谢尔多勃斯克团的共产党俘虏中，葛利高里骑马赶到鞑靼村，力图制止对伊万·科特里亚罗夫和科舍沃伊的死刑，到那里时马已经筋疲力竭了。“我们之间有过血债，但我们并不是外人，是吗？”葛利高里心想（3：321）。在传统道义里，友谊第一，政治斗争第二。1920年秋天，当葛利高里让科舍沃伊想起他杀了彼得罗的时候，科舍沃伊说道："如果我当时抓到你，我照样会轻松地把你干掉！"（4：346）

对于杀人的新旧两种态度的区别在两个对照鲜明的片段中有所阐释，这种安排可能并非偶然。在1877年到1878年的俄国土耳其战争期间，一位哥萨克俘虏了一位土耳其军官，尽管这位军官向他开火，拼命抵抗，但是这位哥萨克仍旧宽恕了他，因为"他也是一个人啊"（1：107）。1919年科舍沃伊在一次争吵中，杀死了一位年老体衰的七十六岁圣经读者，他对这个临死的人说："老家伙，老早就该收拾你了！"（3：405）。麦列霍夫家族的男人对杀人持有的看法可谓是传统的。这些哥萨克人久经沙场，他们接受战争中的杀戮，但是憎恶杀死手无缚鸡之力的人。他们不想与科舍沃伊或米吉卡·科尔舒诺夫有任何关系（4：64，102，353）。然而麦列霍夫家族不得不接受这样一个事实：葛利高里在战争中已经变成了一个技艺精湛的，几乎专业的杀手。为了生存，他不得不在三次战争中作战，练就一身高超的杀人技术。他对杀人的看法改变了。在第一次世界大战的第一次战斗中，他由于无谓地杀死了一位奥地利士兵而在一小段时间内饱受良心的折磨。在这位奥地利士兵身上，他看到了人的存在。就在葛利高里用军刀刺死他之前，他们的目光相遇了（1：260）。随着第一次世界大战继续进行，葛利高里不再为其他人感到痛苦。但杀人却给他留下了不可消除的伤痕。他不能再像往日那样大笑，而且当他亲吻一个孩子的时候，很难再直视孩子清澈的眼睛（2：49）。

在国内战争进行得如火如荼的时候，持续不断的杀人使葛利高里到了这样的地步：他宣称不会怜悯任何人，这让他自己都感到可怕（3：285）。不管这种坦白听起来多么刺耳，都表明葛利高里仍然是一个人，因为他意识到杀戮对他的心灵有着毁灭性的影响。置身于无法控制的大环境中，这种意识加强了他处境的悲剧性。他无法摆脱战争，他的诚实、仁慈和理智使他不能够把杀人看作推动一项伟大事业的先决条件，从而使自己的行为变得情有可原。

葛利高里唯一一次不在乎杀人，甚至以此为乐是他在1920年为红军效劳期间。在抵抗波兰的战争中，他想知道波兰人的颅骨是否比奥地利人、德国人和俄国人的更结实（4：289）。当把白军上校的头劈成两半的时候，他的心因喜悦而加速跳动（4：353）。他为杀死这位上校而兴奋，因为这位上校把他当作一个没教养的局外人而怠慢了他，对此他一直都怀恨在心。他渴望杀死波兰人是因为他决心弥补先前参与反抗红军的斗争的错误。然而，人们会震惊于他杀死波兰士兵而产生的可怕的快感。在娜塔莉亚死后愈加敏感的葛利高里，难道变得如此残忍了吗？作者酝酿第八卷的细节的时候，或者他自己感到有必要，或者有人怂恿他，一定要将波兰人写成必须残酷对待的敌人。那时苏联不得不为将白俄罗斯西部和乌克兰西部从波兰的统治中“解放”出来寻找借口。在加入了福明的匪帮分队之后，葛利高里又开始了他反抗红军的斗争，像以前一样，他把他们杀死，不带任何怜悯，也没有丝毫快感。

葛利高里是一个可怕的杀手，但他还没有变成一个本丘克或科舍沃伊式的人，因为他天生高贵，同时传统道德也限制他那样摧残人的生命。与葛利高里·科尔舒诺夫相似，葛利高里·麦列霍夫同样憎恶杀死手无寸铁之人。他们名字相同，这表明他们在传统道德上的相关性和连续性。本丘克和科舍沃伊是为了大众的利益而杀人。他们的这种屠杀是有罪的，因为他们把人的生命放在社会、经济或政治目的之下。而这种屠杀的任意性很强，因为他们对大众利益的定义都不可能达成表面上的共识。在托尔斯泰看来，一位不为情绪左右的人绝不可能确知大众利益的本质。相反，一位政治犯人毫不怀疑利益所在。为了使杀戮合理，这种人觉得有必要假装了解大众利益的本质。

在这一点上，肖洛霍夫持有不同的看法。然而，作为《静静的顿河》的作者，他倾向于宽恕葛利高里·麦列霍夫在战斗中难免进行的杀戮，而难以容忍本丘克和科舍沃伊因政治动机而对人们做出的伤害。这主要表现在他不动声色地描述了各种各样的杀人行为，传达了对人的生命的重视，而不考虑政治背景。

在《静静的顿河》中，最坚决地反对杀戮的要数母亲这个角色。她是生命的直接创造者，她对自己孩子们的关爱又使她与生命紧紧相连。相对于人们之间的其他关系，这种以亲缘为主的关系更不容易受社会、经济或政治因素的影响。对肖洛霍夫而言，母亲是神圣的。或许这与他对母亲的热爱有关。与其他角色相比，他对母亲的描写带有更多的温暖、同情和尊重。在《静静的顿河》中，无论孩子们政治上效忠于谁，母亲们相似的情感和反应使她们联系在了一起。为了强调母性情感的同一性，肖洛霍夫同时刻画了两位悲伤的母亲，她们的儿子都已战死沙场。一位是叛乱的哥萨克的母亲，另一位是红军战士的母亲。怀着同样的怜悯之情，肖洛霍夫描绘了她们因失去怀胎十月、忍着剧痛才生下来的儿子，而感到难以抑制的悲痛。两位母亲都没有哭喊着要报仇。失去长子的葛利高里的母亲也没有。她甚至还责备葛利高里杀死了红军水手 (3：313)。一位年长的哥萨克妇女，尽管在战争中失去了三个儿子，却救了一位红军战士，因为作为母亲，她为年轻人感到心痛 (4：31)。

母亲的爱可以激起孩子们最温柔的情感。小说里一个感人的场面表现了本丘克和母亲之间相互的爱 (2：196—198)。值得注意的是，读者最后一次见到本丘克是在他杀死卡尔梅科夫的时候。一个政治刽子手和挚爱的儿子之间鲜明的对照，很明显是为了突出本丘克复杂的性格。对传统的虔诚更增强了本丘克和葛利高里的母亲以及老哥萨克妇女天生的人性。这三位母亲在祈求庇护和宽恕的时候都诉诸上帝。尽管母亲们在伦理道德上具有权威性，她们却无法阻止对人类生命的摧残行为。

可以说肖洛霍夫对母亲的描绘继承了俄国经典作品的传统，即女性在道德上高于男性。然而，这一传统在不同的作家笔下又各具特色。与除了高尔基之外的其他作家相比，托尔斯泰和肖洛霍夫更强调妇女作为生命源泉的一面。托尔斯泰最着重描写的两个场景是新生与死亡。生产不仅创造生命，而且促进崇高的精神升华。在列文看来，死亡产生的悲伤和新生引起的喜悦似乎是一个“出口，在这里一些更为崇高的东西变得清晰可见”(9：325)。面对死亡和新生，他的灵魂升华到了前所未有的高度。描绘吉蒂分娩的第三章更多地写了列文对这个重大事件的情感反应，而较少地描写了小孩出生的生理细节。在整个第三章中，作者让读者感到，与生命的神秘交流最为密切的不是父亲而是母亲。与托尔斯泰相比，肖洛霍夫没有把孩子出生的现象提升到形而上学的层面。他用两页描写阿克西妮亚的分娩，而其中的生理细节要比托尔斯泰多，还有些血淋淋的场面，但他不愿超出经验事实的范围 (1：207—208)。

《静静的顿河》是唯一一部广泛展现普通人的生活，并且以普通人作为小说主人公的重要俄国小说。然而，它不是第一部关于哥萨克的文学作品。果戈理的《塔拉斯·布尔巴》(1835，1842) 和托尔斯泰的《哥萨克》(1863) 是更早的描写哥萨克的作品。《静静的顿河》似乎与两者没有什么紧密的联系。《塔拉斯·布尔巴》对于乌克兰扎波罗热哥萨克的描述非常生动，但是过于笼统，也过于印象主义。果戈理毫不尊重历史事实。他的时间安排是混乱的。他开始时把故事置于15世纪,后来又去描绘17世纪中叶的事件,而小说里的人物依然活着,而且没有变老。因为他的背景信息更多的是依据乌克兰历史歌谣和史诗,最主要的是依靠自己丰富的想象,而对历史著作的参考较少。他大胆地夸张渲染。战争是以崇高的史诗风格来描述的。英雄塔拉斯体重超过了700磅。这部小说具有党派性和超爱国主义性质,可谓对俄国和东正教的巨大贡献。的确,与肖洛霍夫描写的20世纪的顿河哥萨克相比,果戈理描写的16世纪和17世纪的乌克兰哥萨克要亲俄得多。

肖洛霍夫和果戈理的抒情插笔相似。但与果戈理相比,肖洛霍夫的抒情插笔在整体上不是那么激情澎湃,更重要的是,都是用民间语言来表达的,揭示出了他对被描写事物的深刻理解。果戈理的抒情插笔在形式上更具文学性,流露出他对被描写事物的了解比较粗浅。典型的例子是他对一位儿子未从战场上归来的母亲的描绘:

> 对许多哥萨克人而言,他们的老母亲会嚎啕大哭,用瘦骨嶙峋的手捶打自己干瘪的胸部。许多寡妇会被丢弃在格鲁霍夫、涅米罗夫、切尔尼戈夫以及其他许多城市。她们会每天奔到市场,抓住每一位路人,盯着他们的眼睛,确认她们亲爱的丈夫是否身在其中。一支又一支军队穿过了这座城市,她最爱的人却没出现。

果戈理在这里展示的是一位传统的失去亲人的母亲的形象,并没有新的拓展。作者通过选择旧的高级词汇"persi for grudi"(胸部)和为"vzrydat"(哭泣、呜咽)选择前缀"vz"而不是"za",使作品风格显得更为肃穆。

《静静的顿河》中有一段相似的文字:

> 老母亲翻腾着阿列克谢·别什尼亚克的旧衣服,流出已经枯竭的悲痛眼泪,闻着由米什卡·科舍沃伊带回来的儿子留下的唯一一件衬衣,衬衣的折缝里还残留着儿子身上的汗味;老太婆把脑袋趴在上面,摇晃着身子,哭诉着,眼泪打湿印着番号的肮脏布衬衣。(2:184)

肖洛霍夫借助于具体的、全新的细节来表现这位母亲的悲痛。这一段很难称作抒情性的插笔。这是一段相当克制的、不带感情的报告性文字。但是即使在他更为个人化的、真挚的插笔中，肖洛霍夫也是牢牢地扎根于现实的土壤，他的意象不会丧失可触性和具体性。在别什尼亚克母亲这个片段之前，战死的哥萨克的寡妇的直接呼告是非常典型的。这呼告以形象化的、无可争辩的语言，不仅揭示了这个寡妇因个人财产损失而产生的绝望，而且揭示了丈夫的死对她的经济状况和身体状态带来的影响。这呼告以一个可怕的预言结束：

> 你要自己耕地、耙地，被那力不胜任的劳动累得透不过气来，你只能自己把沉重的麦捆从收割机上卸下来，用三齿叉装上大车，不一会你就会感觉肚子里像是有什么东西往下坠，接着你就会全身抽搐，盖上破衣烂衫，流尽鲜血而死去。（2：184）

这一段对最小的细节的描绘都是非常具体、精细的。“破衣烂衫”这个词，肖洛霍夫用的是方言词“lokhuny”。一个朴素的哥萨克妇女在谈话中使用其文学上的同义词“lokhmot'ia”会不合时宜。肖洛霍夫的“lokhuny”和果戈理的“persi”标志着以《静静的顿河》为代表的反映现代生活的纯粹现实主义作品与以《塔拉斯·布尔巴》为代表的反映遥远的过去的浪漫主义和理想主义作品不同。

与《塔拉斯·布尔巴》相比，《静静的顿河》对哥萨克人生活的描绘更接近于《哥萨克》。这种相似是基于这样的事实：托尔斯泰的这部小说是建立在他1851年6月到1854年1月对高地哥萨克的深刻观察之上的。另外，两位作家都使用了哥萨克人的民间歌谣和故事。同时，他们在细节上有着惊人的相似。两部小说都称哥萨克妇女步态“轻盈”，并且认为这个特点是她们所独有的。《静静的顿河》对已死的俄国军官的描述很容易让我们想起《哥萨克》中死去的车臣。两位作家都细致地描绘了尸体的脸、四肢、姿势和衣服。这些细节具有很强的表现性，让我们很容易想象到死者生前是什么样的人。单是这些文字中的几行，就足以说明两者风格上的相似了：

> 哥萨克人沉默而久久地站着，围绕在死者的四周，盯着他看。褐

色的尸体显得苗条而优美，一条已经变黑的蓝色短裤，用一根皮带紧紧地系在下陷的腹部上。肌肉发达的双臂贴着两肋。刚刚剃过的略显蓝色的圆脑袋，带着焦糊的伤口侧向一边。被修剪得很优美的髭须衬托得细长的薄嘴唇上好像停留着善良的、微妙的笑容。

哥萨克对一个死后身段依然那么漂亮的中尉看得特别久。他仰面躺着，左手紧按在胸前，右臂伸向一旁。手里紧紧握着手枪把。淡黄色卷发、歪戴着军帽的脑袋，好像是在亲吻的脸颊紧贴在地上，发青的橙黄色嘴唇伤心地、迷惑不解地紧闭着。

《哥萨克》和《静静的顿河》都以哥萨克人与自然的和谐为主题，但它们在处理方法上存在着很大的不同。托尔斯泰通过贵族青年德米特里·奥列宁的眼睛来观察哥萨克，德米特里·奥列宁在很大程度上是一个自传性的人物，这个文明社会的局外人试图通过娶一位哥萨克姑娘为妻，来融入哥萨克的原始自然生活。结果，作者把哥萨克人生活的自然状态和文明社会的矫揉造作对比得过于明显，甚至有些生硬。哥萨克人的生活被认为与太阳、花草、动物和树木一样受自然规则支配（3：270）。在《静静的顿河》中，人与自然之间的关系有机地、不动声色地融进了小说的肌理，没有对两者绝对和谐的断言。作为圈内人，肖洛霍夫专注于哥萨克生活的本来面目，而没有把它变成一块知识分子哲学或道德观点的检验场。在《静静的顿河》中，没有人物像内省的奥列宁那样专注于生命、善良和快乐等典型的托尔斯泰问题。

像肖洛霍夫的其他作品一样，《静静的顿河》中缺乏具有探索头脑的人物，这些人可以称作知识分子，或许还可以按俄国人的说法称为知识界精英的代表。写《静静的顿河》这大部头著作时，肖洛霍夫还不了解这种人。之后他也没有表现出要了解这些人的想法的意愿。在《静静的顿河》中，我们只会偶尔读到有关几个乡村知识分子代表的内容，作者以不同程度的同情的笔调来描写他们。对更高层次的知识分子，这部小说只是偶尔提及，并且不抱好感。质朴、实际、自学成才的肖洛霍夫对从事脑力劳动的人，感受或许与许多农民一样，就是把这些人看作逃避辛苦的体力劳动的有闲阶级。肖洛霍夫有此种感受的另一个原因，可以追溯到布尔什维克对待俄国知识分子的道德和价值观的态度。他对人类生命的关怀与革命暴力的宣传及实践不相容。为了证实恐怖行为的合理性，布尔什维克把知识分子称为“sliuniavaia”,表面意思是“鼻涕”,深层意思是“软弱”。这个贬义词源于“raspuitit’ sliuni”(流鼻涕),是“哭”的口语形式。正是知识分子的“软心肠”激发肖洛霍夫把他的一篇早期短篇小说命名为《野兽》。这篇小说在1925年出版时名为《粮食征集队长》,描写的是波佳金队长支持处死他的父亲,因为他父亲反对强制性征粮。此后不久,队长为了救一个孩子而与叛乱的哥萨克人进行了一场殊死搏斗,最终丢了性命。肖洛霍夫这样来定位该故事的主旨:“我想要展示这个以革命的名义处死父亲、被称为‘恶魔’(当然是在软弱的知识分子看来)的人,却为了救一个孩子而死。”

施托克曼也表达了对知识分子同样的看法。当科特里亚罗夫表示担心击毙鞑靼村的哥萨克会使乡亲们脱离苏维埃政权时,施托克曼责备他软弱:“一个工人阶级的小伙子,却像个知识分子样流泪抹鼻涕。”(3:164)作者是否同意人物关于知识分子“心慈手软”的观点,是一个有争议的话题。然而,他对知识分子人品的看法是毋庸置疑的。与米吉卡·科尔舒诺夫一起在行刑队效力的“军官中的败类”是些“知识分子流氓”(4:98)。肖洛霍夫极其鄙视地讲到,生活在白军后方的几千名前俄国帝制军官不择手段地避免直接参与国内战争。“他们大多数都是无耻之徒,都是些最可恶的穿着军装的所谓‘善于思考的知识分子’。”(3:43)同时肖洛霍夫公开表现出他对参加白军并战死沙场或死于伤寒的那些行动力强、信念坚定之士,以及那些屈指可数的正直、勇敢的军官的赞赏。这是一位苏维埃作家向敌人献上的最独特的颂词,是视人物品质优先于政治忠诚的一个少见的例子。

对个人正直的强调表现了肖洛霍夫对俄国经典的继承,特别是对托尔斯泰的继承。但是肖洛霍夫的独到之处在于,他小说中道德的探索者不是像安德烈公爵、彼埃尔,或列文一样的知识分子,而是一个平凡的哥萨克人,葛利高里。他对“真理”(pravda)——在这里包括真理和正义的观念——的探寻虽然并不像托尔斯泰小说对主要人物的探索那么复杂,却是在更为艰苦的环境中展开的,并易遭受更强大的外部影响。托尔斯泰小说中的人物拥有财富和权力,所以比葛利高里有更多的选择自由。1805年,服了短暂的军役后,安德烈公爵能够通过在父亲的手下做征兵工作来避免参军。相比之下,葛利高里没有被允许调到军需部,尽管在他提出要求的时候,他已经参军五年,且十四次受伤或中弹休克(4:138)。

托尔斯泰小说人物内心的道德斗争没有因为需要选择为战争中的哪一方效力而变得复杂。尽管他们对拿破仑有一种原始的崇拜,安德烈公爵和彼埃尔还是竭尽所能去抵抗他对他们国家的侵略,并自信他们的目标是正确的。相反,不管葛利高里为哪一方作战,他总是怀疑自己是否站在正义一方,并直接参与杀人活动,这使他对真理的探索变得复杂起来。而安德烈公爵、彼埃尔或者奥列宁都没有这种困扰。另外,托尔斯泰仁慈地使他们免于杀戮,让他们在探索道德价值的过程中良心免受杀戮的困扰。《静静的顿河》和托尔斯泰的作品之间的关系还有很多要谈的。以后,我将继续讨论葛利高里对真理的探寻。

编后记

赫尔曼·叶尔莫拉耶夫,美国著名的肖洛霍夫研究家。本文译自其《米哈伊尔·肖洛霍夫及其创作》一书,普林斯大学出版社,1982年,第88—103页。由于作者对苏联国内战争的解释带有浓厚的意识形态偏见,本译文略有删节,特此说明。

《静静顿河》的回归

作者［法国］克洛德·费鲁
译者 宁虹

古罗马人曾说："文学作品通常命运多舛。"从古拉丁的审判模式回到改革模式（指苏联1985年起实施的政治透明的改革政策），这句格言特别适用于20世纪的俄国文学。事实上，俄国很多伟大的作品都是在作者去世几十年以后才得到合法的地位和公众的认可而声名远扬，其中我们可以举出布尔加科夫、帕斯捷尔纳克、格罗斯曼、阿赫玛托娃和多姆勃夫斯基[①]，类似的奇怪现象可以到俄国文学的传统中追溯，比如对《伊戈尔远征记》这部堪称俄国的《罗兰之歌》的作品，写作时间存在着巨大的分歧。最近对于一些经典的重读导致了更为激烈的争论，有的观点甚至完全相反。

现在肖洛霍夫的《静静的顿河》也遭到同样的命运。这部八卷本的史诗般巨著已经成了苏联革命跃进以及"社会主义现实主义"的《圣经》，一座不可逾越的丰碑。由于过早地被封为经典，这部著作被人们忽略了。

实际上这本书在1920年代末出现时就伴随着各种非议，随后被斯大林统治下的官方声音掩盖了，但在1975年又被索尔仁尼琴和梅德韦杰夫[②]重新提起。这部小说的主人公和他周围的一切始终与布尔什维克的制度格格不入，甚至敌对，当年充满火药味的批评主要针对的就是这一点，而且花费了许多时间反复折腾，就是为了证明：主人公个人的悲剧命

① 尤里·多姆勃罗夫斯基（1909—1978）：俄罗斯作家、诗人，著有《无用之物系》等。——译注

② 指罗伊·梅德韦杰夫（1925— ）：苏联历史学家。——译注

运自然而然地表现了他所属的社会阶层以及占主导地位的共产主义道德观的特征。大众也逐渐习惯了这样的逻辑。

所有的这些问题中间还掺杂着人们针对作者当时的年轻以及他贫乏的履历提出的质疑,今天的人们对他生活的那个年代和环境的回忆细致、具体到惊人的地步。而《静静的顿河》中那些与回忆不吻合的描述以及他后来为数不多的几部作品乏善可陈的事实让人们产生了肖洛霍夫是冒名作家的猜想。

这些疑问构成了《静静的顿河》的谜团,而肖洛霍夫那不讨人喜欢的个性、枯燥平庸的演讲、在体制中阿谀奉承、恃宠专横、酗酒以及在 1960 年代叫嚣要杀掉持不同政见者的种种行为使得质疑的声音越来越大。诺贝尔奖评委在 1965 年对此未加理睬,是鉴于当时的情况比较特殊。评委为了平息因为给《日瓦戈医生》颁奖而引起的苏联官方的不满,明确表示把奖颁给《静静的顿河》。作品获奖后,苏联官方用正统的声音进行了持续的洗脑轰炸,几乎把这个阴暗的疑团抹除得干干净净。

如今在法国已难觅踪迹的《静静的顿河》又要出版了,译者安托万·维茨同时也是位杰出的作家,他给我们带来了精妙的翻译。苏联已处在新的体制下,苏联的官方论调已失去了原有的权威。此刻出版这个新的译本是希望读者带着所有的问题重读这一文本。

小说本身没有任何关于政治和意识形态的明显表示,那都是那些连自己的观点都弄不清楚的评论家或是官方授意的评论文章从外部给它贴上去的。如果我们把政治和意识形态的假设从小说中抽离出去,会发现《静静的顿河》在写作上呈现出惊人的自由,在作家和艺术家必须表明态度的时代,这是极为罕见的现象。现代小说极少能如此彻底地脱离从阶级立场到道德观点的束缚。作品不是要对红军或白军的意识形态作出价值评判,而只是确定真理战场,因为那里上演着普世的人生经验的画面:欢乐与痛苦、残酷与怜悯、爱情与死亡。除了他们丰富的想象以外,在所有的重要时刻,总有一些恒定的要素成为象征物:比如欲望、若隐若现的乳房上的褐色乳头,还有睡意蒙胧中窥见的大腿;阿克西妮亚的死亡成了虚无的象征,这是一种突然而至的令人窒息的沉重。无论小说的历史性还是政治性都不高,一连串纪实叙事只不过是提供揉好的面团而已。只有当社会无法提供必要条件时,叙事故事才进入悲悯的环境:乱哄哄的畅饮场景描绘总是循着和谐的印记;娜塔莉亚用镰刀自杀的时候,我们仿佛听到冰块融化发出的咔嚓声、嗅到野兽出现的强烈味道;一连串相互间的粗暴行为,或多或少闪现了肉欲的狂暴(从它被奉为经典和苏联官方一贯的禁欲态度看,《静静的顿河》是苏联文学作品里尺度最大的一部,在对性冲动的回忆中,两次涉及强奸,一次是集体的,一次是险些乱伦的)。

题目的选择也具有象征性。它不同于人们通常的看法,并不具备编年史、百科全书或是人种志等意义,而是象征一个被强权激怒的世界,一种压抑不住的、富于戏剧色彩的愤怒,就像俄罗斯文学系统中那种著名的"活生生的生命"的超验性。小说和它的名字一样,是一条长河。

我们还发现,不管出自什么原因,哥萨克人不愿意在自己的土地以外的地方作战,也就是说安泰[①]的本能使他们不愿离开自己的土地。从传统社会学的角度看,小说的中心放在了非典型的社会缩影上:农民、士兵、放牧人、阔气的财主,他们既是被极端异国情调化的故事人物,又是奢侈的社会边缘人。这就是为什么这个群体没有被纳入刻板的马克思主义二分法中,而是不停地在两个阵营间摇摆。官方的评论认为其中有某种历史的病理学成分,正是这种历史的病理学把肖洛霍夫的使命复杂化了,使得本应明确的结果变得模糊。事实上这种类似(基督教)特殊神宠论的境遇把作品横向地置于一种混淆之中,从而创造出一个空间,可以排开道德的挤压而自由地折射那个充满强制性的时代。在一种奇特的悖论中,《静静的顿河》成了一部彻底与官方教化的印记、与文化专员们喋喋不休的教条背道而驰的作品。或许其他的作家也曾试图挣脱这种扼杀创造力的桎梏,但都是以各种迂回的方式,通过所谓"失去身份"的知识分子或是古老的神圣俄罗斯片段来表达的,比如奥辽沙(Olecha)和皮尼亚克(Pilniake)。几乎所有的人在历史的车轮面前都举手投降了。《静静的顿河》走了另一个方向,描述了一个肌肉发达、孔武有力的世界,那里有满腔热血和精巧的双手,充满现代感,符合无产阶级的"身体"审美习惯。没有别的作品能够赋予这只巨大的迷途羔羊更好的象征意义,这就是为什么苏联的批评界在此之前一直对这部作品极尽恭维之能事,几乎连秘密警察都用上了,以致误导了几代人对这部作品的理解。

让苏联权力机构难以解决的还有一点,就是小说主人公的面目,他处于小说的最前沿。大家都明白当时的文学人物形象应该符合教义。理想

① 安泰:希腊神话中的利比亚巨人。——译注

的人物应该从头至尾都是“积极的”,在描写圣人圣迹的书中,圣人在去大马士革的路途中或在征程要结束时必须揭示出某种意义,总之理想人物就是那种在极其糟糕的书里才能看到的形象。葛利高里·麦列霍夫不是这种理想人物。他的摇摆不定让他对两个阵营,尤其是对红军都有所了解。但是他并不彻底相信他们,于是他又跑到敌人的阵营或者说是回到自己人那边——这些人一直到最后都是中间势力。主人公选择并承受孤独,这让苏联的权威们如芒在背,因为对他们来说,善总是在大多数人一边,所以我们会看到那么多拙劣的文章,试图说明葛利高里偏离了“正确道路”,这是他一切错误、不幸和悲惨命运的根源。

然而,这绝不是小说的“阿喀琉斯之踵”,主角的这种个人特征就是他的个人意义所在,它形成了某种弹性空间并贯穿始终,以避免主角过多涉及农民政策的问题。在苏联改革后公开的那些资料中,我们看到对农村的破坏,尤其是对农村中产阶级的摧残是无法弥补的,资料揭露出当时类似种族灭绝的大屠杀。带着各种荣誉、奖牌,《静静的顿河》拒绝大团圆的结局,成为了第一部对那个体制进行控诉的作品,其后还有扎雷金、莫扎耶夫等人的作品。

此外,麦列霍夫和阿克西妮亚这对恋人的作用还延伸到了文学方法的更深层面,作者拒绝了所有神圣化作品的做法,即为了塑造意识形态的典型而让主人公作为人的面目模糊不清。他还拒绝了虚构的个体必须服从集体价值或一开始就附属于某种理论的做法。先于信息存在的信使不会被信息消解。小说向来有它自己的传统:偶然、孤独的人物会因为不同的遭遇而导致意义的抽离,因为他带有堂吉诃德式的探寻,不能以某种程式排列或归纳以对任何结果作出回应。

这种非程式化也让主人公走上了背负十字架的道路,因而他必须具备承担全部责任的能力。麦列霍夫反复踱步并非因为那不是个合适的观察地点,而是他在思量战争的不同面目,个人或群体不可避免的流血与肉体的冒险使他看到了内战中矛盾的多重形态。正是通过主角的思绪漂流,《静静的顿河》保持了它艺术作品的身份并对历史做了多种形式的见证,而激情与死亡的超时间性就在这多种形式的见证中保持了衡量事物的功能。

还有小说那河流一般的语言。作者以史诗般、不带倾向性的中立语言表现广袤空间,这可不是一般的庸才为了把缝隙填满而随便堆积词语能做到的，小说是以一大串连词反复酝酿出的盛大的散文诗，它把内容表现到了极致：富有立体感的季节风景以及托尔斯泰式的极度敏锐的细节描述，比如粘在哥萨克老人油布上的种子；常常出现的隐喻，比如结冰的树枝发出的咔嚓声或落下的水滴；作品中的经典场面，从发丝间或目光中显露出相互缠绕的身体和激情；在斜坡上第一次遇到了马匹和扁担；娜塔莉亚自杀、阿克西妮亚之死。小说结束于“冰冷太阳下的广漠世界”，这样的书写使得作者能够坐上一代大师的交椅。

去政治化和去意识形态化在今天的苏联已成常态，尤其是在受损害严重的艺术界。要超越简单、幼稚的仇视去重新寻找普遍意义并非易事。激进的阵营意识到这一点，正勇敢地刮去“可恶的宗教裁判所”的釉，而肖洛霍夫当年心甘情愿地让自己被这层釉包裹，目的是要重新找回他给予集体化的那面冷峻的“镜子”（和托尔斯泰一样，这位非暴力的道德家最终通过迂回的方式被他的时代誉为“俄国革命的镜子”）。《新世界》（*Novyi Mir*）[①] 上有一篇最新的文章证实说，如果摘掉那个让作者显得怪里怪气的可笑面具，《静静的顿河》这幅应该反过来看的关于内战的埃皮纳勒 [②] 式图画，应该收复真理的失地，重新找到敏锐的现代性维度。

编后记

本文是克洛德·费鲁为1991年巴黎城市新闻出版社出版的《静静的顿河》全译本所写的后记。

---

① E. 塔马特琴科：《新世界》，1990年，《〈静静的顿河〉中的真实理念》。

② 法国城镇，位于孚日省，其手工绘制的民间版画极其有名。—— 译注